七等生全集[6]

城之迷

七等生 著

七等生繪畫作品 — 喜悅

與畫家蘇宗顯（右）合影於台北街頭

七等生
冷眼看繽紛世界
熱心度灰色人生

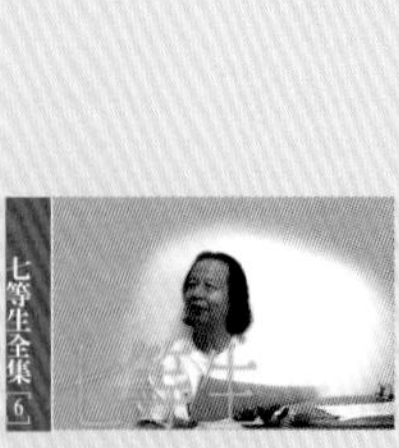

《七等生全集》總序

七等生

黎明前，詹生駕車來到進城的那條道路上停下，無數的日月他駛過平原田疇和爬山越嶺，經歷許多的鄉村街巷，意欲想回到城市，探望年紀老邁的母親，以及分離許久的妻子兒女，但他不能確信除了他自個孑然獨身之外還有什麼親人，或許他盼望重見老友。他停下車是因爲前面有車擋住，灰灰濛濛的霧氣中，他沒有看到城門，蜿蜒的山路上停靠著一排長龍似的各形各色車子，不知綿延有多少距離。他下車向前走到前面去，一部大卡車的車窗裡，一個斜頭坐睡的人朝車外露出一張錫白的面孔，當詹生走近時，半睡半醒的他緩慢地微開眼皮，裂出眼瞳的一條黑線和一點晶亮的白光，沒有說話，司空見慣似地有種幽深隱埋的表情，眼皮又合上像他先前的休息和等待般的樣子。詹生再走前幾步，注視另一部車子的景象，有一男一女睡著很熟，他沒有叫醒他們，感悟不會探問到任何什麼事，只好往回到他自己的車旁。他想他們和他們的車子都是在等候天亮預備進城，但這景象的意味是他所料不及的，好像回到了久遠的古代。在這黎明的時刻，他是最後到達的一個。他無法可想將來進城是否要有手續，他不能明白將來會遇到什麼事，爲何前面那些人只顧睡覺，沒有聚集談論事情，也沒有任何跡象好教他能夠了解狀況。或許根本就沒有情況會發生，只是詹生個人的一種疑慮而已。一個熟悉的聲音在他耳膜響起：「你總以為這個世界的人誤解你，其實是你對這個世界充滿了誤會。」他回想起許久以前他是如何離城的，那時刻他年輕，現在他年老了；十年前，二十年前，三十年前……他有些記不清楚，無法可想他是什麼原因出城的。那時似乎是在一個人潮擁擠的車站，他搭上火車，然後火車移動後就迅速消失了城市的踪影。而現在由這山區的隘口進城似乎有些離譜。他自己什麼時候像大家一樣開起汽車來也有點糊塗了。時光或時代在不知不覺中移轉了，他懷疑自己的存在和記憶，似乎個人活命的感覺是無法言傳的……

這段話頗像我寫小說的開頭，我曾經寫過「離城記」，陳述想像和眞實搞不清楚孰是孰非。我們知道在現實生活中是不能有任何含糊不清的事體，否則會有爭執和打戰。但是在思考的世界裡，語言變得十分詭譎和有趣。譬如我總是由現實出發，以免讓人搞不清狀況和分不出頭緒，而有的人的閱讀習慣很頑硬，當小說由現實轉入虛構時，他們不肯跟隨進入，以致大叫荒謬和違背語法倫常。但所幸還有一些認眞和能掌握感覺的人，他們明白沒有幻想的部分是無法釐清現實眞相的。經過了這半世紀的努力和陶冶，人們更為認清存在的現象是一種單獨、短暫、變幻和多樣的事物，而這一切事物似乎越來越快速地往前行邁，感覺現實和想像是一體的兩面，互為裏外和互為眞假，經由電的傳導，知悉宇宙的事物，經由符號而獲得普遍的知識。我們吃食物，是在吸收各種的元素，我們是由元素發酵而成長和演化的不同軀體，個別由意志形成不同的容貌表情。然後由感覺產生了快樂和痛苦的意識，我們意圖在痛苦的意識中尋覓途徑去追求快樂的人生意義。

我的一生徬徨和掙扎於思考和寫作，由年輕到年老力衰，這些思想的記錄累積，似乎歸不到任何的結論，僅只約略而勉強踏出一個平庸者苟且存活的方法而已。如果人生的目的是在追求快樂的感覺，那是純粹的幻想，就像我們藉助短暫的生涯遙想永恒，想到要全靠這虛無的幻覺去體會眞實存在，不免悲從衷來，有如百姓期盼聖君帶來和平和幸福。此番生存的境遇，重憶過往種種情事，一切屈辱和承受都拋諸於腦後而不復遺留。我的存在意識不外保留一份擁有的醒敏，但這層意涵與酒醉沉迷或昏昏噩噩沒有兩樣。我一直感激於我的父母賜給我這份涵容的軀身，讓我流連在寫作和繪畫的天地裡自由自在獨來獨往。好笑的是，我在鄉下的教職退休後，意想天開地遷來台北，這個城市曾是我受學和遊蕩的所在，年邁的我依然如故，喜歡縱情聲色，想和這打扮起來的都會一同邁向二十一世紀，想到這個，有詩自我調侃一下：

粗茶淡飯人猶在
夜遊酒廊入庸塞
高麗歌女唱哭河
站看雲裳天使懷

最後，全集的出版要歸功和感激兩位特別的人士，一位是夢幻出版家沈登恩先生，一位是資深的台灣文學的文評家張恆豪先生。後者說好高興義不容辭地負起編輯的責任，前者表示有始有終地出版七等生的作品是一種對台灣的愛。呈現一個大略的全貌給二十一世紀的新興讀者，我自己也有提前告別的意味，尤其想在此刻向陪伴我度過貧賤半生的尤麗（百合）致敬和感謝，她辛勤而負責任地養育三個子女長大成人然後隱居身退，我常想起她年輕時美麗的樣子，在早年艱困的日子裡如果沒有她爲伴，不會使我持續不輟進行幾近苦行般的寫作。還有少數幾位不嫌和我飲酒笑鬧的朋友，祝你們健康快樂。

二〇〇〇年七月

編輯說明

張恆豪

一、本全集包括《初見曙光》等十卷，蒐集七等生一九六二年首次在「聯合副刊」發表的〈失業、撲克、炸魷魚〉，至一九九七年「拾穗雜誌」發表的〈一紙相思〉，歷經三十五年的創作及論述作品。

二、全集的分卷，不以文類做區隔，而是以寫作年代來劃分，此一編輯構想來自作者七等生本人，自是有別於本公司過去出版的版本，是作者親編的新版本。

三、第一卷《初見曙光》，蒐有小說與散文，是七等生在一九六二年至一九六五年作品，即寫作於二十三至二十六歲。

第二卷《我愛黑眼珠》，蒐有小說、散文與論文，是七等生在一九六六年至一九六七年作品，即寫作於二十七至二十八歲。

第三卷《僵局》，蒐有小說與詩，是七等生在一九六八年至一九七一年作品，即寫作於二十九至三十二歲。

第四卷《離城記》，蒐有小說與論文，是七等生在一九七二年至一九七四年作品，即寫作於三十三至三十五歲。

第五卷《沙河悲歌》，蒐有小說、散文與論文，是七等生在一九七五年至一九七七年作品，即寫作於三十六至三十八歲。

第六卷《城之迷》，蒐有小說與散文，是七等生在一九七七年至一九七八年作品，即寫作於三十八至三十九歲。

第七卷《銀波翅膀》，蒐有散文、詩與小說，是七等生在一九七八年至一九七九年作品，即寫作於三十九至四十歲。

第八卷《重回沙河》，蒐有散文、小說、講辭與詩，是七等生在一九八一年至一九八三年作品，即寫作於四十二至四十四歲。

第九卷《譚郎的書信》，蒐有小說與詩，是七等生在一九八四年至一九八八年作品，即寫作於四十五至四十九歲。

第十卷《一紙相思》，蒐有小說、散文及序文，小說與散文，寫於一九九〇年至一九九九年，是七等生五十一至六十歲作品。

四、每卷七等生作品之後，大多附有評論者與該卷作品相關的論文，這些論文都由七等生選定，論文之後，都附有評論者簡介。

五、每卷本文之前，都蒐有相關的照片身影，提供讀者對照參考。尾卷作品之後，另附有七等生生平年表及歷來相關評論引得，以便於有興趣的讀者查閱。

《城之迷》目次

小說：

城之迷

城之迷

第一章

柯克廉抵達臺北城時到城中區西門町書籍販賣中心書城地下室詢問藍白的地址和電話號碼，順便問及藍白是否按時到這書城來，照管藍白出版社攤位的人說他是每天來，但時間在早晨或下午並不一定，今天他還沒有來。柯克廉非常感謝那個人告訴他這些事；因爲他已經有許多年未曾和藍白通信，自他離開城市到鄉野的地方生活就此和他失去了連絡；藍白也改換了住所。他到街邊的一座電話亭打電話給藍白，一個細柔的女人聲音問他是誰，他報名給她，她卻說不認識，他知道她是藍白的妻子，她又表示記不起他的模樣，柯克廉覺得很難爲情，請她要藍白來聽電話，她說藍白在洗手間要他等一下，直到藍白終於親自來接電話。藍白知道是他時頗表驚訝和猶豫，好似嚇了他一跳，他有點敷衍地說他半個鐘頭之後開車送書到書城來，要柯克廉在那裡等他，柯克廉想向他說明什麼，但對方已經把電話掛斷。他站在商店走廊下凝思片刻，對自己身處此境覺得非常的迷亂，很不巧的是天氣並不好，有下雨的徵兆，空際灰暗而氣候悶熱。這一帶是商業和娛樂的中心，人潮大都擁擠在走廊上緩慢地移動；街道上行駛的車輛數量驚人，順流不息地穿梭而過，行人被迫在街口必須走上陸橋才能通過。柯克廉盤思著如何度過這半小時，或甚至要超過一小時，誰知道藍白想玩什麼花招。他想到處看看回憶著約五年前同樣的城市的各種與現今不一樣的形態。要是他一直住在城裡未曾離開將不會有現在不順應的感覺。街道走廊上的年輕人似乎佔著大多數，他們是穿著牛仔褲和卡其上裝，模樣都像是大學生，男女都同樣蓄留長頭髮。柯克廉奇怪他們三兩結群的腳步爲何那麼緩慢和悠閒，而眼神冷漠近乎無情，他和他們同樣在那街道上就顯得呆板老舊，與他們那一股驕傲而冷酷的息氣格格迥異。他在這城裡經過了學生的時代，以及之後很長的生活經歷，現在有三十五歲，回想起來並不是現在的樣相，那時他們是活潑而勤奮，不斷地學習和工作，現在這批新的年輕人像是老氣橫秋，一派享樂的樣子。他們有點像櫥窗裡穿衣服的塑膠模特兒，使人看見他們的外表好看而卻感覺裡面並沒有流通的血液。

他在武昌街和西寧南路一帶的戲院瀏覽了一周重新轉回西門町的圓環，就在他走下石階朝書攤走去時，從背影認出藍白短小圓胖的身體，他似乎已經交代清楚事務後要轉身離開時看到柯克廉向他走來。藍白仍然是老樣子，但馬上能辨認出他修飾過的外表。他看到柯克廉時臉上展出微笑，伸出手來和柯克廉握手，但似乎不該那樣說卻這樣說道：

——我以爲你失蹤了。

——失蹤？柯克廉覺得藍白的口氣令他驚訝。

——我說半小時。

——你來就馬上走嗎？

——當然，他說，我額外等你十分鐘。

他們走出地下室站在外面的走廊，柯克廉在人聲嘈雜中問他。

——我的書賣得如何？

藍白戴上褐綠色太陽鏡對柯克廉打量一番。

——算是賣完了，剩下幾本書店退回的爛書。

——謝謝你，柯克廉拍一下他的肩膀。

藍白自顧地走向一部橙色的小旅行車，柯克廉跟在後面，他打開車門招呼柯克廉坐進來。

——我們去那裡？柯克廉問他。

藍白開動馬達，他說：

——我們到明星去談談。

他說的明星使柯克廉馬上想到他昔日和寫小說的朋友常去的那家麵包店二樓的咖啡室，但他並不確信藍白說的就是同一家。

——那一家明星？

——你不知道嗎？

——也許我知道，也許我不知道。

——那麼到達時你便知道了。

藍白從衡陽路繞圈回轉到武昌街，當車子停在麵包店的門前處，柯克廉才明白藍白所說的明星就是和他心裡想念的同一家。還是那走起來會發出響聲的木板樓梯使他覺得親切，推開門時絕沒有想到誰會坐在那裡，雖然他早在心裡湧起多層的記憶，他和老姜、正雄、還有幾位他們身邊的漂亮女人，和畫家老歐等，常在晚上七點會聚在這裡，吃這裡特製的黑麵包或蛋炒飯，漫談文學。但柯克廉並不想到他們這些人現在還可能在這裡；他們早被沖散了，他也懶得去推想散開的理由。可是意料之外的，在推開門時他發現有一個熟面孔在最靠裡面角落的一張桌子，桌上擺著書、稿紙和咖啡杯子，在柯克廉心中他是一位硬漢，最近在文藝界掀起談論熱潮的年輕作家李明，是最初柯克廉把他介紹給文藝季刊的那位宜蘭人。柯克廉舉手向他招呼，李明坐著眼光銳利的釘著和他進來的藍白；他沒有向李明走過去，和藍白坐在進門的一張桌子，未等侍者過來藍白即對柯克廉表示他們還是離開先去吃午飯。這使柯克廉感到有些意外，那時卻正是要午飯的時刻，爲何藍白在未進明星咖啡室之前不表示請他到餐館吃飯，等到此時好像有什麼不對勁才藉口要去吃飯。他想藍白並沒有打算請他吃午飯，問題在李明，他發現李明那明銳的眼不斷地注視這邊來，那憤怒不快的眼色使藍白產生不安，因此他表示去吃飯只不過是個離開的藉口。他不想馬上問藍白爲什麼？他並不感到饑餓，但既然他這樣提議何不暫時順著他的意思。他想爲藍白解圍也是一件應做的好事。柯克廉站起來，藍白有點急忙地已經拉開門閃出去，柯克廉走到李明的面前，對他表示他有事和藍白磋商，回頭再來和他聊談。

——出版的事嗎？李明說。

柯克廉點點頭，李明馬上警告他說：

——那傢伙不是好東西，你要注意。

——我知道。柯克廉急著走開所以這樣說。

——對他不能客氣，李明又說。

——好，回頭見。

柯克廉對李明所顯示的激憤態度甚爲疑惑，但沒有時間和他交談，他想回頭再來見他就可以明白到底是怎麼一回事。藍白坐在他的小汽車裡面，對柯克廉遲慢下來有點不高興。

——李明對你說什麼？

——他沒說什麼。

——沒有？他表示懷疑地望身旁的柯克廉一眼。

——眞的，我好久未見他了，我們到那裡吃午飯？

——我請你吃牛肉麵。

他回答的口氣頗使柯克廉感到萬分失望。他沉默著讓藍白開車到一條巷子裡。這條賣牛肉麵的巷子滿地污穢，桌子十分油膩，柯克廉不發聲色地坐下，未表示任何異議。然後又意外地聽到藍白訴說他的經營苦經。他並不想和藍白引起什麼衝突，只希望他能夠迅速的再版他的短篇小說集，可能的話他還有一本新的長篇小說也一併由他出版。但談到版稅的問題時藍白表示不能按照合約的內容全數付給，依照合約他應付百分之十的版稅，以二千本計算有八千元，藍白說：

——我只能給你五千元。

——以前未算清的版稅如何了？

——以前的一筆勾銷，我搬家時許多文件都弄掉了，沒辦法整理，你以前已拿去了一部分錢，坦白說我出版你的書並沒有賺到一分錢。

——我知道我的書也許不好賣，但……

——我完全看在朋友份上幫你的忙，你不應該和我計較。

——這點我十分感謝你，但既然你說要幫忙，事實上是應給我足夠的版稅，否則也不能算是幫忙了。

——我最近銀根很緊，藍白說。

——那麼你最好開給我一張遠期支票，我不在乎。

——不，你聽我說，再版的書我給你伍千元，其他的不要談。你帶來新的小說嗎？

——你要的話我回鄉即可寄給你，但新書出版的版稅如何？

——同樣伍千元，藍白說。

——嘣，我的朋友，柯克廉苦笑著說，這算是什麼幫忙，你一點都沒有想到我的處境嗎？何況我一向和你都沒有認眞去計較，一連拖了五年，這算什麼朋友呢？

——我這樣對你是最最優厚，你可以去問別的出版社，沒有人會像我這樣厚待你，你同意了我們明天就重簽一份新契約。

那碗牛肉麵加了許多辣椒，使柯克廉吃完後滿頭汗水。——不錯罷？藍白指牛肉麵問他，柯克廉回答說：——的確不錯。藍白付了賬後對他說：——我很忙，我不能陪你，明天照樣在書城見你。

翌日清晨柯克廉搭公共汽車離開市區，到郊外的一個新社區，他在榮民總醫院下車，然後步到一條對面的巷子，他看見藍白的那輛橙色小車停在一幢高雅的公寓樓房下面，但那幢樓房的一面巨大的漆成紅色的鐵板門似乎擋拒著任何來客的進入。昨天柯克廉步回明星咖啡店時李明還在那裡，事後他有點兒後悔再轉回去見他，聽他道及來藍白做人的那一套使人不齒之處。嚴格說來每一個人都有令人批評之處，在沒有絕對的眞理之下，有些人一定是另外一些人的指責對象，有時虧欠他人是絕對不可免之事；他想在這樣爭奪權利的城市裡，就更加的不可免除恩恩怨怨的存在了。李明對他道及的有關藍白的行爲是涉及到他尊嚴的受損，事關有一次藍白跑到李明家去，很滿意李明租住的那幢獨院房子的清靜雅緻，詢問之下房主有意要賣，藍白馬上表示要買下來居住，他第二天又偕他的妻子來看，已決定要買下來，李明表示如他眞要買那麼他就另外物色別的房子租住。就那樣決定了，李明如期搬走了，他表明要非藍白要買他是不會搬家的，結果有一天他重遇那位屋主，他對李明說你的朋友爽約了。就是這麼一件事，李明說：——你不知道，老柯，那傢伙一點修養都沒有，他到處隨意吐痰。這是指藍白偕他的妻子來看房子時在院子吐了一口痰或二口痰，因爲李明成全他使他事後回想起來對藍白這傢伙感到無比的憤怒。在這樣的情形下，柯克廉當然沒有把他和藍白的事的眞正內容告訴他，使他火上加油，因爲李明表示：——他要是對你有任何欺詐的話，我就藉這個理由替你好好揍他一頓。這一點柯克廉當然清楚是他學生時代混太保遺留下來的脾氣渣汁，說說可以，未必他敢在這樣的明理的年歲裡眞正爲他抱不平向藍白動武。李明說完了話就收拾他的行頭離開了。柯克廉繼續坐在那裡飲咖啡聽音樂，然後他絕定去看一場電影，晚上找一家二三流的小旅館住下，他帶來幾本書，躺在床上閱讀，只看了幾頁，就爲心裡無形中盤繞的念頭打斷，整一天的事讓他覺得有趣，但那版稅的事就令他不得不嚴肅了起來。藍白在柯克廉按鈴之後下來見他，帶他到遠離公寓樓房的一塊雜草叢的空地去散步。

——我們昨天不是已經談妥了嗎？藍白說。

柯克廉卻並不以爲他們已經說妥了，相反地他是被藍白昨日的表現欺騙了，所以他不得不和他認眞起來。

——除非你給我契約中應付的版稅，否則……。

——我已經告訴你了，藍白說，我和你這筆帳根本沒法再算，只有重新來。

——你只需憑你的良心，我就相信你，否則……。

——你實在是個反反覆覆的人，藍白說。柯克廉知道他現在用的是激將的辦法，他馬上提出了一位柯克廉的老朋友來刺激他。——你知道老簡對我談到你時說什麼嗎？

——老簡對我有什麼可說的？柯克廉問他。

——他說對你頗感失望。藍白說。

當時這樣的一句話的確頗使柯克廉感到異常難受。問題不在老簡對他是否眞正感到失望；他對柯克廉失望是一個問題。可是要是老簡會對藍白說他對柯克廉失望顯然又是另一個問題。老簡眞的對藍白這樣的人說了這種話實在令柯克廉為他的朋友老簡感到無比的羞辱；老簡對柯克廉當面總比在背後說這句話光榮許多。要是老簡不是對藍白而是對其他的人說他對柯克廉失望，他也不會那麼難過。現在他才明白昨日在明星咖啡室李明的無名之火那樣高升的緣由，那就是對藍白這個人的不齒。現再他才明瞭藍白的確是他所見到的文藝圈中最為無齒狡詐的傢伙，他在文藝界只不過是個龍套的角色，現在卻神氣地來耍弄昔日都是這城裡窮酸漢朋友的柯克廉，連李明那位精明的傢伙也被他耍弄了一招，事情眞是太滑稽了。他在南部誘騙到一位有錢人家的小姐……，李明的聲音猶在柯克廉耳裡響著。此刻，柯克廉根本不在乎藍白把老簡搬出來刺激他，因為老簡現在又算什麼朋友，昔日親同手足的老友不錯，現在可並不怎麼新鮮了，他是否有資格批評柯克廉？揭穿了老簡只不過是個現實勢利鬼而已，他在藍白的出版社繪插畫，每本酬資五百元，他仰賴藍白，奉承他是可想而知的事。可是老簡是否眞的說了那句話猶待證實。

——我們何不一起去找老簡，看他是不是眞的這樣說。柯克廉看他有什麼反應。

——我才不會和你一起去做這傻事，藍白說，有機會你最好親自去問他。

這極明顯的藍白不但在刺激柯克廉，甚至在背後誣賴一位不在場的人。這時柯克廉和藍白之間演成了僵局是極為明顯的事，沒有第三者界入做仲裁人將難達成解絕的結果。柯克廉面對這樣一位不講道義的人頓感滿腸灰意，內心中已不斷地自呼著倒楣。他在那片空地上身體依附著一輛廢棄破損的汽車，對藍白那狡滑滾圓的面目和身材再也沒有興趣去注視他，寧可說厭煩已極。不料對方卻自動地提出了這樣的問題：

——我們何不去請一位公正的人來評理？

——爲什麼不？柯克廉轉過來注視他，你要找誰？他追問藍白。

他想到藍白爲何要提出這樣一個不利於他自己的問題必定另有打算，第一點他認爲藍白不願和他一直糾纏在他家的附近而引起家人或鄰居的猜疑，所以越早趕走他越好；第二點他想藍白一定想到一位有利於他的人物，這個人必定與藍白平時就有互惠的交情，在這種情形藍白自信那個人一定會站在他的立場來共同制服柯克廉。

——藏天，藍白說出這個人名來。

——無論是誰都可以，柯克廉憤慨地說。

他現在並不在乎他將來喪失什麼，在這樣無助的心理之下他的確也需要一個第三者界入解開僵局，就是這個做爲仲裁的人同樣是個像藍白一樣的角色，他也想見識一下這種人的眞面目。但他心裡自信著那個人不一定就會站在藍白的一邊欺負他；他心裡突然有強烈的意識想見識這個人類的城市的實在面目，這何嘗不是他來城市的一個重大收穫。

於是他坐在藍白的身邊，那部橙色小車直駛城內停在重慶南路。藏天這個名字柯克廉略有所知，偶爾在雜誌報紙的副刊看到他寫的文章。藍白帶領他走上一家大樓的三樓，在一個雜誌社的辦公室會見了藏天，這個人看起來差不多與柯克廉的年紀相當，外表很漂亮，顯得十分懂得世故和處事。當他聽到雙方的言辭之後表情甚爲斟酌，他不直接裁定誰是誰非，而卻出乎柯克廉心裡意料地詢問他們說：

——這本書讓我來重印如何？

他對藍白問道：

——你肯讓出來嗎？

他又對柯克廉說：

——你願給我們的出版社重新排版嗎？

他說他們的出版社的條件照樣付百分之十版稅給作者，而且可以照數先付，在這樣的情形下柯克廉當然表示願意，因為他想必定可以獲得在藍白處不能獲得的足夠利益。藍白表示他無論如何再也不願出版柯克廉的書。這件事馬上在那裡取得了協議：藍白還給柯克廉那本短篇小說集的版權，條件是柯克廉不能再和他清算舊賬。至於轉由藏天來出版，柯克廉問他：

——現在我們可以簽訂合約書嗎？

——可以是可以，藏天說。

藍白表示有其他的事要走，他要溜走是他打了一場不贏不輸的仗。事實上是他打贏了，只是後事由他的朋友來收尾。他說要走，藏天迅速地捉住他，向他推薦一本書由藍白來出版，做為一種交換，藍白馬上答應。

——你能出多少價錢？藏天問他。

——我付最高價。

藍白說這句話時偷偷地瞥視柯克廉一眼。柯克廉只是沉默地聽著，並不理會他。

——最高是多少？藏天再問他。

——一萬五千，藍白說。

他這一次眞走了，故意給柯克廉一陣心酸的打擊。柯克廉沉靜地坐著，等待藏天對他剛才的問題的確定回答。

——原則上每出一本書我都是先請示老闆，藏天轉過來對柯克廉說。他說這件事絕沒有問題；他解釋說本來可以現在就請示老闆馬上決定簽約，但不巧老闆今早去開會，下午才能到來，他給柯克廉他的電話號碼，約他下午三點鐘打來，或麻煩他再到這裡來。當下午三點鐘柯克廉打電話給他時，對方的回答是：

——很抱歉，老闆認爲這是一本出版過的舊書，他認爲沒有再出版的價値。

第二章

柯克廉漫步在淡水河堤岸正在修築中的環河高架道路的工地上，他並不是專程來看那些工人做工，只是覺得在人潮擁擠的街道上散步感到十分無味，無心地走到這一個地帶來。看到淡水河泛泛的緩流自然覺得舒暢許多。這是獨自一人的踱步的快樂；或者最好稱爲獨自一人的憂鬱的排遣更恰當些。固然此時他覺得心灰意冷，有著萬事不順遂的沉悶心情，腳步便自然地趨向於綠草和樹木的河堤公園，心中傾向於無爲靜穆的自然風景，把眼光著朝向對面的山巒；要是那些山峰距離得不那麼遙遠，或者河水不間隔著他，他當然會懷著喜悅一直邁向前行和靠近；如果有一隻小舟能爲他尋覓，他就會僱舟渡河向群山逃遁得遠遠而去，懷著解脫的心緒向那莊嚴的自然哀歌低吟。他心中的盤算已經有著具體的決定，知道維賴社群的互助而生存的難以實現，他明瞭自己並沒有好高鶩遠的幻想，只盼望求得少許的人間的公正和誠實就感滿足這微不足道的卑低生命。固然他沒有高深的學問也沒有聰明的伎倆而擠進於較高的階層，他只期盼於和諧和尊重這生存的要義的彰明，但這個城市讓他有一種隱密的邪惡性格的存在，積極地在疏遠溫善的美德。雖然他自覺自己已經充滿了消沉的情緒，畢竟他還是具有耐心的品格，願意隨時追求心中的理想，只要有著一線的曙光，他會重新從那落魄的姿容煥發而有爲。他會待人誠懇有禮；他會爲人忠誠的服務；他的愛欲會勃盛地迎接生命的喜悅，以及呈現出快樂的姿態。他評估自己有時腦中所盤旋的小小的道德問題，誠實之心使他並不有所驚悸那慾念的自然滋生。突然他獲有一種來自現實的打擊的啓示，覺得他的長期的逆運所給他心理修養的價值，使他窺知自己胸懷世界的寬闊，以及培植他有成熟的和諧面貌，使他高瞻仰止變得態度漸行中庸。他的緩慢而穩定的腳步踏在沾滿水溼的草地上不怕被滑倒，注意傾聽每一步伐的聲音倍覺有趣，也感覺到在穩重中帶有俏皮的意味，把定的心志使他對於某種奸狡的排斥不再視爲嚴重的傷害，反而令他憐憫那世態的炎涼所顯示的景象，這點涵養惟靠長時經驗的累積，而能漸漸在這劣勢的生存裡咬嚼著苦中的甘味。這些單獨個人的秘密和認眞思想顯得對生存的心態多麼難缺和珍貴，而多少歲月已經使他在廣漠無垠的土地上踏出一條足可往來自如的小徑。但並非這些已經足夠他受用，未來的未知才算是一種考驗，每一時刻都可算是重新的出發，每一寸踏上的土地都是新釐的立足點，從誕生到爬行到站立而現在是要舉步行走的時候——走向一條認知的使命之途；從意念到實踐，然後回到意志；從上帝處走出，繞著一條活生生的道路，再回到上帝之處歸隱。他心中非常憫憐於那些在一時中以不誠實和貪婪而獲得小小勝利的人，這樣的人無疑是反叛上帝的魔鬼，意圖在這宇宙的一隅屯積爲營，建立華麗的私人城堞以爲永久的居住，這是多麼可憐而短視的虛幻想法。

柯克廉在這樣的思緒洶湧的漫步裡突然想到一個人來——一位在昔日的印象中非常和諧善良的女性。無可置疑柯克廉對女性總比對男性較好印象；就如此刻，他不會想到任何與他過去在此城中有密切往來的男性朋友，走訪他們獲取暫時的休息。他想念他們，回憶一些交誼中有趣的事物，但那畢竟已像雲煙消失無影，只留得記憶的甜美幻景，已沒有實際的香味。就指記憶而言，萬事何能與回憶女性的溫柔更爲美妙？更帶有幻想的快樂和企求的意志？就是與女性的平淡交談也比男性的胡鬧強得幾倍多。這樣的心性在此時的環境裡也許有些獨特，有點無爲，有點與蓬勃的競爭的世界的人類相反。他至今未有俗世的事業前途的任何打算的跡象，一直都在知識的象牙塔徘徊在有些形上的領域中流連。在這之前的時光裡大半都是一種遊戲的態度，唯靠小小的靈感度日而活；在他蟹居的鄉村亦是隨意地的過著懶散的日子。這當然有些沉悶和不合群，因之至今已沒有可以傾心暢談的友朋。在這樣的沒落中想到那位女性似乎有點激發的作用。事實上他原計劃今日黃昏就搭火車離開台北回鄉；他來城的私事已經結束，沒有想到會是這樣的冷酷無情的結局；似乎在這昔日曾生活過的地方他猶想像著還有繫留著一絲的關係，卻遭逢著詭詐的擺佈絕然地斷絕決了。但這對他的寫作愛好並沒有產生嚇阻的作用；他原來對文學的理想只是為了探求個人和世界的關係，純粹是想排遣的日子，沒有那種過分的虛榮的期盼。因此對他而言，在這方面的興趣依然還能維持著自己特殊的風貌。他自信著，雖然沒有像某些有才華的人那樣大展寫作的事業，從中獲得豐富的報酬，但並不至於在遭到歧時就完全斷掉他在這方面工作的興趣。為何這時他會想到那位女性，也許對柯克廉來說是一種突發的靈感，他那好玩遊樂和閒適的心性的作祟。他追思他和那位女性的關係，坦白說他們之間並沒有很深的淵源，只有共事的幾月時間，還有一二次的秘密的約會懇談罷了。五年多前他的斷然離城並不是與這位女性有直接關係的綠由，換句話說不是為了愛情的事件，我們最好把它歸結為一個與命運有關的理由，那就是時運使然。或者我們形容這是柯克廉年輕而憂鬱的氣質的一番作為。想到這位女性，此時柯克廉已被她的倩影完全取代了他剛才猶滿心不樂的情緒。要是他來城市的任務獲得順利的話，他恐怕不會想到她；他會將他所獲的金錢購買一些生活必需品回鄉去度他淡泊的日子；因為他早就決心與這個大城不再有任何浪漫的往來，他的心已安頓在一個穩秘的居所；他此次來只有一個單純的目的，沒有其他非分的想法。嚴格說來，此城對他已屬陌生，他只做獨來獨往的打算，此番的命運更屬絕然，心中的決定已應不會更改，也許將來重臨此城需待來世轉生之時。巧妙的是他的腳步現在所踩踏的草地正是他昔時與那位依依不捨的女性最後晤別的地點，他的思想中那種神秘的素質使他相信那時他們體膚沾留下的氣味猶留在空際中，或隨塵埃降落在土地上滲透在長出的青草裡，使他最為靈敏的神經知覺和甦醒，他們那時交談的音波還盤繞在水的上方漪漣不受時日的吹散，還能從那無數的混合中辨識出來。此刻，當他邁步離開這空氣中充滿潮溼的公園走回城內之時，就猶如當時想打消了離城的意志，願意接受她的懇求續留下來，去應約她爲他特別在某一餐館擺設的要與她面對面的親密晚餐。所以就在此刻似乎猶可彌補當時堅決的行動所導致的必然懺悔，又可接連與她當時交往的韻味。這種十分矛盾的心情雖然在未見到她之前充滿著各種猜疑，否定事實的可能，可是那躍躍欲試的心跳已在爲他緊密的打鼓，催促著他的腳步做探試的冒險。

事實上僅憑這點心中突來的靈感實在不足構成現在前往拜見她的理由，在現代的嚴格禮儀裡，他不啻就是令對方驚悸無措的不速之客，何況他並非在急需之求時去謁見她，在柯克廉的生活哲學裡沒有這條期求憐憫的意圖，就是在最爲走投無路的關頭亦不會採取鋌而走險之路，凡事他總看在天命上而有自我負責自我照顧的態度。猶如五年前他的那番憂鬱氣質的離城做爲一樣，只是他個人內窺生命的一種自由意志的表現，與這個大城的任何人無關且亦無影響。當然這事已沒有必要多加解釋。這種溫文的怪行與現代社會日漸增多的暴行劣跡正是生命的兩條相反的極端途徑，永遠不相爲謀和混爲一談。我們這位柯克廉的確在他的行徑裡大有古代人的精神的投身復活，也就是這種善於內省的舉止在當時非常受到那位女性的珍愛和維護。但無論如何柯克廉亦不會藉過去的恩情企圖在現在重溫舊夢；他考慮到時間的變遷，思索到對方生活應受到尊重；總之，他不能冒昧無由地突然出現在她的眼前，就是僅僅做朋友間暫時的會面，他亦沒有這點厚顏的膽量。他可眞像是怯懦到極點的人，可是他的步伐現在不是依照著他的欲意漸漸在移近著她嗎？不錯，他甚至已從身上的衣袋裡掏出一本手記簿，這本小冊子不是他記錄社交的備忘，他根本沒有社交，卻是他在鄉野的生活中偶然想到的隻言半句留下來，因此大都是空白頁，但夾在那些寥寥的詩句裡，此時他正在翻找是否有被他無心記載下來的電話號碼的數字和地址的文字。約在半個月之前，他在那鄉村裡竟然接獲到一封由報紙副刊的編輯轉來的她的信，他萬萬沒有想到她頗能動腦筋來尋找他存在的消息；從這一行動可以想她對柯克廉的關懷絲毫沒有間歇；就是柯克廉本身有意與昔日的一切友朋斷絕信息，也無法完全杜絕這位才智敏慧的女士的熱情。她會寫信由編輯轉給柯克廉，是因爲柯克廉正適在那時發表了一篇作品之故，他絕少發表作品在報刊，也是多年來僅見的一次，卻沒有逃過那位女士的視網。那封信使柯克廉足足猜想了許多天而留下深刻的記憶；也就在那幾天裡他大部分的時間都花在山間漫步思索這個問題；奇怪的是那不是一封千言萬語的慰問信，也不是空談情感的情書，只有非常實際的幾個字代表著一切：

克廉：

請給我一信。

斐梅

紙頁上端印有斐梅畫廊處所的地址和電話號碼。柯克廉處在茫然中，心裡充滿奇異的感受，好似睡在黑暗的夢中突然被喚醒受不住光亮的刺激。他在將地址和電話號碼寫在手記簿時並沒有做出任何心裡的決定。前面提到過他有許多日都處在夢遊中，回憶著昔日的往事；那久已不曾再騷擾著他心靈的魅魎形影，全都一一復活展現在他的四周，與他做了一番牽扯的爭吵。他既不決定給她回信，也不決定不給她回信，所以才有那番登記在手記簿的行爲。他不能確定到底能在何時重見她，心裡卻預算著有一天也許會遇到她。她的信的確給他一個久已封閉的靈感，甚至挑逗著他一點久已消失的欲意的遐思，使他有付之行動的意思。可是我們必須認清這位柯克廉在思想方面的特性；我們知道人類的行爲從表面具體形體上是沒有多大差別的，但在形上思想裡卻充滿互異的特色；譬如他在動身前往城市要與出版商辦理版權的事之前，也就是他接到斐梅的信後，這個期間他在手記簿寫出如下的詩句：

仲夏的南風吹過樹梢，
一個隱遁者徜徉在小山上。
白雲在藍天移動，
噴射機如針地穿過；
雲塊不斷地變形和組合，
而後又擴散分離；
一隻馬的形象映在他的眼簾，
揭開隱遁者的記憶。
昔時，在這靠海的鄉村，
臨海濱的那座山巔，
出現一隻蹦跳的白馬嘶鳴；
牠的眼睛像兩道電光，

白色如銀的皮毛閃耀著太陽；
在一個霧靄的清晨中，
牠涉過沙河馳往東方的山巒。
牠所過之地遂盛產著稻米。
是仲夏的風轉來信息：
據說北方的大城如今昌盛非凡，
色光猶似遍地金黃；
這是奇怪的時代，
人們不再眷戀著泥土芬芳，
拋脫樸素而貪圖奢華。
隱遁者坐起離去，
他的心已不靜寧，

……………………

那時他躺臥在小山上觀測著自然的現象，多少使他覺悟了自然界的不可思議的奧妙的演變，人類的運命無不參與這瞬息的變化中，無可逃脫造物者的掌握。這種意識往往被指陳爲虛無，認爲他的本性無情。但我們的柯克廉並不是神仙，是芸芸衆生中的一個凡人，他的理智是代表他的思想的力量，並沒有那麼殘酷來扼阻生命應有的喜悅，和逃避得掉飲淘惡運的苦杯。他的肉身是他的思想的試煉品；當昔日在城內被友朋指爲虛無者時，他從他們之中沈默而不加爭辯地走出；他知道，雖然要辨識人的思想是透過行爲的考查做爲依據，可是現今的人們巧言令色，在私利的驅策之下，同樣的行爲就會有被武斷的判決，會有被二分爲善與惡的區別。柯克廉當時離城逃避的無非就是想脫卸那種是非的騷擾，痛惜人類良知的泯滅，以及惡魔潛居在人類心中的無形統治。他想：人必有最終的歸宿，可是這個定命的結論並不是肯定人生的無義；它從始至終之間完全是一種活生的試煉，使你細思上帝在心中的存在，猶如祂指派你在一生中尋找眞理；但你不是祂唯一使者，你只能善盡生活的職責，達成你個人受派的使命，在好人的善行中看出隱藏的險惡，在壞人的行爲裡深思可能的善果。這個歷程有始有終，無可違逆和怠惰，而如何去尋覓那眞理之道只有維靠生活經歷，因此我們的柯克廉一步一步地去接近他的好友斐梅，正是有著這樣的形上思想的萌現；昔者如逝，從現在開始是他另一個生命階段的起端；不知他有何新的事蹟，請看下章的陳述分解。

第三章

在黃昏中柯克廉的腳步橫過中山堂前的廣場，抬頭便能看到書廊的招牌，他覺得那個地方沒有任何外觀上的特色，只是一幢普普通通的三層樓房，而且太接近於雜亂的中華路的商場，來往的人大都是想購買便宜貨或看電影的群衆，他們的心裡必定像他們的舉步一樣的匆忙和興趣飄浮沒有專志。在這一地帶似乎沒有寧靜的氣氛。柯克廉走過馬路站在那幢樓的走廊，第一樓是百貨公司，旁邊一到樓梯口，有一張海報架在樓梯口的右邊，特別標示著畫廊在推廣一項鼓勵家庭購買美術品的運動，這給人的觀感是商業氣味太濃，與他心裡早先的想像大有差別。未見到她就已經對她工作的處境抱著疑問，在柯克廉的印象裡，她是那種才情和品賞極加的女性，在這樣的地方經營畫廊未免浪費她寶貴的時光，她可以做些較高雅的工作，譬如翻譯英語的著作或在高級的機關當秘書，甚至在家讀書充實自己，絕沒有想到她會屬於專做買賣的畫廊，這種事於她也必須是一家裡外氣氛充滿藝術風味的高尙地方。當然柯克廉完全不知她在這五年間的變化如何。現在面對事實只可猜想她可能在爲困居城內的一群窮畫家服務，才會有那種急迫的招喚和廣告，可是這樣的地點不是讓人貶低創辦人的藝術眼光嗎？他走上樓梯停在二樓觀看同樣使他驚訝的景象，展現在他面前的是他前所未見的怪事，數十百家的出版社平均佔著一塊小地方，像菜市場的魚販和肉商一般在販賣他們出版的書籍，比昨日他在書城地下室所獲的印象更爲雜亂，沒有情調，沒有嚴肅莊重的氣派，沒有尊重書本，沒有禮待看書人，所看到的是人類冷淡的互相蔑視的行爲表現。壁上箭頭指示的三樓從樓梯口起就稍有修飾，可是這樣的環境毋寧可說還是有點不倫不類使人抱憾。上上下下的人的確很擁擠，卻大都是衣著隨便持著觀看熱鬧態度的青年男女。柯克廉上樓後一眼便看到她坐在辦公室的側面影像，他懷著探試性的心理使他決定不直接進去見她，整個畫廊的情形像是忙亂的雜貨店模樣，這種情勢使他特殊的心境難以接受；他覺得來的眞不是時候，他的蒞臨可能加重她的繁重負擔；他沒有預先打電話而直接跑來實在是很大的不禮貌；但此時他不能因後悔退縮，他準備先進去看看牆壁上吊掛的畫幅，想想是否有兩相其便的機會。這樣的打算是柯克廉在此情況中特有的性格顯示；他有被重視的心理需求，可是這麼多人，這麼嘈雜，他自覺也是個普通的參觀者，看起來那辦公室更充滿了人，工作人員進進出出十分忙碌，他不能容忍自己像是一件此時要她馬上辦理的事物；他要求她有餘裕的心情來迎接他，可是這個時候他完全知道不可能，因此他想最好自己能隱身混在那些進入展覽室看畫的人一樣不被她注意到。但是已經來不及了，她的頭部突然轉向門口這邊來，正好和想閃避的柯克廉對面相視；看來對方只是無意間的轉動而已，既然看到了柯克廉，隨著必有一番反應。她的面孔的特徵的確很吸引人，很足夠給柯克廉印上心惻和愛憐的印象。她的表情是一種秘密的暗示兼招呼的微笑，表面上無動於衷，除了在門口外面接受這個反應的柯克廉，料想在辦公室裡的人不會去注意到她心裡突起的變化。柯克廉也以不使人察覺的態度連續著他的動作，同樣做了相似的笑容，剩下的是在這種默契之後的各自行動；柯克廉左轉兩步已經步入了展覽室，同時也是她在恢復轉頭之前的原先姿態。

檢視剛才的情形委實太像兩個日日時時相見的朋友，但卻較這種關係更具深遠的涵義，差別就在那各自的心裡的一時了解。這種久別重逢的第一次見面的方式都不是雙方所預期的。她一定每天都在等著柯克廉的回信，從回信的內容再決定見面的事。要是柯克廉曾有信函給她，並表示來城見她的意思，她必定會選擇一個秘密的地點做私人間能夠在外表上明顯地顯現出情感。可是一切都不是這樣的。柯克廉對這位善良的女子的種種猜想自有他的理由不想遵循傳統的樣式，雖然事後覺得對她頗有歉意，但他的行徑竟然獲得意外的滿意成果。她那一瞬間的表情深印在他的心靈中，實在比表面的熱烈歡迎接近更直接地通知他在她心中的重要地位。不知要經過多少關頭和努力才能打開的心扉，沒有料想到會在那頗以爲不利的環境裡，卻在一閃之間圓滿地獲得答案。這個答案柯克廉認爲與那一封寥寥數字所藏的意思廣泛的信不謀而合；剛才她那不是預先裝扮給他的自然顯示的面孔已經透露出她心裏久藏的苦衷。那麼在這幾年中她一定經歷了不少的人事的變遷，一旦他和她能夠單獨交談，柯克廉就可已完全明瞭。那浮現於臉容的動人影痕，有心人自能感應這一切，對其他人而言則毫無意義；柯克廉的心就在那一刻間被其哀怨的形貌觸痛起來。我們可已想像他在鄉間的小山上已經被空際中傳遞的對流所感應，而形成他行動的靈感；表面上他是來辦理一件久懸未了的私事，實則那件與出版商相打的敗仗並不具有重要性；內心的意志自然地導引神秘的生命欲意走向未完的生存道徑。

一刻鐘之後她悄悄地來到柯克廉的身邊，他已經做了一次全部的流覽，重複的觀看幾個他較熟悉的化家的作品，探討他們現階段的技法，她找到了他。

——你覺得怎麼樣？她的手在靠近柯克廉時也悄悄地握著他的手。

他能感覺到那是有意地用力緊握他的一隻暖熱的手，自然地給他有一種安慰的熱流傳達到他的心裡。但回握給她的並不那麼富有勁道，在左右都有人走動的地方他總是顯得羞怯一些。但他和她卻很靠近在一起，那兩隻手事實上被兩個身體夾在中間根本不會爲人看到。她突然地分離開拉著他走向一個角落，要他觀看牆壁上的幾張特殊的水墨畫。的確在柯克廉看來是殊異而少見的作品，他剛才已經注意到。

——你認為處理得夠簡潔嗎？

——是消極和逃避，柯克廉稱讚地說，實在不錯。他注意畫中的簽名。

——我眞有千言萬語要對你說，看到你反而一句話都沒有。她隨著這一句坦白的話後是一聲無可奈何的嘆息。你接到我的信嗎？

——接到。

——你一點都沒有改變，柯克廉。

——眞的嗎？

——反覺得你年輕了。

柯克廉注意她較昔日印象更具成熟和認眞的面貌，發現對那大而黑的眼睛也校往日更具善解人意。斐梅過去有些年紀輕的急躁，現在卻一點兒也看不到了，完完全全的持重和從容，可是他意會到不快樂的陰影附在她的表情裡，那張端莊的臉施了一層薄薄的白粉，過去她的臉不施粉是呈潔淨的棕色，彷彿是用來遮蓋那層歲月積存的幽暗似的。她馬上轉開迴避他探索的目光。這時柯克廉才看到她那女性的羞怯的本態，她那整個職業婦女的樂觀外表頓然消逝了，她的自救之路是：

——我們離開這裡，她說，我請你吃晚飯。

——不，我請妳。柯克廉說。

——你別來這一套了。她瞪他一眼。

她要柯克廉在這裡稍等一下，然後她轉身回辦公室去，顯然她要去把畫廊的事務做一番交代。柯克廉的觀感是這不是欣賞美術品的地方，是個廉價販賣場，每幅畫從五百到一千元，所以必須有許多的人員，也顯得異常忙亂，他甚至覺得滑稽，畫廊裡還有賣飲料的櫃臺，也兼賣更廉價的攝影照片。他望著她穿著流行的緊身衣褲的離去的背影若有所思，當她又以正面的姿態回來時，柯克廉心中藏匿的幻想消失了，眼前一切充滿了實際；她不是想像中使人傾投其中而陶醉的優美動人的文化的化身，她只是一個具形的穿衣女體，同他所見到之芸芸衆生一樣凡賤。

第四章

經過昨天晚餐的了解之候，第二天下午斐梅抽空到柯克廉租宿的小旅店來探望他，對他投宿在這樣簡陋的地方甚表同情。她來的目的是要柯克廉到昨日他們在畫廊討論到的那位怪異的畫室去參觀；她在昨天與柯克廉分手後想到這個是否能藉此機會激勵他居住在城裡的興趣；她甚至在那間狹小的旅店房間裡訓示了柯克廉一頓。

——你必須走到這個開放的世界來看看，她理直氣壯的說，起碼我有責任引介你認識一些人。

這種要求柯克廉甚表驚訝，以爲她是窺知了他秘密的心事而說的，是他還不能馬上坦然啓口對一個女子要求的。他考慮了她的這種清清楚楚有如命令的話後，用了一句反問式說道：

——妳的意思是不是說要讓一些人也知道我？是不是這樣？

她用一種重新評估他的眼光注視他片刻。

——存在是相對的眞理，斐梅說，事情是相對的，你的是一種維護自尊的說法。

她的結論是：

——人總必須攜手合作在一起生活。

現在她似乎有一些依據的理由來指評他，或者在她有些了解之後想以朋友的身分來糾正他一些觀念上與世俗的不調諧部分；她認爲他的資質很優異，雖然很容易領會一些艱難的問題，可是所處的態度未免太保守太孤獨了。他和斐梅同年紀，但所受的傳統教育她比柯克廉高，可是我們的柯克廉正如她所說的才情很高，是這點天賦受到她的鍾愛。他領首接受她的這一番勸誘，無疑她表現了一些知識力量，他答應暫時不馬上回到鄉野去。昨日柯克廉見到斐梅後，他的幻想的熱情便開始顯出退祛的現象；他原想在城裡尋回一點舊夢和陳跡，但所見之處都改變得面目全非，因此他們同在一家高尙的餐館吃晚飯時，他表示不願在城裡多逗留，他有經濟不足的顧慮，他坦白地說見到了她似乎已經就算完結了自己的一番心事。他說他應該給她寫回信，事實上他試寫了不下數十封，但每一次試寫都捉不到眞正的主旨，信紙上的字顯得辭不達意，所以他來會見她就等於是來回覆那封信。他決定第二天就離開回鄉去，可是斐梅要他考慮明天是否能在她到小旅店見他之後再做決定。有一個晚上的獨自思考是頗爲合理的。首先他拒絕，但最後還是接受了這個要求。柯克廉問道：

——白夢蝶先生是不是像他的畫那樣怪？

——答案如何你自己去發現。

從她謎樣的態度中，柯克廉看出她是不肯預先吐露一點消息給他；她安排這件事似乎帶有遊戲的性質，想刺激柯克廉的好奇。既然她不肯說出她的觀點，他只好從別的方面去探索。

——妳和他很熟？

——我和他是很好的朋友。

——從何時開始？

——籌備畫廊的時候。

只有這些，以外的她就不再多說。柯克廉覺得自己很無知，對於城內的畫家連最基本的了解都不夠，甚至對斐梅這位極具聰慧的女性也所知有限。此時柯克廉發現她對他的態度根本不是她對任何人的態度；可是她對其他人的態度是什麼，柯克廉並不清楚。他迷惑著她那種詭計圈套的誠懇關懷，從他們見面開始，他發覺對她的評價完全不能適用昔日的尺度，從實際的接觸中感覺到她是一個靈活多面甚至深不可測的形體，而不是想像中的典形樣子。每個人活著的實際狀況都是如此，而想像只是從繁複中抽離片段加以美化。柯克廉由心裡產生出一種恐慌和顫抖：過去他單靠心眼生活猶如處在黑暗裡，所有的人物和事件，都存在於他的固定的邏輯中，他們像木偶在他的意識思想裡呆板地活動；可是實際的世界卻不是這樣，人與事永遠隨時間和空間改變和變化，要面對這種情況必須用明亮的眼睛去注視，動用所有身體的每一個靈敏的器官，還必須時時覺醒自己的存在；這一切對柯克廉來說是新經驗的誕生，他像一個慌張而膽怯的赤子，有點舉足不前的可憐樣像。從她看著他上車赴白夢蝶先生的公館開始，對柯克廉來說彷彿有一種新意義托附在他身上；但這個新的轉變對他來說是否與他混沌的意志相吻合，此時還未可知；是不是斐梅的一種策略現在只是一種開端，距離它顯出的效果還很遙遠。但有一樣情形在聯想中是相當眞實和有趣的：柯克廉經過她的一番激勵之後，邁著勇敢而好奇的腳步向前進發，我們說這是斐梅媽媽第一次送她的幼稚的小孩出門，要他靠自給的能力走到學校去。

——你的觀感如何，事後我們再討論，她站在車旁對柯克廉這樣說，我會非常重視你的意見。

這就對了，我們心中所迷於的曖昧混沌，最少現在她說了這樣的話而有一點色彩顯現出來，漸漸的它自然會逐步的露出完整的線條，使人從色感和明確無誤的輪廓中辨明形象。

在途中，我們的柯克廉所思非常的混雜無措；他到底要以什麼身分立在對方的面前，這一層斐梅沒有清楚的交代，頗令他猶疑膽寒一番。他回想到年僅七歲的時候，父親送他入學的情形，他的父親摸摸他的頭說：

——小克廉，你要記住我的話，

——是，爸爸。

——在學校你要聽從你的老師，

——是，爸爸。

——上課的時後，端正的坐好，

——是，爸爸。

——少說話，用眼睛看，耳朵聽，知道嗎？

——知道，爸爸。

——那麼你就是爸爸最乖的孩子。

我們的柯克廉生性膽怯，尤其最怕人衆的地方，正與某些人喜歡投入一大堆人的喜樂歡笑相反；他記得他的父親爲了鼓勵他上學，曾經軟硬兼施，最後在各種保證之下才勸服他。但是他處處思慮的曲折性格卻有一點好處，就是使他永遠有種謹愼和維護自尊的態度，這也許就是聰明的斐梅對他多所讚許和可能所資利用之點。

從白夢蝶先生口中的「久仰」兩字似乎可以聽出他已知一些有關柯克廉的事，斐梅早就預先和白夢蝶先生連絡好他要來拜訪，那麼這件事他們必定有一番討論，是昨夜或者是更早，柯克廉當然不會知道，所談的內容如何他也不清楚。可是從白夢蝶先生接待的態度中可以看出他對柯克廉的重視；柯克廉就是這樣的感覺，因此可以推測白夢蝶先生必非常地相信斐梅對他所做的描述。所已他們兩個人相見都具有對對方的好奇；在這兩個驕傲的人的心中都想把對方當成自己的鏡子，從對照中看出自己。從對方比自己年長許多這一點柯克廉已經第一步感覺出斐梅所暗示的趣味；她說——答案你自己去找，使他處處小心觀察入微。當他走出計程車站在巷道上時，看見眼前一堵特殊的高牆，以及突出牆頂的熱帶樹巨葉，他想像這是一個企圖與鄰居截斷交往的自我獨尊的家庭。崇天的熱帶綠色樹木似乎在城市的住宅庭院裡非常少見，判斷那些樹齡恐怕都有五十或七十年才能長成那種規模，並不是自大陸來臺短短二十多年所能造成的，可是那堵牆卻是新砌不久，連帶那座白石的大門，做工都是具有一番特別的設計，一如那進門後所看到的前庭的水池花園都別具風格，石頭也必是從遙遠的山區找來的，雖則有現代的油漆把屋子外表刷新一番，許多地方也看出是經過改良或增建的部分，但自出生到現在都生活在臺灣的柯克廉卻異常的熟悉這種地方是過去日據時代高官所住的雅緻而舒適的府邸。那麼這位五十多歲年紀的白夢蝶先生來臺時並定有過當官的經歷，才會有可能分配到這樣的一幢房子，而且並不是泛泛之輩所可能享受的那種幸運，而他個人的家資一定又將它增飾得益為美輪美奐。總之，舊時的建材都被換掉了，但主人並沒有將它優美的形式完全剷除，他還很喜歡那種高出地面幾尺的地板，柯克廉一時看不到正廳的門戶設在那裡，白夢蝶先生直接領他經過水池旁邊的細石小道，踏上幾級石階，打開落地玻璃窗門引進屬於他個人的長形的畫室。這樣的地方頗令貧窮的柯克廉在心裡暗暗稱慕；他有點嫉妒但並不具有敵意。要是換另外一個人也許就沒有柯克廉那種寬容的冷靜。他注視白夢蝶先生的相貌時，幾乎帶著欣賞的態度；的確對方是個講究穿著的漂亮人物，臉上猶有青春的氣息，身體健康，腳步很踏實，唯一的缺憾是幾顆在說話時不能隱蔽的獰牙。這一點只使柯克廉在事後才想到白夢蝶先生的性格的某些象徵，在當時他非常喜歡他的瀟灑姿容和談勁。

——實在幸會，斐梅已不止一次談到你，我覺得這是緣分。

這句話的後面兩個字頗使柯克廉詫異，思索了片刻，他看柯克廉突現沉默沒有應答，再說：——我的宗教信仰是佛，這才使柯克廉領悟過來，而應聲點頭說：——當然。

當他問柯克廉：

——要茶或咖啡，

而柯克廉說：——茶，

他接著說：——那麼你隨意看看，自一扇門走開時，柯克廉才有單獨的時間繞走畫室仔細的觀察。

他的腦中馬上有著一個明顯的觀察結果：地板上擺著一大堆擁擠的現代造形雕塑品；牆壁上掛滿排列整齊的油畫；角落的一張長板桌堆集著金石用的木塊和石頭；而柯克廉連想到斐梅畫廊的水墨畫，這許多不同的形式和材料似乎可以說明白夢蝶先生在美術創作上的野心。當白夢蝶先生令人感動地手端著兩杯茶回到畫室，與柯克廉同坐在沙發裡聊談時說：——我曾印過一本詩集，幾乎使柯克廉感到有點不能承受。豐富的數量使柯克廉完全不了解這樣一個人的存在意義。他想白夢蝶先生是多種類型的集合體；他一個人可已代表許多現代社會需要的專才。唯一可以鑑別他不是一個專才的來由是呈現在眼前的這些東西都是平凡而缺乏創意的，只有斐梅畫廊裡的水墨畫能引人興趣，讓人產生對畫者猜度的好奇，是千篇一律地說明著一個特殊的心境。他沒有讀過白夢蝶先生寫的詩句，但可以想像他不再寫詩必定是居於一個理由：未受批評界的注意；雕塑和油畫沒有展出也必定有種不滿意的自覺；唯一可稱道的水墨畫也沒有藝術的濃厚成分，那麼白夢蝶先生多方面選擇必定是非常不能順遂他原本的現實之夢，因此顯露自我清高的性格。

他自我表白說要不是斐梅他不會把水墨畫掛在那種地方做廉價的賣出，這等於說明要不是斐梅他也不會接待像柯克廉這樣的一個人，因爲他隨即表明他已經甚少和外面的人際做廣泛的來往，只有少數的畫家有時爲了籌辦畫展前來商議而已。關於水墨他自稱他的源淵已經很久，經過一段細筆的臨摹階段，一大捲篇幅不大的習作拿出來給柯克廉過目做爲證據。此時柯克廉心裡突然浮起一種幻覺，意識著斐梅在他們兩個人的居中地位。有許多事他不能明瞭，關於白夢蝶先生的眞實身世和家庭的生活狀況，他不能冒昧地詢問他，只能在以後與斐梅再做討論。

有關藝術的問題雙方都謹愼地只談到一點觀念上的事，柯克廉覺得他不是純粹的藝術家當然有點失望，事實上要在城裡尋找那種那種驚人和感動肺腑的純粹恐怕不很容易。像白夢蝶先生充其量只能算是愛好風雅的高尙人物，十分肯定的宗教信仰已不能令他產生蓬勃的追求意志，他的工作性質其實是宿命意識下的一種排遣，他所處理的和表現的當然比年輕的一輩具有自覺和僞裝的成分。總之，藝術這門東西在這個城市裡它的價值的討論是非常含混的，根本難以釐定標準；在斐梅的畫廊裡充滿著向現實投靠以取悅觀衆的趨勢，把藝術的無能的責任歸咎在大衆低俗的鑑賞標準，因此價值的高低決定在觀衆數量的多寡，有點無知蒙騙無知的默契。因此可以想像畫家們的表面的團結，是想用他們集體的行動來引誘和說服一般人搖擺不定的欣賞心理；因此就有群體的連合，配合著宣傳而達到解放他們的苦悶心境的企圖；這種結果根本不能找到藝術本身的眞理，只能使畫家滿足做爲明星的欲望。但從白夢蝶先生的秉性裡似乎比誰都具有了解它的短暫性的命運，當這個城市本身不能藉社會政治的理性產生自我的文化而處處受到外面世界的價值擺佈時，所有的奇花異草便不能受到特別的培植和愛護，甚至被懷疑而遭到冷落和鏟除；就是身爲文化工作的藝術家在他們的理念中何去何從，亦在仰仗世界的氣象報告行事，已喪失自信心和保持自身的感性；他們可能是穿著劇中人物衣裳的舞臺演員，而不是眞實的人物。在我們的柯克廉的眼中，白夢蝶先生似乎在玩耍著他死前的排遣遊戲，他的思想中除了他所認定的宗教的空無外，似乎在沒有其他的生活存在。

雖然如此，眼前他所擁有的一切卻頗使他在比較中感到自足，柯克廉很注意他整潔的外表，以及健康的膚色所代表著的希望，他一定都在時時準備著迎接現實所能給他的機會。他所談論的宗教，他信仰的佛，他認爲人生如夢，這些是他的人生經歷的必然的結論，亦是他擁有的一種智慧，可留爲諸事的後退之路而產生安慰作用。像他這種年紀猶顯露著清朗的性格，使人覺得是個可愛的人。柯克廉心裡早先對他猜測的魅魎影像是完全不眞實的；他最迷人之處是他的自抑和謹愼而又不失爽朗；譬如他談到現在的經濟政策，就猶如他現在身處部長的地位；譬如他談身體運動，他說：

——拿鋤頭比握高爾夫球桿有趣又有益。

憑著這點已經鼓起柯克廉想要去擁抱他；看來白夢蝶先生對現實界關心一定淵源很遠，關於這方面的批評言論其正確性比討論藝術問題更能引發柯克廉的注意。這是不是也是使斐梅喜歡他的原因？柯克廉想：當然還有遠比這個更複雜的因素在他們的交往裡存在。也許白夢蝶先生最爲動人之處恐怕是他的人生原則的實踐，對他有利的諸種行事準則必定跡跡可循。現在柯克廉還不能僅憑這一次的晤談就完全掌握到全部的了解，他也不能預測將來是否還有機會再與他單獨碰面。他可以從對方暗藏的冷蔑裡感覺到這一點。無疑這樣的人物依然還有傳統的階級的觀念存在，對方常顯露出一種距離來審視柯廉，他的「緣分」的說法並不帶有濃厚的友誼成分，只是用來造成交談的親切。柯克廉與他的關係如何發展完全操在另一個人的手中，白夢蝶先生問道：

——你想現在斐梅是不是還在畫廊？

——也許，柯克廉感覺到他和白夢蝶先生的交談已近尾聲，他加上一句：

——我不能確知。

——我打個電話過去看看。

他再度留柯克廉單獨在畫室裡，使柯克廉有機會站起來走到窗邊觀看那個前院的水池花園，這一次他注意到牆角的陰暗處有一塊浮雕安設在那裡，隱約地凸浮出兩個少女的坐姿，他進來時沒有注意是因爲陽光的強烈暗影和附近的石頭把它遮蔽了，此刻已是接近黃昏，天空還很亮但沒有直射的陽光，那塊浮雕在那些周圍的石頭的綠苔襯托中顯現出來了，模樣是兩個憂鬱的少女，柯克廉憑肉眼以爲是技巧不很高明所致，他沒有再多做以外的想像。白夢蝶先生約離去了一刻鐘，他已經換穿了一件方格的深色外套，備顯出他的翩翩風度，臉上也配戴一副白金框架的眼鏡。

——我請你到外面吃飯，

他站到柯克廉的身邊來，似乎想知道柯克廉所視何物。柯克廉有些受寵若驚地回答：

——好。他想有斐梅在一起更好。

——她在畫廊嗎？

——她在那裡。

——她和我們一起吃飯嗎？

——她要，但她在那裡等候一位朋友。

——那麼。柯克廉又有點舉足無措。

——現在我們就到畫廊去會合她。

——很好。柯克廉才感到釋懷。

他們步出畫室來到水池花園的細石道，柯克廉終於看那個水池的設計是特別爲什麼而做的；他對那座浮雕上的兩個少女的模樣現在看得較清晰，回頭瞥望到戴眼鏡的白夢蝶先生的側面使他有了感觸；白夢蝶先生有一種老態是剛才沒有發現的，沉默中的他與那兩位少女的愁容似有密切的關聯。

第五章

柯克廉乘坐白夢蝶先生駕駛的德牌白色轎車行駛在街道時已呈灰暗，燈光的開放漸漸的取代白天的日光，城市已進入了它多姿多彩的夜晚。這裡要補充一點的是：我們的柯克廉在進入和離開白夢蝶的寓所時，前後有一位身材矮小態度機警的老太婆出現，她的銳利的眼光使他在事後知道她是什麼身分時印象備覺深刻；在當時柯克廉沒有太大的留意是她的穿著和面容都令他誤以爲是個女傭人，再加上白夢蝶先生未對他介紹；事隔幾天，柯克廉才由斐梅口中獲知她原來就是白夢諜先生青梅竹馬的妻子，他今日猶留得青山在完全要歸功於這位相貌平庸的賢妻。畫廊的燈光明亮，斐梅身為畫廊的經理，她的模樣和態度從任何角度看來都很令人心服。她不是屬於美麗的女人，卻有一種實在感使人傾心於她，視她為指揮四周人事的靈魂人物。她接待白夢蝶先生的慇懃是把他視為長輩，柯克廉具有很好的神經來感覺這種人際關係的表現；但他並不計較這有什麼用意，斐梅在公眾面前對他就比較冷淡，採用隨時找機會用暗示的方式讓他了解她的用心；事實上他樂意站在一旁做觀察者，他身處在這種環境還是一個陌生人的身分，還沒有混熟，他的快樂是屬於觀察而不是參與，他的心是冷的；現在他倒有點全心全意期盼晚餐的來臨，而不是站在那裡聽他們說話，可是斐梅在他們走進畫廊時便說：

——非常對不起，她是對白夢蝶先生解釋的，我的那位朋友還沒有來。他原定六點多到這裡來，現在已經六點多了，我在打電話過去問一問，也許他已經出來了。她打電話時看不出她有任何焦急的心情，她的一舉一動都有人在注視她，辦公室很嘈雜，有一些人員進進出出來請示一些事情，現在所有的人都靜下來聽她打電話。她說出那位她在等候的朋友的名字，她放下話筒說：

——他已經出門來了，大概馬上會到。

她終於有一個機會站在柯克廉旁邊小聲地問他和白夢蝶先生在畫室交談的情形。

——很愉快，柯克廉說。他知道在此時不可能詳談，但這樣說可以給她概括的了解，那麼他便能在心裡做出安排。

然後她繼續回答那些人員的詢問，再陪白夢蝶先生到畫廊走一遍，一面對他報告賣畫的成績。柯克廉留在辦公室和幾個人寒暄。他到洗手間去，回來時斐梅和白夢蝶先生已經在辦公室，那時爲了等後那位朋友，有幾分鐘的沉悶感覺。柯克廉倚靠桌子站著，傾聽斐梅對白夢蝶先生述說畫廊的一些計畫，他的眼光正好朝向門口的樓梯，這時他看到有一個不平凡的頭顱升上來，他被那張未見過的特殊的臉吸引住，他細加審視，感覺那是一個多種混合的表情的面孔，謙虛裡帶有自負的成分。那位漸漸走上來的人蓄留長髮，臉面修飾得很光潔，年紀看來很輕，態度卻很沉著從容，有點浪漫的氣質，但卻穿著很考究的整套藍色西服，結一條紅色領帶，他走上樓梯大步跨進辦公室，手裡攜著一隻沉重的黑皮提箱，他朝斐梅的身背呼叫：

——斐梅，

斐梅迅速轉過身來。

——曹林，你怎麼搞的？

他發現辦公室一大堆人都有等候的姿態，於是他機警地不容誰先說，很堅定地搶著道歉：

——非常對不起，我來晚了。

柯克廉再度被他那有趣的表情迷惑，發現斐梅以不耐的譴責的眼光看他一眼時，他那尷尬的表情則更顯得可愛萬分。從這一點斷定這位青年和斐梅必是很相知的朋友。隨即斐梅把他介紹給白夢蝶先生，然後才是柯克廉。

——久仰大名，他用力的握著柯克廉的手。

所謂「久仰大名」實在是一句無足爲奇的社交的客套語。其實這位曹林的確早就聽到斐梅對他談起柯克廉，而柯克廉在畫廊認識他之前斐梅卻還沒有對他說到她有這樣一位特殊又不平凡的朋友，就是白夢蝶先生在這個時候也覺得頗感異外。原因是這位曹林的外表所給人的第一個印象不是此間的任何人物可比，他含蓄的表情代表著博學，剛才的禮貌很令人欣賞，落落大方而不失斯文，是誰對他都會有點迷醉，加上斐梅這樣的介紹：

——這一次他應科學會邀請回來是想在國內做點事情……

然後知道他從美國回來只不過是一個月前的事；他在美國獲得博士學位，現在身負的工作除了在大學兼課外，主要的任務是組織一個人文與社會的協會；這個協會將辦一本雜誌，刊登人文科學的論文和做社會的調查報告；在文藝界中他還沒有任何深交的朋友，除了斐梅，斐梅是他目前一切的依靠。

——我們可以走了吧？白夢蝶先生問斐梅。

——那麼就一齊去。斐梅說，曹林，我們一齊去吃飯。

曹林頗感驚奇，但他的反應很快。

——很好，當然一齊去，他說。

顯然斐梅也沒有預先告訴他在這裡會遇見白夢蝶先生和柯克廉兩人。情形可能是這樣的：當曹林和斐梅約定六點鐘在畫廊見面的時候，白夢蝶先生和柯克廉在他的畫室交談還沒有決定打電話邀請斐梅一起吃飯；斐梅雖然知道柯克廉在白夢蝶先生的畫室，這件事又是她主催柯克廉前往的，但她也沒有預想到白夢蝶先生會打電話過來邀她；她只吩咐柯克廉拜訪白夢蝶先生之後打電話給她，如遇她不在那麼明天早晨她就到小旅店去見他；因此這個即將來臨的晚餐，他們四個人完全是一種巧合地碰在一起，迴避已經來不及，完全是臨時的決定，但中心點卻在斐梅身上；關鍵在斐梅接到白夢蝶先生的電話時，如若他說有另外的事拒絕的話；可是她如何能拒絕？她派去的柯克廉正在他那裡，她不能不關照他，而今晚她早先已和曹林約好要和他談論眼前進行的事，非常重要；就在那一頃間，她心裡一定掠過一絲微笑；這是一個難得得機會，難得自覺重要；這種機會不會再來，此時應該讓他們碰面相識；不論後果如何，這是她最為榮耀的時候；猶如三星伴月的形勢，這是一次最為宿命的會合；除斐梅外，三個男人之間都在這之前互不相識，代表著三種身分，完全有著平等的地位，所顯露出來的三種面貌都代表著各自的性格，他們都具有那種天生的互別苗頭的光輝。這對斐梅來說是一次頗富趣味的經驗；她自己沒有預先的準備，況且她在工作之中根本不會有時間來加以設計，也沒有時間回家換衣服，她看出大家都有坦誠相見的意願。最為喜悅的是柯克廉，他最有閒情逸致的心情來享受這種時機的意義，他內心最雀躍而又最冷靜來做一番觀察，視情況而定他可以退出，也可以依情勢而挺身出來，也唯有在這樣的機會裡能看到斐梅的表現，藉著那另外兩個重要人物的在場對她加以了解和評價。

——我們到那裡去吃飯？斐梅徵求白夢蝶先生的意見。

——妳說那裡好？白夢蝶先生注視著她。

斐梅轉而去問曹林：

——你認爲那裡較好？

——我沒意見，他輕鬆地說，還可以看到他興奮的表情留在臉上。

斐梅沒有問柯克廉的意見，因爲他根本不明瞭城市餐館的情形，所以她回過頭來對白夢蝶先生說：

——龍鳳館如何？

——四川菜，好。他同意了。

每個人都知道斐梅是在四川出生的四川人。

——你能吃四川菜嗎？這一次她轉來問柯克廉。

——可以。其實柯克廉沒有選擇的餘地，他沒有經驗，他不明瞭四川菜的特色是什麼，只有贊同。

斐梅看他們三個人都同意了她的意見，隨著和白夢蝶先生商議地點的問題。依柯克廉想像，定名爲「龍鳳館」的四川菜餐廳在城裡一定有好幾個分店。除了曹林和柯克廉外，斐梅和白夢蝶先生一定非常有見識，最後決定到南京西路斐梅較熟的那一家去。

他們同坐白夢蝶先生的那部小車前往，夜晚中燈光明亮的城市的確有一種迷戀的美麗，只爲了吃一頓飯而有如許的隆重心情，對柯克廉來說是前所未有的一次奇妙的經驗，使他喟嘆在鄉村生活的簡陋和孤寂。他和曹林坐在後面快樂的傾談。曹林如此年輕而有如許成就不禁令人羨慕，他這次回來充滿信心，有著要好好幹的計劃。柯克廉看到他這般地充滿朝氣，與自己怠忽的日子相比深覺萬分慚愧；他羡慕曹林的機會，稱讚他的成就，祝福他的未來；總之曹林所顯現於外的一切都足夠令柯克廉自嘆不如。途中氣氛輕鬆，專心駕駛的白夢蝶先生保持沉默，斐梅坐在他的右側時時轉回頭來嘲諷曹林對他所開的小玩笑，他們兩個人的親熱有如同家的姐弟。在餐館裡變成白夢蝶先生和曹林很有話說；當曹林回答出白夢蝶先生問到他的父親是誰時，他們變得熱絡了起來。

——過去我們相識過，白夢蝶先生說，他現在如何？

——還好，曹林說，我在美國讀書時常去紐約見他。

——你母親還在這裡嗎？

——是的，我回來也可以說是陪她。

——你年紀最小，上面還有一個哥哥。

——我還有一個妹妹。曹林說。

白夢蝶先生點點頭，突然低下頭來思索一陣。柯克廉注意他只有沉默時才稍顯得有點老態，當他說話時臉色很飛揚和光采；此時他低頭或許有些懷舊的心情，他一定沒有料想到在今晚會和一位老友的兒子碰面一起用餐，這種情形與其說使人興奮，不如說有點感傷而令人同情。柯克廉望著對面的斐梅，覺得她聽到他們兩人的對談後也像是頗有感觸，眼睛平視和冷默地注視柯克廉。侍者遞菜單給每一個人看，首先大家一致表示每人點一樣菜，那侍者問：

——喝不喝酒？

——我不能喝酒，白夢蝶先生說。

——我可以喝一點，曹林說。

柯克廉表示能喝，而且非常喜歡喝。

斐梅綜合她們的意見，認爲應該請裡面的大師傅出來爲他們配菜，侍者轉回裡面請了大師傅出來，那人對斐梅稱道：

——妳好，斐小姐。顯然大師傅認識斐梅。

——好，羅大師傅，斐梅說。

——吃飯還是吃餅？羅大師父問道。

——吃餅。白夢蝶先生主張吃餅。

——吃餅，斐梅對羅大師傅說。

——喝酒嗎？羅大師傅說，他將斐梅說的一一記在他手中拿的小白紙薄。

——喝，斐梅說，牠問柯克廉要什麼酒。

——白葡萄酒，柯克廉說。

——白葡萄酒，她對羅大師傅說。

——冰好的還是加冰塊？羅大師傅又問。

——加冰塊好了。斐梅說。

於是羅大師傅根據這些資料開始口中念出幾道菜名來，斐梅一一表示同意後，他才記在紙上。這些經過的程序在柯克廉眼中顯得十分的動人。斐梅那種大家閨秀的風度是柯克廉在第一家餐廳見到的；他曾和她在昨天一同吃飯，只有他們兩個人，她帶他到一家設備優雅的安靜小餐館，在那裡她沒有顯示出這套本領來。再追憶幾年前他們共事時，也有幾次的共餐機會，他在那時卻表示喜歡到巷子裡的攤子吃米粉。因此可見她的適應彈性實在令人佩服。現在這頓晚餐很令每個人都覺滿意，菜餚並不豐盛，卻十分可口，燒餅夾牛肉片甜淡均勻，是頗富實在的一種吃法。席間當然喝酒最多的是柯克廉；曹林喝酒後臉頰泛紅，備覺英俊可愛；白夢蝶先生和斐梅也各喝了四分之一杯。在這種時候個人平時把持的理念最爲薄弱，卻能顯示群體的和諧和快樂。

柯克廉覺得溫飽和舒服，稍事把身體向後挺直，他發現他們慢嚼細咬顯得十分沉默，尤其戴著眼鏡的白夢蝶先生似乎有點頹喪的神情，他一定在思考著什麼，那種態度決不是低下頭來傾聽鄰座間聲浪鼎沸的笑話；的確這家餐館十分寬大，容納的客人非常多，因此滿室喧嘩有如熱鬧的賽會，這四個人的溫文風度與全室的粗獷隨便恰成對比；柯克廉想吃食一事對那些人來說正是生活的一種高潮表現，是強烈的欲望也是他們唯一文明的象徵，當然顯示著過分的強調和很自然地露出滿足的面目。白夢蝶先生看來當然不屑去注意聽他們說什麼話。事後柯克廉回憶這頓晚餐的情景，深深地覺得白夢蝶先生一度頗爲沉默的表情使他認爲在那晚他是唯一受人敬愛著的人；他一定深覺自己已沒有什麼指望，面對年輕有爲的曹林，則更加顯現這悲哀的象徵；他注視斐梅的眼光頗爲淡默，甚至絕少正視她；他也甚少抬頭注視柯克廉，經過長長一下午的談話，現在只和他說些十分冷淡的話；唯獨對曹林頗有父輩的意味，曹林在說到他的少許經歷和抱負時；他很專注地傾聽，想在其中給予適當的修正；他認爲曹林過分的自信和天眞而打斷他和他爭論起來；他露了一點寶貴經驗意圖阻止曹林，可是掩蓋過來的嘈雜聲浪常常讓他只道出一部份就被迫停止。當白夢蝶先生表示想換另一個地方去喝咖啡時，柯克廉以爲這像是他的熱情在一陣沉寂中又復回生，目的也許是要發表他的經驗的無誤的理論。

離開「龍鳳館」，白夢蝶先生的車子朝城市的另一個部份駛去，走進仁愛路鴻霖大樓的地下室，柯克廉才明白選擇這裡的理由；他們曾經提出幾個地方，也考慮到咖啡價錢的問題，終於決定「鴻霖」主要是他最最高尚的氣氛。地下室的牆壁一律嵌著黑石鏡片，有一位鋼琴師在角落彈琴做陪襯，不像一般放唱片的低俗場所音響太重，這裡的客人看來大都是懂得情調的紳士和淑女，男性的服務生異常彬彬有禮，咖啡一杯四十塊錢正好比一般的貴一倍。在這種地方談話聲不會傳開到四周，柯克廉很清晰地聽到白夢蝶先生和曹林的交談，卻聽不到有鄰桌的聲音飛來干擾，他和斐梅談話時亦不會和另兩個人的熱烈爭論互相妨礙。

這個時候他和斐梅是左右的鄰座，另兩個人爲便於討論也是如此。在開始時他了解了他們兩個人是一種長幼的對峙形勢，注意了他們爭辯的重點之後，那些細節便因轉來和斐梅交談而忽略了。柯克廉只有在停下來喝一口咖啡時重聽他們兩人的話語，他很爲他們那種鍥而不舍的談話所感動，大致上白夢蝶先生把對方看成他年輕的模樣，譬如他說到自己時稱：

——我是那時全國最年輕的縣長，大學畢業我就回到福建的家鄉來辦理政務。

曹林便以這樣的話來和他較量：

——我不管情勢是否看好或看不好，大目標已經決定，我只有回國一途。

柯克廉聽到這種豪壯的話後，自覺根本無法在這種事上加進去做比較；他們的大志固然使人感動，但他心中有數，只能保持沉默。

——你今後做何打算？斐梅問他。

——我只能想到一些微不足到的事，柯克廉說。

——你如何處置在城裡的生活？

——我想找一個工作做，另一方面我還要繼續寫作。

——我眞的希望你留在城裡，斐梅注視著他；她把手悄悄地由桌邊伸過來握注柯克廉的手。你會嗎？

——我答應妳，柯克廉輕聲地說。

突然白夢蝶先生和曹林中止了辯論，把視線朝向柯克廉，這並不是說他們看到了什麼驚奇的事，而是有問題想問柯克廉。他恢復端正的坐姿等待著。

——請你不要見怪，我們有一個問題想問你，曹林口音清晰地說。

——那類的問題？柯克廉謹愼地問著。

——你們臺灣人對外省人的觀感如何？白夢蝶先生說。

柯克廉冷思片刻，他發覺他們包括斐梅都直望他，靜候他的回答。他感到恐慌和猶疑，這樣的問題他從來沒有認眞地想過，要他發表意見顯見十分困難，唯一的逃脫妙計是這樣回答：

——或許最好你們能先說到底外省人對臺灣人有什麼觀感。

他感覺斐梅的手又回來握著他的手時深深獲得一陣安慰和輕鬆；曹林和白夢蝶先生也沒有回答他的反問；他們放棄了，這個問題似乎誰也不會先發表出來；他們的爭論也終告一段落，剩留在杯底的咖啡也冷掉了，嚐起來覺得一陣心寒和厭惡。

第六章

斐梅在早晨九點鐘到小旅店來時，柯克廉已經早就起床到外面的巷子口吃了豆漿回來又準備外出，他們沒有錯會實在非常幸運，都為這一點感到特別的高興，要是她晚來一步，或者他早出一步，那麼情形都可能影響到將來的一切決定。柯克廉沒有想到斐梅會早來，倒是他心想中午的時候到畫廊去，邀她到一家幽靜的小餐館吃午飯做必要的交談。他會早起又準備外出表示他心裡在昨夜回到小旅店時已經有了初步的決定；昨夜他們在鴻霖大樓前分手時，柯克廉是單獨步行回來的，其他三個人卻是坐著白夢蝶先生的小轎車一同離去；在大樓的走廊柯克廉聽到白夢蝶先生要送斐梅到家，斐梅曾問柯克廉怎樣走，他回答他想一個人散步回小旅店，在那時並沒有考慮距離遠近的問題，只是深感一整天與人交際覺得到那個時候已經十分厭膩了，所以很坦白地把心裡的意思告訴斐梅。當然曹林與白夢蝶先生也聽到，於是他們三人就上車，柯克廉站在人行道上和他們揮手作別，望著那部車子轉進一條巷子消失；夜已很深，那段路面並不太明亮，許多樓房都已關了燈光，他未能清楚看到他們上車後的表情，只模糊的看到後座的斐梅在車子離開後轉頭回望，可是她的臉部有玻璃的間隔呈現一片灰暗，柯克廉又舉起手臂揮動一下，然後順著往城門的方向走去。剩下他一個人呼吸著夜裡的寒氣，頓時感覺清醒愉快，今天所經歷的影像就像倒退的底片出現他的腦際，包括斐梅私下握他的手的那一種溫慰的感覺都在這夜闌人靜的好時候重新回爲味。他想到今天去拜訪白夢蝶先生，又在畫廊巧遇曹林，這不外是他在城裡生活的一個序幕而已，憑著他自己的能力恐怕與他們很難維繫很深而親密的友誼。對柯克廉來說，與他們交朋友的確可以學到某些優美的知識，可以看到他想看而看不到的世界；他們是屬於與他的過往生活不相同的階層，雖然現在已沒有階級的明顯分別，但在知識學問、籍貫和財富上都仍然可以意識到區別，對他們而言，未必高興有柯克廉這樣的朋友。問題是斐梅的存在，她是一個三角洲，使數條水流在此會合；不言而喻，斐梅是他們圈中的軸心，她是一個關鍵的人物，一位風流倜儻的女子，她對柯克廉而言比誰都更具有意義和作用。這樣的思想著使他產生兩個基本的問題：一個是他本身有什麼優點配得她的特別的垂愛；另一個是她到底是怎樣的一個人，她是不是他理念中的白馬的化身，是不是他心目中的理想戀人？她來時便直接問他道：

——你找到答案了嗎？

——妳雖給我只出了一條路，柯克廉坦白地回答說，但我至今還是像個初生的嬰孩，視覺距離很有限，猶如瞎子摸象。

他的聰明而具誠實的話當然要使她另眼看他了。

——那麼你這麼早起床到底要做什麼？她掛著動人的微笑再問，我以爲你昨天晚睡一定還在床被裡，我來還以爲可以鑽進裡面感覺你的夢境。

——妳可不是起床的比我早嗎？

——我在一天裡要做的事很多，如何能不早起？

——到底有多少事是妳一天中要做的？

——你應該有這個想像力，柯克廉。

——我沒有。

——假如你有的話，就省得我再對你敘述了。

——我現在還沒有這個想像力。

——你的意思是說你還不清楚？

——正是，柯克廉說。

——你得先告訴我，柯克廉。斐梅認眞地說。你準備外出去那裡？

——這個我有必要說嗎？柯克廉說。

——有必要，斐梅依然很認眞地說，絕對有必要。

——我實在告訴妳，柯克廉說，妳要我留在城裡，我就應該打算去找一份工作做。

——那麼我早來是對的了。斐梅眉梢飛舞著說，慶幸他能趕在柯克廉外出之前到達。

柯克廉站在窗邊詳加對她注視，她坐在沙發裡，有著和昨天不一樣的穿著，煥發出動人的姿容，閃著大而黑的眼睛回望他。他重新遇見她，今天是第三天，她有三種不同的表現在他的面前，尤其是這第三次，似乎特別令柯克廉迷惑和興奮。

——我洗耳恭聽，斐梅。柯克廉擺出等著一個驚人的消息的態度。

——我每天早晨陪伴著父親步行一段路到他辦公的地方去，

柯克廉聚精會神地聽著，他連想到自己的父親，但他已不在人世。

——他是個誠實而篤行有素的公務員。

柯克廉想她這種年紀不是會說謊就是有資格這樣對她的父親評價。

——忠於黨國，斐梅語重心長地說。

這點足令柯克廉感動。

——但年事已高，再過幾年就要辦理退休。

——妳就是想告訴我這件私事？

他的打岔使她有點惱怒，以爲柯克廉想譏諷她。但她非常不高興地瞪著他時，他還是站在窗邊微笑。

——你實在還不知道我爲你用了苦心。

——對不起，柯克廉道歉說，妳要知道我今天早起使我的精神很好。

——你剛才的承諾呢？

——我做了什麼承諾？

——你的記性眞不好，柯克廉。

她的嘆息使他有些醒悟。

——好，我等妳說完。

——你眞令我失望，柯克廉。

她還是不肯罷休，顯出受辱的急亂樣子。

——我沒有成心打斷妳的意思，柯克廉解釋說，我今天興致很好，我做了決定，所以有點任性。

——如果是這樣，她恢復鎭靜地說，我眞祈望你沒有這種興致。

——的確，我的興致好並不常有。

——那麼你爲什麼興致好？

——這是我的秘密，柯克廉說。

斐梅站起來，走到柯克廉面前，把手搭在他的肩膀上，她以命令的口吻說：

——此時，柯克廉，你不能有秘密。

——妳不要誤會，這是我私人的靈感，與任何人無涉。

——是什麼靈感？斐梅直望他的眼睛。

——現在還不能告訴妳。

——爲什麼？

——天機不可洩漏。

——你在玩什麼把戲，柯克廉？

——沒有把戲，柯克廉鎮定地說。我說的是屬於我生命的一種躍動。

——你還是清清楚楚的告訴我。

——那是一種突然的預感，柯克廉說，我還沒有把握之前如何告訴妳？

——那麼總有一天會告訴我罷？斐梅把手從他的肩上放下來。

——當然，柯克廉鬆了一口氣，有一天不用我親自告訴妳，妳亦會終於明白。

她回到沙發坐下，有點懈怠的表情，沉默和思索片刻，再抬起頭來注視他，重新振作，正經地說道：

——你要去找什麼工作，柯克廉？

——我可以當家庭教師，教小學生。

她顯出驚異的表情望著他片刻，似乎不太相信對方說的話。

——教什麼名堂？

——鋼琴。柯克廉說。

——我不知道你會彈鋼琴。

——我曾學過二三年。

——想成爲鋼琴家？

——那時有這個幻想。

——你的確有數不完的幻想，柯克廉。

——不會，柯克廉說，我是如此愛好幻想，其中充滿了希望和絕望，快樂和悲傷。

——你對我也幻想嗎？

——包括妳在內，斐梅，柯克廉說。

——那麼你要知道我爲什麼叫斐梅嗎？

——請妳說下去剛才未完的故事，柯克廉說，我保證不再無理取鬧。

她說父親在抗戰的時候是位小隊長，母親是隊員，他們的連隊駐紮在一座叫梅山的山腳下的大學裡，晚上他和她約好到梅山上見面，當她有身孕時他們便說好爲孩子取名，如果是男的就叫做斐梅山，如果是女的就叫做斐梅。

——父親從小疼我，現在十分信任我。斐梅說，她的表情有些羞怯，又有點得意，她甚至連頭都不敢抬起來看他。

——的確是如此，她抬頭望柯克廉。

他想到多年前初識斐梅曾有一次機會見過她的父親，她的母親是個很漂亮的女人，臉上帶著堅毅的表情，與斐梅站在一起就像是一對姐妹，這種印象至今猶留在他的記憶裡不忘。據斐梅說，政府遷來臺灣的時候，她的父親未能及時回四川帶領家眷，把母親和另二位弟弟留在那裡，經過許多折磨和苦難，母子四個人才輾轉來到香港，最後才和臺灣的父親取得連絡接來重聚。

——妳的母親現在如何？柯克廉問道。

——還好，斐梅說，不過年紀大了，身體不太健康，這是我陪父親走路上班的理由。

柯克廉想即是一個孝女必有令人喜愛之處，這和家庭必有一種風範的傳統有關係。那就是忠誠和仁厚的美德，正如她所說的，父親一生獻身於黨國，至今猶兩袖清風，現在依然領薪過日子，家裡除一幢房子外，沒有任何積蓄，生活很節儉和樸素。

——在四川的老家有一個大莊院，她回憶著說，做小孩的時候我總是和男孩子一樣自由的玩耍，現在卻感覺到處處有多不方便之處。

這使她現在無法展現她的秉賦的才能。柯克廉猜測她今早過來一定有重大的消息要告訴他，況且她來就阻止他外出也必有理由，知道他準備留城想找一份工作做時，高興地說那句早來是對的話，其理已經甚爲明白，只是柯克廉還不知道她要告訴他甚麼！她所道出的家世事蹟當然具有一種啓示，要他對她有所信賴和了解。但由她口中說出來柯克廉卻聽出一種傷痛的意味，當她沉默凝思的時候它彌留在空際裡，不禁令柯克廉有種疑竇，據他想生命潛藏的運命的憂鬱往往與眼見或聽見的世界左右其道，譬如她性喜助人，有好善樂施的豪邁性格，這一點來自血的遺傳放在一個拘限的環境裡就有不能發揮這種好秉性的地方，並且自己也有許多不能依性而爲的私人問題不能獲得解決。此刻已過了柯克廉本來要去辦事的時間，但聽她的自述卻覺頗有益處；她的故事就像是她來的目的前奏，這時正該是話入主題的時候。柯克廉從外套袋子裡掏出香煙，從一直靠站的窗邊走到沙發來，與斐梅中間隔著一張小茶几。他從熱水瓶倒出二杯開水，自她進來後，他們的話鋒很盛，他也無暇來關照這類事，現在她述完故事，有點激動的情緒漸漸在沉靜中恢復平靜。她的神情在柯克廉為她倒開水時一直保持著凝思的狀態，他懷疑她是否在說後懊悔。

——好了，斐梅，眼前的一條路我們是必要走下去不可。柯克廉伸過一隻手握住她的肩膀，覺得它豐腴和結實。

——讓我聽聽妳的意見。

——難到你還不明白嗎？

——請妳說出來，斐梅。

——但你不能再反對。

——我有選擇的餘地嗎？柯克廉說。

——當然你有選擇的權力。斐梅說。

——這樣才算合理。

——我從來不做不合理的事，斐梅認眞地說，或許有時候有不合理的要求，但我一定尊重你，這就是我要你先了解的地方。今早我對父親做了一個要求，要他幫你找一份事做，一個有保障的工作。

——我完全了解妳的好意。

——我這樣做是居於昨夜分手時的感觸，斐梅說，我阻不住為你的孤單無援而流淚。

柯克廉重新憶起昨夜白夢蝶先生的車子轉進巷子時所見到的斐梅的臉在玻璃後面所顯露的一片灰暗模糊的印象。

——爲什麼妳有這種感覺？

——我有，我就是有，斐梅憤慨地說，別人只會欺壓像你這樣的人，輕視你們，搞小集團排斥你們。

——算了，柯克廉說，我明白了。

——你接受不接受，柯克廉？她的眼睛像兩顆夜晚中的星子充滿著情感的凝視，且含蓄地閃耀著，使柯克廉在接視時把頭低下來。

第七章

柯克廉搬出了小旅店後住在郊區的一所小學校的單身宿舍裡，他在那裡充當一名臨時的教師。那天他接受了斐梅的建議到市黨部的服務站去登記，那邊很迅速地安排他到距離市區不遠的一所小學校去報到，代理一位去服役的老師的教職，期間是一年的時光。這件事當然是斐梅的父親從中幫忙，不過一切手續都是依照服務站所公開的辦法做，柯克廉的條件正好適合，他也不嫌棄職位卑低薪水太少，幾天之後他很快地適應下來，在課餘的時間正好可以讓他安靜地讀書和寫作。那個星期六中午，他在下班後回到宿舍換了衣服，搭公共汽車到城裡來，前天他已在電話中告訴斐梅約定在十二點半左右到畫廊來，但是他如時的到達畫廊時據說她有事離開了，辦公室除了工作人員進出之外，有一位外國的女士坐在那裡安靜的看書，柯克廉想這位穿大兵外套的女子恐怕就是珍尼絲小姐了。他由斐梅中知悉這個名字是在他搬出小旅店那天的中午與她共進午餐的時候；她說和珍尼絲小姐邂逅完全是機緣所促，幾個月之前她想學一點商業英文，美加語言中心給她安排和珍尼絲小姐見面，交談之後發現互相都很喜歡對方。斐梅本來英文就很好，是大學外文系的高材生，但學商業英文對她來說只是了解它的形式爲了實用。珍尼絲小姐來臺灣據斐梅說是隨父親遷居而來的，她在美國的大學曾選修過一年的中文，半年前她的父親奉派到臺灣來服務，這對她是個很好再學中文的機會。因此她們互相約定，斐梅學她的英文，而珍尼絲小姐學她的中文，以友誼的方式互爲老師，幾個月的交往已經變成很好的朋友，已到互訴私生活的了解階段。柯克廉看她很專注地在看一本攤在膝蓋上的書本，在他進來時只抬頭望他一眼，就再也沒有理會他很沉靜地埋首看書。斐梅不在，猜想這位外國女子似乎也在柯克廉進來之前不久才來的；斐梅既然不在，他想本來是約定來和她共進午餐，料想她不會忘掉這件事而會馬上回來，於是他也像那位冷靜的女士一樣坐下來，隨手拿起桌上的報紙翻看新聞。這樣過了一刻鐘，突然電話鈴響，一位剛進來的女職員上前來接電話，然後她向柯克廉問道：

——請問你是柯克廉先生嗎？

——我是，柯克廉放下報紙說。

——斐小姐打來的電話，她說。

他接過話筒，斐梅說她臨時的急事趕不回來畫廊。

——是不是也有一位美國女士？

——不錯，正有一位。柯克廉說。

——她就是我告訴你的珍尼絲小姐，斐梅說，你問她，我要她聽電話。

柯克廉禮貌地對那位女士問道：

——請問妳是珍尼絲小姐嗎？

對方抬起頭微笑，好似在說這件事很有趣；她在柯克廉從那位女職員手中接過來電話時，已經在注意這件有趣的事。

——是的，我是珍尼絲，她站起來說。

——斐梅要和妳說話。

柯克廉把話筒遞給她。

——是給我的嗎？她用極平板的中文說，對柯克廉說聲謝謝，然後接住電話與對方交談。

柯克廉此時留意地看她富有特徵的面部表情，她那高瘦的身材有如一位探險家的模樣，配合著臉上瘦削的鼻子；她呈現蒼白的顏色，眼神有點疲倦，可是談吐的態度卻表現得很愉快。他乘著她和斐梅在交談時瞥視桌上她放下的書本，那是一本美國現代作家沙靈傑的短篇小說集；他雖然不精通英文，卻還能看懂那本書名。他爲她的笑聲轉頭來再望她，她正朝著他展著高興而友善的笑容。

——你就是柯克廉，她伸出手來，柯克廉匆忙地向前握住她有點冰冷的手。久仰大名，再一次由一位這樣陌生的女子口中道出客套話，到此爲止已令柯克廉不得不帶著自嘲的意味而笑一下。

——斐梅還要跟你說話，柯克廉，她接著說。

——謝謝，柯克廉由她手中接回話筒。

——不用客氣。她說。

柯克廉聽完斐梅的話放下話筒，朝坐下來的珍尼絲小姐說：

——斐梅暫時不回來，我請妳吃午飯，珍尼絲小姐。

她抬起瘦削蒼白的臉驚奇地看著他，有半分鐘他們的眼睛交視互相審視沒有放開，然後她似在思索，眨動著變得閃耀光亮的眼睛，站起來帶著微笑，和柯克廉並排地走出畫廊。

這裡必須提到可憐的柯克廉是第一次接觸外國女士，他在早年受教育時和後來十數年的純樸生涯裡，從來未曾想到有一天會碰到外國女士時所應具備的禮儀，更沒有想到此時他就要憑著自己的機警和才智從頭開始摸索，根本沒有第三者從旁協助，慶幸的是他認爲珍尼絲小姐恐怕也是第一次遇到像柯克廉這樣簡單的人。但從她那隨和的自然姿態裡，柯克廉感覺她必定閱歷頗多；她有一種滄桑的冷靜，以及敏捷的思考和判斷力；和這樣世故的女性在一起實在比另一種初出茅廬的小姐要容易交談，就像西方的諺語所說的：追求一位公爵夫人比追求一位女僕要容易得手。當然我們的柯克廉的處境有所區別，根本不容他有任何浪漫和踰越的想法，他只是代表斐梅盡一份地主之誼請她去吃一碗清燉排骨麵，然後看時間還早，斐梅在電話裡說三點鐘之後才能回到畫廊來，所以又轉去一家有音響可聆賞的地方喝咖啡。那個地方純粹以音響爲號召，位置很寬敞舒適，也是斐梅在電話裡交代柯克廉這樣做，純粹是用來打發時間。這位珍尼絲小姐給人的印象，使柯克廉在此刻認爲她是現代型的美國知識份子的一員，從外表的裝束和談吐看出是歌唱愛與和平的青年之一，非常不滿她們美國的政治和外交，責罵美國的文化膚淺的所謂疏落者人物，有如她告訴柯克廉的——我不喜歡美國——那種在世界各地漂泊的流浪者，注定一生要過著極坎坷的生活日子。當柯克廉用著簡單易懂的詞句，且一面用著筆寫的方式，對她述說一段南泉斬貓的禪事之後，她的神情變得欣喜若狂，直呼：我懂了，我明白它的意思。

但柯克廉心想她只不過是喜歡這個故事罷了，而對她表示能輕易地領悟它的涵義感到很訝異；因爲像這種禪的公案或有關禪佛的歷史對曾經在鄉野發了多時專心研究和身體力行的去努力領會的柯克廉來說，未必敢輕率地自稱能完全無誤地了解這種玄妙的東西。所以她說：我懂了，柯克廉只把她想成她喜歡，以及坦率地顯露出她的自然無僞的性格而已。但憑這一點她和柯克廉能夠在一刻之間藉此掌故突破種種的隔膜去進行著兩者間的交通實在也算是一項奇蹟。她的坦率和現實的性格完全畢露無疑，柯克廉把它視爲她的最上乘的優點，不是東方的女性所能比較的；她的領悟力是她的一項明顯的特徵，以至於柯克廉所說的故事能馬上獲得她的回響。她也向他道出一則現代傳奇，故事是她自己的親身經驗，一併把她的思想和情感表白出來；她說幾天以前她的男朋友帶她去墮胎，今天早晨在來畫廊之前在機場和他做告別。她十分激動地說：

——這不是給我一個啓示嗎？

柯克廉傾聽她，注視她，在心裡感受到一番空前未有的滄然傷痛。

——我知道南泉爲什麼那樣做，我也知道我爲什麼要這樣做。她還在繼續樂樂地說道。

柯克廉想這不是比較文學，而是比較心跡歷程；東方的古老思想對現代的西方的一種自然神秘的牽引力，是西方反文明和科學的精神徵候。依他的想法，珍尼絲小姐是將她的傷心事變換成一股有力的思想，成爲她的足可依據的生活哲學觀。

——我不要孩子，她說。

同樣地這種結論她是由故事的表面解釋而來的。她說：

——南泉也不要貓。

把孩子和貓視同爲生命做爲她的最後的抉擇，否定和拂掉過往的事實求得新生。柯克廉只有把它視爲自然的一種現象看待。

至此，他和她的交談已陷入困境；一方面是珍尼絲小姐此刻正是身體最弱思想最強的時候；一方面柯克廉認爲僅憑想像要了解她根本不合實際。就像他在研究禪的公案時所獲得的明白結論是：僅憑想像只能做到一時間的片刻理解，禪對於以讀書爲樂趣的人來說根本不能產生傳嗣作用。我們的柯克廉同樣地根本不能對珍尼絲小姐有絲毫的憐憫和同情的心理。而珍尼絲小姐看來也不需要這些，她一直表現得很堅決和肯定，是一個很能獨立自主的女子與我們在此地所常看到的女性是兩種截然不同的類型。她的勇氣實在令柯克廉佩服，因爲她的故事並不是說來換取同情的，而是宣洩她心中的思想和生活的態度，因此有點木訥的柯克廉正好對她很適合於當聽衆。交談從這被沉思的主題轉到一些日常的興趣上，發現二者都很喜歡民謠音樂，都能道出歌手的名字，唯一出乎柯克廉感到意料之外的是，她同樣用肯定的語氣批評貝多芬的音樂太膚淺。她的口氣幾乎是一式的：

——我不喜歡貝多芬。

就猶如她最先所表示的：

——我不喜歡美國。

她所有的情感幾乎都用著標準的語態表示出來，譬如她說：

——我喜歡你，柯克廉。

這就是她的眞感情。柯克廉覺得她用了很多的直覺，很容易辨別她的喜憎的情緒；但這並不是說她表面上易於衝動，她的外表卻始終維持著一種溫和和冷靜的神情。這一點很受柯克廉的注意，喜歡她並不扮裝深奧的態度，起碼不像有些受高等教育的女子表現出一種滿腹學問的強辯，她的坦率的性格，自然的談吐表情，使得柯克廉易於與她親善。但是我們必不可以在獲知一個人的習性之後，將珍尼絲小姐的那種——喜歡與不喜歡——的極端視爲她們美國式的機械精神，尤其要辨明的是她與柯克廉之間，只能用這種簡單的陳述做交談，進一步要細膩地表示思想雖有全靠個人的敏銳的直覺，況且他們在這首次偶然地邂逅之前並沒有熟知對方的資料，斐梅對柯克廉提起她時也只做極平常的描述，因此在柯克廉的心裡，要不是碰巧在那種場合與她單獨面對，而能集中思想對她做了解，恐怕很難留存深刻的印象在心中。有時我們聽人述說某一個人的事，事實上並不比睹見那個人來得印象眞確。尤其像珍尼絲小姐這樣奇異的女性，沒有看到她本人，任何人都會將她與大家憑想像所認爲的美國女性混爲一談，斐梅對他提起時他就是這種感覺，要不是有緣與她碰面也難免這樣的認爲是毫不爲奇的。可是此時他已經有了極深的印象，把她視爲一個極爲特殊，根本與美國的傳統有著很大差異的特例，要是一定非把她視爲她們美國的象徵不可，那麼柯克廉以爲她的確是她們的新精神的一個代表，視天下爲一家喜歡流浪和尋覓的徬徨者，這種人大都是新知識和感性的探索者，不重視華麗的外表，形貌有點頹廢憂鬱，也幾近男女不分。所以結論是很明顯的：她不喜歡美國並非美國在她眼中就是一個亂糟的國家，她不喜歡只是代表她個人感情上的不滿足，客觀的說她還是愛她的國家，我們或許可在以後的情形裡考查到這一點事實，就像時下的知識青年常顯露不滿的情緒，假如把他們的表現來判定他們就是不愛國的顯示，這就犯了莫大嚴重的錯誤。任何時代都會產生一種新精神來，這種新精神在萌芽時固然看起來很尖銳，很叛道，甚至違反倫理，可是在歷史中這種新的精神往往在成熟時，會自然與原有的傳統融合在一起成爲傳統的新面目。再說她不喜歡貝多芬，這並不能視爲她否定了貝多芬音樂的價值，而實質上一個過時的人物也往往必須經由這種考驗和批評才能確立他們的不朽地位，——不喜歡——正是一種新精神的宣告聲音，它把過去和現在做明顯的區分。柯克廉在她的要求下多叫了一份蛋糕，她毫不隱諱地表示出來，這對柯克廉來說也是一項新的發現；從自然的觀點看，重視欲望是較爲正確的。他和珍尼絲小姐回到畫廊時，那裡的景象和紛雜華麗使我們的柯克廉大吃一驚。

第八章

曹林顯得神氣非凡因爲他正以輕鬆的樣子周旋在幾位漂亮的女士之間；她們喜歡他不僅只是他顯得年輕可愛，還有許多他的秉性和現實的成就可以讓這些女士們去感覺。還有一大群的男士也擁擠在那間有冷氣的辦公室，再加進來的柯克廉和珍尼絲小姐就顯得十分的爆滿。斐梅看起來容光煥發，她馬上就要舉行記者招待會，會議桌已經擺好在寬闊的展覽室，城市內最爲活躍與成就的畫家和幾家大報的文藝記者都已經到齊，只等著斐梅宣佈開始。能夠召集到這麼多優秀的人物在一起，這是斐梅的一項了不起的能力和表現。她看到柯克廉偕珍尼絲小姐進來，馬上告訴那些人過去展覽室，使辦公室不至於煙氣太重和語聲紛雜。柯克廉心裡藏著一點疑惑，斐梅曾以冷靜的眼光對柯克廉做一極短暫的審視，他覺得他進來後她便宣佈要開會並不是時間的巧合，他想斐梅似乎在等候著他們回來。於是辦公室內只剩下與那個座談會不相干的寥寥幾個人，柯克廉特別注意到有一位非常清秀美麗的小姐留下來，曹林一直不停地逗著她說一些打情罵俏的話。斐梅本來和那些人一齊到展覽室那邊去，然後她又單獨的回到辦公室來，爲柯克廉介紹那位和曹林在一起的小姐。

——這位是佳麗，斐梅說，他是柯克廉。

——斐姐早就對我談到你，她說，好高興見到你。

原來是這件事使她到展覽室後又轉回來，之後柯克廉看她馬上又離開。除了柯克廉外，從這種情勢看來留在辦公室的另三個人都是早就見過面的；看曹林和佳麗的那種隨便的說話樣子是可以想像他們已經非常熟悉了，珍尼絲和他們二個人也同樣有幾次在一起的機會，彼此之間都不必再顧到禮貌。唯獨她總是有話說時才開口，外表保持著很莊重沉默，她和曹林說話是用英語，除了斐梅外，只有曹林有這種用英語交談的能力。可憐的柯克廉現在的注意力完全集中在佳麗的身上，斐梅不在這裡，她就代理了斐梅的身分，爲他泡一杯熱茶，和他坐在一起交談，一點也不表示才剛相識的那種隔膜感情，好像他們之間已沒有什麼未來的關係可以進展，現在這樣，將來也如此，從開始就維持永遠不變的狀態。這當然不是柯克廉所擺出的態度，是她所採取的一種肯定的態度，這點頗使他感到莫名其妙；可憐的柯克廉在見到她的時候，並沒有因她的美麗產生任何幻想，他完全沒有機會是被她的主動姿態無言地告知了不要有那種想像：他注意她，或甚至專注地注視她，就是要尋找這隱密著的答案。只有一個線索，也從這個線索讓他去猜：那就是她所說的第一句話——斐姐早就對我談到你——的——斐姐——這種對斐梅的稱呼。她和斐梅不會是親姐妹，柯克廉未曾聽過斐梅說她有親妹妹，從相貌來看也根本不相像，但她們的關係事實上可能有如姐妹般的親近。她年輕，美麗，有男性漂亮少年的可愛面孔；她不是那種風尙的性感女性，亦沒有所謂賢妻良母的形態，是個很令人覺得清麗的類型；她使柯克廉想到在電影中的珍西寶，是一個異數。我們知道最先起用珍西寶的導演是恐怖大師希區考克，柯克廉也認爲佳麗本身也有那種會遭逢奇異的命運的預見。是不是有那種巧合現在還言之過早，她和珍尼絲小姐相較，柯克廉由衷地對她產生著一股莫名的憐憫的情緒；但他在內心裡所預存的這個印象卻沒有面對她時冒昧的表示出來，他還要觀察她，注意她，想她，甚至懷疑自己的多情的意念。

——斐姐說你會看手相，佳麗突然問他。

——她這樣說嗎？柯克廉很表驚訝。

——你會不會我不知道，她說，斐姐是這樣說。

——好，柯克廉微笑著說，讓我看看妳的右手。

她的手很美，很潔淨，粉紅色的，感情線發源自中指之下，柯克廉在沉思，沒有說話，她似在遲疑抽不抽回手，他將她的手握在手裡，然後憐惜地推回給她。

——我實在不懂這門東西。他有點羞慚地說。

——沒關係。佳麗似乎有點領悟到爲何柯克廉不說話。

佳麗爲何會這樣問他，他想到他是看過斐梅的手，和她談論一點命運的問題，至於命運是否顯現在手心的紋線上，柯克廉雖曾研究過，但並沒有十分握握，某些細微的問題他是很難理解。

——那麼你是不是以爲每一個人到了某種階段，幾乎都能自覺自己的命運？佳麗說。

——當然，柯克廉說，要看對自己的了解有多少。

——所以你不說什麼，我大概也知道你心中的感想。

柯克廉倒想考驗一下她的靈感的聰明的程度，所以追問道：

——妳說說看我心裡想到的是什麼？

——咱們心照不宣。佳麗說。

柯克廉有點失望，她這無異於宣佈封閉彼此間的交通，阻斷互相情感的交流，各自走著不相交錯的軌道，這位當前的可愛女子實在令他大表同情，他未與她有深入的交誼就已經對她滿懷感傷。曹林在那一邊和珍尼絲小姐的談話已經完畢，注意到這邊的情形有異，走過來看看佳麗，臉上笑容可掬地對柯克廉說：

——柯克廉，你以爲如何？

——甚麼以爲如何？柯克廉甚覺他的問話突然，而不及思考。

——我們的這位佳麗是不是頗不好惹？曹林又說。

佳麗激動地站起來，推了曹林一下，走開時瞪了他一眼。但不要誤會她的這種舉動是眞的在表示生氣，反而由這個舉動看出他們之間的難得的親近關係，也可由這種情形裡衡量出他們混熟的程度。從柯克廉的角度看來，這種情形亦不失爲趣味延續的形式變換，絕對不是傷感情的事。可是柯克廉意會到曹林的問話並非沒有詢問和探試他的意思，所以他回答說：

——我尊重你的意思，曹林。

曹林馬上捉住這一點朝站到桌邊的佳麗說，看來她是無法逃開。

——妳聽到了，佳麗，可不是我一個人這樣以爲，連最爲誠實的柯克廉也同樣我的看法。

——柯克廉才不是那個意思，她反駁道，他不像你專找女人欺負。

——這是什麼話！曹林臉面緋紅地驚嘆說道。

——你心裡明白。佳麗還是未肯罷休地說。

曹林走過去拍拍她的肩膀，對她表示投降地說道：

——我向你道歉。

柯克廉見到曹林這是第二次，上次的印象已經很深刻地印在他的記憶裡。我們已經說過那一次曹林的面目給柯克廉產生一種羨慕之情，久久不能忘懷他那年少得志的瀟灑姿態。柯克廉自忖他的人生已過了一半，對他來說，未來的一半是他對那過去的一半的回憶，一個人產生知識與認識人生的開始，所以他認爲唯一對他有益的工作是寫作，已沒有那種在現實社會中與他人互爭長短的意識，他自己很明白一個人在社會成名和成功的條件是什麼，那些東西有一半是我們的柯克廉無法碰到的機會，另一半是他那悠閒的個性使他不願太賣力，因此他不怨天尤人產生不良的情緒來毀壞未來的和平生活。但他本性是很具好奇的，對曹林今天的頑皮樣子就像看待年輕的弟弟一樣覺得他十分活潑有趣，他能脫掉那層身分的嚴肅外衣，回換到生活中一種自然的態度，這不是非常難能可貴嗎？柯克廉不但沒有看輕他，更加地覺得他的可愛，對他又有一層的了解，比上次更富本性，是脫掉外衣後讓人看到他穿內衣的身材曲線。曹林的年紀才二十七歲，可想而知這種年紀實在還不應有社會生活的濃重氣味來掩蓋本性的天眞稚氣的輕鬆和滑稽。固然柯克廉還不眞確地知道這位年輕博士到底學道有多深，到目前爲止，他實在找不到他的一點可指摘的瑕疵。他實在是年輕的好典型，又有幽默的靈慧，像剛才他和佳麗逗弄的一幕，換另一個人的尺度來看，恐怕要因他的輕浮貶低他的身價；但在我們的柯克廉的觀念裡並不因自己的拙笨而動用主觀的批評，覺得曹林的舉動根本不傷大雅，對他可圈可點，認爲一個有才能的人能加上情趣的抒發和配合才能算是完整。他看得很清楚，有問題是出在佳麗的身上，至少她有點壞脾氣，有點故作姿態，才使曹林自覺難堪，不過他有良好的風度坦露地向佳麗道歉。我們覺得佳麗應該有好的且聰明的表現，她的心可能想得很直接，使之忘掉輕鬆愉快的價值。這是令柯克廉大感意外的事。還好曹林表現得更為佳妙，能夠見風轉舵，馬上從一匹不能駕馭的野馬上跳下來，可算是令人難忘的一筆。佳麗的女人氣概自身難容在辦公室，她到展覽室那邊去，曹林換轉身走過來和柯克廉談談正經事。

——我們正在等備在下星期三下午舉行第一次座談會，主題是討論現代藝術的問題，你能勞駕過來做記錄嗎？

——我沒有學過速記，柯克廉坦率地表示。

——不，曹林解釋說，我們在會場想用錄音機錄音。

——我沒有時間能來。

——斐梅說你學過美術，我們正想借用你這一份駕輕就熟的才能。

——我希望你了解，柯克廉眞誠地說，我很願意參與和幫忙，甚至幫忙佈置會場，但現在我在那邊的工作才開始，完全分不出身來。

——我知道，曹林微笑，那麼你是否可以答應另一件事？

——只要我能做，柯克廉說。

——我們的創刊號在下個月裡就要付排，還少一篇附錄的小說，你有嗎？我們付稿費。

——這件事我或許能答應你。

——我知道你能，他頗表敬意地對柯克廉說，你出版過的那本小說集斐梅給我看過了，我很欣賞，也在研究。

——我希望你批評指教。柯克廉說。

——是實在的話。他說，那麼小說的事拜託你了。他們握手。

——寫不好，還希望你多多包涵。

——你太客氣了。曹林說。

突然和斐梅一同出現在門口的佳麗說：

——誰像你不客氣，她擺出一股復仇的姿態，不過卻能讓人看到她俊美的臉上所掩不住的笑容。

——那邊的情形進行如何？

曹林抬起頭來問斐梅，但不忘和佳麗交視一眼。

——還不是那麼一回事。斐梅表情做不屑一顧的說。

——到底怎麼一回事？曹林關心地問她。

——你還不懂嗎？她有點厭煩的解釋說，畫家總是熱烈激昂的發表議論，記者最後還不是在報端做輕描淡寫的登載。

——無聊透了。佳麗說。

曹林宣佈意見：

——他們那邊談正事，我們這邊談私事。

——世界少不了要人發出聲音。柯克廉說。

斐梅走到柯克廉的身邊來問他：

——我們怎麼談？對他詳加審視，好像要彌補前幾刻鐘，她忽略他似的。

——也許我們能來一次圓桌式的交談。

——少一張圓桌，佳麗說。

——把椅子拿過來圍成一圈，曹林還是把佳麗當對象，他說，來，女士們先坐。一直沉默在角落看書的珍尼絲小姐發了一聲——What？曹林走到她的身後，她站起來，他把她坐的椅子往前移動，然後說：

——請坐。

柯克廉坐在珍尼絲小姐的身邊，曹林在另一邊，跟著是佳麗，斐梅則在柯克廉的另一邊。斐梅說：

——談什麼？

大家面面相覷。曹林又顯現出風趣。

——我們是一家人，他掛著神氣的笑容說，現在是開家庭會議，要嚴肅。

——你首先就不嚴肅。

佳麗又抱他一箭之仇，使他連聲說：

——好，好。

斐梅望了冷靜的柯克廉一眼，像突然獲得了一個靈感，她說：

——每一個人發表自己的志願。

——女士先說，曹林望著佳麗，由佳麗開始。

——由曹林開始，佳麗不甘示弱的回應他。

——好，我先說。

他沉思片刻，顯出很莊重很正式的神情；柯克廉注意到佳麗側臉望曹林的嘲諷表情。

——我的願望是我希望能做到改變歷史，曹林正經地說道。

佳麗在他的身旁有種打岔的衝動，話到喉嚨卻抑制著重嚥下去。

——很好的抱負。柯克廉拍手稱道，她們也跟著拍手附合。

——輪到妳，佳麗，曹林微笑對她說。

——我希望找到一位好丈夫。她有點害羞的表情，說得很急速。但她這一說獲得極爲熱烈的掌聲。

——好坦白。曹林加上一句讚美。

斐梅意味深長地說道：

——我希望今天坐在這裡的人永遠在一起。

她的願望使在座的每一個人都深思了片刻。柯克廉看到她的神情很憂傷和沉重，她說時臉色由白轉灰，不斷地眨動她那最爲動人的大眼睛，她的眼睫毛特別的長和明顯，有如一排上下擺動的柵欄。佳麗打破沉默的氣氛說：

——斐姐就是這樣的一個人。

——我贊同。曹林說。

於是大家的眼光落在下一位要發表的柯克廉臉上，可憐的柯克廉的心臟跳動得有些急促，大家可以看到他那沉思不樂的特殊表情，經過一分鐘的等待，他結巴不順地說：

——我的意志是願望追求一位理想的女人。

斐梅衝動地說道：

——世界根本沒有你想像的那種理想的女人，我認爲你的願望最不能實現。

——這個願望如不是以女性的形姿出現，我亦希望它能充分的表現在我的意念裡成爲形上的事物。柯克廉補充說明。

——那形上的事物是什麼？斐梅問他。

柯克廉沉默不語。

——是神或上帝，我想。曹林說。

這時門被突然地推開一條縫，伸進來一個長頸子的模樣滑稽的馬面的頭顱，他唇上的鬍子最爲顯出他的冒失的舉動，圓滾的眼球不停的做轉動，他的身體沒有進來還留在門外，看到裡面繞圈交談的情形頗表驚奇，他先問：

——啊，你們也在開會？什麼會議？

——家族會議。曹林俏皮地答他。

——那麼我肯定斐梅是媽媽。當他把頭部縮回去之時禮貌地說道，對不起。門隨即被關上，斐梅一臉緋紅，站起來準備離開。

——我去看那邊是不是完了。

先前的一片氣氛隨著斐梅的走開而自然地消解，柯克廉發現唯一保持冷靜，甚至一直感覺有點莫名其妙的是他身旁的珍尼絲小姐，她沒有輪到發表願望，是否輪到她說似乎顯得無動於衷，一片沉墜的空氣彌漫在室裡，她撥開左手的衣袖觀看手錶。

——我該走了，她說。

她站起來面對柯克廉微笑，柯克廉隨著她站立。

——等一下一起吃晚飯，柯克廉說。

——不行，我有事。她說，晚上你還在嗎？

——可能，柯克廉說。

——那麼晚上再見。她說。

柯克廉不知道她爲何事要在此時離開，她走過去和曹林交談，曹林似乎知道她的情形所以沒有加以勸留，她在門口的地方遇到斐梅，斐梅也沒有留她，只說：

——晚上在家裡見。

OK，她說後往前走。

柯克廉望著她的背影，覺得她的走姿像是一位疲憊的士兵，在漫漫的長途上一擺一搖的行走，她背著柯克廉走落樓梯的情形，在柯克廉的印象裡與那晚第一次看見曹林升起的身姿交疊起來。

第九章

記者們走了，畫家們重新擁進辦公室來，斐梅主意每個人拿出一百元到餐館去會餐，宣佈不參加的人各自走開，於是一大群人浩浩蕩蕩離開畫廊，終於打開了那晚聚集玩樂的序幕。其中唯一沒有出錢的客人是柯克廉，他和那些畫家多多少少也有淺淺的認識，但是他並不是長期住在城裡與他們有交誼的人，只是剛剛來城不久斐梅特別宣佈加以分別看待不要他出錢。就在收錢意見紛雜的時候發生了一個插曲，一位有名望的青年畫家據說是十分地愛惜金錢，有點捨不得拿出那一百塊錢，可是他也捨不得離開，想比照斐梅對柯克廉的優待混在裡面，有幾個人私下暗示斐梅看她如何要他拿出錢來，斐梅起初故意地忽視放過他，等到坐在餐館喝下第一杯酒，夾一口菜放進口裡之後，她才數人算錢，宣佈少了一百塊，當大家紛紛說到自己已經繳出之後，唯獨那位先生臉紅不敢說話，大家都知道他的吝嗇品性，硬指著他是漏繳，他莫能狡辯逃脫惹了這一場好笑的難堪，終於乖乖地掏出錢來交給斐梅。這個插曲沒有什麼不愉快，這些人早就互相間非常熟識和經常做弄開玩笑，反而覺得更加有趣，一陣哄笑就結束了這場小風波。那位畫家事實上也是個很有趣的人，衣著很考究，喜歡發表怪論，說話的聲音特別激昂，算是他們藝術界的一位奇葩人物。談到這群在城裡以現代爲名活躍的畫家的逸事可說俯拾皆是，柯克廉特別的注意到其中的一位，剛才在畫廊要出來時發現他匆忙地打了一通電話，到餐館時他獨自到櫃台打電話，吃完飯後又打一次，幾十分鐘之後大家到了斐梅的公寓，他是第一個去搶電話的人，據說他特別懼內，無論到何處做什麼事都必須打電話回去做一番交代。

奇怪的是柯克廉的心裡一直在惦記著一個人，那個人沒有出席今天的座談會到畫廊來，當然也看不到和他們共進晚餐，柯克廉的感覺好似他突然從城裡消失了，恐懼的感情佔據他的心胸。自從第一次到他的畫室拜訪他，然後共進晚餐載到鴻霖的地下室喝咖啡，望著他駕著小車在巷子消失後，就沒有再見過他的影子。柯克廉選擇和斐梅爲鄰的位置以便和她交談，他很輕聲地問她白夢蝶先生的近況如何？

——現在不要談他，斐梅只這樣說。

所以到達她的寓所後柯克廉乘機又問她，她的回答是：

——他的年紀大了，和我們總有點處不來。

——妳是這樣以爲？

這個時候柯克廉才大表疑惑，以爲斐梅故意隱藏某些事實，只就表面的理由來敷衍他。

——當然，還能爲什麼？

——妳見過他？

——見過。她說。

他和斐梅單獨面對面站在廚房裡，佳麗剛剛端了一盤玻璃杯出去，柯克廉是藉著要幫忙走進來的。

——何時？柯克廉想詳細的了解，所以又這樣的追問。

——請你不要再追問他的事，她不耐煩地說。

——爲什麼？柯克廉說，我不明白。

——你不必去關心他，他是一位會把自己處理得很好的人，有賢內助的協助，我敢說我所認識的人中沒有一個能夠比得上他的聰明。

——妳誤會我的意思，柯克廉說。

——那麼你的意思是什麼？她朝他的眼睛注視。

——譬如他今天爲何沒有到畫廊來？

——他爲什麼要來？我們今天所做的事，那一件對他具有吸引力？他現在擁有的正是外面那些人拚命要追求的。你關心他什麼，柯克廉？

——沒甚麼，柯克廉沉下他的面孔。

他有點懊悔多言問到白夢蝶先生這個他記掛的人，可是由她的語句聽來其中必定有什麼事被她極力隱藏不說。這個時候的確很不適當來談論他，柯克廉事前沒有料想到會惹煩斐梅。可是因爲斐梅的殊異的表達卻增加了他的疑惑，現在萬萬不能在談論下去只能暫時壓住在心裡，將來有機會他會和她專來談論白夢蝶先生；柯克廉心中想，白夢蝶先生的存在是他了解斐梅的一個很重要的關鍵，他感覺到這個謎如不解開，斐梅對他的溫柔和禮待是他無法暢心領受的。碰了壁的柯克廉正要大步邁出廚房，斐梅要他等一下。

——今天是我最爲高興的一天，她說

——我不明白，柯克廉說，爲什麼？

——因爲你第一次到我的公寓來。

——這對妳有什麼意義？

——當然意義重大，她審視他，你對我沒有猜疑吧？

柯克廉冷思一下後說：

——要猜疑什麼？

——應該是沒有，她說，你說是不是？

——是，柯克廉說，應該是。

——那麼你快樂嗎？

——我很快樂，柯克廉臉上出現微笑，我應該快樂。

——這樣不是很好嗎？

——是的，我很滿意。

——那麼你在乎他們那一群人嗎？

——我不在乎，柯克廉說，我喜歡他們，假如沒有他們，我今天也許不會那麼高興。

——我正希望你如此。

佳麗進來取冰箱裡的水，柯克廉和他一起到客廳去。

斐梅住的不是頂好的公寓，從外表看十分的普通，只有四層樓高，座落在敦化南路的巷子裡。她住第三層，她的父母住在第四層。客廳的設備以純樸為主，色調偏向黃色和灰色，沒有酒櫃，有一座高及天花板的大書櫃是主要的特徵，所蒐集的有關藝術方面的書和畫冊非常的豐富，音響設備安置在書櫃的下方。有兩盞吊燈使這個客廳顯出奇妙的特色，沙發擺在靠落地窗的那一邊牆壁，另有一張長桌的位置則靠在裡面的牆壁，此時正做為大多數人圍聚在那裡賭撲克牌之用。這樣的陳設所給人的觀感不是富裕和華麗，卻十分的優雅和實用的高尚格調，坐在沙發裡自然覺得很舒服，音樂是調頻電台所播放的美國流行歌曲，音響很微弱以便於談話。這樣的屋子給兩個單身的女性居住是太寬敞和舒適了。斐梅早先曾對柯克廉提到有一位單身女子和他同住，現在的答案完全清楚了，那就是佳麗。她們在一起已經有兩年多的時間，生活方式有些不相同，但起居在同一個屋宇裡猶像是一對姐妹。據斐梅事後對柯克廉的陳述中說，她和佳麗會成為今天的關係，實在可說是一種因緣，她說那時她去參加一次設在觀光飯店的服裝展示會，她發覺展示台上的模特兒中的一位的模樣很特別，有一種說不出的感觸在心裡產生，她的風格不是我們在此間常見的那種形態，並不是她特別優秀，不是的，反而她的步姿有點兒異樣，很容易看見姿態的不自然，參觀的人議論紛紛，有人說不好，有人說很特別，斐梅在台下的感覺認為並非好壞的問題，當然客觀的說可能是壞透了，事後才知道這是她第一次表演，她有點緊張，和她的心理很不配合，斐梅到後台去找她，她們幾乎是一見鍾情，斐梅看她那麼徬徨和驚恐，便把她帶回家來。那時斐梅剛搬到這幢公寓不久，也剛從美國回來不久，她和她的丈夫決定分居，他在美國，她回來臺灣，雖然上層樓有她的父母，但她迫切地想找一個同居的女伴，一切就從那時開始。關於斐梅的丈夫，他以旅居國外多年成爲美國的公民，和斐梅分居後更不可能回來臺灣，他是個科學家，據說性情很沉默，喜歡孤獨，研究工作就是他的唯一生活，當時在美國和斐梅結婚後，他們很少出入社交的宴會，也沒有多少朋友，兩個人的性情幾乎是兩個極端；斐梅愛好文學藝術，喜歡交朋友，喜歡活動做事；而他唯一的興趣是在實驗室裡，他是哥倫比亞大學的博士，是斐梅父親世交的朋友的兒子。斐梅出國結婚後才漸感生活難以諧調，但他們並沒有發生不愉快的爭吵，兩個人都很理性，所已他們的分居是很自然，也很必然，互相間很了解這種情勢的結果，沒有很深的情感上的牽掛。佳麗搬進來正好合乎斐梅的希望，兩個單身女子雖然性情不是完全同類型，但斐梅有容納的胸懷，佳麗非常尊敬她，兩個人共同生活下來之後卻有不能分開的趨勢。不過斐梅告訴柯克廉，佳麗的身世很令人同情，一年前她認識一位男士，兩個人好好吵吵不知已經有多少次了，斐梅認爲終必會結婚，只是早晚的問題，到那時佳麗離開斐梅是不能避免的事。這些以上所述的事情，此時柯克廉第一次來到斐梅的公寓，就能憑觀察中獲得證明。

譬如佳麗招待客人的勤快樣子，完全以她是此家庭中的一份子的身分的姿態，以謙卑客氣的態度和善相迎，除了曹林特別喜歡和她開玩笑和鬥氣之外，在餐廳吃飯時她對柯克廉甚爲體貼，屢次爲他夾菜，關心他沒有吃飽，現在在客廳裡，她特別爲他調一杯水果酒，這當然也是除柯克簾外其他都不好飲，那些畫家個個就自己的所好不是玩牌就是三三二二坐在一起聊天，她在忙過這一陣之後，就和柯克廉由廚房走到客廳，在沙發一起坐下，斐梅也跟著出來坐在另一邊。從這種景象看來，這群朋友遇有機會相聚必定是到斐梅的公寓來，因爲柯克廉觀察他們一點也不拘束取用非常隨便；交談也不分主客的區別。佳麗的美貌當然是吸引他們的一個因素，最主要的是斐梅自然天成的仁慈性格成了他們圍繞服從的中心。

這個時候，斐梅終於在忙了一整天的事後坐下來喘一口氣；此時，她終於才有時間詢問柯克廉中午時分和珍尼絲小姐出去吃飯的事，柯克廉對斐梅表示他和珍尼絲小姐除了語言稍有隔膜外，互相都有極深刻的印象。

——你們談些什麼？

——我告訴她一個故事。

——什麼故事？

——是一件禪的公案，柯克廉坦白地說，叫南泉斬貓。

——她聽得懂嗎？斐梅露出很不相信的神情。

——她完全懂，柯克廉這樣表示，她說她明白了。

——你不會掉進她的陷阱吧？

斐梅注意的看柯克廉的反應。

——什麼陷阱？他很疑惑和吃驚。

——譬如她會告訴你發生在她身上的事。

——不錯，她說到她自己。柯克廉回憶並承認事實。可是我不知到這裡有什麼陷阱，我倒覺得到處充滿令人迷惑的事。

——什麼時候會發生什麼事，沒有人會預先知道。佳麗說。

——我不明白，柯克廉充滿疑問。

——你當然不會明白，斐梅說，我們在這裡生活許多年多少有感覺，你才不過來幾天。

——我相信柯克廉會看得出來，佳麗又說。

——現在爲止我還處在觀察的階段，柯克廉顯出自信的神態，但我相信我會依照我的想法找到答案。

——你自信會找到你理想中的女人嗎？斐梅問他。

——我不知道，柯克廉說，有沒有理想的女人並不重要，重要的是我尋找的途徑。

——那麼你對珍尼絲的觀感如何？

他沉思了一刻，重新把她說的事回憶一遍，覺得斐梅的暗示也頗有道理，只是還不明瞭眞確的眞相是什麼。

——妳知道我對人的事物和情感常依憑著其中是否有特殊的意象顯示出來。柯克廉自白但不直接談他對珍尼絲小姐的觀感。

——我可以感覺你對她印象很好。佳麗說。

——可是我對她印象不錯並不是在外面我和她單獨在一起的時候。

——那麼是什麼時候？斐梅具有很高的興趣問道。

——就在她走出畫廊的那一刻。

——有什麼特別的理由？斐梅追問他。

——搖擺的背影。柯克廉說。

——她走路的姿態醜陋極了。佳麗批評說。

——就是這點引發我的想像。柯克廉說。

——實在不可思議。斐梅嘆道。

曹林走近來問斐梅今晚的消夜有什麼可吃的東西，珍尼絲小姐就在此時像一位神秘女郎走了進來。曹林上前去稱讚她的漂亮打扮，她穿黑色長褲，外套脫掉後身上穿著低胸無領的罩衫，的確顯露不凡的姿容，與白天她的探險者的模樣判若兩人。佳麗被人拉去湊成四個人打麻將，珍尼絲小姐和大家略微招呼後坐在柯克廉旁邊。曹林表示有點事要和斐梅密談，他們走進斐梅的書房裡去，沙發這邊就只有柯克廉和珍尼絲小姐兩個人。

——妳喝酒嗎？他問珍尼絲小姐。

——我喜歡。她接住酒杯啜了一口。

柯克廉亦喝了一口。

我們剛才提到客廳中的二盞吊燈，它們像是懸掛在空際的二個大圓球，一盞是橙色，一盞是藍色；賭撲克牌和打麻將的人把他們的頭頂上的橙色吊燈關掉，換了有燈罩的座燈，光線集中照著燈面；沙發這邊的藍色吊燈光度只維持著一種憂鬱的夜迷的氣氛。很神奇地客廳的這一角配著米黃色的大片窗廉布，柯克廉感覺到他似乎置身於夢幻的異地。原先佳麗和斐梅在此坐談的時候，燈光的感覺好像還很明亮，他懷疑是不是吊燈設了可供自由調節光度的開關，一定是他和珍尼絲小姐招呼時，正好是斐梅應曹林的要求離開的時候，在柯克廉沒有特別注意的情形下，有人順手把光度轉暗了一些。可憐的柯克廉的身旁倚靠著珍尼絲苗條的身體，她的整個形姿給他的感覺是沉靜而陰險的，她似在靜待著什麼，一雙鷹鷲般的眼睛不斷地注視著他。他甚爲著迷的和她相視，雙方似乎都存有試探的意思；我們的柯克廉有一度伸手握著她放在身旁的手，她的手指瘦而長，撫摸它的時候感覺它是有凸出的骨節。我們相信這些舉動都是盲目的，只有受某種意識的支配，起碼對柯克廉來說是如此。不過在這樣的情形下，我們也不否認可憐的柯克廉是有點衝動，有點沒有考慮後果，也感到滿身的震顫和寒冷，受到一點飲酒的影響。奇怪的是，柯克廉自己以後回憶，他在這種意圖沉醉但懷著疑慮的時刻，突然眼角瞥到角落放在音箱上的一尊坐姿菩薩的暗影，使他想到丹霞禪師在北京城大廟的一段驚駭俗世的舉動，一時給可憐的柯克廉信心大增。對方從他的眼光和神情中似乎了解他的意旨，於是起身站在他的面前，隨著音樂的節拍舞動著她那柔軟的肉身，柯克廉集中精神盤腿而坐，目不轉睛地注視她那輕盈而有韻律的舞蹈。有一刻多鐘的時間，柯克廉已經忘掉他置身之地，完全陶醉在忘我的迷幻裡，昏昏然似在上升漂浮之中，直到斐梅和曹林由書房出來站在柯克廉身邊注視他嚴肅的神情，珍尼絲小姐在他的眼中的舞影才終告停止。

她突然表示有些不舒服要回去。

——我陪她回家，柯克廉站起來。

曹林已先去取來珍尼絲小姐外套，那外套也是他早先替她脫下而拿去存放的。

——我和她較熟，我送她。曹林說。

他爲她穿上外套後與她走向門口，隨即離開。他們走後，柯克廉因感疲倦就到書房就寢，以後在客廳所進行的事他一概不知道。那些人什麼時候走的，有沒有吃消夜，根本不是他關心的事，翌日清晨他醒來起床，發現曹林睡倒在沙發裡，身上蓋著一張毯子，他站著注視他沉思有一分鐘；斐梅和佳麗的臥室房門緊閉著，壁上的電鐘指著六點，兩盞吊燈像無生命般消失光采，於是他留下一張字條在桌上，悄悄地離開。

第十章

清晨回到單身宿舍的柯克廉馬上生火燒一壺熱水洗澡，他這樣做有一個明顯的意義，就是把昨日的夢魘做一番清除，洗後當然感到十分的清爽愉快，迷亂和睏頓的生理都獲得解脫，精神倍感振奮，充滿盎然的生欲。這是他自從進城以來從未有的新鮮感覺。隨著洗後的清朗意志，也把堆積多天的髒衣服，乘著活躍的雙臂猶未鬆懈下來，趕緊勤快地在水槽裡揉洗一個多鐘頭；要花那麼多時間，是他回身進入房間的時候，瞥望到床上的白被單彷佛蓋了一層沙粉，因此把它抽了出來，同時看到床下的一雙運動用的白步鞋似乎也沾滿了黃褐的塵土，所以一塊兒拖出來刷洗。這一切內務做完已快中午，也感到特別的饑餓，今天是星期假日，他便穿著木屐從教室後面的花園經過，到校外的一家小攤子吃了二碗米飯。昨夜聚餐的油膩還留在胃腹中，有一道菜名叫紅燒圈子，初嘗一塊感覺味美，多吃了幾塊後竟然產生厭膩，現在猶留著噁心；計算昨日一天，從中午的清燉排骨麵到晚上的燒餅夾牛肉，和今早的豆漿饅頭，全都是麵粉類，所以特別想念米飯的甜淡和純淨的風味。平時他只能吃一碗半米飯，竟然開懷吃了二碗，而只叫了二小碟青菜和一碗蘿蔔便湯就圓滿解決了。這種簡單的私人的餐食，正是這邁向奢靡的時代還普遍存在的清爲的典型例子。這對認知年紀的柯克廉來說並不是誇張的憤慨，反而是頗感自滿和諧調的享受。這一次重返城市已經不比往日年輕激憤和頹喪的時代那樣充滿難以抑制的脾氣，對於斐梅的慰留自始就抱著幸運和幸福的感想，使他具有一份能力面對生存的使命，因此苟全性命的日常需要便看得異常的淡薄和不重要，對知識的主觀求已經完全佔了優勢，不再有徬徨和不定的苦惱。他躺在木床上回憶昨夜的幻夢，整個輕佻的事實輕易地推給了喝多的酒。在餐廳時他就有點沒有控制嗜飲，所以才有那一場觸怒斐梅的詢問發生，再加佳麗的手調美酒，便造成了幾近不能收拾的場面。慶幸的是清晨醒來時夢魘已隨睡眠消失，看見曹林在客廳沙發平身仰臥的淒涼景象，固然有著一陣觸目驚心的傷感，起碼這種事已不會再發生在他身上，慚愧的是彷彿他是代表我們的柯克廉睡在那裡，對這位年輕博士而言，簡直太不配著他的身分應有的享受。再看斐梅和佳麗緊閉的房門，那是喻示著她們應付生活的熟練技巧；這兩個人猶如完美的造物，分成二個形體，被命運機緣牽連在一起，一個具有靈魂，一個只有美麗的軀體，恰巧又安排著一位在疲乏時容易睡倒的看守者。留下給斐梅的字條寫得很明白，要維續這樣的生活必須常常有單獨冷靜的反思時間；因爲這種不規則的現代日子，固然有它的興奮和刺激，卻不免會用盡精力而覺得無比的厭倦；常常導致思想的高潮，卻會在事後備感空虛，因此就更需要休息的時間來恢復精神和體力的兩重支出；換句話說，現代的潮水有如一次又一次淹捲的波浪沖向岩邊，在撞擊之後必有一段退縮和沉靜的時刻，然後依照自然律又會有另一次的衝擊醞著前來。這個休憩的時間他把它定爲一個星期。明白地說在這個星期內，他打算料理自已的事，不會進城來找他們；相同的他也想到他們也有自已要辦的事。他留下字條是做爲他誠懇和諒解的表示，有必要的話也有祈求對方諒解的意思。他盡量守住在屋內看書，這個階段他對書本的興趣著重在知識和審美的覓求，補充他沒有在大學深造的專門學問。有時他看書到深夜，記載許多的筆記，運氣好的話在睡眠時沒有作夢，第二天他到學校上班，心裡很明白對自已有異於前日的滿意感覺。這種自滿使他不必太注意外面發生的事；譬如他不認眞看報紙，要是看也只不過在標題上掃視一遍；他甚至不需要找人講話，與同事之間自然地保持非常明顯的疏淡的關係。他心裡沒有成見，不像一般斤斤計較於現實事物的人需要採取維護自已立場的顯明態度；他常覺眼前的事物猶如虛幻的掠影，而置身於事物之外；他是否被人稱爲怪物他根本不計較在心裡，就是偶爾從別人眼光察覺或碰巧在隔壁聽到，也不會影響他的情緒；他把一切的感受全壓進意識的最底層，而保持外表的平靜；他不太在乎自已和別人的分別，因爲有別在他的思想裡是當然之事，完全合乎自然；不過世俗大多數人卻諱忌這種事想，他們恐懼在外表上顯示出特異來。另一方面他心裡上的一視同仁也形成他與別人的最大差異，總之他所不太關注的這些表相，正是別人產生極相反不同的觀感之處。

翌日他照常去上班才知道在這個星期內有一個國定的假日，辦公室裡紛紛在討論如何利用這個假日去郊遊，彷彿他們在這樣的日子憎恨待在家裡。柯克廉心中竊喜，一旦獲知大家的去處，那麼他便能找到一份自已的孤獨，他的習性使他避免和別人在同樣的時間採取同樣的行動，這樣的日子別人如忙於外出，那麼他便可以守在屋裡看書享受寧靜。他的心隨時隨刻都在維持著一個淒涼寂寥的世界的存在，也唯有這樣這個世界的景象才能觸引他產生愛憐。他猶如孤獨的星辰在太空航行。我們當然懷疑他這種心性是否正常，難道多彩繽紛的世界的歡娛所給他的就是這種正是相反的感受嗎？可是直到那天已經降臨，我們的柯克廉本以爲可以照著他私自的想法安靜地在屋裡閱讀，沒有想到這種歡騰的日子所瀰漫的氣氛，從他醒來開始就在感染著他，使他留在屋裡無論如何舉足都覺得很不對勁，有一份奇異的直覺在牽引著他，就像他在鄉野居住時一到某種時刻就有一位全知者通知他，就是在那時候他正在做著緊要不能放開的工作，也會突然莫名奇妙地氣躁浮動起來，只要暫時放開工作到他常去散步遨遊的小山上走一圈，那麼一切又都會恢復原來模樣，重新獲得定力和冷靜，這種令人不可思議的怪癖日久就成爲他的自然的習性。但是那天他不能安寧在屋子裡不是城裡有熱鬧的慶祝活動在招呼他去，他反而默默一個人到了火車站，搭乘一班火車離開，在一個古老的小海港下車，這個風景古樸秀緻的海港小鎮也不是他的最終目的地，他又換乘一輛公路汽車到了一處鄉鎮，到了這裡我們猜想他一定是爲了拜訪昔日的友人，我們知道這位柯克廉在二十歲的時候曾經在此任職教師居住了三年，是他第一次被委派來工作的地方，那麼這裡有什麼値得他在經過十五年之後突然地降臨的理由？値得注意的是他直往這個小鄉鎭的小學校，腳步像一個夢遊者要返回他開始出發去漫遊的地方，表情沉鬱的從一處破圍牆的缺口進入，今日是放假天，那個場所必定顯得十分的沉寂和空洞，那裡再不會有認識他的人前來迎接招待他，他單獨一個人從草地不均的操場橫過，有如幽魂在烈日下稀薄地顫抖移動，像照相機鏡頭模糊影像，焦距一點一點地輕移，然後明晰地停止。他站直僵立在跑道的緣邊，有如一位教師在早晨升旗時站在列隊整齊整的學童前面，可是他的眼光並不朝旗台的方向注視，卻直視教室牆壁的玻璃窗，他終於看見自己的身影確然地映在那裡。他回憶十五年前最後站立在此時的驚慌感覺，他幾乎每天都在早晨升旗的時刻看見他的瘦長的影子映在對面的玻璃上，但忽然在那一天，他赫然發現他的影子在他緊捉不放的注視下悠然移開消失。這是他十五年來漂泊不定覓尋自己靈魂的原因，他在今天回來就像是結束了這種漫漫長途的辛苦追索。這個沒有驚動任何人的儀式對他是多麼重要，從現在開始他的行爲和思想都將有一位嚴明的主宰來爲他負全責。他回歸于祂，信仰祂，崇拜祂，他在離開時已不再是個徬徨的人，他有信心有堅定的理念，他將去面對眞實人生而不是逃避現實。人生虛幻之說那是實實在在不是烏有之事，可是眞實的人生也是正確無誤的事實，當一個人有其自主獨立之刻便能經由自己的經歷證明。過去的都是虛無幻境，未來的是不可觸摸的夢想，現在的才是貨眞價實的眞實存在，這對我們的柯克廉來說是種充滿神秘的體認，也是他必然的路途。

做完這件事的柯克廉並沒有立即搭車返回城市，他憑著記憶尋著那時期經常散步的路途到達了海岸，而今天的天氣卻意外的晴朗，雖是秋天的季節，依然還有夏日熱力的陽光，他想今天恐怕是今年最後一次的好天氣，因此乘著極佳和穩定的心情沿著海岸行走，思緒裡正盤繞著回城後所要做的種種工作，自然的風景不斷地收入他的眼裡，正好助長著他內心的醞釀，迎逆新鮮的海風更加促使他產生往前邁步的力量，如不是這些大自然的激勵，料想他不會有如此良佳的興致。再往北走數里路就可到達白沙灣浴場，現在他正有迫切的需欲要在那裡吃一頓飯，午飯的時刻早過了，料想那種地方任何時刻都能買到食物，那麼吃飽飯後便可以從那裡搭車回城。

他爬上一座海岬，從頂上岩石的隙縫已能見到美麗的沙灘，和一片人潮戲水的動人景色；這個景象恐怕也是今年最後的一次，每年在十月的節日之後各海岸的浴場都會因天寒而結束營業。他無意的到達這裡算是完完全全的巧合，不是事先有計劃，也沒有要沐浴的打算，也不是來偷偷地觀覽情侶的歡樂；前面我們提到他的行爲常常受到潛意識的支配，不是有意的計謀。當他突然的瞧見遠離集中的人群低首俯身在臨近的岬邊撿拾的斐梅時不禁大大的驚駭了一下。她也離開城市來到這裡，這簡直是非常不可思議的事。他就坐在岩石的凹處休息，從上俯視她的半側的身姿，她沒有穿泳衣，所以極容易辨別是她無疑；她有漸漸走近的趨勢，可是決不會看到他，凸出的岩石正好遮住她從下往上看。目前他只發現到她單獨一個人，他並不相信她會單獨一個人來這偏僻的地方，只爲了來撿拾一些海岸的留物；他想撿拾之事只是來這海灘附帶的餘興項目，也不會是到此地來的人都這樣做。她沒有攜帶任何可裝下撿拾物的袋子，她的模樣似在刻意尋求某種心許之物，目標恐怕也不是那些常見的貝殼；她彎下腰拾起一件細小的東西，在岬上的柯克廉看不清楚是什麼，她拾起那個東西後就轉身走回去。這時他集中目力在她的身上，以免她到達人群的地方落失了她的蹤影，可以憑著她來發現誰是和她同來的人。但她走的方向不是朝人衆戲水的地方，她漸走距離海水愈遠；她也不到浴場有篷蓋的休息的座位去，她直接走向停車場最旁邊的一輛白色小轎車；她走近時車裡出來一個人，距離相當遠，但那輛車和那個男人的身姿，柯克廉相信他就是白夢蝶先生。

這個發現使柯客廉一直停在岬石上沒有走開，他有一種甚爲難堪火熱的心情。他們的車子開走了，不是往南回去，而是駛向相反的方向，好像這個地方只是他們中間暫停之處。依他的判斷，他們必定繼續繞著海岸行駛，下一站可能是金山，然後經由基隆回到臺北城。其實他們到底要去那裡，對柯克廉來說都不再重要了。

他跳下來，立定在沙地上沉思一分鐘。可憐的柯克廉就是像化石立在那裡一點鐘，甚或一整天，一個月，一全年也不能解決他心中新的難題。這個難題根本不是他私自的愛慾的問題，而是如何今後面對斐梅的問題。要是他從今之後能避免和她碰面，將他所親眼看到的永遠埋在心底，只要斐梅不知道他看到，那麼他就不會如此難受，讓它像輕煙飄走。但不見到斐梅是不可能，如果他現在趕回城市立即帶走行李不告而別，這種舉動料想她會追查到底，無論他在天涯海角，斐梅必不放過他。可是可憐的柯克廉如何在回城之後去面對她而不誠實地說出他看到的事？他不能和她及他們那些所謂家族的人在一起而內心隱藏著這件事。他考慮到他說出後他們相信他的誠實的可能性有多少，無疑，說出來後會更糟。首先他不知道其他人是否知道斐梅和白夢蝶先生出遊的事，還有他們為何事單獨相偕出遊？他想他們的出遊必有一番私自的任務，而不會是純粹為觀光；他剛才觀察斐梅的種種舉動斷定決不可能是假日的輕鬆旅遊，她的姿態根本沒有顯示歡樂的氣氛，她和那些戲水的人們的輕躍體態完全不同，而且他和白夢蝶先生為何不找個位置喝飲料休息談天看風景呢？可是他們環繞海洋一周的意義在那裡呢？誰能解答這個問題？除當事人外還有誰會知道？佳麗？曹林？珍尼絲小姐？他想他們三個人也不會知道。要是他在她走近岬石的時候叫住她，讓她知道他在這裡遇到她誠屬偶然，不，阻止他這樣做的是她的神秘姿態，而他又如何向她道出他自己的一番秘密呢？他的生存的軌道原是他自己困惑的問題，必不是三言兩語就能對她解釋，而能馬上在這沙灘互為了解的事。他沒有叫住她說明這件巧合的碰見，只是那時另一個關鍵人物還沒有出現，不能說柯克廉沒有這份好奇心。他考慮到他的出現恐怕會侵犯到她的私人行為，否則來到這種遊樂地方，家族中的人員必會互相連絡，一齊攜手歡快地來度這一天的美好光陰。

回到城裡已是黃昏時分，街道上充滿假日閑散或奔走追求消遣的人們，經過餐館門口望見裡面擠塞著要進食的情形，幾乎都是整群結隊笑語橫飛，使我們的可憐的柯克廉怯懼不敢貿然單獨進去，他害怕孤零地進入時侍者的另眼相看，以及餐客的懷疑眼色對他投射過來，好像這種場所一向就是排拒著落落寡歡憂鬱頹喪的人。他心中的鬱結此時迫切地想向人傾述，想向一位足可信賴的人做懺悔，述說自己如此不幸的遭遇，希望這個人能夠做為他表白的見證。他漫漫遊走約有一個小時，只剩下那不息的尋訪的精神在支持著他纖瘦的軀體，而他十分自醒地了解主宰著這軀體有一個謹慎監視的靈魂跟隨著行走，甚至可以說這靈魂在領著它走下去。他幾乎走遍了整個城市，找不到一間可供他走進去默禱片刻的教堂，因爲他們都鎖著不開放，也想不出有任何一個人是現在可能對他有所幫助或解圍。

他走到圓山下那座橋，看見燈光照耀下的凝重的水流使他駐足幾分鐘，要是那水流清澈必能倒映他的疲憊容顏，使他能親眼見到他留在人間的苦楚。可是他的靈魂在內心裡讚美他，因爲從這裡可以顯現出我們的柯克廉的情感，便是他最可驕傲的良心。他自認他的人生便是毫無償報地也毫無條件地要奉獻給他理想的戀人，這個意志無疑一步一步導致他爲人類承受情感的折磨。他爲這種美感生活，也爲這種美感受苦。

當他走到士林地區，他的思想暫時爲一段舊時的記憶所取代，那就是他辭去鄉下小學校教師的職務徬徨地初來城市時，與數位同等潦倒的人在蟹居的經過情形，他想現在他們已不可能再復活出現回到此地來與他重聚，時光已逝，留下來的是此時要經過此地的可憐的柯客廉。因此他何不像是去訪晤舊友的心情轉到大廟前去，到那些夜市的攤子喝幾杯酒，吃炸豆腐和煮魷魚，就如往日與那些幻想家在一起時一樣的飲醉。可是我們的柯克廉孤獨地坐在長板凳上，幾杯酒下肚之後卻引不起舊時的情懷，是不是沒有人可交談？還是沾魷魚的醬油變味了？周圍人們的污髒的語言和黃色豔事使他頗爲掃興，他付賬離開，順道走進大廟，那裡到處是坐著皺臉的老人，而神像不知何緣對他怒視，使他膽寒而退。

他回到大路上，這是一條不再有街燈的郊外黑漆大路，除了飛馳而過的汽車燈光照射他外，他不啻是黑路上的幽魂。自他晌午在那小鄉鎮的操場重見他的身影之後，他現在無時無刻不自覺著這魂魄所依附的重量和印象。無論如何，他不論告訴任何人有關他自己的那個荒謬行徑，但他怎能誠實地說出自己在岬上所見的事實而不連帶說出他的行爲的理由呢？他能用一個杜撰的故事來做爲到達海灘的藉口嗎？而一個虛造的理由一旦說出，將來如何重獲內心的平靜呢？而目前他的困境並非逃避或死亡可做爲萬全的解決。他顛簸不穩的腳步邁入無人的校園，他感覺此處的漆黑和寂靜有如墓窟；他的步伐的聲音在走廊間迴響著，此刻大約已是深更半夜的時分。他的宿舍在最爲偏僻的角落，他那模糊的眼睛奇怪地看到由那裡投出的亮光，他懷疑是否在他早晨外出時沒有關上電燈，他駐腳沉思片刻，疑問著自己是否走錯了地方，還是有誰在他之前蒞臨他的寒舍；他發覺有晃動的影子在裡面閃現，他的心臟因疑懼而加速地跳動，他推門進去，赫然重見斐梅立在他的面前，不止是他，還有家族所有的人和白夢蝶先生；但此時他眼中所見到的他們，都像是肢體腫胖不均勻的怪物，身著奇異的衣服，戴著獰笑陰森的面具對他露齒呼叫，彷彿群魔佔據著他的巢居，守候著他的歸來而要加以逮捕，準備對他要加以撕裂吞噬，他終於向前撲倒昏迷在地面上。

第十一章

翌年初下我們的柯克廉回到臺北城來履行他未完的任務。在現實界裡他的教師的職務還保留著，只等他康復回來繼續未完的工作；在他心底裡那理想的女人還未能塑造完成；而在他思想的理念裡他盼望能尋到白馬的蹤跡。我們可以說這三件事就是構成目前柯克廉生命的存在。記得去年秋末之際，他貧血的肢體和脆弱的神經，經過一場劫難不支倒地昏迷之後，好心的朋友們將他送進醫院急救，經過醫師細心謹慎的診察提供一個康復的建議，因此柯克廉又轉送到鄉村的聖母院去療養，在那裡有修女的看護和神父的引導，使他的智能和判斷的理智都恢復到正常。在他過去的日子裡，我們所指的是他未到這所特殊的醫院之前，柯克廉對宗教方面的知識只偏重了禪佛的一點淺見，而自從與那些會說臺灣話的義籍神父有了交往之後，他成了他們指導下的一位勤讀天主教聖經的學生，這方面的習修對他身體的康復幫助最大，在那裡的後半期，他已不必再靠醫藥，完全依靠著學習的興趣和精神的集中。整整半年的時間，經過冬季的治療和春季的恢復，他幾乎變成另外的一個形象，外表是白皙像半透明的蠟像，身體四肢清瘦了一些，但恐怕也變得更具氣質，或者說更能增加別人對他的印象。神父准他回到臺北城，固然基於柯克廉本是一個完全健康能付出工作體力和精神的人，最重要的理由是對他的思想願望的一番了解，知道他內心永遠不能消除的意志，如若不讓他的生命繼續依其志願而燃燒，那是不合上帝造物的意旨，違反自然生命的命運。事實上這段修養的時間並非我們所意會的做爲矯正他或有所缺陷的本質的一種囚禁，確切地說，更像是讓他做了更充分的準備，加足了他的信心，培值了更爲堅實的能力。身爲神父的醫師們對他有著長期了解爲綜合看法，認爲對我們的柯克廉禁錮反而有委屈生命的嫌疑，有如對一棵成長的樹給予人爲的戕害，迫使其枯萎的罪過；基於人性的理由，他們讚賞他的想像的美麗花朵，認爲他應享有自由而去經過歷鍊，使其在最後獲得完美的結果。他是宇宙間的一粒沙塵，應受自然風力的吹襲而自由飛揚，最重要的是沒有破壞性的惡力，他心中的愛是促成了解這人寰世界的一個良佳的工具，他有未完的使命，應放行他去完成。基於神學和醫學的立場，也有繼續透過他自由的行徑加以考察和證明他的本質。當然這對我們的柯克廉來說，他並未知悉他們對他的寄望，只是表面受到和善懇切的祝福，祝他未來的快樂和健康。

回城前，他當然也有充足的對自己的估量和自省，他有萬全的心裡準備和打算，對於未來的存活他將順其自然賦予他的秉性去過他的單獨生活，首先他要面對的就是在去年突然中斷的現實。他回憶前段的時光，已有一點成就的雛型，透過他的省察，已漸有撥開雲霧的跡象，甚至經由他的眼力和智慧的判斷，事物已有顯示眞理的意願；而這後半的行程依然必須借重他的呼吸，借助他特有的冷靜思維，甚至利用他心力的熱情。這一點我們沒有另外選擇的考慮，而是更加的信賴他的操守，將重任託付於他的身上。他回城正是初夏，梅雨紛飛的春天已過，時節對他頗爲有利，省卻了許多細碎的瑣事的參與，而在那段時間的過程，有慈惠的斐梅每個月一次的親臨探訪，也有書信的記錄，使他不至於完全斷去思想的脈絡，而沿著這條路跡才使得他回城不至於重感陌生。事實上只要斐梅存在，那麼一切關係依然如舊。

我們不得不說使柯克廉在初期的療養中的沉墮意志復甦的完全是斐梅懇切的請求達成的，因爲在她自幼年隨家移居來這個島嶼的混雜時代裡，在二十多年種族混合的生活體驗中所認識的現實，使得她不得不在此刻重視著像柯克廉這樣的一個受盡委屈的良知的生命，她不但深愛著他的純良個性，而且體恤著他的祖先在異族統治下的辛勞代價，與這種人為友，不僅是這個人在生活中所具有的不俗的情趣和高雅是人類所相與和諧和快樂相處的來源，而愛護這種人對於歷史的未來也才有光明的遠景。她非常鄙視另一種持續歷史命運所安排的那些阿諛的奴性角色，這些人在現實裡都有欺詐前者的可憎的面目，就像我們在這個大城裡為大多數知識份子所熟悉的藍白先生，也就是在我們的故事前面所記述的柯克廉受到挫折的那一面粗糙的牆壁。她非常明白她本身是個開放而喜愛廣交的一個靈體；換句話說，她喜愛生命的各種活動，喜愛傳統賦給她的肉體的秉性，她渴求享受人生，她有點熱情不羈，但她的理智裡警告著她所應有的約束，她必須在良知的統御之下做生活上的一切享樂。在知識裡她知道哲學的好處，在她一切快樂都得仰賴與她交誼的人們時，無疑在她的哲學裡也需要一個仲裁的人物，而頗難能可貴的是她和柯克廉的因緣，這是她在他病危時沒有捨棄他而盼望他康復的理由。總之，一個遊戲的生靈只是被利用的扮演角色，而歷史需要一個見證和記錄內容和形式的人。一個在尋求快樂時能自覺憂患影子的權利。做為這個舞臺主角的斐梅而言，她重託柯克廉的不是現實的彌足而是未來的需要，這是她生活的技巧也是本質的一項秘密，圍繞在她周圍的人們可以排斥柯克廉，但她本身在能掌握的時機裡，她不諱忌他的出現和存在。而他會接受她的要求回城當然是他們又有一次的誠懇的了解，和她對他的善意的誘惑，她的技巧就擺在這一句話裡：

——大隱在城，小隱在山林。

她告訴他：

——白馬出沒在城裡，你所要追尋的理想女人也在城裡。

這是她和他兩相情願的利用。

有一件事是他遠在鄉村的聖母醫院斐梅去探望他時就獲得了澄清，她來時柯克廉引她到病房大樓後面草場上一棵樹下的石凳坐著交談，在春天的微微暖意中，他發覺斐梅的眼珠備覺黑亮可愛，她臉上的憐愛的微笑一點也沒有刺痛他的自尊心，她看他的健康已大為令人滿意，高崇的額頭因削瘦的臉頰和細長的脖子顯得更為突出而富有重疊，他的心情平靜如昔，態度有更進一步的溫文和禮貌，聲音發自鼻腔上的頭部，雖細小但很清晰，再見到這樣一個可愛的人的健在幾乎使她有些情緒激動，要對著晴朗的空際直呼感謝，甚至要將他像嬰孩般地緊緊摟住擁吻一番。這一切觀感最後表現在她用力地緊握住他的手的舉動中，他一直在印象裡認為她的手溫熱有力，而這樣激情地緊握反使他覺得有些痛麻，不但出乎他的意料，亦出乎斐梅自己的意料，是他有掙脫的顯示才為她自己發覺。

——我握痛了嗎？她有些不能原諒自己的羞紅升到臉部。

——沒什麼。他低頭來檢視自己瘦小細長的手，他的手極酷似女性的纖手。斐梅注視它那比自己要瘦和薄的小手，剛才她握痛它，現在她用雙手憐惜地撫摸一番。

——我就是常常這樣不小心。

她的話的意思當然不是單指這件握手的事，不過這件事的確對她來說是相當的特別，是她與別的男人在一起時決不會發生的事。

——這不是妳的錯，斐梅。

柯克廉天生體諒他人的胸襟，是此時他和斐梅能夠再相交通的憑藉，使她不禁高興地叫出來：

——你好了，我很高興你已經康復了。

柯克廉鄭重地表示他自己的意見：

——不錯，我現在遇有寧靜的時刻便做一些記憶的檢視和反省，我的信心已有增進，有待……

……

——我明瞭，斐梅說，我完全的明瞭。

他注視著她想尋找她所說的明瞭的答案；斐梅看到他那富於探索的眼光馬上就懂得他的意思。

——我一直感到焦急的就是還未見到你的恢復而告訴你那件事，她頗爲明白地說，現在我不怕了。

柯克廉點頭承認，他說：

——我在最近的這些日子正是有所等待，我盼望妳的到來。

——我現在就告訴你，斐梅說。

——等一下，我不要妳的長篇的直訴，柯克廉顯露奇異的表情，在這暖和的陽光陰影下，我還是覺得有點寒意，所以我自己要斷斷續續地說話，使我的身體的血液得以暢流生熱。

——在你的面前，她注視著他微笑，就用你喜愛的方式。你知道在城裡，他們就得依我的方式。

——我清楚，柯克廉說，謝謝妳，妳尊重我。

——你是個唯一受我敬重的人。

這一次是柯克廉主動地去握住她的手。他坦誠的先自我招認地說道：

——在我記憶中的最末一次記憶裡，那天晚上我看見妳立在我的房中是我在那天第一次看見妳。

聽到這句話的斐梅馬上做了機敏的思索，似乎對他所說的事實頗爲興奮。

——那麼第一次在那裡？

——白沙灣的海灘。

——你在那裡？她感到驚恐。

——就在妳靠近的岬石頂上。

她迅速打開手提包拿出一個灰色的東西遞給柯克廉。

——我特別爲你撿的一顆小石頭。

他把它握在手裡，端詳它的光滑的形狀，沉思片刻，終於領悟到一點意義。

——將它代表我？

——就是代表你。

——爲什麼？

——那天我們親臨你的宿舍時，你已經走了，我們希望你一起同往。

——郊遊？

——不僅是郊遊，附帶有一個任務。

——什麼任務？

——在長時間的怠惰生活之後對理想的盼望，斐梅說，這件事也符合你的白馬詩。

——你們也去追尋白馬？

——所有的人都去，我們會聚在石門的海灘，然後一個一個通過那道門戶，雖然是一種遊戲的儀式，卻滿足內心的需要。

柯克廉把石頭握緊在手掌裡。

——那時我手中就是握著代表你的這顆石頭。

——我當然不會。斐梅說，我總是隨興做事，否則我什麼也不做。

——那麼你爲何一個人到那裡？

斐梅反過來問他：

——我也是到那裡去完成一項儀式。

——什麼儀式？

——去證明我走失的魂魄是否回到我的軀殼。

她思索片刻；她無法理解。

——爲什麼？

——這是一項我私有的秘密。

她點頭表示領會那是怎麼一回事。

——那麼一切都是巧合了。

——正是。柯克廉說。

斐梅完全能了解爲何他不從岬上跳下來會見她的原因。至於回憶那天的行徑，她感悟到他們像是不實在的人物活動在不實在的場景裡，只有一個共同點是大家都有那種邪教癖的意識存在心底裡，一遇到身分的變幻，便會扮演出奉拜的儀式來。

——這樣說來，那天的城竟是空的。柯克廉回憶著說。

——不錯，斐梅說，首先我們發現你不在城裡，當我們分搭兩部車離城時，我們在回望中覺得那是一座沒有人類的城市，否則就是居住著一群不相同的人。

——這是全知者的安排，在我的原先計劃裡，我在那天是想留下來讀書。

——要是我們找到你一同前去，可能我們都不再回來，我們回來是爲了看你是否在家。

——妳知道，柯克廉說，我答應妳住在城裡只是尋訪早已走失的神話，關於那白馬，甚或爲我自己在現世追求一個理想的女人。

他的情感的幻覺和清明的理性交融在一起所流出的話語，最能感動對他愛憐的斐梅，在她的心中常因這種傾談而充滿著激奮的快感；她滿心喜悅他有回城的希望。

——但是我不解爲何你見到我們時昏倒。

昏倒？柯克廉充滿苦惱和疑惑地說，然後他似乎理解到這是怎麼一回事。是的，我曾昏倒。

至此他就不願再談這件事，把手中的海石交還給斐梅。她撫摸片刻後收進皮包裡。她說：

——我一直帶著它。

柯克連突然顯得活潑而潑而認真

——白夢蝶先生知道嗎？

——知道，她說，他是個精明細算的人。

——他的意見如何？

——他了解整個的事情。

——我有一種想法。他抬起眼睛注視她。

——但願不要想得太離譜。她說，她有些笑意浮在臉上。要告訴我嗎？

——我想白夢蝶先生會向妳求婚。

——許多人都這樣以爲，她平靜地說，但你也這樣認爲使我有些意外，我總以爲你有超高一等的想像力。

——我一直堅信著這件事。

——完全不可能，柯克廉。斐梅說。

——那麼他的目的爲何？

——我和他都不期望有這樣的一個可笑的結果。

——那麼妳和他的感情是什麼？

——我同情他的遭遇，柯克廉。

——他的那一件遭遇？

——他喪失了兩個女兒。斐梅說。

柯克廉終於明白這到底是怎麼一回事，他的記憶裡現出水池花園的那塊兩位少女的黯淡的浮離。經過斐梅的詳細敘述，白夢蝶先生的家庭悲劇是造成他信佛和絕望的緣由，她說那兩位與斐梅年紀相若的女兒是被一位瘋狂的男僕所殺害。

——爲何妳在先前不告訴我？

——我不是說過要你去細心觀察嗎？斐梅說，現在當然已沒有這個必要再保守秘密了。

的確，當時柯克廉奉她的意思去拜訪白夢蝶先生時，她就告訴他要他自己去尋找答案。固然這事在此樹蔭下揭露出來，多少使柯克廉感到有點慚愧，可是他畢竟也做了令她滿意的判斷，一個人的能力也僅此爲止，不可能再超越這個範圍。本來柯克廉想要及早詢問斐梅有關那水池中那兩少女浮雕的意義，竟一延再延到現在。現在當然一切都清明和了解，那麼這層疑障既已解開，回城的任務就顯得單純了。

——我就等待你的決定了。斐梅說。

——只要我在這裡修習的功課告一段落，我便馬上回城去。

這是柯克廉對她所做的新的承諾，也結束這次的交談。

第十二章

斐梅的畫廊有愈變愈雜亂的趨勢，此時已能見到它有不可收拾的一天的跡象。前面提到斐梅主持畫廊的動機是替畫家謀取工作的利益，完全具有服務的美意，但是一個畫廊維持市民的興趣只是想靠一次又一次的新奇構想來引人注意，恐怕就有殫精盡智的時候。文化的形式如果不是在永久的精神內容上樹立一個不變的立場，當然會有遭人唾棄和失掉依恃而走向末日的狼狽場面。這一點在柯克廉第一次從它的外表環境觀察時便有了遺憾的感想，那時畫廊正在熱烈的推展藝術品向家庭進軍的運動，把城裡的畫家的美術作品降低價格以求多售，俾使家庭裡的牆壁都能吊掛高尚的藝術品。從立意上來說是非常可貴的作法，可是它也有導致讓人誤解藝術品拙劣之嫌。人類在這方面的文化一向就是讓其自然地發展，強求反而要收到更糟的效果，市民的品賞很快地便能反應藝術品的優劣，宣傳只能做到最初的驚喜，品質不變才是不變的眞理。柯克廉在早先沒有和她談論畫廊前途的事，是居於斐梅在實際的處理中定有她自己的眞實感覺，用不到去干擾她，而畫廊的風格是早已定型根本不可能有所改變。事實上它所容納的美術品就是決定它的主要風格，它的表現是爲求急切取利，談不上有獻身文化的持續精神，因爲它並沒有做到刻意的評價而使市民產生信賴，它只是個販賣的商店而已。此時柯克廉在回城後的第一次重臨畫廊，馬上看到了一個極其可笑好玩的場面。畢卡索之死固然是舉世的新聞，畫廊乘機舉辦他的一生的回顧展出，但牆壁上卻看不到他的任何一張眞蹟，只有委託技巧不成熟的畫家臨摹了一批拙劣的作品吊掛在那裡，不禁讓人疑惑著它的用意何在，難道它叫人來看是爲了在此時教育市民對畢卡索的認識嗎？可是對大多數的市民來說，畢卡索與他們又有何親密的關係呢？他們既然看不到他們的眞蹟，對那些僞作不是要感到十分的失望嗎？與其說用意在使市民見到作品而連帶產生對作家的崇敬，不如說其結果是鄙視作品而連帶誤解作家。還是另有用意，以此新聞來召集人們，希望他們來購買另外一間展覽室裡販賣的風景照片畫？或者是想推銷一本翻印草率的畢卡索晚年的春宮木刻畫集。那本印刷簡陋的秘本倒是銷售得很好，能夠從這賺到一點錢，可是整個畫展的意義就變得曖昧而使人失望了。從這一點就引起柯克廉十分敏感的道德意識的激憤，對講究風尚的斐梅疑問和不了解起來。本來柯克廉對於斐梅的工作和他的友誼之間就有互不關係的默契，但從這一次回城看到她的不合原則的作法卻產生了刺痛的感覺；他關懷的是她的優美的秉性，而不在於她那和諧感人的外表，可是現在卻使他只見到美麗的軀殼而見不到動人的精神形象。他和她的友誼並非一般現代社會潮流顧及的勢力與謀利的往來，卻是講求整體美感的道義親情，因此對於畫廊的面目的日漸低俗和醜惡，就使得柯克廉不由產生了一種驚慌和不安的情緒，懷疑斐梅敢情就不是這個畫廊的意志，慈愛的她根本不會有此僞詐的另一面目，使柯克廉在這一次回城懷疑她的背後有一位操縱和愚弄者的存在，只是令他不解爲何那樣善良的女性會受人的擺佈。這種懷疑和探求眞情的態度，正是我們的柯克廉意識中追求完美理念的一項實際工作，轉化成具體就是他追尋理想女性的目標，這也是他整個人生的美學課題。在這座城裡，第一個了解的對象當然落在斐梅的身上，一切關鍵也在她身上，且從她延伸繁複的意義，這是頗爲饒趣和需具耐心的問題，他所具有的憂鬱情懷和痛苦感情無不是因爲任務使命的艱澀難成，而不可預期的時日和實際事物的曖昧混亂對他來說亦是一種過程中的凌遲，這注定寂寞就是他的人生了。

——你現在就想知道答案嗎？

斐梅在畫廊的辦公室單獨面對滿帶疑問的柯克廉，她有一種極其冷靜的表情，似乎知道一旦柯克廉對她質疑她就能從容的解答他想明白的問題；她的態度正表示著即使有如柯克廉所說的那樣也不至於令她感到恐慌，甚至早有準備只等待著他來發問，因爲這種事不應在他們的交誼中成爲一種互表眞情的障礙，實在是越早澄清越好。但柯克廉從她的冷靜的眼光中另外知覺到她的另一種意識的存在，好似她在反問著他難道這種事也需要由她親口來對他說明嗎？那麼她對他的信仰的智慧以及進一步的默契是不是就要一掃而淨了。她注視他，審視著他的充滿期盼的眼光反而令他緊張而有點不知所措，是的，她可以馬上一表清楚，但也可能馬上就此完結一切的關係；如是這樣，人生還有什麼可追求的樂趣存在？而人類的互愛又如何產生高貴的形式？他可以意會到她對他的期望之情，這些都可以一攬清楚。可是他還不十分明白她對他的期盼的內容如何；他不明瞭，他一直處在她的珍惜愛護之下，他沒有想到他是和她同樣平等，在另一層涵義上甚至他比她還要高超。對這點領悟恐怕不是此時就能令柯克廉馬上體覺出來，或許還要一段頗長的時間的試煉。不過現在他已經有所知覺，知道這一層涵義存在他們的關係中，只要假以時日的細心觀察和思索終必能徹底的明白眞相。

——不要，現在不必，柯克廉說。妳不必要現在就告訴我，它也許並不如我想像得那麼重要。

柯克廉的這種及時的阻止馬上獲得了對方的感激。的確，他明白只要三言兩語對方便可以道出其中僞善的內幕，但是這並沒有多大的好處，當雙方攤牌之後都無能爲力爲未來做一個完善的打算時，反而破壞了許久以來各人在心智上所努力的一點成果；兩方面都知道對未來的憧憬是多麼重要的事，這才是他們交誼的主題，而不應老是在瑣事上做敵對的激辯。他們都知道人生必有盡期，但唯一的希望和滿足無不是想建立適於生存的形式。人類本身首先需要花費大部份時光來發現這種需要的自覺知識，而願望在另一部份時光來建立完美形式，享受這種形式的自由和快樂。這使面對的兩個人無不常常謹愼地探試對方的意旨，了解對方的需要，考查對方的智能，是否能從束縛的環境中超脫而建設一個共享的國度。因此，兩個人的話題便轉到未來世界的揣摩上，做爲他們在那聖母醫院後院的樹蔭下的交談的延續，因爲這種話題並不能及早在那時就被提引出來，只能等待柯克廉踏上城市的土地，那麼此類問題才具有實際的意義。柯克廉覺得有點心疲力竭，他們的懇談已用了頗長的時間，他表示他不知道未知論是否就是宿命論的另一種說法，還是另有一種新義的解釋。他這樣說，斐梅明白他的意思，知道他此時心情上的混亂，無法做集中的思想，那麼這些問題只好順延到另一個機會裡。柯克廉甫自遠地回城，情緒上的不穩定是在所難免，必須唯賴生活上的安定之後，才能將過去混雜的事件整理出一條頭緒。此時的情況對柯克廉來說依然停留在原先的處境裡，明顯地看出他還需要她的多方的照顧，那麼他才能從中產生靈感，從生活的實際觀察裡獲得啓示；斐梅所面對的這個人，仍然是個凡夫而非先知先覺的天才。這種意識所給她的滿足是凡夫總比天才可靠，更能在生活中相慰。這時使斐梅想到早先推脫事務繁忙而拒絕的聆賞會，現在卻因爲柯克廉在此認爲有必要藉此到外面閒逛幾小時，而且曹林和珍尼絲小姐也早有吩咐，一旦柯克廉來畫廊就打電話通知他們，他們一直對斐梅表示有柯克廉在，情趣上總覺得更趨於多樣，起碼他們能夠在閒置的頭腦中再引起一些智能的刺激。這並非是僅僅表示歡迎的客氣話，在生活中遊伴的選擇常常是形成風格趣味的主要條件。從通俗的觀點上來說，這幾個從異地來此城裡會聚的人，如不是互有緣分，還能再說爲何？這是時代的特色，豈能忽視他們所代表的時代的特殊意義？這正是我們的柯克廉留城且意趣盎然的涵義所在，而他的自然意識正想從這些人身上覓求情感的和諧和欲望的平衡，從中塑造他理想的戀人與神俊的白馬的形象。

第十三章

他和斐梅乘坐計程車抵達圓山俱樂部的交誼廳時，身披紅色禮袍的珍尼絲小姐歡喜地介紹他們和她的父母認識。這些外國人的父母對於他們子弟的教育非常重視交誼，把他們子女的活動視爲一件生活中不可缺少的大事，他們會聚在此類地方都得穿戴著非常考究的服裝，這使初臨此地的柯克廉看到珍尼絲小姐的大紅袍和她的母親的滿身色光感到有些奇異，甚至產生好笑的意識，這與他隨便的常服比較起來就顯得格外的對比。此時，他和珍尼絲小姐由於場面的混雜根本沒有機會進一步交談，只有在表情上互表驚喜，僅僅用著臉上的微笑來權充表示。她看到斐梅與柯克廉同來當然滿心的高興，早先斐梅是拒絕一個人來此，她又改變原先的主意是現在有柯克廉做伴。走到裡面才看到曹林早已先到，單獨坐在一個角落的位置埋首看書，旁邊的椅子放著他隨身不離的黑色手提箱，我們都已知道裡面完全是他的工作必須的行當、資料文件之外，有時還會塞進內衣之類的東西。經過一段時間的生活薰陶，柯克廉從他的外表看出他變得非常的沉篤，去年他剛從美國回來的幽默外表和輕鬆的語音已經消失了，可以料想他的工作十分的繁重和瑣細，臉色有些蒼白，但沒有瘦下去，倒是有些不良的腫胖，大致上外表還是很光潔，很冷靜，像在這種嘈雜的場所也安得下心閱讀他在大學教課應準備的歷史書籍。難能可貴的是他站起來，走出位置和柯克廉熱烈的握手問好，固然像他那樣由背後去看實在有點沉悶的一個人，突然會生龍活虎地躍起來，多少讓柯克廉嚇一跳。他喜形於色地說道：

——我們眞盼望你許久了。

——是嗎？這是柯克廉受驚的直接反應。他的意思並不是語句上所載明的懷疑，而是比較接近如是這樣的確太好了的意思。

可是曹林還是進一步很誠懇地說明：

——的確是如此，最近知道你要回來，我們都在談你。

——是嗎？

在外表上顯得有點遲鈍和拙於交際的柯克廉又是一次相同的句子，使得莫名其妙的曹林也弄得和他一樣地笨拙起來，想不出到底要如何和他推誠布公。

站在他們身旁感到好笑的斐梅馬上爲他們做一個合理的協調。

——這是實在的，柯克廉。她提醒他說。

——我相信。柯克廉知道這是誤會。我也很感激。

珍尼絲乘機把柯克廉拉到一旁去，她要他特別注意她那容光煥發的漂亮面孔，與去年初見的蒼瘦的確迥然相異，她一直望著柯克廉顯出笑嘻嘻的表情，卻說不出恰當的話來，原來他和她有著不能暢用任何一種語言交談的阻礙，只有很直接地說——你看看我，怎麼樣？但是此時表情也許更比語言要動人可愛，那件大紅袍裏著她瘦長的身材可謂十分耀目和特別，最重要的是柯克廉看到這位生活和修養有素的女性的心花怒放，他想她一定又找到了快樂之源，只是還不知道對象是誰。

——我好高興你回來，她說。

這句話出自這位閱歷和學問很好的小姐恐怕不僅代表著禮貌而已，好像隱含著深遠的意義，只是此時目眩的柯克廉並沒有敏銳地感覺出來，對方卻是十足的坦率顯露她的快活和意趣，也顯出他們之間存在的密切關係，互相之間有著連鎖的作用，而柯克廉只能在驚喜之餘表示出他單純的喜悅：

——妳看起來漂亮極了。

透過她的特殊外表，他看到理想一部份的色彩，感情中對她無不有寄託的含意，她在整個的交誼關係中具有很重要的地位，從她身上能帶引出更廣的情趣。對他們這個小宇宙的形態，她進一步地揭露她的觀點：

——只有你能把斐梅帶到這裡來。

這句話就十分的明顯的說出柯克廉未回城來時他們生活在這裡的滯留不進的狀態，斐梅無疑是這個小世界運轉的軸心，她的喜悅很能影響周圍的氣氛。現在幾乎每一個人都能了解每一個環釦所居的重要性，也明白缺乏其中的一位很難有合適的彌補，無論如何要結合這些互異而又深具特殊的性格並不太容易覓尋，他們之間所互屬的緣分完全具有宿命的意味，因此他們的交誼所強調的並非外表的禮儀，而確有實質的內容在裡面。柯克廉去年發病後的不在場就完全暴露了他們在構成的小世界中的扮演角色，他們在這時空的舞臺上的任務而有缺一不可的憂懼感覺，他的重新登場是使軸心轉動的一個環帶，它使整個機器再度活躍起來，發出應有的聲響和節奏。從曹林對斐梅的來到所發的詢問中便能看出來，他對她擠眉弄眼，好似完全知道是怎麼一回事。

——妳不是不想來嗎？

斐梅乾脆地回答道：

——我一個人來有什麼意思。

——妳可以找一個人陪妳。

——我懶得去找人，她說。

——除了他？

——那麼你爲什麼不等我？

——我原是打算等妳。

——爲何改變主意？

——這要問妳，妳心中明白。

——你是個最壞的傢伙。

——罵人就不算數了，曹林虹著臉說。

——你還不承認。

斐梅有點得理不讓人的態度，她對曹林總是像大姐訓誡小弟一樣的嚴厲和不寬恕，這使曹林無可迴避地露出一臉尷尬之色。這種表情最爲柯克廉所注意，也由此引來估判這位年輕博士的眞實性質。

——妳要我怎辦？他說。

斐梅乘勝追擊：

——請客。

——敲詐我？

——不錯。

在這方面斐梅永遠有駕馭他的能力，而曹林只有低頭成擒的份。會有這般有趣的形態出現，依柯克廉的觀察，主要是這位年輕博士的一切秘密性質，都掌握在這位母親性濃厚的斐梅手裡。據斐梅事後私下對柯克廉的描述，曹林在未出國之前的大學生時代，他們是鄰居，也是好朋友，他有依賴她的性格，許多他不能解決的事情都得依靠她爲他去辦，其中包括那時的一次戀愛事件，不是她的主意他就不能脫卸羈絆，甚至出不了國門。這種早先定型的關係，使他回國之後依然還是存在；總之，沒有斐梅他還會感到一籌莫展。從這點看，他對她的馴順和服從不是沒有原因的了。

——我們是一家人，曹林對站在身旁的柯克廉說，你不在意罷，柯克廉？

——很有趣。柯克廉說。

曹林表示出喜悅的驚訝，他故意看看斐梅這方面的神情。

——妳聽到了，他不會在意。

——我總會教訓你一次。斐梅有點生氣。

——在柯克廉面前，妳已經給我沒面子了。

——還不僅此，你等著瞧吧。

——但願不是今天。

——當然不在今天。

——不是今天就沒關係。曹林說。

柯克廉看不出他們是說眞還是說假，但單看斐梅的神情似乎是認眞的，此時的場景使得他們馬上收斂了各自的意氣，交誼廳已來了許多的人士，全都紛紛坐在演奏臺下面的長椅裡，學習演奏會馬上就要開始，他們隨珍尼絲小姐坐在與她的父母同一張長椅。一位年紀約在五十歲左右的女士站到大家的面前，用著流利的英語說明今天學習演奏的性質和內容，並且分給大家每人一張節目單。珍尼絲小姐側過頭來對他們指出印在節目單中的名字其中一位是他的妹妹。柯克廉以爲是什麼隆重的表演，至此他才明白這只不過是外國人士的子弟在此學習鋼琴的一般情形，但卻能使他們的父母親如此愼重，從這一點他認爲亦不可惜此行來觀察一番。可想而知，他可以放鬆心情來了解這裡的一切情形，目的已不放在聆賞音樂，節目單中的曲子是他早已熟悉的古典作家的鋼琴奏鳴曲，不是最艱深的，而是學生學習所要經歷的。這點他比其他幾個同伴要熟知內行。曹林也顯示不很在乎的模樣，剛才與斐梅的鬥氣並未影響到他此時的輕忽；他們兩位的接觸大都是剛才那種表現形式，早爲另外的人熟悉清楚，因此也不會影響到各人有其他猜度的觀感。但敏感的柯克廉在心裡卻有很深的印象，認爲將來必會從這裡導引出什麼發展來，不過他不能預言會有什麼肯定的結果，還得等待時間的證明。倒是此時的氣氛還很愉快，他無意間瞥望到曹林偷偷給斐梅一個妥協性的怪臉，斐梅也幽默的回應一下。在臺上演奏的少女們的表現並沒有十分引起他們幾個人的重視和欣賞，今天他們來完全是爲珍尼絲小姐，等於是給她捧場，這一點可使她在父母親面前取得更大的榮光的作用，約一個半小時的表演之後，她就向他們表示最高的謝意。這裡已沒有逗留的必要，柯克廉認爲這種犧牲的時光還算是有價值，顯示出他們內心的仁厚，他看出他們對珍尼絲小姐的最大的愛意和親善。他內心唯一感觸的是這種博愛精神卻沒有普遍存在於自己的民間，相反的，倒有互相卑視的現象，這種成因恐怕不是三言兩語能夠說盡的，猶如大家生活在夢中，並不太重視到底夢裡發生了什麼事，根本沒有追查究底的必要。他們在咖啡廳喝了一杯熱咖啡後馬上決定離去，要不是曹林說他要去探望他的母親，他們還會猶疑一陣，不知如何安排這個午後剩下的時光。此時，珍尼絲小姐已經感覺出她的大紅袍裹在身上的不相宜，表示要回家換衣服。曹林要陪珍尼絲小姐回家去，他們走之前曾問斐梅做怎樣的安排，既然來為珍尼絲小姐捧場沒有不和他一齊再去探望他的母親的道理，所已就決定在畫廊等候他們來再一齊到療養所去，於是他們走出俱樂部在街道上暫時分手。

在陪斐梅回畫廊的途中，柯克廉發現她突然陷入於悔恨的沉默；他對她的惱怒之色有點不可捉摸，當他靜靜地握住她的手時，她表現得更為激動；她沒有拒絕他的安慰式的舉動，更進一步有傾靠和偎倚的傾向，要不是汽車向前急駛有駕駛在前面，她是會投到他的懷裡痛哭一場。不知所以的柯克廉卻表現出彷彿一切都明白的姿勢，希望她能夠傾述出她抑積的衷情，她突然吐出幾個不完全的字句：

——我希望…………

柯克廉追問她：

——妳希望什麼？

——你不明白嗎？

她一旦說出話來就恢復得較平靜。

——我也許只有感覺。他坦白的說。

——這就夠了，她說，現在我還不能對你期望太多，但目前你已經盡了你的力量。

——我不知道我出了什麼力量。

——只有你能夠給我安穩的感覺，她說，我在你的面前才有這種脆弱的顯示。

——妳畢竟是個女人，斐梅。

——我在別人面前就不是。

——那是妳的另一個優點。

她搖搖頭表示不贊同。

——而是我的兩個大缺點。她又說，我們在一起是不是生活缺陷的一種補償？

——當然，他毫不思索地說道。

——完全是嗎？她表示懷疑。

——只要我們繼續生活在此城市，就有這種作用。

——我對於一切都估價錯了。

——對什麼估價？

——對我們周圍這些人。

——我們何不一切讓其自然發展。

——你可以，我卻不能，我非繼續做我的角色不可。雖然人人都如此，可是我的角色卻不是我喜歡的，我倒羨慕別人扮演的角色。

——或許別人也有相同的想法。

——誰是如此，你能舉例嗎？

——我就是一個很好的例子。柯克廉說。

——但我崇敬你，別人在現實有比你更高的地方，也有更豐富的成就，但我只崇敬你。

——這是因爲妳選我，我們有這點緣分的關係。

——可是我不明白你對我有什麼看法？

——我也很崇敬妳，甚至依賴你，這就是爲什麼我和妳在一起。

——要是你不和我在一起，那說明了什麼？

——那當然另當別論，可是時候還未到。

——你的意思是我們還有分離的一天？

——現在說也許太早，柯克廉說，我們何不只關心現在；明天對現在的我們來說根本多餘，因爲我們還沒有過完今天。

——這是你回城的唯一看法嗎？

——這就是我現在的看法。柯克廉說。要是我們生在諾斯特拉達瑪士的時代，他的預言對我們總是距離太遠，但不幸我們生在此時，一切都將發生在我們面前，我們何不倒反慶幸能及時躬逢其盛？

——人們將誤解你虛無。斐梅憂患地說。

——那是他們的事，他說，我何必去計較他們對我做何感想。

——你總有機會接觸他們。

——不錯，但我的哲學是儘量少去接觸他們。

——我只希望你和我在一起。斐梅說。

他只點頭承諾，因爲他想知道剛才她的激動不快樂的原因是什麼。

第十四章

半個鐘頭之後曹林和珍尼絲小姐即趕來畫廊會合。據曹林說他的母親在前幾天不愼在晒衣服時摔跤扭傷了腰部和足踝住進了療養所。此時是下午四點鐘，此時還是很早，他表示到療養所約一個鐘頭時間便可以出來，他建議事後是否有什麼好消遣來過完今天的日子。柯克廉想到了一個好去處，要他們同到碧潭去觀覽那裡的山水風光。他有這種靈感完全是想到學生時代的一位好友，他的家在碧潭開了一家茶館，位置就在那橋頭附近的崖壁題字「碧亭」的地方。有這個地方可去遂引起他們一陣高興，於是離開畫廊後，本要叫計程車直接到療養所，但柯克廉想到是去探望病人主張買些禮物，曹林婉謝說只要大家一齊去已經令他萬分感激了，最好放隨便一點不要再花費錢。兩個人所提的意見有些使斐梅遲疑不決，此刻去見一位長輩她懷有滿心的設想，購買禮物是一件非常必要的事，就是使她不知該買些什麼才算合宜恭敬。

——買花，柯克廉不費所思地說。

連斐梅都沒有想到他居然有買花的購想，雖不合我們一般俗間探望病人的習慣，卻覺得再適宜不過。因爲買花送人是洋人的禮儀方式，在我們的社會裡實在還不普遍這樣做，但柯克廉的主意完全合乎他們的心意，連曹林都無法再說婉謝。在附近的一條小街有幾家花店，他們決定散步過去。柯克廉和珍尼絲小姐走在一起，她重提去年首次邂逅柯克廉時所說的話，依然對貝多芬沒有很深的敬意，一直重複說這位大師簡單和膚淺，柯克廉對他的批評至今還是沒有表示反感，他自己曾經對大師的身世和作品有過一番的研究，但像這位現代的美國女性的主觀批評，忖度她必居於一種不滿足的反權威的情感。她對美國感到失望，說到在交誼廳演奏的她的妹妹的模樣就是十足的天眞和不懂事的美國典型。這是她在中國朋友面前的一種故作的姿態。事實上現代的知識份子都有同樣的對自己的國家感到不諒解的情緒，可是未必理由相同，情緒上的失望和憎惡的態度則頗爲一致。所以柯克廉既不反對她的說法，卻也不表示同意她的說法；她到底是怎樣的一個人，這一次重見到她才發現她的神秘和狡詭的性格；她的優良性質固然非常吸引柯克廉的好感，但心裡卻希望她不要以批評她的國家來擾煩他，就像把大師加以貶低一樣。珍尼絲小姐提到在這幾個月之間，斐梅教她讀了一篇柯克廉的短篇小說，這件事倒提醒他回憶去年她手中拿的隨時看的那本沙靈傑的作品集。他問她那天在畫廊看得很認眞的是那一篇，她說那是敘述兩個兄弟在沙灘的故事回問柯克廉是否曾看過。

——是一條香蕉魚的日子嗎？柯克廉說。

——是。珍尼絲小姐喜悅的微笑。你喜歡瓊・拜絲的歌唱嗎？

——喜歡，柯克廉說。

但事隔那麼多年，越戰已經結束了。

到達花店門前對於花的選擇他們又躊躇了一陣，柯克廉主動揀選玫瑰和薔薇，再加幾枝劍蘭合成一束。他們站在一旁另眼看著柯克廉，看到他的活潑心性感到從未有過的驚奇，他堅持由他出錢就更加令他們意外的震驚。但他們並沒有馬上表示意見來，只在心裡頭存著深深的印象。斐梅手抱著那些花朵顯出若有所感的神情，坐在開往療養所的計程車有一陣低頭盤思的沉默。花朵插在一隻早有預設的瓶子，放在靠近床頭的桌上，才證明它是唯一有美感和適慰的禮物，那李還有一些奶粉罐子、水果，甚至有一包香煙。他們的到來帶給那位靜養的婦人一種歡躍的情緒，她一直想起來，但斐梅要求她躺著，搬了一張椅子靠近她和她說話。其他的人坐在較遠的地方，柯克廉則站在窗邊，身體倚靠在牆壁，對於房間的整齊乾淨和床的高度都加以注意，他和珍尼絲小姐除了有被問到的事外，保持沉默的態度冷靜地聽斐梅和她的交談。曹林的態度很自然輕鬆，從他的手提箱裡拿出他帶來給母親的東西。她並不太老，看來是心性很活潑的婦人，從她和斐梅的談話中知曉一點她的生活情形，是個能夠料理許多事務的勤勞的女性；她長期一個人生活著，等一下就能看到日她日常生活起居的那間房子。從外表上看她似乎沒有什麼憂煩，在丈夫和孩子都遠離在海外時，她單獨過了一段頗長的寂寞日子，只有這點頗有奇蹟的味道。這個婦人的最大特點是樂觀和勇敢，斐梅的神情對她很敬佩，有向她問教的衝動，表示未能和她有密切的交誼是她的遺憾，所以對她說的事都有感動的成分。柯克廉注意到曹林在她們的交談中保持傾聽的表情是黯淡的，好像心思在掛慮著另外的事，偶爾有一點勉強的微笑。或許母子之間的關係在有其他人參雜時極不容易判斷眞情的深淺，但自從她住進療養所，他幾乎每天抽空來看她，因此他們所可能顯露的是家居的自然模樣。據說前幾年曹林遠從美國回來探親時，她也爲了什麼而摔跤住進這個相同的療養所，而且這種意外對這個婦人來說很不容易痊癒。她和一般健康的人無異，卻無法否定她有扭傷的痛苦，兩次都碰巧在曹林回來和她住在一起時發生，這事沒有被渲染和涉嫌到題外話，斐梅卻說到某人也常患意外的扭傷，而且有了一次就會在未來連續遭患。

只有這段談話的內容最能引起柯克廉的關切，他暗暗把這種事認爲是病人潛意識的作祟，有意圖被特別關懷和要求親愛的傾向，而扭傷的行爲結果會使她達成這個願望。依這位婦人的情形摔倒是她最方便的手段，別人則另有花樣。可是在意識的表層，她並不是在理智的時故意安排這一招，她自己也認爲不明何故，完全是一種意外，也就是我們平常的語法說的——不愼。她問她的兒子說：

——你今天回到家了嗎？

——還沒有，曹林說。

他的理由是昨夜做陪招待幾位來訪問的美國人士，所以沒有回家。

——如有我的信，明天你就帶來。他的母親說。

這點可以看到這位外表堅強而爽朗的女性，一直都在外面有工作做，但她在這間被漆成白色和深藍的房間的笑容裡看來，她還是異常的康健，表示她和外界的密切關係，不似一般年邁的女性那樣孤僻而過著依賴的生活。不過依柯克廉的仔細觀察，她在年輕時並不是很漂亮，且受男人寵愛的那種類型的女子，但她的獨立性格彌補了這個缺憾。這也是斐梅趨近她帶著崇敬的表情和她喋喋不休的原因；她似乎在這個安靜而沒有太多人的療養所的狹小病房找到一個她晚年的命運的典型。她的內心當然有淒涼的感受而不似外表所維持的歡愉。我們不知道今天在未完的時間裡還會有什麼足可記載的事，但今天的遭遇卻影響著每個人的心境，除了目前看來很沉靜很安樂的珍尼絲小姐外，包括柯克廉在剛才買花的激情在內，都有心神不寧的顯露。這些我們暫時可以視爲某事要發生的徵兆，但不一定會發生，如有那麼我們認爲這些前奏是頗爲重要的關鍵。心情會趨於容易激動、焦慮、寂寞感，和不安，這都是此時代的特徵，甚至產生敏感和瞧見異象，產生幻覺而有非尋常的行爲，雖不證之於理性，但卻可以反應人類的情感；這種變態行徑亦可說是時代的產物，足可讓我們諒解和包容。譬如在他們離開療養所之後，曹林提到他家中有一瓶酒，引起大家有高興喝酒的趨向。

——什麼牌的酒？

——珍尼走路，他幽默地說。

計程車直抵他的家門，是一條新村的巷子裡的一幢獨院平房。也表示還穿著昨夜赴宴的西裝不適合到碧潭去划船，另一方面是爲了回去取那瓶酒。在那裡柯克廉又從一張茶几上看到玻璃板壓下的他的家人的照片，其中有他的大哥，還有一位他的妹妹，唯獨沒有見到他的父親的照片，料想這是他的母親所安排的。這間她長年獨居的房子看起來清潔但唯嫌窄小，廚房和廁所設在後院，那裡有一條走廊通到客廳。

曹林在他的房間打開衣櫃，從許多吊掛整齊的衣服中拿出幾件上衣要柯克廉試穿，他的意思要是柯克廉穿得合適便要送給他，另外他又拿出二條褲子，全都是上等的布料裁剪做成的，柯克廉換穿後站在客廳的二立女士的面前，徵求她們表示一點觀感，她們都十分讚許衣服款式的美麗，他站在鏡前自照也覺得有另一番的新樣貌。曹林改穿便服，穿著一條藍色的牛仔褲和一件花格襯衫，模樣十分瀟灑和可愛，同樣深獲兩位女士的稱讚。此時他們打點完畢準備上路了，曹林的衣服穿在柯克廉身上約有二三分鐘，他突然回到臥室把門關上，然後又以他原來的衣著的面目出現。他們疑惑地望著他，那時他們都已準備要離開，只等著柯克廉說好就走，他說：

——你們以為如何？我還是穿自己的衣服自然一些。

——我是當眞要送給你，曹林羞紅著臉說。

——我知道，他望著曹林表示，我想你應該了解。

曹林望著他那身在時尚下堪稱陳舊落伍的衣著，約有一分鐘的思考，他們的眼睛交視在一起，互相祈求諒解的神情，曹林似有悔悟地說：

——當然你對。

——你穿你自己的衣服才是你，柯克廉。斐梅說。

珍尼絲小姐重新坐回沙發，發出輕鬆有趣的笑聲，她似乎明白還有事耽擱。

——你不加一件外套嗎？曹林又對柯克廉說。

——晚間可能會起風。

——我不會著涼。柯克廉說。

曹林把珍尼走路牌的威士忌酒放在茶几上讓大家觀賞。剛才的換衣所發生的遲疑和延擱並沒有釀成不愉快，倒反造成更加的愉快，我們擔心可憐的柯克廉要是穿著曹林的衣服，恐怕就有眞不愉快發生，但關鍵在於他們都能深思和感覺，而免於因這輕率的作爲而有不可收拾的後果。柯克廉的不安是他的自尊心所敲的警鐘，他重照鏡子時，猛然地驚訝鏡中的人是個分屍湊成的形體，變成爲一個柯克廉的頭和曹林的身材的怪物，這是他非常難過和忍受不住的理由。那幾件衣服都是很上乘的料子和新穎的款式，對柯克廉來說，他永遠也不會擁有那麼多這等優雅的服裝，但他敏感的心靈還是固執地從這突然的變異中選擇舊有的自我。他完全明瞭曹林的好意和眞誠，他沒有任何一絲毫的辱嘲意味，他根本沒有設想那麼多，此時我們可以說這四個人是絕對的相親相愛，坦誠而充滿交融的喜悅，他分贈柯克廉完全爲了敬愛他，雖帶有憐惜之情，可是絕無有侮辱的意思。我們或許批評柯克廉最後的不接受的態度是有點不仁厚的顯示。

——你不見怪罷，曹林？但他有要求對方寬諒的好風度。

後來曹林以最欣悅的容貌表示對柯克廉的完全了解，他甚至覺得自己未免太輕率和幼稚，事後反而感激柯克廉沒有接受。要不是發生這件插曲，實在難以保證他們去郊遊不落入平凡無趣的情境；由於他們在此前奏的時候，有著心靈方面較深的交通機會，隨之而來的愉悅就不可從外表估量了。他們兩個人的絕對尊嚴和均衡的對立，使相伴的女性感到無比的榮耀和興奮。而珍尼絲小姐的笑容也說明她是個具有智見的女性，她欣賞柯克廉的自愛表現。她是個頗能吸收異趣的女人，難怪她要排斥大師的呆板和沉鬱的氣質。

從以上這些事可以預測他們到達目的地之後必有很好的酒興，這是他們交誼以來漸入佳境的啓示，叫人從這些平凡的事體裡瞧見他們靈敏的心性，是這散塊拼成的城市所難覓尋的驕傲形象，雖還無大義的顯露，卻有偉大而深藏不能磨滅的內涵，即使在未來他們又要分奔東西，自這迷人的城市逃脫到另外的掙扎之域，卻永不會忘懷這種溫慰的教訓。唯一遺憾的是他們去年所默契和玩笑性質的家族成員中，在此刻遺落了一位，相信此時只有柯克廉不知她現在何處。在中午時分他到畫廊見斐梅時就在心裡惦念著她，一直等候機會盼望有人告訴他，卻發覺他們都是諱莫如深，好似從來就沒有這個人的存在。此時當他們把珍尼走路威士忌酒放在紙袋中，離開曹林的寓所前往遊玩之地的途中，他再也阻不住開口發問了。

——昨夜她在外面過夜。

斐梅只這樣輕描淡寫地回答他，柯克廉根本不明白在外面過夜是什麼意思，他發現另外的兩個人都顯得毫無關心，知道他們必定非常知悉裡面的情形，而使他深感問題自身的愚蠢，如果再追問下去必定更加無聊，於是就當做不懂似懂的態度打消了意念。計程車帶著他們飛快地駛向目的地，只消幾分鐘之頃，保持沉默的柯克廉從車窗便瞧見露出屋頂的吊橋石柱的頂端，它的灰白的錐體形象被墨綠的山壁襯托得十分明顯。

第十五章

從橋頭這邊便可以遙見對岸山壁間凸出的一塊巨石，漆成紅色的兩個字極爲明顯，石上的竹篷也漆成紅色，和襯背的綠葉適成對比。那個地方就是我們的柯克廉對他的朋友所說的所在，是他學生時代常來的地方，日子雖已久遠，印象卻還新鮮在目，這是第一次他有榮幸引導他們來尋求閒適的安靜。時近黃昏，這個城市邊陲的地區呈現動人的投影，遊客已漸稀少，吊橋下搖曳的小舟散漂潭面，清晰地看見男女對坐浮蕩，他們的交語擴散在凹曠的河上空際，槳聲細碎。大船沿崖壁緩緩滑行，時有賣食的小舟追趕靠近。船夫溫和沉靜，手腳規律有序。這個山水的佳地無有市聲的干擾，樹木蒼綠，水色湛藍，吊橋橫過，自然呈露幽雅和平之貌。柯克廉和他的朋友坐在大船的籐椅裡，桌上擺著花生和茶水，一面呷酒一面觀賞景色。他們所坐的這艘大船站在尾端爲他們搖槳的青年，正是柯克廉舊時的那位同學的弟弟；這位青年也有三十歲了，早就在城裡的大學畢業執教於城裡的一所中學，但是每個假日他還是回來老家幫忙照顧茶亭的生意。他們到達茶亭時，顯見一天的繁忙已是尾聲的階段，亭上的客人都想準備離去，看到他們的降臨又掀起了小小的熱鬧，看清楚是久未謀面的柯克廉時有著突然的驚喜，在茶亭主人的眼中，這位舊日蒼白削瘦的青年依保持那種清癯的身貌，看到他們這幾個人的不俗姿態，馬上顯出無上榮光的樣子，知道他們將在此處消磨整個黃昏和夜晚，兩位準備回城的青年自告奮勇要爲他們充當船夫。柯克廉輕躍地表示著來此舊地的無上喜悅，看到一切如故甚感滿意，交代亭主他們要在此地晚餐，一切費用預先超出的交付給他。這種表現在同來的三個人的眼中固屬驚異，從未見到柯克廉也有這一方面的熟練表演，與他在城裡買花時的狀況一併連想，不禁對他賞識有加。珍尼絲小姐看到這種純粹的鄉俗和野趣，臉上頻頻露出愉快的笑容，在舟子裡與柯克廉碰杯而飲，表示她來臺灣一年多今天最感輕鬆愉快，她說在圓山交誼廳重見他時就有這種預感，預言今天將有奇妙的事發生，而她將會擁有滿意的收穫。反觀滿身洋溢著灑脫的曹林，似乎要以另一種收斂的沉靜外表來和這大自然配合，與他在城裡在朋友間的那種玩世不恭的態度完全兩樣；到了這個地方已把他的日常煩瑣完全拋置，好似身心獲得一場洗淨而卸去偽裝顯出自然的沉靜外表。的確，在這種美麗的風景裡，新鮮的空氣給人舒暢的呼吸，黃昏的光色最宜眼睛的投視，已無需擺出調侃的態度掩飾工作上緊張的交際，這一點從斐梅的安詳面目便可以完全看出來。她不斷地注視那位搖槳的青年，大概對他的冷靜和有點傲岸的姿態產生興趣。在她的思潮裡也許正在疑問著為何人間還有這樣的一位純樸的人物，而整個潭面何處尋覓這樣一個異乎其類的船夫？這眞是實在的眞實嗎？她想；還是柯克廉引導他們走進了古時的幻境裡，故意安排這樣的一位尊貴人物來嘲諷羞辱他們？可是這確實是完全的眞實，當然不是普遍的實在，卻是少部份人有幸的緣分才能逢遇。於是她小心地移身到船尾試圖和他交談。珍尼絲小姐暢言她的一生的遊歷印象，她隨父親在美國政府身居的工作職位之便到過無數的國家，所遊之地全是歷史的遺蹟，看到的是文化的斑駁現象，所交遊的朋友都是現代的知識份子，身心全為所謂流行音樂，煩瑣哲學所感染，猶如行走在夢幻裡，即使在東方的城市所過的也是變質的虛浮日子，難得現在有此一遊，睹見眞實誠樸的形象，反而在這幽寂的天地中備覺心神的躍動，充滿存在的意識，有如赤裸著置身於四面透視的明鏡之間，使她窺視著自己而大呼奇異。柯克廉注意地傾聽斐梅和划槳的青年的交談，她好奇的探問他的身世，從他的簡短的回答有異乎尋常的感受，回到她原來的座位對身旁的柯克廉發問數十個爲何，爲何生長在這島上的人具有這種優秀秉性？最後因不能獲得解釋而責怪地說道：

——我眞受不了你，柯克廉。

這是我們這位女士在感情激動時的典型語句，她似乎在責怪著他的誠摯的呈露所造成她的呼吸的急促。

——爲什麼？爲什麼？

事實上一切均呈現在他們的眼前無需回答爲什麼。她原以爲這裡會享受到像城裡相同的玩樂，她說不出恰當的形容，只說：

——這裡充滿了嚴肅。

曹林打趣說：

——這是不是柯克廉的詭計？

——是我的，柯克廉說，他注視對方，準備先行打開自己的心扉。它完全是屬於我的範圍。

——我認爲這是他抗辯的一種形式。斐梅說。

斐梅領悟到柯克廉的意思指的是什麼，她認爲他應當如此，她滿懷同情他的立場。

——對抗我們嗎？曹林笑著說。

——當然，但不僅是我們，斐梅說，如我們所代表的是他想反對的世界的話，就是如此，是不是？

柯克廉回憶首次與白夢蝶先生和曹林一起在鴻霖喝咖啡時他們問他的問題。於是他回答斐梅說：

——假如我們之間有分野的話，這可算是我的辯論。

——就用著這種技巧表現嗎？曹林說。

——別無他種方式。柯克廉這樣說。

——其他的方式他就不會取勝。斐梅又說。

——我現在很佩服你，曹林說，你想有妥協之處嗎？

——只有合作不是妥協。柯克廉斷然地回答。

——有條件嗎？

——需要一些條件，甚至需要保證。

——誰對誰保證？

——相對保證。柯克廉說。

——保證的內容是什麼？

——公平和自由。柯克廉說。

——你以為何事不公平不自由？

——你忘掉了嗎？柯克廉說道，你不是親身經歷了嗎？

柯克廉說明他看過曹林寫的一篇留學記的文章，其中充滿著他留學生涯前後的感受，和自身將來的抱負，柯克廉現在面對他所指的就是這篇東西所載的事實。同時此刻在對談中對去年在畫廊的聚會裡所發表的各人志願一定還有記憶，絕非柯克廉意圖無的放矢。

——你指的就是那些嗎？曹林明白地說。

——在我們所可了解的範圍，我指的就是那些。柯克廉說。

曹林點頭承認，沉思片刻後舉杯祝賀著柯克廉。斐梅注視著他們兩個男人，好似要洞悉他們中誰是勝利者，但她所見的兩方都具可貴的誠實，沒有勝負，僅僅是構成了解，誰也沒有感到因談論它而產生恐慌和驚懼，他們兩個人都有資格代表和發言，都能暫忘自身的利益為一個共同的遠景設想。柯克廉對於曹林不避現實的優美風度感到欣慰，他是個極有為的青年才俊，可以預知他的前途的光明，從那一次在鴻霖地下室他與白夢蝶先生的爭論就有此等印象，一個代表已經過去的頹廢生命，另一個正是將要來接棒的新生生命。但他們兩位老少的辯論都受到自身知識和經驗的限制，只能各佔片面的眞理，雖然有點互不相讓的激動，慶幸最後他們能依據事實找到一個最不能敷略的問題朝問柯克廉；好像兩位遲來的客人在地主的面前爭執他們佔有的主權問題，雖然都能搬出套套的理論追溯歷史和地理的源流，但現在並不合乎實際，最後才發現地主的存在而感到羞紅，連合起來詢問對方對他們的觀感。那時我們的柯克廉對他們向他發出的問題覺得甚為無禮，認爲他們帶有非常輕蔑的意味，因此才反過來回問對方。此刻，經過一個多小時的遊潭，那位保持鎮靜克盡職責的青年船夫已把船頭轉向，自上流划回出發的碼頭。夜幕已經低垂，兩岸的燈盞已經取代白晝的光亮，他們滿足地走上石階，來到茶亭，靠近柵欄站立，觀望朦朧的遠山的怪異形象。潭上吹襲的清風上達亭間，晚餐已經備好在桌上，角落的一架落地的音響傳流著輕鬆優美的旋律，除了一對情侶還留在柵邊細語，亭上已沒有其他顧客。茶亭爲他們準備了潭魚佐餐，那瓶威士忌酒使他們的胃腸覺得舒快，連習慣牛排麵包的珍尼絲小姐也感到無上的滿意。此時，柯克廉覺得佳麗缺席是美中不足的事，但他想要是再詢問她現在何處，必定遭到這樣的回答：

——她不用你來掛心。

——她來的話又會挑三撿四。

怪的是他們一直都沒有提到她，是不是和其中的一位有了甚麼芥蒂存在。他想在來此地之前斐梅所說她昨夜在外度夜的話的眞實性恐怕很少，即使這是眞情，料想還有極重要的原因促使大家緘默。佳麗外表的秀美一直留存在他的心裡，但到目前爲止，他對她所知最少，有關考查她的眞實秉性的種種資料幾乎沒有，僅僅是去年的兩次印象，和記得她的手中的感情線的短促，那條感情線從中指發源實在不是很好的現象。即使如此，他還是對她頗爲懷念；對於這樣的女子，他的心性最能寬容她；他心中暗想將來在城裡的日子最迫切要了解的恐怕就是佳麗；她並不神秘，容易使人知道她的脾氣，但對柯克廉來說，他盼望有事實可以證明；她在他的理念裡是一個不可缺少的部分形象。即使一切都證明佳麗沒有他所要追尋的理想的性質，不是他的理想的形體，但在他的意念裡亦會容納她的存在；他甚至相信他的意志能夠轉換一切的氣質，並不是他能以主宰的威權來駕馭鞭策它，使它就範，他寧可處於被奴隸的溫和地位，以使它悔悟放棄它擁有的驕傲心性。外形的美是值得努力加以維護的，柯克廉珍惜的亦是這一點。這是可憐的柯克廉人性上的一副枷鎖，永遠打不開的偏執。他自己明白他有時處於心神分裂的狀態，世間似乎很少有裡外兩全的理想形象，他的理念常需從各種不同的對象中攫取部分再加以組合，這個工作總在他孤獨時憑經驗獲得的想像加以完成。在他日常交誼的拘謹行為裡卻隱藏著這種孤獨悲的狂烈的渴望。

晚餐已經完畢，他們站起來舒展溫飽的身體，柯克廉乘此機會到小屋和亭主一家人寒暄故舊的事，且探問他的同學現在何處。約一刻鐘的時間他回來，曹林和珍尼絲小姐已在另一張桌邊坐下來促膝相談，他沒有看到斐梅，於是離開茶亭到外面來尋找，泊靠大船的碼頭也沒有她的蹤影，他回到茶亭詢問曹林，他漠不關心地說：

——她走了。

——為何？柯克廉頓感疑惑。

——我也不明白。他說。

珍尼絲小姐亦同樣持漠不關懷的態度，看柯克廉表現焦慮的模樣似乎想發笑。

——她經常這樣。曹林解釋說。

——經常這樣是什麼意思？

——相處久了你就明白，也不會把它當一回事。

難道柯克廉和她的相處不夠長久嗎？爲何他會不明瞭她有這樣的曖昧不明的舉動，難道她還具有他從未睹見的一面嗎？他站在曹林和珍尼絲小姐的面前，有一種痛苦的猜疑顯現出來。但是在此猜測斐梅的不告而走到底爲何事也是多餘。

——你放心，柯克廉，她會照顧自己。

曹林勸慰著他，把瓶裡的剩酒全倒在他的杯子，要他飲完，勸他坐下來喝咖啡。

——到底怎麼一回事？柯克廉喝下酒後說。

——完全沒事，柯克廉。曹林說。

他決不同意曹林所說完全沒事，在這裡他看出他們兩個人對斐梅的不同了解。但是就這個問題所要發生的辯論不會在此時發生，問題是斐梅可能以兩種姿態來單獨面對這兩個男人。柯克廉知覺到自己的不利地位是：曹林也許很清楚他和斐梅所處的關係的內容和形式，但他就不很把握曹林和她的關係僅係他眼睛所能看見的這一切而已。而今夜斐梅的異常行爲對柯克廉來說，也許會有一個很明顯的啓示，而對曹林來講竟如他所說沒有事。既然如此，他只得暫時沉靜下來做一番的細思和觀察。

當他們離開茶亭時，他有一個靈感觸及到一個他不在城裡時的事實，只是目標他還不十分肯定事實的內容，而是事實的存在是否已成過去或還未完結也不明顯。曹林的樂觀態度，據柯克廉的觀感是因爲他現在有珍尼絲小姐在身旁。到此爲止，他無法再想得更多，他感覺身體很輕盈，從計程車下來走向曹林的住所有點飄浮，面對牆壁的掛鐘，它指示著十一點五分。

曹林安排他睡在他的母親的臥室。他走進去覺得那裡有些空洞，白床單鋪貼的單人床有點近似醫院中的病床。他把從天花板垂吊下來的白日光燈熄掉，他躺著感覺陣陣的陰森包繞著他，眼光移到窗戶，不知道窗外的樹木是屬於前院或後院。他的腦中因昏迷的現象，感覺窗外的樹枝不斷地搖曳著，彷彿他在鄉間走向小山上的樹林時所見到的爲風颳掃的情形一樣，那時他是不分陰晴每天都會到那裡去散步，徜徉著或無目地的繞走那些小徑。突然他瞥見一個急速的掠影出現在樹木背後，如果那是前院的話他想，那帶著一陣風勢的影子必是從巷子跑過，他甚至敏感地聽到一聲嘶鳴和緊密的蹄音，他那本是疲乏和精神渙散的身體赫然地躍起來，快速而粗魯地打開門衝奔出去，一面欣喜若狂地喚著：

——白馬！

他的後面追隨著驚訝的曹林，珍尼絲小姐衣服不整地跟在曹林的背後，這條此時黑漆的巷子約有一百五十碼的長度，當顯示瘋狂的柯克廉快要跑出巷子時，一道強烈燈光掃射了進來，他和一部車子幾乎同時的停止在巷口，他和它僅有幾吋的空間。從計程車的後座走出一位俊美的女子。曹林隨著走近來，看清楚她是誰。

——妳來做什麼，佳麗？

她的眼光從曹林的身上移到他背後幾步遠站立的珍尼絲小姐。

——我來接柯克廉。她說。

她迅速地拉著僵直的柯克廉的手臂回到車裡，車子轉頭離去。

第十八章

盛夏的來臨使柯克廉憶及去夏抵達城市那頭幾天發生的事情，基本上他的內心依然保留著他本性上的憂鬱，這一年來在城市的種種薰陶，不但沒有將這種頹喪的虛無情緒排除，相反的像染患著嚴重的怠倦的懷鄉病。學校開始放暑假，他就不必要每天按時去上班，這種教書的工作表面上是有使人勤勉的作用，使人要特加小心健康的問題，但對柯克廉來說，這一切是幾近有一個無形的壓力強迫他按時工作，有點被動的性質，因此在整個意願上談不到有自由和創造，一旦他的個性再把一切工作上的繁文縟節有意的去除掉（有如某些人有意的加上這些虛文），那麼就可以想像他的表現的平凡和淡然無為了。當初校方是為了上級的指派勉強的接納他，他雖是個極溫和的我行我素的人，觀察他的結果發現這個人凡事只求一種無言的默契，既不寄望特殊的表現亦無大錯，也不跟隨別人般地奉迎和贊同，雖說大多數的工作者都如此地表現著無功無過，可是他給人的感覺就有很大的不同，那麼排除這樣的人就有很微妙的說辭，並且調查他並沒有什麼有力的背景，看他的態度不甚積極，那時約定他的職務是代理一年，不料中間又有半年的病假，現在時間已到，就很自然地將他解職了。事實上我們的柯克廉很盼望這個時間的到來，他個人不認為這個工作能對他有什麼了不起的激勵作用，只是為了承諾斐梅留住在城裡，因為他看到彌漫在教育界的腐朽風氣讓人有整盤失望的感覺。這種委諸心智上和氣質上對現世事物的判別，正是他在心思裡最爲靈敏的活動。我們無需在此煩加撰述他在爲生活工作上這一方面的細節。我們將繼續把他的心靈結構投置在先前說到的幾個意象上，這是我們的興趣所在，只要這些要加以塑成的形象獲得滿意的成果，我們便可以預測他留在城裡的日子還有幾許。現在對於這些未完的工作正因爲暑假的來臨而可能認眞和快速地加以投注，可以將整個時間和精神集中在這最後的階段裡，每個人都可能會在此一決定性的時間表現得更清晰明朗，一切都會有澄清後所顯現的眞實形貌，從個人的意圖裡導向命運所安排的途程。在這裡我們不先預示有何不樂觀的色彩，即使死亡的降臨我們也不認爲它就是代表一切的結束，對它我們還是存有一點古典精神的信心，不似一般知識界所主張的那樣決斷和無情，在悲觀裡尋求毀滅性的享樂，把人類命運投在賭博的遊戲上。我們寧可採取中庸的現實的未知主義。這是目前柯克廉的處境；離開城市回到他原來的鄉野之地是必然的，只是那一天還未確定。在迴旋的時代中，我們不懷疑奇蹟會出現，我們相信奇蹟對命運的扭轉的可能性；總之，未來所要發生的事誰也不會預先知道，目前我們只能依照表面的事實加以判斷一項可能性而已，而柯克廉的歸返自然就是這個可能性的預測。事有湊巧，這似乎像氣候的悶熱帶給人的疲乏厭倦的普遍性一樣，或像流行性感冒被相似的病毒感染一般，在兩個多星期不見到面的曹林身上，同樣可以看出他也包括在另一項可能性的預測裡，從柯克廉的眼光中首次看出他心事重重的姿態；不過這種共同的表相事實上有極大不同的被隱藏的內容。他會到曹林的辦公室來見他，是因爲他和斐梅午餐時聽到她的一段頗令人擔心的描述，這是她在半個月之前提到對曹林的失望的話之後的一個延續事件，當時柯克廉不太能明瞭爲何斐梅要對曹林感到失望，在那時頗能意味到只是爲了珍尼絲小姐的一項佔有性的勝利而令她不高興罷了，其實其中倒另有更爲複雜的因素，有兩個主要原因帶給斐梅頗爲難堪，其一是曹林本身並沒有如她想像得那樣嚴謹和自律，有許多在她的社交圈中知悉的女性前來她的面前投告和批評他，再說他雖然和珍尼絲小姐同居一處，最近突然限制珍尼絲小姐不許在他辦公的時間前來找他。其二是他回國最大的希望是想進入研究院，據說在他出國讀博士學位之前，現任的院長曾經口頭答應他，一旦學成回國，將無條件的讓他進來，這件事據斐梅說他已和院長交涉了多次，但卻遭到委婉的延期，他私下告訴斐梅這種延期就是等於無望，這個打擊所給他的是對目前的工作整個失掉興趣。

——你不妨去約他……

斐梅的提議馬上遭到柯克廉的否定：

——你要我在他這種情形下去見他，豈不……

柯克廉所擔心的當然是曹林的冷面孔，認爲這種時候去見他實在異常不妙；照理來說，曹林的事是不用像柯克廉這樣無足輕重的朋友來擔心的，在這個時候，料想對方亦不會對他表示歡迎。

——他畢竟還有優點，斐梅說，這也是爲什麼事到如今我還把他視爲朋友的理由。

柯克廉感到莫名其妙，思索片刻，終有所悟地說道：

——他的幽默。

——是的，凡事英雄都好色。斐梅說。對他我還有全盤的評價，並不計小節的錯處否決他。

她的這番話頗使柯克廉感到同意，兩個星期之前她對曹林的惱怒和今天的寬恕之情是同一個人。柯克廉明白這個不合邏輯的改變正是他所要了解的斐梅的理性情懷，也是他提示她去了解而不是去憤怒曹林所生的效果。

——有妳這樣的保證，我願意冒險一次。柯克廉說。

——那麼這一次也是一項使命。

——為什麼？柯克廉有所不解。

——我不希望你去勸說他，使沉悶不悅的臉轉成歡笑，全然不是這種低級任務，我要你去做認眞的觀察。

——這對他有何用處？

——我們不講實際作用，斐梅說，你平時不是教示我一個人不能幫助另一個人嗎？

——我明白。柯克廉微笑著。

他也明瞭這是斐梅的用人技巧。可是有時他想一個像斐梅這樣聰慧的女子亦是最令他憐憫同情的對象；她的善心用盡了，手中的稻穀拋完了，衆鳥飛去，剩下她獨抱著一片寂寞的景象。

——他有何打算嗎？柯克廉問道。

——還不確定，還不能說。

這恰似一條謎語要柯克廉自己去思索。當他乘上電梯走進曹林的辦公室時，曹林正倚靠在窗邊注視腳下的市容，那種姿態猶如他在自述中所說：拉開窗簾注視著濛濛的世界，一種孤寂的感覺忽然襲來。他轉身過來，眼光十分銳利地盯著進來的柯克廉，有一分鐘他保持凝視不動的姿態，好像有點疑惑進來的是誰，一旦他的意識恢復過來，他才綻出微笑。他應該有所辨識如今再不是午後走進的是某一個漂亮的女性傾慕者，或是最初對他熱情有加的珍尼絲小姐，亦不是他能偷偷約會的佳麗，這一些對他來說似乎都已過去，連一絲興味都不會保留在記憶裡，反而感到過去的滋蜜是一堆怨憎的垃圾。現在意外的出現了柯克廉，倒有點像童年時，走在巷道上遇到了鬥劍的同伴，可以呼喚他從竹籬笆抽出一枝竹竿，要對方再來比劃兩下。柯克廉可以看出他依然還沉墮在夢中。第一次在畫廊在黃昏中看見從樓梯口慢慢上升的一顆新星，現在呈現著破曉時分的蒼白模樣；他說過：你的學問，漸漸的，你的人格，你的形象從模糊到明朗。但現在他又遭到了困難。

——你在等著什麼人吧？柯克廉說。

——沒有，請進。他歉然地說道。此時沒有什麼人會來。

——那麼我打擾你了嗎？

——也沒有，他改變態度說，現在我倒希望有什麼人來。

——顯然我打斷了你的思緒。柯克廉說。

他走近曹林，也靠在窗邊對外面的紛雜世界加以投視，想了解他剛才看到了什麼景象。

——這是一個繁忙的世界。他想將感想吐露給柯克廉。這些日子以來，。理想都要面臨考驗。

——你改變了嗎？

聽到這句問話的曹林有些震動，好似在睡眠中被人推醒，二個人的眼光再次地互相注視，柯克廉觀察著他，感覺到對方所投出的是被激怒的不快光芒，然後發現它慢慢而微妙的轉變，突然由無聲的沉默轉換爲有聲的大笑。他了解柯克廉所指的是什麼意思，他尋思片刻，好像把畫廊圍坐傾談志願的情形回憶一遍。

——你把它當眞，柯克廉？

——爲什麼不？

——那麼我告訴你，他顯出誠摯謙卑之色，你的感覺不錯。

柯克廉冷靜地站著望著他有些戲劇性的腳步；曹林低傾著頭顱，表情動人地緩慢踱步，似在醞釀一篇宏論的模樣，而他的停頓和遲疑似乎在斟酌著語句。他說：

——我們這一代最大的特點是不再說假話混淆聽聞，可是這也是表示我們欠缺成熟，不懂得婉轉處世；我們的熱情造成一股衝動，有時會遇到難以收拾的場面，感到進退兩難，這是目前我的尷尬的處境。但我決不放棄已定的原則，只是目前不可能按照既定的計劃按時達成目標，它有延長的趨勢，是事前沒有預料的阻礙，現在全部展佈出來，所以不得不修正一點作法繞道而行。

他的話似乎已經說完，卻在停頓片刻後又說：

——總之，凡事不能喪失內心裡的一點眞。

——那是良知。柯克廉說。

——也就是這一點擾人煩思。曹林說。

——我還不清處你到底有什麼實際上的打算。

——斐梅沒有向你提到？他表示得很驚疑。

——她對我說的都是一些不關緊要的事，柯克廉說，難到你已把一切都向她傾述過了？

——應該說我已經向她懺悔過了。曹林說。

柯克廉頗表震驚他用了懺悔兩個字，於是深表關切地問道：

——事情有如你說的那麼嚴重嗎？

——也許不。他停頓，眼睛注視著柯克廉。但她是我唯一可以吐露心聲的對象。

這種陳辭與斐梅對柯克廉所說的，她如何幫助他搞好關係是完全吻合不虛的事實。憑著他不滿三十年紀的青年，處在我們的龐雜社會裡，唯靠勇氣和才學根本不足應付，要有所發揮卻需要有人鋪道；美國精神搬到這個小世界來就會遇到行不通的怪事，因爲這個小島面積雖小卻有幾百倍於它的負重包袱。時間如是安排在現在此刻，他必不會再與白夢蝶先生首次在鴻霖爲做人處事爭得面紅耳赤，而他會向白夢蝶先生低首臣服，個人的才學和雄心擺在歷史根本微不足道，唯靠時間的證明才是眞正的眞理。

——糟糕的是斐梅是個女人，他又說，她不能一輩子都在我的身邊聽我胡說八道。

——爲什麼不？柯克蓮追問他。

——一個女人總必有一天要歸屬一個男人，但她……

柯克廉緊捉住此時的機會不捨地再問：

——難到你試過？

他臉孔赤熱地點頭，專注地看柯克廉是否有輕蔑之意。柯克廉皺著眉頭顯出憐惜的表情。

——從任何一面來說，你和斐梅是前途光明的一對。只是我不了解……

——我想斐梅是爲了你，柯克廉。

柯克廉聽到此話震跳起來，審視曹林是否故意開玩笑，他完全感到意外曹林會有這番驚人的觀點，只需一個明顯的推斷就能駁倒他的意見。

——誰都明白我和她一對就不如你和她一對了。

——斐梅愛的眞是你，柯克廉。他肯定而幾近憤怒地說。

——你估錯她的稟賦，柯克廉辯道，我不反對你的說法，但如她愛我，她也愛你。

曹林嘲笑道——她也愛白夢蝶了？

——沒錯。柯克廉說。她需唯靠這許多人才能完善地活下去。

——這是我從未聽過的怪論。

——這是時代精神，人類有需要組成團體的意志。

——微妙的感情，曹林自言自語。結局注定是悲殘。

——你的打算如何？柯克廉朝他問道。

——我總要爲我自身打算，情感的事如不是速做抉擇便是任其留下殘局。

——你要遠走高飛？

——有這一打算。曹林冷酷地說。

談話就此告一段落。到目前爲止他和曹林都能經此一次的交談而有進一步的發展；他們雖不是志同道合的朋友，卻堪稱同病相憐的患難之交。唯一不同的是曹林在這次挫折之後，還有所補償的退路，他能繞道而行，依然在將來大有可爲；而柯克廉本身受環境所困，卻不能做徹底的改善，他必須長期身處在絕境之中，過去如此，現在如此，未來也必如此。他是注定要留下來收拾殘局的人；他誕生於此，就需完葬在此，他的工作就是於此時空建立一套存活的哲學，這套哲學也只能在此適用。而曹林學有靈活的身手，依他幼年好鬥的意志，他會轉戰世界各地；他曾拜師學藝，學有所用，順當有此一途。

他們相偕離開辦公室，步行走過兩條街道，天使是一間以音樂和咖啡著名的地方，在一所戲院的對面，地下室的陳設異常別致，有一位年輕小姐管理小酒吧，那個地方實在十分小巧可愛，此刻是下午四點鐘，並沒有任何客人坐在那裡，那位有點羞氣的小姐抬頭看到他們走下來，顯得有點受寵若驚。她看他們這兩個男人的氣度風格完全與一般的顧客迥異，因此有些手足無措的模樣。經過剛才在辦公室的一場交談，曹林到此地來又顯露他的風趣的優美態度，和柯克廉一起趨前坐在年輕姑娘的對面，中間僅隔著一尺多寬的小小吧臺，她問他們是否想飲杯酒，曹林用他那紳士的禮貌回答她，要她調兩杯馬提尼。他注意到這位小姐的臉孔還算清秀可愛，覺得她純樸有如新娘，顯然現在他有興趣和她閒聊。

——讓我向妳介紹，曹林說。

那位小姐奉迎著他展現著高興的笑容。

——這位是有名的作家柯克廉。曹林說。

柯克廉觀看曹林這等幽默，心中也升起了無比的興趣，好似他們現在扮演的是兩個乖巧的江湖郎中，以他們瀟灑的態度意圖獲得漂亮女郎的青睞，隨之他亦模仿曹林的說辭：

——那麼這位正是年輕的博士曹林。

——請問芳名，小姐？曹林說。

——姓林，名小鳳。她說。

三個人都同時發出會意的笑聲，點點頭，眼光聰明而明亮地互相投視。柯克廉認爲他的任務已經完成，走上樓去打電話給斐梅，問她是否也過來飲一杯。

第十七章

另一天的下午七點鐘，柯克廉準時的到達仁愛路的鴻霖餐廳。先前我們已經提到這個餐廳是以西餐和咖啡著名於這個城市，他是第二次光臨這個高尙的場所：在去年他第一次來是與斐梅，還有初相識的曹林和白夢蝶先生，只是晚餐後轉來喝咖啡聊天，這一次卻是正正式式的來參加佳麗的生日晚宴。那天他和曹林到天使地下室喝酒，一會兒斐梅也過來聚談，也就是在那時她告訴他們今晚有這個晚餐。那時聽到這個消息的柯克廉極表興奮，只是疑問著像佳麗這樣的女子爲何要這般的花費，並問及斐梅有多少人參加，要不是斐梅對他詳加說明，到現在他還深以爲佳麗仍然在貧困中委屈地度著日子。她早已不幹時裝模特兒的工作，和一位名叫康富的男人來往多時，斐梅在那次他們前往碧潭回答柯克廉說佳麗昨夜在外過夜就是指著和康富在一起，他們並不是一般熱戀中的男女天天想法見面，一星期他們只相聚兩個晚上，由康富付給她生活費用。原來今晚的生日晚宴就是康富特地爲佳麗擺設的，邀請的當然只是斐梅家族的人。在此必須煩加一說，他們這幾人所組成的不成文的家族，是有一種很微妙的關係存在，它的特徵是善意和了解，其餘並沒有什麼利害的關係，是一種友誼的形式但卻有各自的自由和愛好，永遠不會在利益上升起衝突，而它的存在當然是以斐梅爲中心，是她這個人的性格氣質所形成的饒富趣味的童話形式。據斐梅描述，康富在一家頗具規模的電子公司擔當採購的要職，與外國的公司來往非常密切，他從中賺取介紹費而積了不少的錢財。柯克廉料想斐梅和佳麗的共同生活就將要結束了，這兩個有點互爲表裡的女性的長期生活一旦分開，不知會有什麼奇怪的結果。斐梅說佳麗和康富的關係一直沒有什麼進展，原因是雙方談到婚嫁的問題時，有佳麗的父母的某種要求牽涉進來，據說康富對她的父親並不存有好感，他要求康富付給他一筆頗大的金錢，以便利用這筆錢去做生意。現在我們不必在此時煩撰這方面的雜事，以後可能還有機會談到佳麗的神秘身世；現在最重要的是她的生日晚宴所進行的細節，以及他們一夥人將如何在這個迷人的城市度過非常奇妙的一晚。在柯克廉的眼光中，今晚是佳麗榮耀而快樂的時刻，其他的人也爲她感到欣喜。顯然目前她和康富在情感上又升起了高潮，在這之前據斐梅說，他們的關係頗富戲劇性的忽起忽落、佳麗的意志從不懈怠，只是習性上已習慣於那種不平均的演出。那天晚上她僱車來帶走柯克廉，是斐梅回到家後對她說及柯克廉一旦飲醉，那麼必定會爲曹林留住在家裡，她想到珍尼絲小姐和曹林在一起，而柯克廉必獨處在另一個房間裡覺得非常的不公平和氣憤，雖經斐梅的勸說但她還是要親自把柯克廉帶走。斐梅並沒有考慮到這一點，她的不告而別有兩個原因；其一是當做她對柯克廉的一次又一次的試煉，以便完全能夠了解他的人格；另一是她有一種不可名狀的倦怠感，長時期積壓的病症，往往在某種場合受到興奮的刺激後會自覺喪失了自主的重心，她會突感自卑而不計較後果的任性的引退。佳麗那晚的決斷行動是居於妒嫉的情愫所引發的靈感。這些明顯的跡象都是柯克廉病癒後回城才慢慢觀察出來，問題當然在曹林的身上，他的表現頗不合斐梅的意志，但斐梅倒能夠在事後任其放縱而不加干涉，而把他轉移到佳麗的身上，由她去執行。所以今晚佳麗的生日宴沒有珍尼絲小姐參加是十分合乎邏輯的，一點也不令柯克廉發覺後感到驚疑，佳麗和珍尼絲小姐的敵對不是爲爭奪曹林，而是她不能忍受珍尼絲小姐自喻爲聰明的女性而卑視佳麗只是虛有其表的愚蠢的女性。

柯克廉獨自走進大廈，從邊側走下石階還是有點不自在的害羞，對這個城市急速地發展成西洋化風格有點不能適應，況且自他進城以來並沒有多少涉及這類高尙場所的機會，除了由斐梅帶領，他亦甚至獨自走進比較堂皇的餐館用膳，那天午後他們在天使是約定各自在七點鐘直接到鴻霖來，不預先在某個地點會合。當迎著他的侍者問他一個人或有幾個人時，他不懂得如何回答。的確是有幾個人要共用晚餐，但現在是他單獨一個人前來。他說：

——我先看看他們是否已經來了。

侍者說——有預定桌位嗎？

他並不清楚到底有沒有預定桌位，但他說：

——可能，但我不太清楚。

他的情形等於是被那位侍者擋駕在階梯旁金魚池的旁邊，根本見不到裡面餐廳的情形，侍者一直盤繞他跟蹤他，以非常好的禮貌慇勤地徵問他，這反而令他更加的受窘，他的爲難態度在那位侍者的眼中竟以爲他是個十分傲氣的人，所以沒有爲他疏解困難。侍者終於明白：

——要是有預定桌位，那一邊也有一位先生在等候。

侍者指引著他走向另外一間的餐室，原本階梯下來分成左右兩間餐室，他僅憑第一次來的印象以爲只有這一間，於是他跟隨侍者折回來到另一間，看到曹林衣衫光整而漂亮地坐在長桌的一張位置上，像那一次在圓山俱樂部的姿態相似，書本攤開在桌上藉著微弱的燈光閱讀。

——哈囉，曹林。

——哈囉，柯克廉。

——這個地方很好。

——這種地方倒能讓我專神讀幾分鐘的書。

——的確。柯克廉說。

曹林遞給他一根香煙，說他二十分鐘前到這裡，早到的原因是無處可去。他表示在未出國前，大都學業都是在有明亮的燈光的咖啡店完成的，柯克廉也記得斐梅曾經這樣說過他的這點情形。不到五分鐘隨之到來的是容光煥發的斐梅，她穿著傳統的旗袍，款式是經由現代的時尚改良的，顯出明麗端莊的風格；她的儀容本來就有富貴的氣韻，與她平時輕快簡便的穿著比較，有點叫人驚奇她的閨秀的氣派，這種模樣倒是柯克廉從未想像過的，此時則能使他另升一股奇異的幻想，有點新認識了一個人的好奇味道。難怪曹林也驚置地抬頭品評她一番。

——嘿，柯克廉你看，這是誰來了。

斐梅警告他——你少大驚小怪好不好。

——我還不知道她有這一套呢。

——你不如說你還不知道有我這個人。

——我要重新評價。曹林說。

斐梅終於被他逗笑了，可以看出她心中的高興。她瞥望柯克廉，似向他探詢他對她的觀感如何。但她和曹林的鬥嘴還沒有完。

——你說罷，有什麼新評價。

——但願妳不要在今晚蓋住了女主人。

她阻止曹林說——這一點請你還是少廢話。

她轉去問柯克廉什麼時候到這裡，還問他這兩天來做些什麼事，知道他在進行寫作就不再問了，因爲此刻有一對漂亮而快樂的男女向他們走來。那位男士有點胖，圓型的臉上架著眼鏡，眼光銳利而靈活，精神很愉快，他認出斐梅，嘴巴說著——他們在那邊。佳麗走在他的身邊，他們都轉過來觀賞，她猶如盛裝的灰姑娘，他們一對給人一種花花公子和他的玩伴的印象。

——曹林。

——柯克廉。

——康富。

侍者跟隨著站在背後，康富認爲這個位置不好，問道是否有個別的房間。侍者帶引他們又從這一邊走到另一邊去，一直經過許多的桌子，到了盡頭轉向是一間很別致的空間，裝設和外面的不一樣。在前面我們談到這家餐廳的牆壁是由黑色的鏡子鑲成的，整個構成有如海底宮的格調，但現在他們被侍者引進的這個空房，本來也許不是要當餐室用，可能是以後有了需要才加以修飾，牆壁粉刷成乳白色的顏色，三面壁都配上很相稱的畫幅，天花板垂下的一串圓球的燈盞照得全室明亮，長形的餐桌在中間，鋪著橙色的桌布，桌上有燭台，侍者也爲它點燃。一切看來都相當美滿，唯惜這張六人的西餐桌子今晚只有五個人；康富和佳麗相對分坐兩頭，斐梅坐在靠近康富的邊位，她的身旁是柯克廉，曹林在對面，那邊似乎少了一位女士。在柯克廉想像性的腦子裡竟然閃著珍尼絲小姐的影子，他想要是她能來，那麼一切都不會有遺憾了。但席間並沒有人談到她，猶如那天午後他們前往碧潭遊玩沒有談到佳麗一樣。他雖想到珍尼絲小姐一如那天想到佳麗，可是此刻他萬不能再像那天一樣因無知而發出冒失的問題。今晚的華麗場面與那天的自然風景，在色調上亦形成對比；如要說那天使人產生一種恬靜自覺的感受，今晚則無疑有點令人沉醉迷失了。就是空氣的風味也大不相同，那天是自然的清涼微風，今晚則是消毒過的冷氣流。康富時時顯出一種頗富戲劇性的幽默表情，快樂而自若，無疑是個手腕高明經驗豐富的交際能手，言辭流利而有趣，那種略似表演的動作猶如一位快樂豪爽的歐洲人。一切節目的進行大都由他主動，但他並不顯出專橫而能顧到禮貌地徵求別人的意見，譬如他說：

——先來點啤酒好嗎？

曹林表示贊同，他就吩咐侍者拿啤酒過來，兩位女士則叫了開胃酒。

有點叫柯克廉疑惑的是，這位幾近怪異的人物的快活樣子，從他的不停歇的談話裡彷彿整個世界的知識都能瞭若指掌，而且都是高級的品味，所以我們的柯克廉非常注意他的表情和說話的內容，反觀佳麗，沉靜地保持著她含蓄的姿態。

當大家同意吃雪莉牛排後，男士喝乾啤酒，隨之也叫了開胃的威士忌。侍者開始一一為他們穿上一條掛在胸前的綠色布巾，站在背後結帶子。對柯克廉來說，從康富口中說出的酒名，他都有莫名奇妙的迷糊感覺，但斐梅總會對他加以說明什麼酒何時飲用，有什麼用處。然後開始喝湯，吃麵包。柯克廉特別讚美小圓形的烘焙麵包的可口，他吃了兩個，其他人都吃一個。當熱氣噴射的牛排端上來時，康富吩咐侍者要改喝紅葡萄酒。推擺在柯克廉面前已有三種玻璃杯子，他了解到喝一種酒就用一種與它相稱的杯子。未吃第一口牛排肉之前，一齊舉杯向佳麗道賀：

——祝妳生日快樂。

佳麗面帶微笑說——謝謝。

然後動用刀叉吃牛排，互相稱道牛排做的鮮嫩美味。柯克廉第一次感覺喝甜味的葡萄酒特別適合吃牛排，斐梅偷偷對他說這是外國酒，每瓶約五百元臺幣。事實上除了啤酒，今夜所飲用的全是外國酒類。話談到電影，商業和觀光事業，以及報紙上報導的俄國艦隊經過臺灣海峽的新聞。

——這是外交和政治的微妙，曹林說。

那時我們中華民國被排除到聯合國門外。談到影星時，柯克廉表示道：

——我很欣賞詹姆斯梅遜。

富康說——不錯，我最喜歡他。

佳麗談到最近她想做的服裝設計工作，想開這類的店舖。

——她的意念很多，卻沒有一項做成。

康富的話使佳麗覺得不好受。

——這是實話。他舉杯向佳麗，要她不要介意。

——我才不在乎這些。佳麗說。

——現在她把我扣得很緊，不讓我逃掉。

——你隨時可以做自由決定。

——不，佳麗，我是說著玩的。

斐梅領先向他道謝今晚的邀請，隨之是曹林和柯克廉和他乾杯。他有這等圓熟的待客技巧不是沒有原因的，他的父親曾經當過很高的軍職，小時候便進入美國學校讀書，出來做事後曾涉及賄賂事而入獄，現在的工作使他交際廣闊。他認識佳麗完全是戲劇化的緣分，那就是他出獄還未就任現職之時，在報紙上登了一則教授英文的廣告，佳麗那時就帶著那份報紙登門請教，第二天他們已經成爲好朋友攜手在街上散步。牛排吃了四分之三已經轉冷，康富呼叫侍者改換喝白蘭地。柯克廉的感覺是在他的魔術裡進行著這一切，因爲他無法選擇和拒絕，好似在一場儀式裡無法站開旁觀，在進行的整個過程中沉浸在氣氛裡，完完全全是他畢生首次遭逢的新奇經驗。在喝了那杯白蘭地酒後，康富最後要他們必須嘗試一小杯法國甜酒做結束，他形容這種粉紅色有濃郁芬芳的酒說：

——只能飲一小杯，沒有人能連續飲下第三杯。

柯克廉先嚐試一下，它怪異的甜味像玫瑰露，也像胭脂，飲下那一小杯的感覺是，馬上產生一種抗拒再飲下任何酒的情緒，他認爲這種安排是康富的一項絕招表演。至此整個餐桌大部份是佔滿了各式各樣的酒杯，整個晚餐花費了兩個小時。現在柯克廉關心的是，這樣的餐飲到底要花費多少錢？事後斐梅告訴他帳單是五千塊錢。他們離開時意外的看到電視影集「打擊魔鬼」的男主角和他的女朋友也在今晚光臨了這家餐廳，他坐在靠角落的一張桌子，像普通客人一樣的安靜，好似他說話是不發出聲音的，在樓梯口金魚池邊上架了一張臨時寫的海報：

歡迎打擊魔鬼主角羅勃潘恩先生光臨

第二天聯合報的影藝版也刊載了他過境停留的消息。吃過這樣的一頓充滿高級形式的晚餐後，他們像變成毫無主意的被擺佈的人；一直保持快樂和活躍的康富要大家到希爾頓飯店去；他們分坐兩部車，曹林和康富正是一對談話的好搭檔，可以看出他倆在生活品味上非常旗鼓相當，所以他們三個人坐一部車；柯克廉和斐梅另坐一部，她正好是我們可憐的柯克廉漫遊夜宮爲他做說明的嚮導。

第十八章

佳麗生日餐宴那晚的一切都留給柯克廉至深的印象，美國佳餚在回憶中還會令人垂涎留戀。最爲精采的是康富所表現的戲劇性的風度，那晚總共的費用估計約有六七千元。從鴻霖出來後他們分乘兩部計程車到希爾頓的三樓，那裡是個純粹飲酒的美侖美奐之地，室內的裝潢有金碧輝煌之色，所有的女侍應生全都是穿著旗袍的美麗女人，據說她們的月薪高達一萬元之上，可是並不允許她們和客人坐在位置上聊天，這種嚴格規定當然是要強調和分別這是一個高級場所，不可能做下流的買賣。但是那些來飲酒的人何嘗不是頻頻注視著那些身段挺美的女侍，而這些女侍又非平凡之輩，她們必須具備相當的學識和外文對話，柯克廉心中感懷在此啜飲馬提尼酒而卻不能和這些才色雙全的女性有所談晤，豈非是一種人類殘酷的自行約束？優美的環境設計自會自然教導人們顯現翩翩風度來享受的樂趣，粗鄙的人自會羞於冒然侵犯此類場所而懷見善思齊的心情，純良的心性亦不會過分變成玩物喪志，僅會諧調人生的布調，放鬆心情獲得平和的處世。但是概觀此類的高尚形式，因受骷髏的條文的限制，卻只能使人獲取空洞的內容，無不讓人嘆惜其設置之無聊和浪費，償補人生何益？只是倒反產生不良之善惡的觀念，光明坦磊的行爲亦會留於在詭密的幽暗裡以財貨做爲交易，使人的理念演化爲污穢而嘲笑合理的生命意欲。如今我們的柯克廉在長期的禁錮裡，心性變得虛無而頹萎，對美好的世界懷以虛幻的理想自娛，徘徊迷惑於現實即是幻影，想像即是眞實的無可辨識的思想之間，自覺生如幽魂，鬼魔即人生的悲涼面目。當他在他們之中獨自尋思之際，他的冷徹憂鬱的表情早就爲鎂梅所注意。一小時的光陰很快就消失而去，這個飲酒交際的場合也依其規定要在十一點鐘前打烊結束。不但是顧客紛紛離去，連那些令人賞心悅目的漂亮女侍匆匆各自離開，在廊道之處互相變成沒有笑容的陌生人；她們在一天的站立和奔走之後已有厭倦之情極盼回家休息，走進洗手間換下衣服出來後便風葉般消失了，而無限遐思的客人也突然中止了幻想，使他痛惜時光的冷酷無情。好在康富像是一位靈思泉湧的奇妙人物，只有他有辨法能使這種缺憾獲得補償，他的精神和體力好似特別能夠適應夜晚的生活，他宣佈說：

——時候還很早，有個好地方去。

雖然柯克廉私底下已對斐梅表示自己的倦怠，無奈斐梅要他振作精神好去一個他永遠不會想去涉足的場所。她問他剛才想到什麼。

——沒有，什麼也沒有。

——你好像精神恍惚。

——的確是這樣。柯克廉承認。

——你覺得這種地方如何？

——可愛復可笑。他說。

——為何有這種批評？

——實在就是這種感受。

——到底你的感覺如何？

——一半實在一半虛幻。

——這是你的哲學？

——我的哲學是眼不見為淨。

他們離開了希爾頓後就到了一個更能令人酒醉心迷的地方，康富所說的是一間名叫藍星的酒吧。幾天之後除曹林外，他們又隨康富做第二次的光顧。事情是這樣的：柯克廉和斐梅在早晨陪佳麗去辦理一件她家庭吩咐她的事，目前她還隱瞞著家中的父母她的實際的身分；家裡的人一直相信她在城裡有一份工作，其實她帶回家補貼家用的錢是康富每月給她的生活費中的一部份，她雖和斐梅住在一起，卻有時也回家看望她的母親。她眞正的生父是誰，佳麗猶今還不知道，當她的母親懷著身孕時嫁給現在的這位父親，她到底對自己的身世持著什麼感想，她從來沒有表現出來，但這些事斐梅對柯克廉說時，柯克廉表示對他的看法，佳麗有一種令人毛骨悚然的冷酷陰影附在她平時樂觀的性格上。不過，這位清秀外表的女子卻是非常孝順她的母親，也非常的關照她以下的幾位弟妹，對現在的父親也很敬愛，只是一切的作法持著相同固執的意見，因此她寧可住在外面而不和他們住在一起，而保持著不起磨擦的溫和關係。這也就是他現在緊緊釘住康富的理由。她與康富這幾年來的忽冷忽熱的關係中，她不是沒有機會做另外的選擇，最後的感想是沒有任何一位男士能夠給予她如此優厚的金錢，讓她不必去工作舒服的過日子又有餘錢帶回給父母。前面說到辦完了事他們三個人就在城裡的小餐館喫午飯，然後改由兩位女士陪柯克廉到陽明山去遊山賞玩，要不是柯克廉的意願，這兩位在域裡有繁忙的交際和事務要辦的女士是從來沒有想到要這樣做。多多少少她們兩位也漸漸的了解到柯克廉那種田園意味的性格，也多多少少有點受到感染和喜悅。斐梅主持的畫廊最近有結束營業的打算，目前眞正出錢的老闆已選派了一位男士來取代斐梅的位置，她對於這個位置已生厭煩，今年以來每月都要補貼錢帶給她工作上無比的沉悶。她每月還是有由美國的丈夫寄來的生活費，可是她表示此時也到了最後抉擇的時機，不是她去美國重新做一個標準的中國人太太，就是與他辦理離婚；她說這段非常混沌的日子，事實上是她一生最重要的時刻，唯有這種時刻能夠讓她認眞的思考和了解自己。所以柯克廉提議要去山野散步，馬上引起她們二人的嚮往的情緒。春天的花季早已過去多時，那山坡草地並沒有很多的遊客，正適合他們欣慕靜肅的自然野趣。柯克廉讓兩位女士留在樹蔭下坐著談天，他單個人爬上陡坡去發洩體力。他的健康已十分的良好，不似從聖母醫院回來時那種半透明的蒼白，他乘興離開那一帶劃爲遊覽的區域，繼續往深遠的地方走去，解脫了上身穿的襯衫，讓太陽光照曬那瘦薄的胸部；不久他有些累了，坐下來喘息，躺著仰望天空，那天藍之色一如他在鄉下的山丘所看到的沒有什麼差別，他的思緒就像回到了那恬靜的所在，竟然令他感懷落淚，一股思鄉之情充盈在他的心胸，直到不知過了多少時候，二位女士尋著足跡找到他，撲笑著他的天眞，對他投出無比憐愛的眼光。三個人遂坐在那裡閒聊起來，表示能在這天然之境裸露生活的種種愉快之情，但他們並沒有膽敢嘗試，長久的約制觀念使他們還是認爲解脫衣服是種非常難堪的羞事，柯克廉說如不是顧到兩位女士在場，他是會乘興赤裸在此奔跑。三個人爲這件事的討論都露出明亮的奇妙眼色，臉上掛著誠摯的微笑，一致的結論是：在私人的秘密處所將來並定有實行的可能；在無人到達的自然土地上必定能夠自由散步和追逐遊戲。回來時已是黃昏，他們乘坐的計程車直開到中山北路一家叫天廚的北平餐館，康富和一位姓羅的同事已等在那裡，他見到他們形色愉快直問他們午後的行蹤。首先柯克廉覺得康富今天的樣子依然顯得頗爲快樂，談笑風生，仍然是席間的主角人物，但他的衣著比較隨便，只著一件薄薄的短袖襯衫，能看出他胸腹的厚度超出常人；他說他今天特別高興的原因是剛剛完成了一件交易獲得一筆豐富的額外收入，這件事當然使在座的人感到興奮。他把花生米捉在手裡，一粒一粒快速地丟在嘴裡，有如一般勞動的工人喝酒吃花生的舉動；柯克廉問他何以會這樣的動作，他笑著說曾和某些臺灣人相處而學來的，像他這等身分和模樣的人做這種動作就顯得引人注意和倍覺有趣。他和佳麗約定來天廚是曉得這家餐館的幾樣菜燒得特別好，這是他們生活在城市所追求的樂趣的目標之一。但是從喜笑的談話中，柯克廉意會到有一點嘲諷指向著他，故意配合著丟花生米進嘴的動作。

——佳麗對我說你是優雅有致的讀書人。

——那裡，柯克廉說。他發現佳麗很窘困，從斐梅的笑容中他意會到她要他不要在乎。

——她常說我粗鄙，康富望著柯克廉，要我學你的斯文風度。

柯克廉感覺這句話是一種挑剔，很能代表現在這個人現在的情緒。他冷靜地聽著，謹愼地提防自己有被對方找出借題發揮的行爲。當餐畢轉來藍星酒吧後，康富便毫無顧忌地顯露他的神經質來。他的攻擊目標並不是直接對柯克廉，而是佳麗。他批評佳麗生活的慵懶，沒有振作和奮鬥的意志。他向斐梅訴苦說：

——你和她住在一起妳最明白。

——這裡面總有點原因。斐梅說。

——我相信她則完全沒有。

佳麗表示她的意見：

——只要我的計劃能實行，我會表現得比你好。

——我不相信妳的那些太難的理想。

——那麼你相信的是什麼？

——我相信每個人應該早起，夫婦兩個人清早起床，然後外出工作，爲生活努力奮鬥，腳步一致，有共同的理想，不論他們的工作理想多麼微不足道，都應有這等明顯的表現。

他神情憤慨的說，彷彿他一直在工作和生活中掙扎和充滿痛苦。

柯克廉聽來甚表震驚，康富的語句使他的心臟都爲之顫慄。圍坐的其他人都沉默地望著他的氣憤的顏色，他的聲音隨之又震撼激昂起來：

——要幹！幹！幹！

柯克廉注意到佳麗，她以不在乎的表情對康富斜斜地瞥望著。

——妳說是不是，斐梅。康富柔和的說。我要謝謝妳，她一直都接受到妳的照顧。他的聲音又轉強硬。但我不能忍受她睡到十二點鐘，她起床時我已在外面奮鬥工作幹了四個小時了，我需要吃飯休息了，她才起床伸懶腰。

——根本不是這麼一回事。佳麗反駁道。

他盯著佳麗喚著——怎麼不是？

柯克廉心中有著強烈的感覺，此時非常同情可憐不幸的佳麗；他認爲康富的話事出有因，當然不必馬上給予一個結論，說他精神的異常。

佳麗沉默她把頭轉開，康富說完就走到酒吧臺，和那些侍應的吧女閒聊。有幾位吧女也走過來陪他們，其中的一位和柯克廉交談幾句之後表示要請他喝杯酒，斐梅暗示柯克廉酒吧請客人喝酒，客人要懂得規矩回請對方一杯。對剛才康富的一席話，柯克廉發現二位女士並不怎麼動容，反而有卑視之色；他想，康富的這種表現恐怕她們早就熟悉，尤其佳麗好似早已習慣他的虐待性的作爲，她所採取的是被虐待性的姿態。我們的柯克廉在上次跟隨他們來這家酒吧的感覺是新奇有趣的，設備並不太引人注意，倒是發現此間的吧女水準頗高，來此的顧客也都很溫文高尚，他特別的喜歡一位名叫米雪兒的女經理，據說有些老牌的吧女都有加入股份儘量的使客人滿意舒適的服務，她們也懂得客人的興趣，因此儘量的發揮她們的長處，在談吐上不落入低俗，衣著也很顧到時髦。米雪兒赤裸的手臂和臉部表情的性感是她的特徵，很受我們的柯克廉的賞識，在上次離開的時候，就沒有抑制的去緊握了她的手臂，那時他已飲了一晚的酒，似乎已墮酒醉心迷的境地。此次來她和柯克廉就像是熟朋友了。而康富根本就是此間酒吧的老朋友，甚至是那些風韻綽約的吧女的親密知己。總之，城市裡的這種場所的奇幻妙境是超出柯克廉往日孤寂生活的思想所能比較和了解；在鄉村的單調日課裡並不感覺寂寞的可怕，倒是此時反而在這多種人物的包繞中，在異性的引誘的眼光裡，在燈光和酒杯的陶醉中體會到內心寂寞的冷酷，一陣一陣的寒冷的侵襲使他發生肌肉的顫抖。米雪兒走開，斐梅問柯克廉道：

——你喜歡她？

——非常喜歡。柯克廉說。

——看來在此場所中迷醉的男人並不少，連你……

——她們在日光下就有不同的相貌和身段。佳麗對柯克廉說。

——日光和燈光是兩種不相同的世界。柯克廉坦白地說。爲何妳們在此會失去了魅力的原因就在此。

——是什麼？斐梅問道。

——感覺，再加想像。柯克廉說。

——假使我們是這裡的吧女，你以爲如何？

——完全不像。一旦妳們也參加她們的實際行列，那就沒有差別。

——這樣說，卸妝和離開此種場所後就沒有半點吸引力了嗎？

——我想情形是一樣的。她們的存在和價值只有在酒吧間的屋子裡，和演員的不朽是在舞臺上一樣。一個人的受人注意只有在特定的時空，否則就會受到忽視。

——這是米雪兒迷住你的原因嗎？

——當然，我身在此間，扮個受迷的角色，以使對方能夠自覺重要。

——你的仁慈好似無遠弗屆。

——這是因爲意欲的情感沒有永恆的緣故。

——什麼事具有永恆？

佳麗的神情完全像第一次在斐梅的寓所聽他講述丹霞禪師的故事時一樣。

——理念是永恆的，柯克廉說，一種是延遞於人心，一種是宇宙的自然意志。

斐梅說——像白馬？

——但它是實在的嗎？佳麗問道。

——當然實在，不然我的先祖爲何能描聲繪影。柯克廉說。

——我要嘲笑你，柯克廉。佳麗說。

——爲什麼要笑我？

——你根本是在此地作夢。

——我早就對你說過世界沒有你追求的理想女性。斐梅說。

——沒有白馬。佳麗說。

——假如你此時愛米雪兒，又在另一時愛著……。

——理念之下有萬兆的情感，如我愛她只是其中的一片而已。柯克廉說。

——你永遠注定要墮落於地獄。

——這是我爲何往上攀爬的原因。

——像可憐的撒旦萬劫不復。

——親愛的女仕們，柯克廉嘆道，讓美感留存在心中罷。

米雪兒並沒有再回到柯克廉的身邊來。康富又恢復愉快幽默的態度從吧臺走來，兩位女士表示不耐久坐，結束今天的活動正是此時；從午後在山坡草地的漫遊到現在佳餚美酒的溫飽，整個感覺和所引發的思想可說毫無遺憾；所謂甜美生活亦可以此爲例，世界還是美好，周圍四處皆是善良可愛的人。我們的柯克廉在此短暫的時刻，毫無隱諱地迷戀著米雪兒，即使永遠無再見之日，亦能留下奇幻的印象。他的情感傾吐於這特殊的時空裡，是永遠不會與日光下的倫理相違背，亦能受到同伴而來的女士的諒解，她們也明白一旦離開此地，一切便歸於幻滅無留痕跡。

那晚最後感人心目的是康富坐在吧臺旁邊的高櫈上，從褲袋裡掏出一綑鈔票，這大概就是他在天廚餐館所發表的額外收入，他們站在旁邊，等著他數出結帳的數目之後便要離開；這時刻，柯克廉聽到一句頗刺耳而動魄的話。佳麗不耐煩且輕蔑地瞥著康富數錢的動作，他依然不忘在此時學著粗陋的商人指沾舌液數錢的習慣，像他丟花生米進嘴的舉動一樣使人發噱，但佳麗說：

——這些鈔票最髒了。

從任何一個角度來說明這些錢，佳麗是說得很夠理由。依柯克廉事後的結論是：凡人的命運乃是操在自我之中，克己儉言是必備的修養。佳麗這句話並沒有引發其他人的注意，康富也是專心於他的表演。走出來時，斜對面正是統一大飯店閃爍的燈光，街道在夏夜顯得十分迷人，大飯店是佳麗和康富每星期住宿兩夜的地方，他們站在走廊各自表示如何分手的意見，斐梅問佳麗今夜是否要和康富在一起，這是非常順理合情的說法。

——不，康富馬上反應道，佳麗和斐姐回去，我要回家休息，明天要早起工作。

今夜受盡侮辱的佳麗倔強地說：

——我不回去，我要跟著你。

當康富轉身想溜走時，佳麗向前捉住他的手臂。他拂掉她的手。

——我不要妳，他說。

她忍受不住地大聲喚叫：

——我偏要。

她的手再度捉住對方，在那頃刻間，柯克廉並沒有看清發生什麼事，但只見康富揮拳把她擊倒。可憐的佳麗有人去扶她，但她蹲著不肯站立，她的腹部和眼睛都受到傷害。康富展示他的手臂在斐梅的面前，細白的肌肉有幾個指甲穿破的傷口，延著斜度流下數條血流。

——你們看，這種野蠻的女人我如何能要。

說完這句話的康富衝動地跳到街心，那模樣同樣很戲劇性，彷彿獲得了自由一般舉起手臂高呼著：

——Bye Bye，再見。

他攔截一部計程車揚長而去。

最叫心驚膽跳的柯克廉感到意外的是，那位姓羅的康富的同事以及斐梅都像不在乎不著急的樣子，爲何？喪盡生存尊嚴的佳麗固守著她那屈辱的姿勢，不肯聽從勸說站起來，他們向苦惱的柯克廉解釋所謂康富和佳麗的這種屢玩不膩的把戲，在過去他們時常遇到這種層出不窮的演出。

——等到明日，一切都會復好如初。斐梅對柯克廉說。

那位姓羅的朋友說——不是如此，就不是康富。

——這就是佳麗。斐梅說。

僵持了一刻鐘後，百思不解的柯克廉終於被斐梅好言地勸走了，他回頭還時看到佳麗依然蹲著淚流滿面，斐梅站在她的背後；他想：此時要是她的母親見到出來謀生的女兒蹲在街邊哭泣不知要如何的心碎啊。

第十九章

翌日柯克廉心裡記掛著昨夜驚悸的景象，有如在一場凶險而淒殘的夢境中哭泣著醒來，約在十點鐘左右親自到斐梅的寓所，一方面是來探問佳麗的狀況，另方面想向斐梅表示他已有所決定，對於一年來她留住他在城裡的任務已有充分的了解和結論，她在最初的意旨中要他觀察的，他都已盡了能力來加以注意，與他在這一段時光想尋一條自己將來生活的途徑的努力都不謀而合地獲得一個滿意的結論。滿意這兩個字意指他對這個城市環境的了解比他過往求學的日子與後來的想像有著更深一層的曉悟；總之，這個城市不是空洞的，不是幻覺而是確確實實地峙立在時空中，有著廣衆的人們在活動，有著高樓和美麗的設計構成它的立體，有著氣候的變化，有著生命的情感發洩，對於這些現象的審視和思考有助於權衡自己本身的地位和重心，從這裡可以判明自己的能力是否能再服務群衆，由於本身的性質是否能再和朋友們和諧相處，共享生活的樂趣，甚至分擔憂患。柯克廉自知從此角度來議計，那麼他的使命工作已經完成。他無需去爲一切非圓滿的結局負責，也不以爲留下的的殘局就是他和朋友們沒有盡心力而爲，結果如何根本不是的使命的目標，而能夠應用微妙的知覺來體嚐一切的情感作用才是他生活在此城的根本目的。對周遭生活環境的關心和參與才是做人的條件。從這方面來檢討我們的柯克廉的行爲，他僅僅合乎做爲一個個人而已，一點也沒有超出常人的表現而可稱讚爲智者，他應屬於後知後覺者，因此在面臨某些情景時他會產生衝動，他會產生幻覺，他會感到脆弱，他也會滋生欲望。我們知道他初來不久即遭到昏倒而療養許多時日，他不比他所知道的朋友們堅強，他是個頗爲膽怯的人，往往被人看成爲謹愼者。他具備知識，可沒有多少智慧，一個常人就是如此，只能配有事後的覺醒而沒有事前的預見。從開始我們透過長篇累牘的含糊的陳述，也許把他視爲聖徒這類特殊的人物看待，正相反的在現世已沒有這種角色存在了，我們只是在芸芸衆生中選擇了一個泛泛的無名小輩，而這個人正好有幻覺和欲求的生態特徵，他有被迷惑和事後覺醒的兩種機能，他有某種天生的耐性，以及任性的個人意志的雙層特點，凡此種種正是我們把任務交在他身上的理由，經由他來見證生活在城裡的一小部份知識份子的潺流的情感，雖然他不免有個人的偏見，這些和他交誼的幾個人亦非全體的代表，可是大體能從他們的愛憎之間看出文化的特色，以及顯現出一種從未有過的精神風貌，我們可以知覺到文化多層交混的結果成了精神的畸型，極明顯的能夠將人物畫像繪成如畢卡索的立體派特徵，情感裡有多種意識的混雜運作，夢與現實交替地顯現。柯克廉就是我們注入給他呼吸而能夠活動的木偶，這個城市因此依循其虛幻的特質而呈現出童話般的景致。他原本是一塊可供燃燒的木頭，一旦木頭的本質沒有改變，刻成人形之後依然有燃燒的價值，可以看出它在烈火中活躍的劈啪聲響，以及在溫水中苗苗可憐的身姿。但昨夜他所寄望的夢想，有如在燃燒中遇到了雨淋突告熄滅，使人不忍其睹那黧黑的面貌。他心中的決定使他連對斐梅要說出的第一句話都預先想出不來，他實在已沒有必要再停留城市一時一日；關於這一點他有必要和斐梅說清楚，他的個人決定有必要徵求她的了解和認可，使她在他離開之後有不必要的掛心。有一點他想要求她對他說明白，那就是從開始就對他表明的那份期望，是否與她不斷對他提醒的關於理想的女人不存在於世界有關。柯克廉能夠隱約的感到是有關係，但他和斐梅一直維靠的是心靈的默契，從來對於自身的一切不做肯定的解釋，而此刻也許正是將心中的秘密互告對方的時候。他心裡事實上也在關懷著她將來在他離開後所可能採取的生活意向，她雖曾簡略地說到結束畫廊的工作後有二條路擺在眼前等待她的選擇，他最爲關切的是她留在此城的問題，如若她到美國與丈夫團聚，事情就很簡單而圓滿的告一段落，如若離婚續留於此，那麼她的工作和生活形態如何，類似畫廊的工作對她已經夠受了，此後的工作不必假藉於服務的理想，而實際是受人的操縱，大可選擇一點富有個人創意的事，因爲經濟對她來說沒有太大的困難，她還有從父母繼承的小數款項，省出節用還能維持一段頗長的時日。昨夜回到還可暫居的宿舍後，柯克廉就想到這一點比較實際的問題，有大部份時間思緒還是被佳麗的可憐形貌佔據，他對她的憐惜產生各種幻想，可是都很不實際而完全拂棄。早晨他又想了一番，突然有一個靈感爲他想透，後來才發覺他們的看法畢竟有著實際的經驗，覺得他們的觀感和樂觀頗有道理，發現傳統的觀念的宿命意義依然有其立腳的地方，佳麗和康富所扮演的角色正是此時還留存在城裡的一個普遍例子，從他的戲劇性的連串事件，正是他們這一段男女的命運的形式和內容。他來探訪就是爲這一點尋求確實的證明，如若這樣，那麼他就可以贊同他們滿不在乎的旁觀態度，對於自己的驚愕和緊張可以獲得舒放和解脫。他抵達時看到門戶是半開著，裡面沒有燈光，他高興的想到她們必定在家，或者準備要出去，他正好趕得上會見她們。客廳有種幽暗冷清的氣氛，只有落地窗簾那邊拉開的一條光線投進來，柯克廉正好站在地板上的那條光影之處，看到窗簾旁邊站著一個人影的背面，那個人從那條拉開的縫線對外投視，從身姿和高度判定比較相近佳麗，對方根本不知道他走進來，所以他必須先發聲引起對方的注意。

——佳麗，柯克廉叫道。

對方還是沒有免去突然的驚跳，她轉身過來才讓柯克廉察覺不是佳麗。當然更不是斐梅，是一個陌生女子，他彷彿在某個地方看見過她。屋內的光線還是不足，他走過去把窗簾用力拉開，才認清她是天使地下室小酒吧的女侍林小鳳。柯克廉大惑不解她在此地的理由，可是有一點是他不能否認的，從她那潔靜樸素的衣著看來要比她在小酒吧服務時的模樣更加令人感覺清新可愛，要非他和她有過一面之緣，斷定不會認爲她是幹過那種調酒的工作，更以爲她是端淑拘謹的某家小姐。她有點驚惶之色，比在天使地下室更爲羞怯，漂亮的眼睛不斷眨動望著柯克廉的舉動。

——對不起，我嚇驚了妳嗎？

——有一點，她的聲音可以聽出顫抖，沒有關係。

——我以爲妳是佳麗，她們呢？

——佳麗和斐小姐都出去了。她說。

這句說明把我們的柯克廉彷彿從崖上推到千丈的深谷。他有點癱軟的感覺，興奮之情完全消散而去。他跌坐在沙發裡，碰到一個絲帶未解開的蛋糕盒子，他用手試著推它一下，裡面確實有蛋糕的重量。他抬頭再看依舊站著不動的林小姐，發現她正在注視他剛才推蛋糕的動作，現在的模樣又像是等著他發問。

——請問，妳在這裡做什麼？

她比先前更難爲情地說：——等曹林回來。

要是說到別人，我們的柯克廉也許還留有相當濃厚的疑問，但她一說到風流才子曹林，他就完全明白是怎麼一回事了。

——為何不坐下，柯克廉說。

她輕步移到柯克廉斜對面的沙發坐下來。

——曹林馬上會來嗎？

——不會。她說。

——什麼時候？

——大概到中午的時候。

——妳剛才看外面不是……

——我只是閒著無事。

——可是你還要等候很久。

——他也許會給我電話。

——妳是他帶來的？

——是，我們是說好的，他帶我來這裡，因為他要斐小姐和他出去辦事。

——辦什麼事妳知道嗎？

——他要在美國開辦畫廊的事。

——他要做生意？

——只是兼差。

——那麼這蛋糕是你們帶來的？

——不是，是一位康先生的，十分鐘之前佳麗才和他離開這裡。我站在窗邊望著他們，覺得他們是很好的一對。

——妳和曹林也是很好的一對。柯克廉說。

他覺得有些口乾和疲倦，從這位林小姐說出的消息使他像做了一次智力測驗，在片刻的時間內需要決定答案。關於今早他來之前這裡所發生的進進出出的情形，可以想像他們的匆忙有如暴風雨來臨前的螞蟻的行動。當然有點氣餒的柯克廉知道他們根本不是螞蟻，他們是有理性和思想的人類，因此他們的表現至此已引不起他由衷的憐憫，而是令他產生一股憎惡的情感。事情太有點如他想像的就令他感到有點洩氣，到底未來是否還會發生變化，一直站在旁觀目睹和聽聞的柯克廉目前沒有那種肯定的自信，而且也可說不重要了；他們的行爲有如舞臺上的情節只是想安慰觀衆心裡的滿足也就是所謂合情合理的信條；我們的柯克廉所關注的並不是這類的圓滿結局，他也不是這類的圓滿結局，他也不想喝采曹林的聰明乖巧和其自身的權變，他寧可指願他們掙脫社會集結的人性枷鎖，他盼望的是人生的詩情和美感，即使不惜付出不幸的犧牲代價，他只願注視這點微小的光輝。他了解人類在社群生活中所進行的反覆行爲，完全是爲了貪求一份眼前的舒適和滿足，除了英雄和天才這少數人才配有悲劇的意味，他們才有破除枷鎖的勇氣，他們的臉上才塗有濃鬱的色彩，有深刻的線痕；反看社群的大衆，他們日常都需掛著一副大致相同的光滑和喜笑的面具，眞正的臉目因日久的遮掩已變得模糊不清，連他們自己也不認識了，因爲他們的生活只需依循一條長規，而根本不必注重個別的特性。佳麗和康富那種滑稽劇的印象至此已完全自關注的柯克廉心中除去，現在讓他疑問重重的是斜對面的這位單純的女子，她到底是否就是他目前所認為的純潔和無知，或只具有娛悅人的清新可愛的外形？他不得不親自到廚房去找茶杯倒水，他還有記憶斐梅把酒放在冰箱裡，他自廚房大聲地問她是否也需要一杯威士忌酒，她的回答是什麼都不需要。但柯克廉還是禮貌的多端一杯水給她，在這個屋子裡他自信比她更要熟識一點，因此他有這個服務的義務。

——可以想見，自從我和曹林第一次到……

想到這個話題的愚蠢和多餘，柯克廉突然中斷，但對方似乎很認眞的聽著他說，表現的不似剛才那麼拘謹，她完全明瞭他想要說的話。她應該有點傲慢之色，但她沒有，從她和善的神情可以清楚她具有聰明樂觀的性質，大概她也想通了他對她是完全無害的；顯然她和他都是生長在臺灣的人，面對之間自然有種親切的氣氛。

——他幾乎每天下午都來，她說。

——那裡午後到黃昏之間大概都沒有什麼顧客？

——都如此。我走了以後，酒吧也撤除了。

——曹林是個多情的男子。

——這點我明白。

——他大概什麼都對妳說了罷？

——他的確對我說了許多他的經歷，但我不不太明瞭你的意思。

——我的意思是他有什麼打算？

——他對我說在此間的工作馬上可以結束，已經移交給別人，他也馬上要到美國去，那裡他有一個新工作。

柯克廉有點困窘，他不能直接問她他想知道的事，而必須繞著一個大圈子兜轉，因爲這類事在上次他和曹林交談時已經窺知他的意向，事後也聽到斐梅提到，只是他和這位小姐的來往極爲秘密，有點不到最後的決定關頭不讓人知道的意味，相信斐梅今早也一定大吃一驚。斐梅自從不在畫廊上班已很少去管這位家族中最年幼的兄弟的一切私事，她認爲少管他可以省卻許多煩惱。但是柯克廉猜測一旦他來求她幫忙，她又有不能拒絕的老習慣。

——恕我直問。他像一位長兄抬起莊重的頭顱望著她。

——要問什麼？她說。

——他帶妳到美國嗎？

——這是我最希望的事。

她的表情突然變得嚴肅，又有一點回憶心事時的思慮。她說：

——我覺得到外面的世界去看看是值得的。

她不經意地說出「値得」兩個字是很自然的，也讓柯克廉完全明白整個事情的核心在那裡。固然他心裡有些失望的感想，有些寒涼的意味，但他表示讚許她的觀點。

——那麼我要恭賀你們了。

——還說不定，下午我回嘉義後才能完全肯定。

——他和妳一起去嘉義嗎？

——這一次他不去，上次他陪我回去過了。

——妳的意思是這次回去稟告父母？

——是，她說，父母養育我這麼大總應該獲得他們的同意。

——對你們來說這是例行公事了。

她最後留給柯克廉的印象是她的得意笑容。斐梅家中的電話鈴響了起來，她搶先去接，是曹林打來的電話沒錯，她告訴他柯克廉在這裡，對方喚來斐梅和柯克廉說話，她要柯克廉馬上到第一公司的茶樓來見她。

第二十章

他離開斐梅的寓所，心裡還未對這位心慕遙遠世界的酒吧女侍評價之前，想到的是那位從異國來的女子珍尼絲小姐，他對她的好感至今猶在，起先對於她投入曹林的懷抱有著無比欣慕之情，在城裡的社交圈中亦稱道他們二位在一起的確相當，也頗富詩情。沒有人會猜疑他們之間會有分開的一天，起碼在這個城市裡是這樣。柯克廉甚至聽到幾位有時在畫廊見面的畫家談到珍妮絲小姐手指帶著的一枚古黃金的戒指，上面還鑲有一粒紅寶石，式樣是現在找不到的，屬於舊時人物的東西，據說這是曹林送給她的，珍尼絲小姐向那些畫家道及她和曹林訂婚的事，展示那枚金戒指給他們看。這件事固然讓人感到興奮，當他們遇到曹林向他賀喜時，據他們描述，曹林有點吃驚，完全否認有這回事。這件離奇古怪的事有點叫人發楞和尋思，不論它是否矛盾重重叫人不可思議，卻使人有一種感想，那就是他們不如大家心裡想得那樣諧和，除了當事人任誰都不會明白眞正的底蘊在那裡。據說近半個月來，曹林的行蹤有點隱密和怪異，他顯然有意地在迴避著珍尼絲小姐的追蹤。現在事實已證明曹林對自己的眞正決定，感情的事已移到這位本島的處女，對於那隨世風漂盪的異國女子已持厭倦之心。曹林本身當然有他私自的理由做自由的選擇，但事情並不會就此容易解決，珍尼絲小姐手指間的戒指和她說出的消息如沒有獲得眞確的解釋，他的名譽恐怕會永遠留在記憶者的心中一個擦拭不去的污點。

柯克廉趕到中華路第一公司頂樓，走出電梯時正迎著他們一大群座談完畢的畫家在等候電梯，面對面時他和其中的幾位招呼問好，發現白夢蝶先生也混雜在他們之中，可是爲了趕電梯，只和柯克廉擦身而過，從他的眼光柯克廉感覺互相之間陌生很多，總之在那頃刻之間是不能進行交談，大家都顯得匆忙緊張，也思考到互相之間沒有什麼利害關係，還是閒話少說的好，生活在這擁擠不堪的城市裡，心照不宣的冷默幾乎爲人與人之間的唯一態度。他往前走看到曹林和斐梅還坐著交談，他走近時曹林就站起來，和他熱烈的握手，好似他們之間是什麼知己的親密朋友，柯克廉感覺他必有所關心，但決不在他身上。他笑容可掬的問道：

——小鳳在那裡好好的吧？

柯克廉現在唯一的好風度就是迎合著他，但並不虛飾事實，所以他說：

——很好，她很漂亮。

斐梅靜坐一旁仔細的觀察這兩位本質不同而突然有熱絡表現的男子，想以他們的表現給予最後的評斷。

——好，曹林說。他從來未曾表現過如此的認眞和正派，一派做大事的模樣就在這幾分鐘之間顯示出來。斐梅會對你談到一切的事，我先趕回去，她馬上要回嘉義，我們有機會再碰頭。

——再見了，我祝福你們。柯克廉說。

曹林走後，斐梅感嘆著說：

——這個世界在變眞像一個人轉身那樣輕易。

此時已臨午餐的時刻，漸漸地茶樓的桌子都滿客，他們剛才座談的大圓桌實在不適合留下的二個人的用餐，斐梅也感到環境太嘈雜不如離去，想到他處去選一個安靜的地方，柯克廉對她此刻的煩躁只有小心地依從。他們乘電梯下來，沿騎樓的走廊步到漢口街九龍餐廳，這個最後的午餐之地正是他們最初晚餐的所在，印象中猶如昨夜到今晨，依然簡單的點了蠔油牛肉和甘蘭菜二樣菜吃飯。在步行過來時她已先問過柯克廉昨夜是否睡得好，他照實的說只睡了幾小時。

——那麼其他的時候你在做什麼？

——清理一些東西。

——柯克廉說到「清理」兩個字使她特別的敏感。

——何事清理？

——妳知道九月學校開學之前必須遷出去。

她懷疑地問道——就為這件事？

——我得走了。柯克廉說。

——為何這樣偌大的城市容不了你這個人。她再度嘆道。

——現在妳不必再袒護我，柯克廉解釋說，不必為了我個人的理由責咎這個美好的城市。它有令人著迷的地方，我接受妳的意思留住城裡，無形中獲得了許多寶貴的見聞，這些經驗讓我不致像以往憑想像來揣摩它。它具有感人的特徵，使人體察到美麗的外表的背後的一切辛酸和苦難。起碼這個城市已具有了優美的形式，它容納了各式各樣的人，它會集了各不相同的思想，而形成一股強有力的生活形勢，每個人就在這個形勢範圍中享受著自由。憑這一點已是難能可貴。它不排斥某些人，但某些人會自行脫離，一個具有強烈理想的人如不離開，就會沈墮和軟化；但是它也特別適於某類人的生活，這些問題我都尋到了答案。我的任務已經完成，特別是我在妳的關注之下，讓我順利獲得這些經驗，並慶幸地安排得如此的巧妙，每一個事件和有關係的人物都具備著它的內在精神，這一切並不是為了成全我的使命，倒是一種自然命運的巧合，沒有絲毫勉強的作為，都是依照各人的意志做出他們的決定，也沒有特別安排事情的結局，完全讓其自然發展以及自然的結束。我特別要說明到我的部份，我特別滿意這一點。我原是沒有任何計劃的來到城市，也沒有意料到會再見到妳，甚至因妳的關係認識其他的人，那時我的心境是相當的無依，我的困難很難向人傾訴而容易取得信任，但全知者的牽引，使我心中的理想原意在別處卻轉換到此處，我的出發點原是爲己，爲個人的理由，卻沒有想到會成爲一個參與的旁觀者，興趣由己出發而著落在別人身上，整個過程都令我感動，使我在介入與隔離之間維持著一個微妙的關係。我無私的宏願，只想覓求安適的生活，卻改換了志趣參與著文化的活動，要我扮演一個敘述者，因此我現所迫切需要的是返回一個寧靜的處所，好好的記錄我的漫遊的奇遇，這些材料透過我的全知心靈變成整個事實的象徵。

斐梅聽到這一席話至爲動容。

——我最不能原諒的是我自己。她說。

柯克廉頗爲不解的問——妳錯在那裡？

——我的善心。她黯然地說。

——妳的善心有什麼罪過？

——我讓他們踐踏著，經過我達到他們的目的。她露出傷感的神情，啜泣著把頭轉過避去柯克廉注視她的眼光。

——你看到了嗎？她問柯克廉。

——是的，我明白。

——你的感想如何？

——最好我對妳不要有置評，只是事情將過去使妳感到寂寞罷了。

——我所獲得的報償就是寂寞。她說。

——可是誰也沒有責咎妳。柯克廉說。

——珍尼絲就會。

——甚麼理由她要責怪妳呢？

——她認爲我是個主謀者，從中破壞她和曹林的關係。

——他們的事，她和曹林自己負責。

——她並不以爲這樣，斐梅說，她說曹林和她已經訂婚，有戒指爲憑，她認爲曹林最近避開她是因爲我不贊同他們的婚事，她從開始即相信曹林是受我的控制。

——妳眞的控制他嗎？

——他依賴我，但我並不管他那種事；我只是想幫助他成就在這裡的事業，他的感情我就讓他自由奔放。

——我認爲她和曹林之中有一個是說謊者。

——我當然知道。你說這件事情該怎辦？

——這件事最好大家當面對質。柯克廉說。

——曹林和小鳳的事已成定局，如何再去對質？

——讓曹林自己去負責擺平，現在與妳何干？

——曹林就是要求我爲他擺平珍尼絲。

——這怎麼可能，難道妳答應了他？

柯克廉因憤慨而顯得有點激動。

——不行，他一切靠我，過去如此，現在也如此，他的荒唐行爲的結果都要我替他收拾，我不能在他的危難中退縮不理。這是最後一件事，我非負責到底不可。從此他長大了，他一旦帶小鳳飛去美國，一切才算終結，你明白嗎？

柯克廉歉然地說——我明白。

——爲甚麼你在此刻不幫助我，救救我，柯克廉？

他深深地注視斐梅，此時他覺得似乎較她年長懂事，她乞憐的目光刺痛著他的心靈。他們之間的關係至此完全顯露出清晰的形貌。他終於明白她的仁慈作爲都是爲了獲得他的最後愛憐，雖然看似不合邏輯，卻是此刻不能否認的事實；柯克廉貧弱和蒼白所堅持的哲學變成她生活在此的唯一慰藉，她的經歷使她明瞭一切的奢華和快樂都是迅快轉動的花燈，只能及時行樂可也，卻並非心靈眞正的居所。

——我如何救妳，斐梅？

——當一切都過去之後，我希望你仍然是我的朋友。

——我永遠都是妳的朋友，斐梅。柯克廉說。

——可是你卻像他們一樣意圖溜走。她抱怨般地說。我能讓他們走，佳麗和曹林，他們走了使我有輕鬆之感；但你走了，卻給我恐怖的感覺。

——我從來不曾自覺如此重要。

——這是你使我感到重要的所在。

——憑著妳的善心，妳會再有另一批人。

她自我解嘲地說道——然後還有另一批……

——這不是妳所需要的嗎？

她非常失望地說——這是你對我的了解？

——只可說是我對妳的認識。

——我不否認我曾在這樣的形態中感覺滿足。但一切都將要過去了，我感到這樣的生活的可怕厭煩；永遠爲別人奔勞而忽視了自己的需要；許多人都視我爲沒有性別的人，包括你，但我是一個眞正的女人，從今以後我要把自己看成一個女人，一反過去我要去尋找單純的生活。甚至向你學習。我現在完全明白要尋求安慰必須找同時代的人，不是白夢蝶，也不是曹林；我們的時代將要過去，新的一代決不會使我們滿意，他們像我們年輕一樣愛好冒險，用情不專；此時我們沒有找到心靈的歸屬要注定瘋狂，成爲被人摒棄的瘋子。

——妳不覺得新的一代需要向我們學習嗎？

——他們是狡滑的，只想利用我們，一旦他們找到立足之點，就會將我們棄置不顧，甚至攻擊我們。

——但有些人卻會成爲他們的偶像。

——他們的崇敬之情是完全虛假的。她非常明智地說。我要的是眞實生活，不要那些虛榮的歌頌。

柯克廉同意的說道——我們不需要再爭這些事．我應該說我們的意見互相一致。她的臉上可以瞧見興奮之色。

——你答應了嗎？她迫不及待地問道。

——我有此能力嗎？柯克廉懷疑著自己。

——你的性質不就顯示出來了嗎？

——但細節問題如何？柯克廉問道。

——我們現在只定這個原則，約定和承諾，不談細節。她說。

——何時我們才開始談實際的細節？

——等你離開城市之後。斐梅說。

——我原以爲妳還留我在城裡。

——你應該先避開這是非之地，讓我獨力來收拾殘局。

——爲什麼妳要自告奮勇？

——這應該說是我自作自受。

——妳不覺得孤單力薄嗎？

——我自信還有這個最後的力量。她說。但整個事情過去之後，我需唯靠你。

——我知道。柯克廉說。我會再到城市來。

——不，你不會再來。她說。是我到鄉村去。

——好，這隨妳的意思。

——這才是你的想法，我要依你的意思做。

——我根本沒有確定的想法。

——我知道，但我不在乎。

——這是事實。柯克廉說。

小林阿達

第一部

第一章

小林阿達在城市浪跡了許多年，現在他想要回到鄉村的出生地苑裡來。他由南臺灣的高雄搭火車回去時是偕同著一位年輕貌美的舞女，她的名字叫做白麗明。在那南方的城市他們是一對很匹配的情侶：她的皮膚細嫩半透明，有一張極其溫柔的圓形面龐，而小林阿達短小結實，在他那張堅毅而明朗的臉面上留著覆蓋式的長髮，他經常穿著在菲律賓買的麻紗襯衫，當他當船員時他曾到過東南亞各地，一條夾臀的長褲使他衝動式的走路姿態顯得很英俊挺拔，而他最大的特徵毋寧是那雙純潔的鷹鷲的眼睛，對著任何人毫無作偽地注視著，代表他敏銳果斷的精神。

阿達是鎮上那位醫名遠播的老醫生的最小的兒子，他的母親則是個日本女人，那個家庭的生活一直是嚴肅呆板而優沃，所以小林阿達小時候是個天眞無邪而好玩反抗的孩子，他那叛逆的行爲處處顯示他本性的純良，以及過度的渴望愛和自由。在那個熱情的南臺灣的城市，那位美麗圓熟的舞女成了阿達鍾情的對象，在他們初邂逅的時候，他們就在那接近的一刻情感深透著對方的靈魂，而深深地互相愛戀著。因此他們在那座城市裡同居在一起。麗明的職業是舞女，但是她把自已的愛和肉體給了小林阿達。阿達想幹一番大事業，經歷了許多時日卻什麼也沒有做成；他帶來的鉅款全部用光，房子抵押出去，連帶愛人的儲蓄最後被他花光，他沒有辦法再混跡於那可愛的夜生活的城市；麗明知道他是個有錢的醫生的兒子，所以她賭注般地跟著他回到鄉地，有如他們的愛情的賭注一般。

也許起初這位圓熟健美的舞女的判斷是對的；小林阿達的父親在懸壺行醫四十年的鄉村積資著廣大的山林產業，而這一對老夫婦的其他兒女都已經成家立業不在身邊。阿達曾實在地對她說過他的家庭情形；他的父母已經七十多歲了；他的哥哥遠在日本東京，像他的父親一樣娶一位日本女子爲妻，有兩個孩子，是個腦科醫生；大姊亦遠嫁到日本的大阪，已經歸屬日本籍的丈夫；二姊是個商人婦，住在縣城裡，三姊嫁給本鄉的一位小學教師，像招贅般的住在家裡；四姊和她的博士丈夫住在美國，他們是青梅竹馬，留學時在美國結婚，無論如何不願回來；現在只剩下阿達，沒有結婚，沒有任何事業的成就，雖然他曾經想幹一番轟轟烈烈的大事業，卻一事無成，斷斷續續幹了幾年的船員。所以阿達必須回家去，他不能再上船去過呆板的生活，和繼續留在這城市過著那滿是窩囊的日子。他心裡懷想著他的父親的資產，打算用它過他所想的滿意的生活，雖然他出走時曾經和他的老父鬧過非常惱憤的衝突，但他們畢竟是血緣的父子。小林阿達的想法也沒有錯，在他的最清晰的記憶裡，他懷想著母親對他的慈愛，她縱容阿達是因爲她在遲暮的歲月生活下的最小的兒子。所以那位聰明而美麗的舞女的意念是正確的。因爲小林阿達有充分的理由回家；阿達愛她，但他沒有錢；就是沒有任何可資利用的理由，他也要厚著臉皮回家去；當他的錢花光了，外面的世界讓他失望透了，當他一向過慣紈袴的生活方式，他不能在城市的友朋的眼前顯出寒傖的卑小的姿容。阿達想到家中還擁有那麼多的財產，而他的兄弟姊妹大都遠在異地成家立業，只要想到他正值少壯的年紀，就覺得滿心的複雜和混亂，因爲他已經什麼事都無法耐心再幹好。那位舞女替他想著：他的父母親已經年高老邁，到底還有多少歲月可活？阿達記起他和父親衝突時父親的憤怒，但他更記住著母親的垂淚；他的父親曾表示絕情之意，不需要他的孝敬和親情，但阿達要的是他們的錢。當他們老去，他要獨攬所有家中的一切，阿達對他的愛人說，那是包括房子和山林的產業，誰也不能阻擋他去獲得那些現有的財物。他認爲他的兄弟姐妹已經擁有了他們在成人世界裡應有的一切，而他一無所有，所以家中所有的財物應該歸屬於他。那位狡慧而可愛的女子也這樣表示：當阿達把年老的父母送上山頭後，阿達就可以任所欲爲，依照他所喜歡的修改房子，佈置房間，買一部新轎車，把醫院出租，或將醫院關門，把金錢拿去放款收利，結交高尚而氣味相投的朋友，有時打牌，有時到城市來。阿達計劃他夏天可以游泳，冬天爬山，他的生活將充滿快樂和自由。再加上一些浪漫的作風，那嬌美的娘子附和著他。小林阿達有自信的力量，這些計劃在他的腦中不是什麼迷醉的想像，而是完全擺在眼前的即將實現的景物；他向他所愛的女子保證：如有人要破壞或阻礙他去獲得他的希望，他一定要拿出全力給予反擊和戰鬥。的確，阿達現在窮困有如困獸，他和她所說的正是他們最後的生活機會，他不能沒有這些所帶給他的最後願望，也可以想像他沒有這希望的時候，他將會不顧一切地加以全面的破壞和毀滅，因爲他是那麼全心全意地愛著他的愛人麗明。

第二章

火車抵達苑裡已是凌晨三時，他們選擇搭乘骯髒陳舊的普通車是因爲阿達的身上只剩下買兩張便宜車票的錢。眞是到了這種樣相，他們的心裡覺得很難受，否則他們可以在高雄搭乘快速而整潔的對號快車到臺中，再僱一部計程車到家的門口；可是如果能夠這樣的闊綽，阿達也就不必回家了。在阿達身旁的麗明看起來倒是並不在乎這些，她認爲她也不害怕陌生，她依靠的是勇敢的阿達，而小林心中卻依戀著她，所以他們走過無人有如幽冥的街道時，他們的心是緊緊地結合在一起，他們還能互相交談著，臉上還能綻出笑容，而十二月天的寒風在街道流動，猛烈地吹著他們。

「妳冷嗎？」阿達問她。

「不會，這風吹得人清醒。」她縮著肩膀。

他們偎靠得更近，一隻在昏暗的街道上流竄的狗停住腳，站在屋角水溝的旁邊，伸長頸脖張開裂牙的口腔，對他們咆哮，像是一種怪異而不善的迎迓，帶著一種威嚇的警告。

「死狗。」阿達對那隻土狗看一眼說。

他拉著她的手臂避進走廊，他們聽得出他們自己走路的腳步聲異常的響亮。走這一排街，他們停在一家漆成白色的大樓房門前，阿達駐足且說到家了。他去按門鈴時，麗明移到屋子的旁邊，看到一座燈光暗紅的媽祖廟殿，從敞開的門口可以看見到裡面沉靜默坐的一尊尊金身披著彩衣的神像。她的心裡突然有一陣會與自身命運相關的震顫，彷彿驚覺到自己有著什麼不好的罪過。阿達走近來時她說：

「我的家鄉也有一座同樣的媽祖廟。」

那可愛而此刻有點昏迷的女子站在街邊，對著廟殿的中央門口，向裡面的神像合手鞠躬。阿達默默不語，只望著她的動作。當他聽到自家的鐵門鄉鄉拉開的聲響，他回過頭，正看到醫院的藥局生阿福探出頭來觀望，門前的燈光打亮時，正照著他睡眼惺忪的肥胖的豬公臉。阿達拉著麗明的手臂走過去，阿福驚訝地說：

「是你，我以爲……」但他沒有說完他的話。他從國校畢業即在醫院當見習的藥局生已有十年了，對主人家的情形十分詳熟，因此對少主人也省略了敬意。

「你以爲是什麼？」阿達瞪他一眼。

「我以爲是急診的病患。」

阿福看到麗明的漂亮臉孔阿諛地露出笑容。「你的死人。」阿達罵他，討厭他那張豬公臉，不大願意與這位勢利眼的奴才計較，和麗明走過他擋在門口的身邊。

阿福朝著他們的背後回一句話：「死人也好，」口中雖說著，卻羨慕地轉過頭去盯著麗明搖擺的臀部，又用他那表示不情願的動作狠狠地拉下鐵門，使鐵板打到地面時發出一聲撞心肝的難受音響。

阿達的母親，一個瘦小乾枯的老婦人，穿著拖鞋以細碎的腳步走出來，看見是她日日眷念的兒子，痛惜和愉快地加快腳步迎接他。

「卡將，」阿達激動地叫一聲母親。

「阿達。」老婦人的聲音帶著欣喜過望的快樂，不明快的眼睛一面注視，一面不停地眨動著。

他們三個人同時站在廊道裡，這位慈祥的老婦人不但欣慰地迎接她的兒子回家，同時亦以歡欣落淚的臉容接待那位標緻的女郎。但那位慣常以傲慢而生氣的臉色待人的老醫生卻站在後面，他戴上眼鏡來注視他那浪蕩的兒子，同時也可以懷疑的眼光向那位同來的女人審視一眼，沒有說什麼，轉身回他的房間去了。

第三章

他記得只睡了片刻，就聽到母親敲門的叫聲，「阿達，阿達，」她站在樓梯對著門已經喚叫了多時。阿達聽到聲音，翻開溫暖的被窩，迅速跳下來爲母親開門。他恍惚的知覺還不能做清晰的想辨，已經感覺室內充滿了從玻璃窗戶射進來的白色亮光。老婦人拿著一把掃帚和一個塑膠畚斗進來，她站住定睛審視從床裡剛起來的兒子，看到他依然快活健康和美好，她沒有說什麼就開始打掃。

小林阿達從母親的眼光中了解到她的關愛和滿意的神情，因此也像他的母親一樣去對她加以關注。他感想著她依然如故，數年前從東南亞回臺灣時曾回家一次，她仍然是那種瘦小蒼老的樣子，他覺得他的母親無論如何再也枯老不下去，已經到了衰老的極限，卻是一種自然的衰老，她一向保持身體的健康，臉上毫無病容，但表情有種忘憂和喪失記憶的冷靜，她不停地眨動著眼睛想知覺或記起些什麼，她的嘴唇也想說什麼，但片刻之後就放棄了。阿達叫她「卡將」時，這老婦人就是這種表情。阿達追問她睡在三樓房間的麗明起來沒有，這位無從說起的老婦像藏著秘密般地搖搖頭。傳達他們母子的情感和事務的不是平常的語言，是靠他們互相投視的眼光和各自的動作來做爲他們的思考和了解。

老婦人默默地低下頭來開始打掃房間地板積存的塵埃。這是一間三樓的後房，四方形的形狀，白石灰的牆壁的三面有窗子，寬大敞亮的房間中間很特別的立有一根方形的石柱，像是用來撐住屋頂，很適合於當臥室和客室混合的起居間，適合一個自由自在的單身漢，適合於在裡面思考踱步，適合於在裡面睡眠和讀書工作的自我中心的男人起用。室內佈置著一張雙人彈簧床，一個紅木衣櫃，一個極老式的書櫃，一張大書桌，上面有一塊厚玻璃板壓著幾張阿達當船員時的照片，另有一張圓桌配著兩張靠背的籐椅。一隻結滿蜘蛛絲的電扇放在衣櫃旁邊的角落。許多書放不上擠滿的書櫃散放在一張籐椅裡，這不表示阿達好讀勤學，因爲這個書櫃曾經是他父親用過，他的哥哥在讀醫學院時也用過，所以架上的書都是精裝書，阿達讀過的書全都丟放在那張籐椅裡。另外還有空的洋酒瓶和洋煙盒和瓷器的煙灰缸。這就是小林阿達在家裡獨有的巢窩。當他每次賭氣外出謀生不住在家裡時，他總是將它鎖住，因此也沒有進來打掃，甚至家中也沒有人願意利用這個房間來招惹這個孤僻的人。當他們兄弟姐妹在小時都住在家裡時，便分配著每人有各自的房間，現在整幢樓房可空下了許多，因此更沒有人要去理會這間三樓尾的後房。

昨夜阿達原想和麗明睡在他的房間的雙人床上，但母親堅持要客人睡在二樓的一個乾淨的臥室裡，她表示說還沒有結婚就不要男女睡在一起。阿達想如不是他的房間骯髒，他也希望母親對待她像對純潔淑女的禮待。是的，母親還不明白的身世底細，假使知道，她會對自己的陳舊觀念覺得多餘。但阿達和麗明已經說好，無論如何要保密瞞住她的身分，因爲他將以能和麗明結婚爲理由，要求老父撥出一筆將來的生活費，當然不是目前需要的幾萬元的小數目，而是包括一生所要幹的事業統統在內的大數目；這是一個要求分產的藉口，至於老父死後他還要想法全部獨佔。

吃午飯時，阿達和樸素淡妝的麗明走下樓來，坐在餐廳裡的兩個位置上，三姐的三個小孩子甚不禮貌地分佔三個位子，那位老醫生走路像他年輕時一樣快速，後面跟著他的老伴，從前面診察室回來洗手準備吃飯。他走進餐廳時，阿達和麗明恭敬的站起來，先介紹他的女伴給老醫生。他並不表示太大的興奮，只點點頭就坐下來。

那位在本鄉的學校當教師的三姐夫出現了，他固作驚喜的拍拍阿達的肩膀，說：「你回來了，」看看麗明說：「這位是什麼小姐？」他的表情因爲見到餐桌已經佔滿而有些不愉快，故意把態度放得輕鬆幽默。其實他是個非常喜愛嘲弄而又態度極隨便的人，阿達早知道他的陋習和不正經的舉止常使母親氣在心頭，此時他竟拿著一隻盤子，分了一些菜，表示自個到廚房去吃，以玩笑的態度抗議他慣常的座位被阿達佔去了。

小林阿達感覺到他的女伴有些不安，暗暗地示意她鎮靜不要理會。然後他們兩個人接受了幾句老醫生的問話，並且簡單地吃了一點飯菜後便離席了。

當他們走到樓梯口準備回三樓的後房時，已經聽到那位小丑的三姐夫和三姐的爭吵聲。他們感覺除了老母親之外，全家都有排斥他們的情緒，老醫生是一種疑問的態度。這些當然是有原因的，他們想的和小林阿達想的一樣的不單純。阿達心裡有數，準備在這開始的時候一切採忍讓的態度。

他和他所愛的女人沉默地倚窗望著屋外，視線越過廟殿花綠的屋頂，遠處天邊的藍色山巒吸引著他們的綺想，那山頂上豎立一座電視轉播的鐵塔，他摟著她的柔軟豐圓的肩臂，她明白他的意思，一隻手繞到背後環抱阿達堅韌的腰部。之後，他們換了輕便的衣服外出，在街角的地方搭上一部客運車，約半點鐘就到達了一處叫平頂的終站。

他們走著一條兩旁是農作的泥土路，朝向那座鐵架的高塔的山頭走去，他們輕快地走著，阿達踏步時搖擺著身體，高興地唱著歌曲；他們有時成一前一後的行列，有時並排互摟著腰部，那山色做著襯景，從背後望去他們像是一對最無憂而快樂的愛侶。

第四章

但是那美嬌娘的面龐，逐漸憂悶暗淡起來了，老醫生固執的意志使阿達無法達到和他做交談的願望，那老鹹魚握有一紙上次阿達離家時寫下的切結書，那張字據裡寫著他分去了他應得的財產，包括十萬現款購買在城市裡的一幢樓房，父子經過了那一場不愉快的爭吵，像脫離了至親承繼的關係而彼此再也無法用話交通了。此時那個家庭的嚴肅氣氛難以滲入浪漫輕鬆的氣息，有的只是那位三姐夫的低俗教養的諧謔和隨時即興的冷嘲熱諷，阿達的謀算無法得逞了。

白天阿達總是偕他所愛的人麗明去爬山，但漸漸那美人走累煩厭了；晚上他們陪著那位容易忘忽記憶的老婦人去戲院觀賞外國電影，可是鎮街上的人總是在背後語長話短的議論著，讓她產生著敏感，而精神漸漸不舒服了。因此，這可愛的女郎變得有些可憐了；她懷疑自己的意圖，只要她在房間裡靜躺下來，她便感覺到自己身在此處的荒謬；她原是生活在城市裡的活潑快樂的女子，有著自由自在的職業和閒適，有著夜生活的有趣的遊戲和刺激，有著穿著愛美打扮自己的樂事，有著各行各業對她迎奉阿諛的異性朋友。她覺得失去了生活在都市的權利便是失掉了生命的意義。她的性情是屬於玩樂和虛榮，所以她在年輕美貌的時候選那樣的一條生活之道，而現在她應該擁有的都因爲與阿達偶促在這鄉下而喪失了。她像是時時受到監視的囚犯，不但希望難以償願，而且沒有生活的情趣所賦有的意義，對於阿達慇懃的愛撫也變得毫無知覺和感動了。

第五章

她想到她會憔悴在這幢有藥水味的屋子裡，她不再覺得有半點生意，她認爲她會爲某些人的冷視和惡毒所戕害。阿達的情愛也產生不了效用，她開始有些懊悔了。她憎恨自己爲何有那種天眞的想法，去相信阿達是她的白馬王子，是個天之驕子；他不是的，那老鹹魚還在的一天，阿達永遠不會出人頭地，他在老父的威嚴之下像一隻柔弱的綿羊。當阿達在城世裡富有時，他是個善於表現和感動人的勇士，打敗圍繞在她周圍的許多男人，贏得她的芳心和醉意。但在這個鄉村裡，他比一個街市遊盪的孩子更窮困，他只能仰賴那位老母親對他暗地裡的付給。這一切使她覺得無比的羞恥。她彷彿知覺到阿達的家人隱約地懷疑到她的身世，覺得有人在背後指摘她，從她的步態和容貌以及性情猜測批判她。因此她漸漸感到心裡的不安寧，常常無端地煩躁和生氣，甚至產生罪惡的恐懼。

她不敢再去接近那座媽祖廟殿，當她知覺到自己是住在廟殿的鄰近，突然地顫慄和害怕起來。她一刻也不能再留下了，她像一隻知命的鳥飛走了，沒有實際條件的愛情，就像是一間沒有樑木的屋子，經過一陣風吹雨打就會倒塌下來，像夢一樣的破滅了。

當麗明向阿達承諾回來的日子到臨時，他整天守候在車站，從午後到黃昏，直到深夜。他連續等候了三天。最後他向母親要了一筆旅費搭車南下，他在那座熟悉的城市四處尋訪，向那些曾經和他混熟的人士詢問，他們全都表示沒有見到她的蹤影。小林阿達轉到麗明的家鄉去查尋，從那裡獲知她曾在近日回家一趟，但像往常的情形一樣，來去匆匆，沒有留下確定的地址。

阿達無可何地回苑裡來，空望著他的愛人能知途而歸。直到有一日，一位曾和他合夥做生意的朋友從北部來探望他，吐露了麗明的消息；那位朋友說他會知道來找阿達，是因爲他在北部城市的舞廳見到麗明，從她口中知道阿達目前在家鄉。但阿達得知這個消息再趕往臺北時，一切都爲晚了，據說麗明和一位香港來的商人到香港去了。

失望而回到家裡的阿達，開始一場無理性的咆哮，憤怒使他添生了難以估計的氣力，用於破壞他眼前所見的一切能粉碎的家具和器物。那位三姐夫想叫警察來，但被老醫生斥止了。老醫生抑制著，叫大家避開阿達的瘋狂以免受傷。最後阿達把自己灌醉在那間無人理睬的三樓後房裡，倒臥在一張鋪於地板上的小紅氈上，有如受傷倒於血泊中的一隻野獸。

第六章

那位老婦人悄悄地移到三樓的後房來照顧她的兒子，雙膝跪在地板上，用她那變得不懂憂慮的呆癡的眼睛注視著他那狼狽的模樣，她用一條手巾擦拭著那流下口沫的嘴，翻開他的眼皮，冷靜地察看他那對充滿血絲的眼睛，因爲她抱不動他，她搖動他的肩膀，把他叫醒，小林阿達伸出雙臂，將靠近著他的模糊的身軀狠狠的緊緊的捉住，拉到他的胸前，但聽到是母親的叫聲，他的手鬆開了，且回叫了一聲「卡將。」

「不要緊嗎？阿達。」那老婦人問著。

「卡將，我不要緊。」阿達說。

「你覺得如何？」

「我不要緊，我會好的。」

「你原諒我嗎，阿達？」

「那尼，卡將。」阿達說。

「我不應該來臺灣，我不應該生下你，阿達。」

阿達的眼睛含著淚水說：「卡將，我會好起來的，有妳在身邊我會變好的。」

那老婦人將她的兒子扶起來，支撐著他，把他扶到睡床上，要他躺下來，溫柔地把棉被蓋在他的身上。

「阿達。」

「卡將。」

「你要開水嗎？」

「卡將……」他要說的話哽住了。

老婦人用手巾把阿達的眼角的淚水吸乾，但手巾拿開時，淚水又從眼眶裡流下來，阿達神志不清地回答他的母親：

「我要水喝，卡將，我要飲完一水缸。」

那老婦人聽到這樣的話便下樓去了。

第二部

第一章

小林阿達在翌年春天步到屋外的世界的時候像一隻蒼老的山羊，頭頂依然留著往日的長髮，下頷加了一撮短鬚，他出來買蔬菜和水果，走過街市時有些人好奇的望著他的模樣，甚至懷疑他就是那位老醫生的兒子而發出感嘆。人們說：「那不是小時候調皮搗蛋的阿達嗎？怎麼變得這等臭老的樣子？」市場買賣的人驚異地注意到阿達的眼神憂鬱而下垂，像一個病久的人，聲音微弱而低沉。

他的面容沒有表情，還穿著冬天的夾克，把雙手插在兩側的袋子裡。當他提著裝在塑膠袋裡的蔬果轉回去的時候，走到媽祖廟前突然停住了片刻，側著那著蒼白瘦削的臉，朝廟殿裡的神像注視，彷彿忽然記起了什麼往事，使他的眼睛閃眨了幾下。這時一位穿著紅色內衣黑色外衣的老啞巴婦人走他，推著阿達的手臂啞啞地說著。小林阿達像在夢中受驚般地回轉頭來看她，認識她像她認識他一樣，臉上毫不勉強地，眼睛投出光芒，開始微笑了，親切地從膠塑袋裡拿出幾個橘子和香瓜要遞給她。那婦人推拒著，最後收下了點點頭走開了，走開時還不斷地回頭看看小林阿達走回醫院的背影，她的嘴巴啞啞說著，嘆息地搖著頭，雙手對行人比劃著，臉上充滿驚異和憐惜的神情，然後轉進廟殿旁的巷衖消失了。

鎮上的人誰都認識這位生命力強韌的啞巴女，她年輕時曾生下幾個孩子，丈夫和孩子都走掉了，她神奇地一個人活了下來。原來在臺灣光復初年，當阿達還是做孩子的時候，本鄉的街市沒有自來水，只有在雜貨店隔壁和廟殿側旁設有兩個大水槽，那時啞巴女背上綁著她的孩子，專門替醫院挑水賺錢過生活，有時還替醫院的房間擦拭地板，所以她對於小林阿達可愛的童年模樣清楚地記憶著，可惜她無法用言語表示出來，在她搖頭和啞啞的叫聲裡，似乎在向別人述說她曾服侍過的少主人的成長和改變。而在小林阿達與她偶然不期而遇的會面的眼中，他感想著這位啞巴女似乎沒有任何改變，與他年幼的印象一樣，她沒有變老也沒有年輕，但是他卻敏銳地感覺到在他現存的世界中，除了母親外，就是這樣的一個爲人看不起和受嘲笑對象的啞巴婦人肯自動過來理會招呼他。小林阿達出來買蔬果是不得已的，因爲負責家庭的伙食工作的三姐對他表明她沒有義務爲他做飯和洗衣；爲了不使自己太爲飲食操心，從他露面的表相，他對於這冷酷的世界變得像贖罪般地心甘情願。

他站在窗邊眺望東方的山巒，注視那座高架的鐵塔，他有時會站在那裡一個上午或整個下午，一架電晶體收音機放在地板的紅氈上任它響著。他有時勉強看一些書，但書籍對他的慰藉很少；他不好學，從小如此，這使他和他的兄弟有了分別，而得不到老父的器重。偶爾會有一位名叫信雄的小時同學來和他對坐一個下午，這位碩壯的漢子被目爲廢料，自醫學院輟學之後變得神經和呆癡，面目帶著凶惡的仇恨，默默地盯著小林阿達，一句話也不說，然後喝完咖啡自動地起身走了，像他不請自來一樣。他是本鄉的另一位醫生的大兒子，少時酷愛運動，長大後受到父親的嚴責遭到過分的刺激喪失了正常的意識。阿達並不拒絕他的到來，他們曾經有過一段極親密的少時友誼，知道他不會傷害任何人，只要別人不去惹怒他。不久阿達獲知他的家庭遷居了，就沒有再看過他。

在這一年裡，老醫生有一件喜事，那是耳鼻喉科學會邀約他到菲律賓的馬尼拉開會，他準備和他的老伴會後順便去環遊歐洲，他預備了一百萬臺幣，卻在那兩個月的旅遊中只用了六十萬元。另外也有幾件老醫生煩惱的事：在東京當腦科醫生的大兒子準備蓋一幢自己的住家需要一筆大款子，前幾年東京物價上漲前老醫生曾鼓勵他蓋房子要資助他，那時他認爲一切靠自己，不想急著蓋新房，現在所需的款子非同小可，多疑的老醫生當然了解他的意思，因爲阿達呆居在家裡的事傳到東京去了。這位大兒子除了表示要分產外，並要他的老父爲購買八隻到十隻的臺灣猴子，準備運到日本當醫學研究用途，因爲在臺灣買猴子便宜，日本猴子太昂貴了。

另一件事是那被視爲最美滿最神氣最好名聲的四女兒夫妻突然決定要在美國開一家餐館需要十幾萬美金，他們來信說這件事成功後就接兩位老人到美國居住養老；他們的計劃不是沒有原因的，因爲老醫生夫婦遊歐的用款細目被他們知悉了，兩夫婦在美國心理上忐忑不安，據說老醫生還準備在來年環遊世界，同時知道東京的弟弟要蓋房子向家裡要錢，因此才擬出這個計劃來，準備打動老父的心。

住在縣城的二女兒常常爲了丈夫的生意周轉不靈回來懇求父親大大小小的賙濟。在家的三女兒看到這種情形挾脅著要搬出去，她憎惡阿達住在家裡，她說阿達的模樣和態度使她精神緊張。老鹹魚並不糊塗，他聰明地安撫目前生活不可缺少的三女兒的幫忙外，對於任何一位子女的要求都加以擱延，並寫信告訴他們家中的財產沒有他們想像的那麼豐足，他準備留著自己用，不分給任何人。猴子的問題他告訴大兒子要等機會，臺灣猴子也沒有那麼容易買到，價錢也不可能便宜。他之所以這樣決定，完全在提防著家中隨時準備待機而起的阿達，阿達目前雖然安靜和衰弱，卻不能消釋老醫生心裡的懷疑，他認爲阿達的沉默樣子就是一種陰險。

第二章

小林阿達在海水浴場的沙灘走著，他愈走愈遠離人群聚集的地方。一位坐在太陽傘下的救生員對他的背影瞟了一眼，和身旁的另一個人交談了幾句有關阿達奇怪的舉動，他們常常看到他獨自一人攜帶一些簡便的行囊，一整天都可以見到他在遠處停放木筏的沙丘的地方，有時他泡在水裡很久，游到極深的海洋，救生員雖注意著他，但並不像約束一般遊客那樣去勸止他，或將他叫上岸來。

阿達赤裸著曬黑而結實的上身，只穿著一條舊的暗紅的短褲，他的個子不高，像一個荒島寄生的野人。他在訓練他的足力，鍛鍊耐力，所以來回在軟沙上規律地走著，或在水裡游幾個鐘頭，然後回到放衣服的木筏的地方躺下來休息。他看到一位穿著補綴成花花綠綠的衣服的婦人在木筏附近撿拾從潮水漂來的木片，他走過去看清楚原來是那位啞巴婦人，這一次他立在她的面前時使她嚇了一跳，再看到阿達高興地啞啞叫了起來，看到阿達健壯的樣子，她的臉上顯出欣愉的表情。阿達走回木筏從衣袋裡掏出一張五十元的鈔票，再走過去要遞給她，她像上一次一樣堅決地不肯接受而站起來跑開了。阿達追上去，拉著她的手，用懇求而誠摯的眼光要她收下，她臉紅地啞啞嚷著，抬起眼睛時前額充滿了醜惡的橫紋，但她低垂著頭顱時卻顯出羞澀動人的表情，阿達不肯放鬆她，她收下後急速地半走半跑地離開了沙丘，阿達看著她越過大溝，在木麻黃樹林的那邊消失了。

阿達躺在木筏的陰影裡，仰望著明亮而無雲的晴空，起先他的腦中空泛無物，想摸捉什麼感覺而覺得困難，他只覺得可觸膚的軀體外，他體會不出精神爲何物。他沒有任何思想，也不明白他剛才的行動有什麼意義。他沒有想到特別要去認爲他的行爲有何特殊的意義，他不明白他和啞巴婦人的相遇是一種相似和接近，他不會用思辯的方式對自己的行爲賦上一種邏輯的解釋，甚至這種不知何種意識所支配的舉動，他也不清楚是否有預先暗設的意識，因爲他沒有感覺得出一般驕傲的施捨者那樣顯露一種心理歧視的傲慢，他的臉上只有一種謙卑的微笑，祈求對方接受是爲了在某種意識上同情到自己，只是希望能靠踐行產生對自己的憫憐。他的體會使他在望著碧藍的高空時流下淚來。在開始藉靠體會玄思的時候，有些現實的思想來了。他想：他是因爲「有」而覺得「不足」，假使他不設想貪婪，他會覺得異常的自足，他會有恆久的愛和舒適，他甚至可以不勞而獲，不像在當船員時必須付出生命和時間的代價。

現在他能感激，但現在誰能了解？現在他需要純眞的友誼，但朋友在那裡？現在他渴求愛，但愛人在那裡？在現實的自然分類和區別中，他和啞巴婦人之間沒有相似之處，他但願知道他對她的善意的施捨是一種精神的認知。經由那啞巴婦人身世的意象，阿達第一次經由思想認知生命的現象的淒涼和寂寞孤獨。他每天可以從母親那裡拿到足的零用錢，母親給他並不計較他的寄生的可恥的樣相，只要她能夠，她希望她的兒子完好地活著在她的眼前。沒有其他的人知道她所希望的這點秘密是多麼重要，除了她的兒子阿達：自從她說原諒我，我不應該到臺灣來，我不應該生下你之後，阿達才明瞭他的老母的內心在此異鄉的掙扎。為何人類的行為要去符合一般的俗間的標準，那樣地活在衆人的眼目中只是一種表相的要求，那是一種無感情的生活。可是經由不幸的遭遇而能認知到內心的疼痛的秘密，寧可也算是一種福分，而從此精神緊緊地結合在一起，彼此為對方而活著。

有關那老婦人，現在她的感覺幾近麻痺了，所有的傷口都結成一層外膜，掩蓋了赤血的肉，而不再疼痛了，但意識上害怕再去觸摸它，只要去按觸它，即使肉體不痛，但會引起精神的驚慌。她是帶著年輕的驕傲而來的，卻在這裡過著受盡指責的生活。所以她一直沒有和鄰近的人家相往來，始終只在那間醫院的家庭工作和過活，至今她還不會說流利的臺灣話，她教她的子女也只用母語話。

多麼可憐的一個人啊，「為什麼以前沒有像現在那樣感覺到我的母親的酸楚呢？」當小林阿達在小學校讀書時，總有一些高年級的學生成群地跟在背後嘲笑他：「日本囝仔，日本囝仔，屁股一隻秤仔。」為什麼！為什麼？這是什麼意思？除了辱罵嘲笑外，沒有任何意義。阿達的母親在年輕時是這樣的無知啊！現在她知道了，一切都太遲了，但也一切都無所謂了。這是使阿達到處都受到歧視的原因，無論在他有錢或無錢時，全都受到不公平和欺騙。

現在在那幢漆成白色的醫院走廊，在黃昏時刻，總可以看見那位日本籍的瘦小的老婦人從裡面走出來，站在門口前面的走廊，她向北面望望，像看到什麼，眨動的眼神像在想些什麼，然後向後轉，向南面走廊同樣默默地望著，也同樣像要看到什麼，眼神像在想些什麼，又似乎什麼也沒有看到和想到，約幾分鐘後，她低垂著頭走進去了。這可以想像，她兒子阿達不在家，她期望他回來，心裡掛慮著他。有時她忘記阿達留在三樓後房裡並沒有外出，她也會在同個時辰，比較少有人走動的時候，走出來站著，像一個被調成只有做出習慣性動作的假人。

第三章

「好爽朗的天空！」不止一次小林阿達走到平頂山的斜坡的山道時，這樣感想著：從他所站立的地方可以俯瞰丘嶺下的村落，農舍散落在果樹園和田畝的中間，那些種植甘薯和雜糧的地區形成一片一片錯綜的色塊，果樹園之外是丘嶺的樹林，紅色土地的道路穿延著，伸入山谷，再由那裡爬升而蜿延到山腰消失到山後。再遠處就是從北至南整絡的保元林山和山坡下的梯田，那座電視轉播臺鐵塔就架設在最高的地方，而碧藍的天空像整匹布般從山後拖拉到阿達站立的面前，他仰望時又像是迤邐至他的身後，然後消失在斜坡的山頭。

他的身體現在已經恢復到先前要遠航至加拿大時的健康。他感覺身體的健康是一大快樂，在這帶山區漫遊登爬使他體會眞正健康的愉悅和舒暢。他的肺部呼吸的是這兩個山脈之間的空隙的透明空氣，有著樹葉發散出的鮮香的氣息；他長久地呼吸這種空氣就像他是這種空氣的一份子，整個知覺是空氣的賦有的知覺；就像他航行於海上，連續四十九天，他變成海洋的一份子，呼吸海洋潮濕的空氣，海洋的上升和下降而起伏，只有海洋所賦有的知覺，和與海洋有關的各種奇幻的想像。現在他只有山的幻想，把注意力投注在山的所呈現的各種事物和景象。但是帶引他樂此不疲的常常來爬山的因素是什麼？好像他的眞正幸福是藏匿在此處，要他來尋找和編成美麗的樂章，在他思想的圖象裡充滿著有如柔韝在赤裸的女體上那種帶著生命的沉醉和深沉的起伏。帶著在想像裡期盼的呼吸常使胸肺溢滿，有如潛沉於水中要窒息一般。

他把視線從天空和遠山拉回到近處的一隻放牧的赤牛，這種赤紅色高肩的牛在這遍綠的風景裡顯得像在油畫中被描畫出的物體般一樣的高貴，像那些厚厚凸出的色彩充滿了實質的感覺。牛隻立在灰綠的高芒裡，把牠的肚腹之下的部分遮掩省略了，從那凸出的嘴鼻和珠圓烏黑的大眼珠，可以察覺牠驚煞的生之靈魂；當小林阿達靠近時，牠突然地抬頭望他，使人在那互望的瞬間裡閃過自然創造的實在奧秘。阿達和牛之間沒有種類分別的思想，只有生命驚異的觀照；他不停看牠時，牠亦用同等好奇和戒備的眼光注視阿達。

後來阿達坐在流水潺潺的山澗的石頭上，把已經破舊磨損的義大利製皮鞋脫下來，這雙鞋子是他在加拿大的溫哥華購買的，他喜歡這雙舊鞋是因爲它們穿起來輕重適合，使他走路時雙腳像兩隻活潑的松鼠。

他躺靠在較平坦的地方，天空的形狀是扁平的，他的視線正好面對著背著陽光的兩棵高聳的松樹。松樹生長在崖壁頂上，陽光從葉間透過來，這互相貼近的兩棵樹的枝葉，互相伸夾，像兩個狀極親暱的人像。這使阿達回憶著遙遠的昨日與他所愛的女郎在此歇息時優雅的赤裸的擁抱；他雙旁的崖壁把外界隔絕了，他和麗明在清朗的冬日的陽光下，赤裸著浸在冰冷的清澈的水裡；他注視她細白的雙腿蕩漾在水光裡，水流微微地衝擊著她平的腹部，然後分開由腰間流去；那腹部的平坦和寬闊有如經過最細心的工匠所特意琢磨的玉石；她的雙乳是他所見最滿意的兩個果實，成梨形而微微下垂，撫摸和掌握時有著柔嫩的彈性。但現在那兩棵並立的青松的最高傲取代了他心靈的渴慾和懷念，它們此刻在陽光的襯托裡像是爲紀念而設的黑色牌坊，是屬於自然的莊嚴的精神標記，使它在孤寂中卑視著人間短暫易逝的幸福。

在這一年的山區的漫遊裡，小林阿達經歷了許多圖像標記的奇遇，這種人與自然圖像奇蹟式的交感，是人類汾濁的生活裡難以啓開服見的自然的原始精神，使它能夠辨明過去流浪動盪的生涯裡盲無所知的運動的肉體意志。

可是阿達很難將存在於自然天地的原始精神做永久的保留，它比人世間的幸福更渺茫，因爲人世的存在猶能受時間的規劃，但自然精神只能在他的虛無中閃現，因爲所謂永恆是他不能了解的事物，自然精神所顯現的圖象常爲他腦中的幻念所驅退消失，而使他對於眞理的崇拜陷於無望。小林阿達辛勤尋找的那精神的指引，一次又一次地被他往日生活的記憶所混淆而迷失；他能覺悟到與自然融合的最清明的欣悅，亦能心受眷戀人間的最污濁的寂寞而痛苦。他希望能專注於心境的恆定，但是卻受盡過去習染的世界流行形式的生活哲學的纏繞和羈絆。

第四章

在這一年裡老醫生的家庭算是平安無事，他的心情始終還陶醉在去年歐洲之旅的愉快和享受的回憶中，在看病的時候，一些唯他是賴的年紀較大的長期病人常恭維他，大都是老醫生的故舊朋友或鄉親，因爲當他做孩子的時代，他是鄰鄉姓陳人家的雙胞胎，生活較貧窮，把他過繼給本鎮姓林的望族，受姓林的人培養，以致能在日據時代遠渡日本讀醫，所以各方的牽連關係，親戚朋友和故舊不勝其數，這也是他年紀愈大名望愈高的緣故。

他看病像個藝術家，憑脾氣用事，有時十分傲慢，有時出奇的仁慈；他對付孩童完全沒有耐心，總是用針筒來做威嚇，而本鄉的人家要小孩聽話，便沿著老醫生的模式，如若不乖，就要把他帶到醫生林那裡去打針；女性的病患面對老醫生總是面紅耳赤，因爲他的表情和用聽診器的動作既嚴肅又粗野，如要解開胸衣時帶遲疑的態度，老醫生便不客氣地動手把她們的衣服扯開，並且還要訓斥一頓她們害羞的念頭。但那些與他年紀較接近的老病人，比較熟悉他的要聽讚誇之詞的脾性，因此在他歐遊回來雖已有半年多，依然還要以這話題向他問東問西，讓他極盡愉快和炫耀地重述他的各種見聞。

唯一的不快是他親自聽到阿達罵他爲「老鹹魚」。事情經過是這樣的：浴室的煤氣爐自裝設到現在已經好多年了，不但舊貨不好用，還有些毛病，自阿達回來之後才經他細心發現，他曾警告過如不趕快換新，恐怕有一天會出問題。這件事又在那次他酒醉鬧事的時候曾嚷出來，但當時大家把他當瘋子野獸根本不理會他說什麼。事隔一年多誰也忘掉了阿達說過的事，而且又不曾眞的發生什麼事故。不幸那位年輕的女佣人在開火時竟然爆炸了，把她的頭髮燒去一部分，好在沒有損傷到面部。小林阿達聽到爆炸聲和驚呼的叫聲，從三樓後房赤裸著上膊衝下來搭救，就在老醫生也趕來觀看時，阿達朝他的正面說了一句「老鹹魚」三個字，然後從老醫生的身邊憤憤不平地走開了，老醫生站在那裡迷糊了一陣，經過幾天似乎才想通這句話是指他而言。這件想通的事不僅是像猜謎語一般瞭解到那三個字的意義，而且他開始覺得阿達還有些道理和可愛的地方。

不過想通也許是自然親情的作用，對於其他許多問題的全面了解，恐怕還有觀念上的差異；在某些問題上，老醫生並不能夠退讓，照樣擺著他威權的神態，他的自我獨尊就是一個敲不破的硬殼，不論在家庭裡，就是對付外面的世界，他就像是個土酋長。

但對於阿達那句「老鹹魚」的激勵，使老醫生在人情上有了跨越的顯示，譬如有一位鄉親帶了一位年老的人來給他看病，醫治了半個月後有些起色，在結算醫藥費時，老醫生竟然分文不受，而那個人便帶來了一隻剛捉到的猴子來送他。去年他的大兒子由日本寫信來要求收購猴子的事，因當時收購沒有來源已經作罷了，不過他看到這隻小猴子很可愛，馬上決定不送到日本去，要留在家裡飼養，他甚至表示將猴子當實驗品是很不人道的事。

過了幾天，那位在縣城做生意的二女婿來看他，老醫生表示願意出點資金讓阿達和他去做陶瓷藝品的生意。他叫阿達下來商量是否願意去做；阿達一向非常討厭二姐夫那種生意人的滑頭模樣，聽到要他去和他一起做生意，毫不考慮地拒絕了。

不久，那位曾經和阿達在高雄做裝潢生意而失敗的朋友，就是那位前來走告麗明行蹤的男人，再度來苑裡探訪阿達，看他是否有意再到城市去求發展，可能的話是否有錢再投資金合夥做房地產的生意。由於上次的經驗阿達心裡已經有數，再說根本就不可能有一筆做房地產買賣那樣的大數目的金錢。這位朋友表示要和老醫生談談，阿達肯定地表示他已沒有那種賺錢的興趣和念頭，阻止他不必和老醫生去說項。但對於他再三邀約他去鄰近的臺中一遊卻沒有拒絕。

那位朋友帶阿達到舞廳去，自從阿達回鄉下後，這是第一次重臨他過往生活特色的場所，但當他和舞女跳了幾支舞後，他就不再想跳了，沉默地坐著想了一些問題。他體會不出當初時和舞女接觸的那種雙方心情愉悅的感覺，不但是舞女覺得小林阿達有些孤僻讓人不了解的地方，阿達也覺得她們絲毫沒有可交通的靈性，和第一次他與麗明如電觸的交流感應相比，她們都太枯燥乏味。舞女們覺得無法用她們習慣待客的方式和阿達交通，而同樣的方式卻能和另外的人談得有聲有色，眉來眼去；阿達本身已經忘懷要表現那種過去慣有的逢場作戲的態度，他彷彿已經厭透了這一切的無用，而表露出異常冷靜的凝視，這種眼光發出自他那對銳利的鷹眼，格外令人感覺害怕。

最後那位朋友要留他在臺中過夜，問他是否想帶一位舞女出場去吃消夜，阿達輕輕地微笑了一下，搖搖頭。

「你怎麼搞的，小林？」

「我已經沒有這種情趣了。」

「我看你很不對勁，這是怎麼一回事？」

「沒有什麼事。」阿達說。

「你在爲麗明守貞？」

「胡說。現在的事已經與她沒有任何牽連了。」

「難道你都不想要，沒有感覺？」

「這不是要與不要，感覺不感覺的問題。」

「這怎麼說？你到底做何打算？」

「這不是能和你說清楚的事。」

「你不要故作姿態，難道我不懂你，阿達？」

「過去是過去，一切已沒有關係，如你想要我依你的話去做什麼，那麼你實在枉費了一片心機。」

「我們不是最要好的知己朋友嗎？」

阿達默默望著對方不語。

「我們一向就是好朋友，」那人又說，「我一直把你看成我的朋友，你不知道嗎？難道不是嗎？只有我想到你，想要來看你，想要和你再去幹一番事業。我們是眞正的好朋友，你要這樣承認，我和你是永遠最要好的搭檔，像個兄弟，是這樣的，你不覺得嗎？」

突然阿達這樣說：「我的確不覺得，也不知道我有所謂的知己朋友。」

「但過去我們是知己，你不看過去，阿達？」

「過去已經過去。」

「這是什麼意思？你沒有人性？」

「我不管你要做什麼，我希望你不要管我要做什麼，因此我們不要談過去的事。至於現在，你應該可以看出我們沒有相同的願望。」

「我們有，過去我們有，現在未來還要有，願望是人想出來的事，只要你再和我到城市去，無論南部或北部，甚至在這臺中市裡，我們就會和過去一樣具有理想和希望。」

「現在不同了。」阿達輕蔑地表示。

「難道你一點都不在乎別人對你這種態度的感想？」

「現在我根本沒有想到有所謂別人對我的感想，過去也許我是在乎，因此我受到一重一重的痛苦打擊。」

「可是阿達，你是一條硬漢呀。」

阿達沉默片刻，心裡產生厭惡的感覺。

「你是人啊，阿達。」

「是的，因爲我是人，我應求上進。」

「不錯，你說得不錯，我們要求上進，你說這個很好，我們要賺更多的錢，享受生活。」

「我應該關心關心一般人所不關心的某些事。」

那人覺得詫異，問他：「那是什麼事？」

「就是現在的社會所不再重視的個人心靈，個人與宇宙之間的問題。」

「你瘋了，小林阿達。」

「我現在清醒了。」

「你騙人，阿達。」

「在某種意味上是騙人，而且讓人難以相信。但我認為這是實在和重要的事，因為在我所說到的關於個人心靈，個人與宇宙之間的問題裡，使我能擴大視野，能夠啓開久被蒙蔽的心眼，在忽然的際遇裡瞧見奇蹟，看見某些莊嚴的圖像，這些圖像充滿在自然的一草一木的象徵裡，驚覺這些自然的圖像竟然是存在於我們平時忽略行過的眼前，而這裡面隱藏著自然的精神，使我們的一顆心嚮往這種精神所指引的方向去，只要你能虔誠受這種精神的引導，你就會深覺感動和幸福。」

「這不是太可笑嗎？現在誰會相信你這一套說辭呢？就我而言，我認識你，你是一個輕浮而有衝動個性的人；就我所知，你的智力不高，不懂得應付一些生活上或事業上對你打擊過來的問題。當你有錢時，你揮金如土，當你沒有錢時，心焦如焚。你是個感情用事者，不知道應用理智，因此你不知道如何識人。你知道忠於麗明，愛她，為她做一切事，但就我所知，女人的愛情是不可靠的。你們回鄉下的計劃我都明瞭，但你知道你的父親依然健朗，甚至還可以再討個小老婆來遞補你那瘦乾的母親。而你自己在家庭中的地位也並非你自己所說的那麼重要，所以麗明看清了這些以後，她聰明地溜走了，你還有什麼尊嚴，何必奢談心靈和宇宙的屁事？這是我要點明你的地方。現在你卻裝成先知的模樣來嚇唬我，我又不是不懂這些騙人的玩意，你所說的都是老掉牙的騙術，我們人活著有我們的實體，這個實體是可看可聽可觸摸可感覺的東西，有我們人類生活的理想，我們所想的所做的絕不超出人這個範圍，超出這個範圍便是毫無根據的虛無。」

阿達沒有再理會他便離開了。他走在夜晚的街道上，朝車站走去。他想著剛才幾近衝突的一幕，慶幸能夠離開那裡，甚至是永遠離開那種他曾經迷醉過的紙金色艷的場所，尤其是離開像那樣的朋友眞是一大幸事。他會在過去與那樣的人稱兄道弟做朋友實在荒謬，不過這一切都有原因；他會在過去做荒唐事的原因都不是單純的，而是可以追索根由的，他是帶著叛逆報復的衝動做出那些事來，而遇到那樣的人把他當成朋友和知己。不錯，那樣的人是聰明的，見機行事，因此有機會把他勾引住。他剛才所說的生活的實體，生活的理想，我們所做的不要超出人這個範圍，這種話是一時使人無法辯駁的，使人必須順服這種頗爲實在的說法：這種說法是有力的，更使人去順服說這種話的人，然後進一步和這種人做朋友，以爲是志同道合，因爲凡事他們是抱著理想，有著所謂生活的指標，所求所得都是共有和分享，甚至能夠結合一股力量對抗阻礙，他們要達到理想的路途上的敵人，有點像大馬路上跨大步昂頭挺胸的流氓，他們是有姿態的，所以路上行人必須走避，也不能和他們正眼對視。他們奉行的是正義，口中談的是道義。是的，當你第一次聽信了他的話，當你和他做朋友加入了夥，當你信服他的偉大時，你就成爲受他指揮的人，受他的擺佈，你必須爲他奉獻出你的一切，爲他的要求做出表現和成績來，甚至必要時爲他奉獻出生命，以換取對你的讚譽。但是其結果如何？眞相如何呢？一旦理智醒敏的檢討所作所爲，無不與那些說來動聽的語詞大相違背，與人類所賦有的良知稟性毫不相關，只不過是另一個盜賊集團，充滿了奴役別人和發散野獸的味道，充滿了個人私慾或權力的獲得，這就是他們的眞正目的，正如那個人所謂的理想不要超出人這個範圍，所謂生活的理想就是生活的實體，起先是共有和分享，最後則不，像某種主義所繁衍的老鼠會的募款組織，招募基本的會員，然後要求會員再去徵召另一些會員，只要招募到多少數目的會員就有多少報酬，這樣一層一樣疊高成金字塔，而永遠剝削後來的人類。

突然從背後一個警察捉住阿達的手臂，把手臂反轉著使他不能動彈，那個警察指他頭髮太長，要他到警所去，他只得跟警察一起走，到了警所那位警察問他為何深夜還在街上溜躂，是否想幹什麼壞事。

從被無辜的逮著到走進警所，阿達都表現得很溫良，沒有抗拒，他知道在那種威權和控制之下，反抗和辯白是無用的。當那個警察坐下來準備登記他的名字時，他乘機推開椅子衝跑出去，然後快速地轉進一條暗巷，跑出另一條街時遇到一部開來的計程車，他迅速鑽進去，對司機說開往郊區。那司機表示不願離開市區，阿達說你要多少錢都可以，只要帶他回家。

第五章

這是一個秋收後有陽光的天氣，天上有凝成形象飄飛的雲，在那平頂山上高高的鐵塔的下方，滿山坡梯田中的一個小小田畝，阿達躺在一處稻稈堆積成屯的草群邊休息，眼望著天空，看到雲一朵一朵飄去。就在他躺臥的位置更下方的田裡，田土已經犁翻過被陽光曬成半乾，有幾個猶在初冬赤足的農家小孩，在那裡造窯燒甘薯，但那相隔的距離使阿達聽不到他們細聲的吵嚷，而他們也不知草群堆有個人，而互不干擾嫌厭。

早晨在家裡的樓梯口遇到他的父親，他的老父穿著星期日整齊的西裝，準備攜帶全家大小到天主堂望彌撒，看到阿達穿著牛仔褲和夾克像往常一樣準備出發去做他一天的遨遊，突然把他叫住，從衣袋裡拿出一張當地警察送來的罰款單遞給阿達，阿達接到後在他老父的面前把它撕成兩半丟棄。「最好把你的儀容修整一番，阿達。」老醫生說，看阿達的舉動惡劣並沒有半點生氣。阿達準備辯解，但老醫生繼續說：「山上有人下來告訴我，你用竹桿打蛇，把牠拋到半空，你用石頭打農家的狗，還有女人在田園裡工作，你經過時大聲唱歌。」阿達回應說：「你相信他們這樣說嗎？他們的意思就是這樣嗎？你能想像前後情況怎樣嗎？你去裁判吧，父親，我不願再爲這些瑣事浪費我的口舌了。」「有一位和尚說你不禮貌。」「他是乾淨的嗎？」阿達走下樓梯，走向大門離開了家，到了這個山頂上。

幾年前他準備到日本學電機，在東京下飛機，他的哥哥健治看到他就吹毛求疵把他訓了一頓。開口罵他下流的裝束和沒教養，使他待不住又搭機回來。在這之前，他也有一次想在美國落腳的打算，那時他在一艘跑美洲航線的船上當舵工，他們的船先到加拿大溫哥華，再到舊金山，又轉到紐奧良，於是在紐奧良上岸後他逃跑了，想到洛杉磯找他的四姐，卻在加州的一個小鎮被查到，被關在州警局裡，他通知洛杉磯的四姐來保釋他，當她和四姐夫看到阿達時，只會大聲淘哭，一點也不會辦事，只好眼看阿達又被移民局的人帶走，把阿達遣送回來。那一次阿達自信是一個很好的機會，如果四姐夫不怕惹事，先花錢保釋他，帶他回他們洛杉磯的家，然後辦理探親的手續，在那裡找工作，一切便會順理成章地留下來，現在想起來一切機會都錯過了。他又想到一件滑稽事，在加拿大的溫哥華，他和一位同船的水手上岸到市區去溜躂，他買了一雙義大利的皮鞋，再到一家酒吧去，一個陰陽鬼怪的人要向他們介紹女人，那人說要先付錢，他拿去了二十五塊美金，其中五塊錢是他的佣金，但他們白等了一個半鐘頭，那人並沒有帶女人回到酒館來。他們去詢問掌櫃的，掌櫃的推說他不認識那個騙去他們錢的人。當他們的船到舊金山時，他上岸去，遇到一位巴拿馬籍的女人，與她同宿了一夜。現在他覺得那些飄去的雲朵，對他不能產生什麼意義，不過，他現在覺得自己依然健在，對什麼也不感到遺憾。那些飄走的事不曾刺傷過他，反而讓他在現在的自由自在裡感到頗爲驕傲。他到過不少的地方，在這麼年輕的時候，他浪漫而快活，知道地球有多大，人有多少種類，遇到一些奇奇怪怪的人，包括好人和壞人，而他自己也被認爲是個怪人，也有人說好有人說壞。他邂逅幾個女人，對阿達都能體貼溫柔。但這些往事顯然對他已經沒有任何意義，因爲永遠佔住在他心胸中的只有一個女人。他再次將她的倩影反覆映現於眼前，這時他從那些飄浮的雲朵形象中辨識了她，彷彿他現在還和她一起相愛著，只是她具有超能的飛行能力；在那天空上，她倚立的身姿像是一座最美的塑像那樣安靜，面部的表情和那豐碩的軀體融合成一種神秘的涵義；而她的純白的肌膚是人間嚮往的至寶，濯洗在無聲的清潔的空氣氣流裡；她是一個美麗的安琪兒，阿達這樣以爲，他甚至認爲是他在午眠中沒有察覺讓一個隱形的撒旦將她拐誘走的。他知道她會再回來，一旦那撒旦的迷藥的效力消失，她回復清醒看清那撒旦的醜惡面目，她會再記起他小林阿達來，因爲小林阿達和她始終深深相愛著。他和她在這能攜手行走的土地上，交換過戒指，曾經立了誓約，不論遇到什麼變故，他和她在心底裡依然牢記記著對方；即使因為環境的緣故而分離了，他和她的心都依然深深地愛著對方，因為最後上帝終會使那撒旦顯形，揭穿他的罪惡的行跡，美麗而可愛的安琪兒從人間回到天上，在那裡小林阿達會和她再相會，永遠不再分離。

回鄉印象

一

我的母親指令我必須回家，經過多少年來的猶疑和改變，她終於願意和決定將家族中已經死去的人的遺骨合併成一墓，請人看地理並僱個人負責新造一座大坟墓，我在城裡接到她的通知，爲了盡我的一份義務，我不敢怠慢地啓程回到我童年生長的鄉村。

有一時我不太能夠同意母親有關她處置那些先人遺骨的古怪主意，在她身上盤繞的心事既複雜又纏綿悱惻，因爲她的歲月經歷了丈夫和兒子的夭亡，因此在她應該安詳地度過其晚年生活的時光裡猶然心不平寧。她所要做的事總是憑其一股衝動的直覺意志，完全不顧他人對她提供的合乎理性的辦法實行，她的幻想只是她個人一種自安的條理，卻不合我們簡便和遠瞻的理想。但誰能阻止她呢？她是我的母親啊！我想時間終會使她從那織密的夢中世界的形象裡掙脫出來喘息，她不是一個愚蠢的人，她從來沒有對誰做過一件錯事，她只是意志堅決，但是我更希望她能進一步了解綿長接續的人世的整個關係。我讀到她一向頗能表達意思的信後，知道我預期的希望已經來臨，我不但充滿感動，而且把我成長後與她疏遠的親愛心靈重新被牽動著向她靠近。

我的年輕歲月荒誕不經，盲目而孤獨地向那浩瀚而雜亂的世界尋求寄生和安慰，而現在我終於經由一種某時某地某事的洞見的機緣，與母親交語互視的眼光不再像昔時那樣容易迴避和轉開；奇怪得很，我們像久別重逢在另一個新的天地裏，能憑滿懷昔日的種種記憶而對坐沉思，因爲對我們來說，悲痛的往事不再認定是一種羞恥，而另外顯現一種新鮮的意義支持我們嚴肅地生活著：那就是過去的遭遇是頗值得回憶的一種甘苦愛情，以及一種被豎得崇高的值得尊敬的紀念碑石，雖然時光蝕滅了一部份優美的紀錄，而猶明晰清楚的是零碎而較苦澀的另一部分，但這無損於價值的完整，只要訴之於知音，一切的光輝便遽然展現和照射。母親的眼淚最爲珍貴，粒粒猶如眞珠般晶瑩潔白，比露水更清澈，甘美的嚥在她的喉頭比高貴的藥材更有益於她的心身。首先是父親早走了一步，年紀未滿半百，然後是大哥尙義，他只有三十二歲，有一段長時間，母親將大哥的遺骨擱置在一處非常偏僻的斷坡的洞穴裡，不讓他和父親的相接近，照她的意思是他們父子之間在世時有過一段永不開釋的憤怨。她的歲月就夾在如此不能平衡的交迫裡。信上她說：「時間過長了，污濁的靈魂受天地的洗滌後已可交融，」所以她最後決定將我的祖父、父親、叔父和大哥合墓一起。

我進門時，她坐在廳堂的搖椅裡，像與另一個自我打賭僵持了有幾天那樣，看到我的回來終於鬆懈了在她臉上刻劃的頑強思慮的表情，綻發著自信勝利的笑容。她在家中是一個權威，孤獨而霸道地統治著唯一剩下來的男子的我。但長時我有意離她遠遠地，她總會藉故招我回來，看我會不會還遵命服從她。

她在獨自微笑之後，很快因審視我而恢復她原樣的態度，嚴厲地批評著：「臉色總是蒼白，一個單身的年輕人，尚志。」

我無言以對；我不必要屢次都說我在醫院每天日夜不停地工作的那種明顯便於託辭的話。她的批評反而好，我回來心裡早有準備要在她面前表現謙遜使她愉快，如讓她什麼都做主張便能與她和悅相處；過去我曾挾新教育新知識新觀念的種種和她頡辯，不但未能輕易說服她，反而加強她的固執，最後以不歡而分別，然後用極冗長的時間和精神分隔兩地以書信再來融接感情，以便產生下一次的見面。這些過程檢討起來只是我的淺薄和不智罷了。

晚飯後，那位僱用來造坟的人來了，他悄然的出現嚇我一跳，我感覺著一股神秘瀰漫在他的形貌上，不知他從何處而來。我們在院子裡拉一張椅子請他坐下交談。

「傻仔，」母親這樣叫他，對他介紹我說：「這是我的第二個兒子，在城市當醫生，他下午剛從城市回來。」

「嘁，」他的眼睛突然發亮，看我一眼。

他約四十五歲左右的年紀，光滑的臉上顯得一片誠懇，但他的形貌混合著怪異和呆癡的氣質；他說話時露出聰明達理的光采，但偶爾沉默低垂著頭顱便顯得暗淡而孤僻。

當他沉著地說到：「是啊，春天溼氣重，我會一甕一甕把身骨拿出來曬日頭」時，他看來又是可駭和親切的事物的混合化身，使我對他的本質無法洞徹。

我想這種人是我罕見的，也是稀少的，不知爲什麼使命塑造出這樣費解的人物。

他拿了最後一筆工程費的錢後就告辭了，離去的身影給我的印象，像出現時一般從黑暗中來又回到黑暗中去。他提起的是一種非常特殊的無聲的腳步。據母親說，他是本鄉裡唯一僅有的撿骨兼造坟的人。

「爲什麼他叫傻仔？」

「自早每一個人就這樣叫他。」

「他的姓名呢？」

「姓曾，名字什麼我也不知道。」

「他住在那裡？」

「長碑坟山邊。」

「那邊是一個村莊嗎？」

「只有他一家。」

「他不是一個人？」

「他有妻、有子，去年娶了一個媳婦，傻仔妻來媽祖廟下願，要是她的媳婦生個男孩，她要做圓仔湯在廟前供人食。」

「他們有錢嗎？」

「現在有了，勤奮工作就會有錢。但是以前傻仔窮得要死……」

「以前怎樣？」

「那當時傻仔得了黃酸病沒錢醫要死掉了，幸好他的妻出來賺……」

母親的話語中的意思是——。

我沒有繼續追問，別人的事與我沒有關係，我已經倦了，進屋準備就寢，明天清早我將動身先到坟山看築坟的情形。

二

二十多年前父親告袂時，我剛小學畢業考進鄰鎮的中學不久，我自個兒離家到城市去當廣告畫學徒，後來被母親找到了，帶回來繼續唸書。十多年前輪到大哥也去了，我正在服兵役，之前我在醫學院就讀在省立醫院當實習醫師。他們都草率地葬在沙質的南勢山坟地，只有五六年的時間，坟塚就塌陷，棺木腐爛，馬上要撿骨遷葬，那時候我建議造一座家族的墓園來容納所有家族的遺骨，但母親就持著異議要個別築墓，她在生氣之下把我趕走，不讓我的所謂合理的新思想破壞她那迷信的主意。我分不清她對丈夫和兒子之間的情感到底孰重孰輕在這世界裡只有這兩個人是她最爲親愛和重視的，可是不幸這兩個人卻水火不相容，一個是持著莊重而中庸的人生觀處世，而另一個則蓄意要成爲藝術家。她就夾在這樣的兩個極端個性之間，情緒始終起伏波動不停。還有那位沉默者屠夫阿火公我的祖父，據說他和我的祖母邱氏進入中年後就不合分居；阿火公亦早亡，我們家祭阿火公，而姑母家祭邱氏，據說姑母是邱氏和另一個情夫所生，才有這種分別。但這些家事卻非我親眼目睹，母親嚴守著這些秘密。還有那位天來叔據說在十七八歲時因與邱氏發生口角而跳水自殺的。這些家族往事母親對我守口如瓶，目的是不要我受他們魂魄的影響，但是一位遠房的叔父卻告訴了我這些。他來負責大哥的埋葬事宜，他當著許多友好面前毫無顧忌地談尙義生前豪爽好酒愛女人的事蹟，那些朋友都承認屬實，把尙義行爲的微妙處都揭出來，當作樂事般歡聲笑著，好不令我驚訝，就在他們剛把尙義埋在地下的時候。然後這位封神阿叔再把我單獨留下來，在夕陽西下的時候坐在剛掩好草皮的坟塚上講家族的諸種往事。之後，他說：

「尙志，輪到你了。」

我心中憂鬱不堪，他卻好大力地拍我的肩膀。

「現在你們家只剩下你一個男人，」他又說。

「什麼？」我抬頭看他，表示不明白他的意思。

「看你的表現啊，尙志。」

「表現？要我怎麼做？」

「你的上輩人都早過身，不成任何事，所以你要懂得自愛。」

「嗯，」我點頭。

「你應該明白，死了什麼也完了，但活著時……你明白我的意思嗎？」

「嗯，」我又點頭。

「你聽我說，做個男人像你的父親是不錯，從不害人，不欠人，有學問，好講究生活，也懂得約束，但我看他太保守，沒有進取心，管教子女太嚴。而像你的大哥尙義那樣的人也不壞，依我看，他看破人生，縱情所欲，不留後步，每天離不開酒和女人，這點是成全了他也戕害了他。你說是不是，尙志？」

「我不知道，」我說。

「我看你不是傻仔，」他說。

「我是什麼？」我說。

「你是什麼是你的事。走罷，日頭落海了。」他說。

雖然我已有將來的職業目標，當我服完邱役後就是一個正式的醫生，但我的心身卻處在徬徨的困境裡。

在一個幾天的假日裡，我穿著一般的便服前往鄉鎭，想去拜訪一位在中學時十分關照我的童子軍教師。我走進我曾經修業三年的中學校，我到處走了一圈，發覺學校裡當時的舊老師已剩下不多，在我探問之下，據說那位學生十分敬仰的童子軍教師已因僞造文書罪離開了。然後我漫遊到廟堂前的市場攤子吃午飯，我蓄意要回味著當年與同學們中午時間來吃炸魷魚、魯肉飯和肉圓湯的情形，那些飲食攤的生意人，依舊圍著一條油污的白布在腹部，依舊動作草率快速，可是我不說話表明，他們並不認識我就是當年的學生顧客，廟前場地的雜亂污穢和擁擠的人潮已經侵擾著我而使我深感厭惡，想著脫離了昔時的參與，現在已無法再適應這種污濁的氣氛。飯後我覺得無處可去，正想著應該迅速離開趕往車站，再到城市去消遣餘下的假日時光。我走過一條狹窄的長巷，兩旁連綴的房舍只露出短短的屋簷，正午的陽光直落在巷底，我靠牆而貼，希望頭部能夠受到一點陰涼。突然，一位倚貼在磚門內的婦人伸手拉著我手臂的短袖，羞意的眼光半張著瞟我一眼，臉上裝出一股做作的笑容。

「什麼事？」我確實感到詫異，問她。

「進來坐啊，」她再度伸過來的手顯得猶疑和顫抖。這個婦人年歲不輕了，卻含情脈脈地注視著我。

「我沒有時間。」我說。

「少年人時間多得是。」她說。

我被蠱惑了，走進去，她帶我到一個房間裡。她把唯一的透光的窗戶的布簾拉上，屋裡瞬間變幻成一種暗黃和褐色的情調，就像那古老而簡陋的神秘世界擁有的深沉的氣氛。我感到窒悶和心跳。這種半腐的光色使躺臥在床上的裸體更趨於誘惑而使人迷醉；開始時有一種互相侮辱和欺騙的感覺，但不久她突然變得異常的激動，我不明白她爲何會有甜醉得幾近啜泣的模樣，在這樣的情況中，我十分受感動也十分清醒。

我漸漸知覺頭邊有一股沁鼻的香味，發現一朵乳白色的香花嬌柔地結在她耳邊的黑髮上。不久，花香似乎已彌漫了全室。

她想起來穿衣服，我重又把她拉回到床上。

「不可以了。」她特別的羞態冷酷地斥責我。
我改變了主意決定要和她共度我的假期時光。
「我要走了，」她又說。
「妳去那裡？」
「回家，這不是我的家，我不是那種女人。」
「那麼妳是什麼人？」
「你走罷，我沒空陪你。」
「是妳要我進來的，妳還說……」
「你明天再來我就陪你，現在我要趕時間搭車回家。」
「妳騙我，妳只不過想再接別的客人多賺錢，妳要多少錢我都照數給妳。」
她沉默了。然後毫不僞飾地說：
「不錯，我是爲了賺一點錢，但我也受不了了，今天只有你一個人就夠了。」
她把臉轉開去，起來穿衣服，我觀察她修長的身段和細長的腿部的特徵，她的態度很拘謹，她眞的不是那種女人。
「妳叫什麼名字？」我感到好奇地問她。
「你想和我相好？我可以做你的姐姐。」
「我不在乎這些，我想要知道妳。」

「你明天來，我就告訴你；我知道你不會來了，所以我現在告訴你是白費唇舌的。」她說。

第二天爽約的是她。這是我第一次經驗，顯然我表現的過分貪婪和多情，但對於她含隱不露的身世的謎卻令我無法忘記。

三

我醒來時天未亮，昨夜早睡，因此有一股要早起的欲意。我無事可做，便到廚房煮早飯。等母親起來時，早餐已經準備好擺在桌上。母親以爲我在想討好她，反而置疑和不悅，我了解在早晨的時刻她的情緒最不安穩，她必須在內心裡掙扎很久才能安好地過這一天。這也是她留在鄉下，我住在城市的另一個原因；她自知她的脾性會妨礙我的工作和生活。我了解任何一個人都無法完全控制好自己的脾性而能刻意地表現出謙讓他人的態度，何況她的年歲已高，正是她能任所欲爲的時候。我和她對坐吃早飯，我的心裡警覺著，但一面儘量放鬆自己，希望不要在她的種種挑剔和批評話裡去和她發生爭吵。可是一切要發生的事均不可避免。

「你沒有必要現在去走一趟。」

我有點疑惑，她的心情似乎依然是那樣反覆思疑，猶疑不定，就像是一位歇斯底里症的老婦人，昨天已經答應我去，那麼她要我回來做些什麼？擇定的祭日還有幾天，我不願呆坐在家裡等候，而我心中有著極熱切的躍動想去山區走走，去察看傻仔做墓也是順便。

「他們會做得好好的。」她解釋說。

這不是能阻止我去的理由。我並不是想去當監工，我信得過傻仔，昨天傍晚認識他，我就有信賴他的感覺。我不會去計較那些小節的事情，尤其不和一個僱來工作的人。是一股什麼神秘的力量在催迫我，彷彿在久遠之時抑壓著某些未解的事體，我不十分把握清楚那是什麼，或與我去坟山有什麼關係，可是顯然要我在家，或另做別的事，會使我憂悶不快樂。

我在等待母親爲我說明白她阻止我的眞正理由是什麼。我今早接到的都是她另一種我不熟悉的眼光。

「那麼你非去不可？」

「正是。」我說。

她說她昨夜睡不好，心中充滿了恐懼。

「怕什麼？母親！」

「我警告你，你不可好奇去接近那些骨頭。」

「什麼？」

「萬一傻仔在曬骨頭。」

「爲什麼？」

我不明白她在迷信著什麼，我有點惱怒。

「這不可理喻，母親。」我說。

「古早人說的總是對的。」

她開始列舉某某人家的子孫如何在窺見之後家道敗落。

「敗落總有許許多多現實的因素，不是因爲窺見……」

「我說的話你最好聽。」她嚴厲的打斷我。

「那麼傻仔他們怎麼辦？設想他要摸骨頭還要吃飯。……」

「普通人不能和那種人去比。」

「他們也是人。」

「他們不是。」

「是什麼？」

她的表情由嚴肅轉變成仇恨；我想我的也不會好看。

「好罷，我不去。」我垂下頭來。

突然餐桌上一片寂靜，繼續進食已不可能。我低頭沉思，但意識到母親依然用那種我所痛苦的眼光觀察我，我知道她永不會讓步。

最後她說：

「你是對的，他們也是人，不是什麼怪類，不應是爲了做那種工作就……。但坦白說，任何人都不願和那種人接近，嫌他們污穢和低賤，我也是如此，因爲我們都自私。」

她轉變爲溫和；她伸過來的手讓我在餐桌上接住。

「我能夠照顧我自己，我是受過知識訓練的人，妳卻一直把我當成小孩。」我說。

「你知道我受的懲罰有多少。」

每追憶大哥放蕩敗身的生涯，她總是如此說。

「那不是懲罰，」我試圖緩和她的情緒。「這種宗教觀念是錯誤的，人生的一切都是普遍的常情。」

「我相信你，你不同於尙義。」

「大哥也沒有錯，那是他的人生觀。」

「你在跟我談什麼人生觀?!」

一句不順耳的話，使她又轉回原先的狀態，裝成怒不可遏的模樣。她以大巫的威嚴看我小巫一眼。我並沒有驚駭，好笑在肚子裡，她已習以爲常地在我們相處的時光裡這樣對待著我。我知道，這種情形是因爲她溺愛大哥而至今要對我嚴束。

順著由南方吹來的徐徐春風向北走，離開鎭街約半小時的光景即到達那公墓的所在地長碑坟山。山上的晨霧正在消散中，滿山遍野的坟墓似在長夜的睡眠後醒來露出面孔，在灰白稀薄的視野裡，我看見頂上有兩個工作的人影，我尋著雜亂的坡墓之間的曲曲折折小徑走上去。這時背後一部機動的鐵牛車跟隨我到達山腳，停在休息亭的旁邊空地，山上有人下來，我聽到他對駕鐵牛車的人喚著：

「下在那裡，下在那裡就好。」

他是傻仔，他和我在徑上相遇。

「你這麼早，謝先生。」他說。

「是啊，你早，我來看看。」我說。

「上面是我的兒子清池。」他又說。

他和我擦身而過，到休息亭的地方和那個人說話。這山野很寂靜，他們的說話聲清晰可聞。

我站在墾開的空地旁邊，那年輕人正在清除一些雜土。他是一位很清秀而有點沉默的男子，形貌與他的父親相似的地方並不多。墓園呈現出初形的模樣，一種舊式樣的設計。我請他抽香煙，他暫時停下工作。

「墓碑運來了。」他說。

「只有你和你老爸兩個人做嗎？」

「兩個人剛剛夠，」他說。「較忙的時候還有我老母。」

「你當過兵嗎？」

「去年剛回來。」他說。

「你原來做什麼的？」

「我本想到城市去，但我老爸一個人忙不過來。」

他把香煙啣在唇上繼續工作。

從山腳下的瓦房走出一位穿花布衣褲的高瘦婦人，她站在籬笆門口呼叫傻仔吃早飯。

「清池，」傻仔朝上叫著，「問謝先生吃未？」

「我吃過了。」我對那青年人說。

「下來吃茶好了。」傻仔又說。

「多謝，我走一走。」我說。

我看到傻仔熱情地拉那位駕鐵牛車的人，他的兒子清池把鋤頭放下走下山去。我走開到處散步，好奇地注目那些墓石上的姓名。我坐在一座規模很大很優美的墓園的短牆上休息。然後我走到相接的另一座山頭去，那裡山區的梯田全都播種著今年第一期的稻禾。這時太陽的溫熱漸漸地曬在大地上，東面的山嶺蒼綠明亮，更遠更高的山呈現深藍色，我的布鞋沾滿晨露的水溼。

等我再走回建築中的墓園，傻仔和他的青年兒子已經把墓碑由山下搬上來。鐵牛車走了。他們正在翻水泥，準備將粗糙的外表再敷上一層光滑，並且要把有圖像的瓷磚鑲嵌上去。

「你到那裡去了，我的女人要你下去吃茶。」傻仔看到我回來這樣說。

「我到那邊看風景。」

「那一頭風景確實不錯。」那青年人說。

「這長碑山的風水算不壞啊。」傻仔說。

他們父子兩人的確工作得很好。我心裡準備走開，早晨我對母親說我不是來當監工；我不想再逗留下來妨礙他們的工作進行。

太陽光已經很熱了。

傻仔挺直腰部，轉動身體朝山下望。

「水還沒挑上來。」他這樣說，但並不對誰。

這時，我感覺原來寂靜的山野突然發出激情的響動；剛才那位高瘦的婦人正挑著一擔水桶從屋裡奔出來，那擔水重使她半跑的腳步踉蹌著，身軀搖晃得很厲害。

傻仔的眼睛顯得幽遠，面部表情淡默而嚴肅。

當那婦人沿曲折的小徑漸漸挑上來時，我已能夠看清楚她的蒼白的臉色。她的臉部的輪廓使我嚇住了。我有些疑問，而且感覺到心跳。她在扭轉腰身轉彎的時候膝蓋彎折了，她奮力地掙扎而有一腳跪在地面上。

「小心。」我聽到傻仔似乎兇惡地叫著。

「夭壽，這款重。」那婦人半笑半怨地說。

我快步奔下山去，那兩隻水桶一隻摔在不平的地面已經傾倒了，水向下流注，但她還是跪著扶住另一隻，顯露尷尬的神色。那青年人搶在我前面把她扶起來。

「有要緊嗎？」傻仔站在頂上問著。「把那桶水先提上來，清池。」

那婦人試著站立，但又回坐在地面上，用她的手不斷地撫揉受傷的腳踝。

「老了，沒用了，」她說。

她抬頭羞澀地瞟我一眼，臉面遽然緋紅起來。

「讓我看看，」我走到她的面前，低下身對她說。

傻仔走過來看到那腫脹的皮肉。

「到屋裡去用薑推推就好。」他說。

「我是醫生，我來做。」

她的眼光盯著我，半閉的眼睛露出明亮的光芒。

當我伸手把她扶起來時，我嗅到一股微微的花香圍繞在她的頭部四周。然後我看到陽光在她灰黑的髮上照出一小片白色，那是一朵結在她右耳上方的白色香花。

當我扶她進屋時，她又自感羞赧地說：

「夭壽密，佳都和（這麼巧）。」

四

祭墓的事過去之後，我無法靜下來再留在鄉下和母親一起；一方面我在城市的工作催迫著我要快快動身，另一方面母親的嘮叨造成我心煩氣躁。我和她之間常常要經由爭論的形式來做了解，雖然一場爭吵絕不會影響到我對她永遠的敬重，但她對我的心理的依賴常是用關注我的態度表現出來。我極力在避免她將她的無微不至的慈愛情懷，由大哥移轉到我的身上，這無疑會阻礙我的個人人格的成長。她是個堅強無比的女性，可是總缺少新的時代精神的理性，一有機會相處在一起，她便將滿心的關懷傾注出來，不論是我的終生大事或是生活起居最爲瑣碎的細節。安靈的工作對她而言已告一個段落，我有那幾年的清靜潛心於醫事，完全得之於她把精神考慮在家族靈骨的安排上，現在我恐懼她會將她的意志施於我的身上。無可避免的，我們要發生層層的討論，但是我卻必須要有一段冷靜的各自思考的時間，來調理我生活的感受。一種我在生活空間偶然所發生的事件的意象的闡明，有助於我產生一種過去對未來的明確的指示；憑藉我的眼光和身歷的經驗，人世的意義不容讓我一直持著主觀的看法。世界的內在比外表的法則更莊嚴，更有深邃動人的內容，使人窺知造物者透過人的工具的細微和幽婉的技巧，且透過人的自省體驗造物的無比偉大和細嫩。畏懼或怨恨都不是，只能循中庸而非暴戾的態度，愼思謹愼地建立人的責任和他應行的道路，消弭自身日漸顯明的自私和邪惡。

「今後是我去看你或你回來？」

在我走前她這樣說。

「媽媽——」

「嗯？」

「我是妳的兒子，妳是我的母親，我們就不必訂定一條僵硬的規則，是不？」我說。

她啜泣著，沒有轉開她的眼光，直視地審察我。從她漸趨冷靜和悟見的表情中，我彷彿明白她洞悉我這幾日來內心的變化所促成的緣由。但除了我秘密地隱藏著眞正的眞實外，她所易於接觸而感動的是我深沉的外相。她應該明白：在我和她的關係中，我不再是一個單純的親屬的關係的形體；我相信她已清楚我的長大成人，今後我對她除了那不可否定的原始母子關係外，我亦將她視爲一個與其他人與我互有分別的個人。世界的客觀是透過基本的主觀認識而完成；認識自我會明確地尊敬別人，而這個世界無不隨時隨地都存在著莊嚴存活的人類，無論他們做過什麼事，悔恨或快樂，高貴或卑下，全都無損於那存在的本質。我的祖父是個屠夫，現今我是個醫生，有人會相信這是一種必然的宿命嗎？——一種綿長生命的曲折的救贖現象。當我自老舊的鄉村世界踏回現代的城市行醫時，我才眞正第一次明白我的職業工作的神聖，我不是一個無情的機械，而是具有一個心靈主宰我去工作。沒有人會相信，但我事實上並不在乎。一個被嘲笑或自覺被作弄的人，會選擇變成冷酷無情的現實主義者，一個懷有野心和強烈私慾的人，也會熱心地破壞人類的和諧；但我寧可靜默地關懷人類，我心不忍。

那天晌午我走過媽祖廟廣場的邊陲往車站時，小孩和過路的人都圍繞在廟前的一張桌子，那裡我從人群中辨識傻仔和他的女人，忙著舀圓子湯遞給伸手過去的人。那位清秀的青年抱著穿新衣的嬰兒站在旁邊，幾個婦人舉手逗他，且撫摸那張小小的面孔。

迷失的蝶

一

夏季一連幾個月，天乾久旱，水源又斷了。那年麗雪高中畢業之後，在小學當代課老師；李木村先生對余福校長說：「這樣她的姐姐麗玲可以監督她，」她第一天上班，穿著長到腳踝的裙子，走路時裙裾隨身體左右搖擺。她的腿不平直好看，小時候像男孩子一樣好玩，在當道路行走的石階跌倒翻滾，右腿膝蓋跌壞了好幾次。現在麗雪是個婷婷的大姑娘，黑色的眼珠，形貌比較酷似她的父親木村先生，顯得細長而憂鬱。在辦公室的位置，麗雪和年輕的彭宗達相鄰；開校務會議時，報告和爭吵常把下午的時間拖得漫長，宗達傾身和她相近，對她細聲的說話。有關哲學的奇奇怪怪的短句，她根本不太了解是什麼意思，一句一句連貫不起來。總是那些警語、諷刺話或詩句。宗達拿出抽屜裡的紙片，寫上三兩句迴腸蕩氣的詩語遞給她，她看了之後，在臉上微笑一下。她心裡十分惶恐，因為不知道怎樣恭維他；她靜默地望著那些字，拇指在紙面上輕柔撫摸著宗達有如刀痕的字跡，彷彿她的腦中並不了解語中的奧義，卻可以用觸摸來感覺。麗雪覺得迷惑，因此她自覺自己的微笑並不怎樣眞誠，可是她心裡又不想使他掃興。她的母親必須到有水井的家裡去挑水；夏天的時候，從山上來的水源枯竭了，水管落不下一滴水。這個礦區的山村，滿山坡都是石頭砌成的矮房子，像腸子似的蒼白色的水管，由山澗引過來穿過每一家廚房的牆壁。當麗雪對校長的報告和對宗達奇異的思想感到莫可適從的時候，她的腦子便出現著她的母親任勞任怨的臺灣人的卑屈的形象。挑水的工作，每當暑假總是由麗雪來承擔，現在她來學校上班，她就再也不必做這種粗重的工作了。

她感覺宗達並沒有清楚地對她表示什麼；她也沒有祈望他對她表示什麼；她只感覺他的心是向外飛奔的，但又是孤單寂寞的；她和宗達在一起說話，只是因爲宗達和別人比和她更無話可說，他和別人比和她更無法和諧相處；宗達來自那裡，她沒有問他這種追查人家底細的事。宗達也不說他自己。所以麗雪並不知道太多宗達的身世，只覺得他和其他教師有很大的不同。當宗達用銳利的眼睛凝視別人時，她覺得他怪異，他冷靜地站在一旁觀察別人談話和做事，顯出專注思想的神態。二年前他來山區教書時，租居在坎下的一幢房子，後來又搬過幾次地方，現在住在戲院旁邊一座陳舊的水泥樓，樓房往下數第二層的一間側房。這幢樓房其他各層的房間也住了幾位單身的教師，主人家都遷居到城市去了，只留下一位嘮叨的老太婆，每月按時向他們收繳便宜的房租錢，晚上十點鐘，如果房客的燈還亮著，她便在走廊走來走去，抱怨電費超出了預算，所以只要聽到她的木屐聲，房客們的燈光便熄掉，等她走過去回到她自己的臥室，再把電燈扭亮。

廖醫生的女兒素琴，總是陪她肥胖的母親來學校的操場打羽球，好天氣的黃昏，總可以看到他們全家大小在做運動。素琴告訴麗雪一些有關彭宗達的事；當那年他初來時，住在大竿林的好幾個女孩子好奇來看這位怪模怪樣的男教師；她們藉故來學校蹓躂，從教室的走廊經過，瞥望彭宗達在學校做勞作。據說他曾和某一個有錢人家的女兒晚上在禮堂後面的樹下約會；他也曾寫過一封情書給他的學生的姐姐，但那位學生又受他的姐姐的吩咐，把原封信退還給彭宗達，連拆開看都沒有。麗雪聽到這些事心裡沒有什麼的特殊的感受，她甚而不把這種事記在心裡；麗雪回答素琴說：彭宗達本身藏有比那些謠傳更引人注目的地方。

李木村先生看來是個神秘的人物，年紀約有五十多歲，不在本地而在外面包承一些不大不小的工程，不像九份的居民，大都是淘金富裕的祖先的貧窮子孫，猶在那些錯綜複雜的地下礦洞裡討零碎的生活。如今金礦枯竭了，興起了某些私人的煤礦公司，台陽金銅公司在這一區域年年要虧損許多錢，現在只留下幾位職員在偌大的辦公室裡。有辦法的人紛紛搬走了，只留下了某些殘民。表面上無法估計李木村先生一年有多少收益，但他總是讓子女受高等教育；他沉默寡言，像帶有莫大的憂傷，對子女疼愛和照顧。麗雪沒有考上大學，只得想法就業；她的姐姐麗玲是女師畢業，當正式教師後已經結婚生子；她的大哥還在逢甲學院讀書；另外二個弟弟一個剛上高中，另一個上中學，都在基隆市。九份到瑞鎮有公路局班車，終點在金瓜石；從瑞鎮到基隆有火車或客運車，到臺北有直達汽車。當麗雪讀基隆女中時，她的父親說：「她不喜歡讀書，將來要怎麼辦？」但是木村先生最疼愛這位女兒，在他的印象中，麗雪像她的死去的祖母；木村先生做小孩時，他的母親溺愛過他，所以現在無論任何事情，對麗雪也關注得無微不至；他外出談生意，只要能趕回來，從不在外面過夜，回來首先查問麗雪是否在家，看到她，他的心才能安寧下來。

但是右側的雞籠山依然山色蒼蒼，早晨最先看到陽光在那片面東的山坡亮麗起來，垂下的山腰是通往金瓜石的道路；那座山怪氣得很，九份這邊是活生生的人的石屋，那邊是有點灰茫的死人的墓石，延山腰的小徑佈置而去。秋天之後，芒花漫山，暮色先由海面升起，白霧像熱水鍋的熱氣漸漸向山面伸展過來，在那幾時刻的辰光裡，觀看奇景的變幻，附近海岬和山嶺最後完全包繞在帶溼氣的雲霧中。冬季的東北風吹來時，掃除石階路上的沙塵紙屑，滾向西南面的樹林。然後聖誕節到了；這本不是我們的事，但年輕人都熱中於在這個節日裡的玩樂。那年十二月二十四日是星期五，是聖誕夜，二十五日行憲紀念日放假一天，下面連接星期日；這幾日某些人的心既矛盾又不安寧。

宗達從教室走出來，走在長廊上遇到麗雪，他們互相對看了一下，學生紛紛向外面的操場奔跑，已經是下午最後一節課的時候，他們靠在牆壁上閒聊，無意間，問她將怎樣度過明天。

「今晚我要和素琴到基隆去，那裡有舞會，我們在基隆的女同學每年都要開通宵舞會，我已經得到父親的允許，我要到基隆去。」

麗雪掩不住她的喜躍，宗達靜靜地聽她說，他帶著冷默卑夷的神情望著她。他在思量著這倒底是怎麼一回事；他只有想像舞會的模樣，沒有跳過舞的經驗，心裡感覺自己很落寞。

麗雪在敘述往年她在基隆參加舞會的情形時，發現宗達帶著有點惱怒的神態看她；她說完時又發現他僵直不動，抬起頭把眼光移開了。他的眼光從近點飄移到域外的遠處，好像在曠野追視著一隻沒有固定方向的山蝶，那隻蝴蝶飛出樹林，在陽光散播的地方，蝴蝶的本身色彩溶化在刺目的光芒裡，使他再也找不到蝴蝶。

「你到底在想或在看什麼？」

「沒有，」宗達的臉出現微笑，但是那一種裝作的表情，掩飾他內心的情感，並不顯示他的心裡愉悅。

「這幾天假日，你要如何打發？」

「我要看海明威的小說『日出』，白天可能到雞籠山寫生。」他很實在地說著。

突然宗達很唐突地問麗雪說：

「妳什麼時候從基隆回來？」

「明天下午，大概是那種時候，父親不准我留到星期日，素琴倒沒有這種限制。」

上課的電鈴響了，學生又紛紛跑回教室。宗達的眼光再從麗雪的眼光移開，投視到山腳下深澳的海濱，那裡午後的溼霧又漸漸醞釀上升。天氣報告說今晚有寒流來襲。

「祝妳聖誕快樂。」

他說完走開，走向操場的邊沿去看奇景，完全不顧禮貌地把麗雪丟棄在那裡；使麗雪心裡覺得莫名奇妙的是，他們說話也許還沒說完。關於耶誕節前夕的話題使人產生一種莫有的煩思——一種廿歲左右年紀的人的混沌的思潮，這種神聖的日子應該充滿憧憬和希望，卻常常導誤了形式。因此這種假日在東方變得虛張而毫無意義；世故的人冷默，而年輕幼稚的人充滿空空洞洞的喜悅。

素琴從嶺上下來約麗雪時，她還在自己的臥室裏穿舞會的特別衣服。李木村先生憂悶地坐在客廳，他本來不太喜歡麗雪到基隆去和那些男孩子鬼混，可是麗雪已經長大了，有她自由行動的理由，而且有廖醫生的女兒素琴做伴，他更無法加以絕對禁止。往年麗雪是隱瞞著她的父親，她常藉故留宿在基隆的同學家裡，事後被木村先生知道時，已經時過境遷，只能施以口頭的斥罵一番而已。素琴推門進去，看見麗雪一身黑色的打扮。

「好漂亮，麗雪，」

麗雪站在衣櫃的鏡前，羞怯而喜悅地笑著。她從鏡子看到素琴站在她的背後，對她那紅與綠的聖誕裝飾轉過來。

「妳才別致呢，」

她對素琴上下打量一番，她在女性之間常是老大姐的神態。

「天氣變冷了，妳帶外套嗎？」

「不帶外套怎麼行，總不能穿這一身走出去。」

麗雪個子高大，緊身的衣褲使她曲線明顯，在素琴的面前，她有赤裸的自覺。

「我向姐姐借了一件披風。」

素琴從椅背上拿起一件墨綠柔軟的風衣。

「就是這一件嗎？」

「妳覺得怎樣？」

「像私奔穿的，」

素琴幫麗雪穿上那件披風，麗雪又照照鏡子，儼然像個大婦人。

「我的父親還在客廳嗎？」

「我進來時他還坐在那裡。」

她們到客廳來，準備走了。

「明天午前要回到家，聽到嗎？」

木村先生重新吩咐。

「是的，」麗雪馬上回答她的父親。

有素琴在麗雪表現得很開心。

「但是爸爸，我也許要買點東西，晚一點可以嗎？總會回來吃晚飯的。」

木村先生抬起他憂鬱不歡的頭，似乎覺得自己有點不合情合理。

「不要太晚。」他壓低聲音說。

「知道，爸爸。」麗雪的聲音反而提高。

「……」

木村先生的聲音微弱得幾乎聽不到，她們已經走到門口了。他望著兩個大女孩相偕走出門外，使他腦裡留住她們穿著漂亮衣服的可愛的背影。他原本今天下午有事要外出，因為關懷麗雪使他留在家裡；現在他心中想著，應該爲麗雪找一個怎樣的歸宿，這份責任早些完畢最好。

二

彭宗達懶得自己做晚飯便溜到街上一家飲食店吃了一碗麵，他從店子裡出來時，把夾克的拉鍊從腹部拉到頸端。街道上佈滿寒冷的氣流，從房屋透出來的燈光顯得昏黃迷濛。他沒有直接回到他租住的房子去，他繞到戲院的後面去散步。這條沿山壁開闢的平坦的道路，還有往昔運送礦石經過的輕便車道的轍跡，鐵軌已經撤掉了，留下水泥鋪設的凹痕，但有些段落已經爲崖壁滾下來的砂石掩蓋了，現在絕沒有人去清理了。漫長的一條迴路，現在只留下一盞路燈，燈泡的光度不夠，微弱的光只灑在電桿的周圍。宗達在黃渾下站了一刻，望著前面大竿林一帶的黑壁和方形的亮窗，紀念碑公園兩端進出口的兩盞燈光清晰可辨，但碑石像阿拉伯婦女的身姿裹在一層黑色的布緞裡面。宗達散步的目標應該是那裡，那裡在寧靜的山區裡顯得還有一層更高的靜謐，二年來，那裡是宗達認爲神聖和可愛的地方。他轉入一條岔徑，沿石階一級一級的走下，在這樣的夜晚，燈光是唯一光明的世界，另一盞是內心自覺的明燈，其他在空際和遠處的嶺下海濱顯得深黑不可度測。這樣的夜不要希冀天上明星的指路。接踵而來的是一種神秘的躍動讓他感覺著，他開始懷疑是風勢在推動著他的背部，他故意停步凝聽，才知道只是他自己的心跳。他下到公路般車能行走的柏油馬路後，逆風往上坡走，他沒有遇到任何一個人。在彎路的地方，最後一班由金瓜石開回瑞芳的公路汽車此時和宗達擦身而過。但有一班由臺北直達金瓜石的車子，約十點多鐘時會經過九份，這是爲外出晚歸的人而設的班車。他走上賣車票的雜貨店走廊，那位肥胖而性感的女主人坐在擺香煙的桌子後面，由關閉的玻璃窗可以看到她健朗的身體沒有加添厚暖的冬衣，她的胸前襯衫的衣領還是敞開著。然後宗達看到她站起來準備打烊關門，她走出來準備把一張供人候車的長板凳搬進屋內，她看到彭宗達在走廊上。

「車剛走了，」她說。

「我不是來搭車。」

「進來坐，老師。」

「謝謝，我走一走。」

宗達由走廊跨到馬路邊，聽到背後那位徐娘關門的聲音。散步到此，他想到應回到屋裡去看書。他剛開始看「日出」的前面幾章，知道他們在法國巴黎鬼混，那位拳擊冠軍迷失在巴黎的夜晚中。他也想到寫點什麼來排遣時間，但他從未有寫作的經驗，追索學生時代的作文，老師從來未曾提到過他有什麼特點。他想一個想當畫家的人就不可能會好好地應用文字；或者一個喜愛寫作的人根本就怯於動用畫筆；因爲一個人不可能將他的思想用兩種截然不同的形式都同樣優秀的表現出來。他自認是個很有前途的優秀畫家。可是不知怎麼搞的，最近他對外出寫生甚感厭倦。自從簡君來看他這兩年在山區畫的水彩作品後，宗達突然懶怠下來了；簡君並沒有用批評打擊他，他鼓勵宗達，希望他突破，但他煩厭了。他和簡君到瑞鎮去看一位老資格畫家，那老資格畫家身體高健，情緒很好，畫得十分勤勉，但沒有什麼特點，他待人極為熱情，一定要他們喝醉滿意為止。這段日子，宗達被自己想嘗試寫什麼這件事震驚不已，他發現自己竟然對寫作這件事一無所知，如何開始，怎樣寫，寫什麼？當他深呼吸時，他的心田突然感覺到一陣溫熱由脊椎的部位上升到後腦，再往前凝住在前腦，他顯得有點急躁心煩，一陣冷風突然把他推前走了幾步。宗達注視台陽公司平坦的屋頂，附近煤場堆積成錐形的煤炭黑得有點奇特，看守的小屋門前有一盞亮燈，一個穿風衣的男人正要走進小屋。他在警察分駐所前的路口轉彎，踏上石階路回到他的屋子。

他回來後曾到樓下去看其他的老師，他們都集聚在一個房間裡打麻將，然後他才回到那間與其他房間隔離的側房。屋裡陳設著一張向房東借用的書桌和一張古老的大木床，他的衣物都放在一隻屬於自己的皮箱裡，畫具和紙張放在牆邊地板上。他倒一杯熱水瓶的開水飲了一口，杯子放在桌邊，坐下來攤開書本看。有時宗達覺得應該朗讀一段書中的描寫，他想從書裡面尋索他想寫作的啓示，他的生活感受似乎和書中散佈的氣氛混合在一起，他希望他是書中的某一個角色，讓自己意會著他自己的行為，這是一種讀書的滿足。起碼他能認為讀書能增長自覺的眼力，認識自己內在的德操，或者修整自己行為的尺度。在這一刻，他的另一個知覺意識到屋外風打玻璃窗的響聲，寒風搖動空曠的天井番石榴樹的枝葉。夏天他曾在那裡摘下一個翠綠的果實，當他搬來這座舊廢的屋樓來住的時候。而時至深夜，一個輕微提起的腳步聲，像鞋底被黏在地板上，慢慢地小心地自腳跟提起，由沒有關閉的洞開的前樓大門進來，再由石階移到二樓側房的門前，然後兩聲指叩毛玻璃的音響使他中斷了閱讀，突然門被推開閃入一個黑色的形體，那推斷門索進來的人物又迅速地把門關上，用她自己的背部壓靠在門葉，眼睛晶亮而緊張地閃耀著光芒，注視屋裡原有的那個人的反應。

「麗雪！」

宗達挺直脊背，抬頭驚異地審視她喘息的神態：她的臉因寒凍和緊張而變成青白，縮收著面頰更使兩顆眼睛愈發深陷而張大；她沒有說出半句話，或者她根本說不出一句話；卻可以清楚地看到她的胸部比平時更加快速地起伏，彷彿裡面的一顆心要衝破那多層的包裹跳出來；而她的身姿的形象再沒有比這一刻更加令人蠱惑，脫去了那件寬鬆的披風，彷彿裡面就是光潔而赤裸的豐碩體軀。

最後他領悟了她替他跨過他們之間平時無能表達的情愫的領域，邁向取決和貼近的境界。宗達立起來，在未走向她之前，先伸出他的右手；那隻手掌心向上，手指並排微微彎曲著，像舞會裡邀舞的請示，停在她的面前，等待對方是否情願接受。

麗雪低垂眼簾，看住在她面前猶然期待的手；她的遲疑不是她突然想到衝動來此的懊悔，而是突然發覺這隻手的美麗和細嫩，深懼她的手放在它的上面時是否會承不住重量。她終於也伸出她的手，在小心放上後，那麼猛烈地把它握緊，並用力把對方拉向自己，使他趨前的姿態像是投到她的懷抱。宗達的另一隻手環抱著麗雪的肩部，然後找到她的嘴唇吻著她。

當宗達和麗雪相擁的時刻，由感覺到對方的心跳，到傾聽最遙遠的深澳海濱浪潮捲動排向岸崖的音潮，由那裡冷風吹襲到山嶺，被阻擋在屋宇的窗外。他注視她的黑色眼珠直到她內部的靈魂深處。她漸漸安寧下來，抖下身體因冒險而緊張的精神，她舒泰地走到床邊，把外衣脫下坐在床沿。她並不在乎屋裡沒有另外的椅子，她讓穿著長褲的腿垂掛下來，很愉快地和宗達交談。

「妳說妳到了基隆，又從那裡回來？」

「不錯，我和素琴一同到了基隆，」

「妳怎麼對素琴說的？」

「我說我一定要回去，要她不要問原因，因爲……」

「那麼她知道嗎？」

「她知道，她總喜歡知道別人的事，尤其是羅曼史。」

「妳吩咐她守密嗎？」

「我叫她什麼也不要說。」

「她守得住口嗎？」

「我知道她守不住。」

「我們何必擔憂呢？不過，妳現在還想要回家嗎？」

宗故意這樣說。

「你要我走嗎？你要我走我就走。」

「不要。」

宗達攔著她。

「妳會餓嗎？」

她對他搖搖頭，她現在更加安適了。

「但是我想妳連晚飯都沒有吃，妳從家裡出發到基隆時還沒有吃晚飯，到那裡也根本沒有時間去吃飯，而且妳搭車回來時根本不可能在車上有飯吃……」

當宗達嚕嘛地講這些話時，麗雪感到他是一個體貼可愛的男人；她覺得他平時在外面的世界顯露著傲慢，卻沒有想到在這狹小的屋子裡有如此的溫柔和氣。

宗達就在她的面前轉來轉去地走。

「你根本不要擔心我，我沒有想到要吃東西。」

「妳知道，我現在有食慾；平時我沒有睡前吃點心的習慣，現在我覺得好餓。」宗達不斷地想鼓動麗雪的食慾，「我想外面的麵包店一定打烊了，我到樓下廚房去煮點麵條，這裡還有一個肉醬罐頭可以拌麵吃，妳覺得如何？」

「我來做，」麗雪最後說。

「不行，妳現在不要出來讓人看見，妳留在屋子裡，我一個人下樓去，十幾分鐘就可以做好。」

他走向前來吻她。

宗達和麗雪相偎在溫暖的被窩裡，他們入眠不久，屋外歌唱的聲音使宗達醒來。他聽出在風中傳播著高昂的歡樂；那是一群在教堂守夜的男女青年出到街道來報佳音的歌聲，幾乎可以清楚地意識到他穿著厚實的外套組成稀落的隊伍的活躍的姿態。宗達望著閉眼睡熟的麗雪的面孔，他把自己的臉貼近她，廝磨著她的溫熱的面頰。他們的呼吸相互諧調著，發出韻律的鼻息，空氣充滿他們呼出的氣體的混合，他們又將那混合的熱氣吸入肺部。他貪婪地將她碩大的身體摟抱著。麗雪醒來，有點迷糊地看著他，有半分鐘她似乎不能明瞭這是怎麼一回事，然後她明白了，喜躍地把頭鑽入被窩裡，捲縮著身軀，宗達將她的頭移靠在他肩頭與胸部之間的凹處。

「你沒有睡嗎？」麗雪說。

「有，我睡了一會兒。」

「為什麼又醒來？」

「妳聽到聲音嗎？」

「什麼聲音？」

「妳聽著，他們遠去了。」

「歌聲？」

「是歌聲。」

「嘛，是那一群人，」

「我知道。」

「你認識他們嗎？」

「有幾個我認識。」

「是誰的聲音總是可以聽出來。」

「現在是不是快天亮了？」

宗達把頭部轉去看玻璃窗。

「還沒有，外面是黑的。」

「是不是快天亮了？」

「或許。」宗達又說：「我不知道。」

「天亮了我們怎麼辦？」

宗達覺得困惑，沒有回答她。

麗雪把頭伸出來。

「我希望天不要亮，」她說。

「天總會亮的，傻瓜。」

「但天亮我們怎樣走出去？」

宗達又沒有回答她，他被這個問題爲難了。

「天亮之前我最好離開。」

「不，親愛的，妳不要擔心。」

「我會的，我現在感到害怕。」

「傻瓜，妳怕什麼？親愛的。」

宗達的手在她的身上撫摸著，輕輕地握著她的乳房。

「這附近的人都認識我，」麗雪發著戰抖著。「他們會去轉告我的母親。」

「但現在什麼也不要擔心。」

宗達把她抱緊。

「我會這樣睜著眼睛到天亮，」

「等天亮了再說，麗雪。」

「但天亮時怎麼辦？」

「我會想辦法，親愛的。」

「想什麼辦法？」

「我總會想到，親愛的。」

「你叫我親愛的？」

「傻瓜，是的。」

「那麼我也叫你親愛的，」

「好，妳說，」

「親愛的，」

「妳這樣說就不害怕了。」

「我再說一次，」

「妳隨時要說就說。」

「親愛的，我覺得不那麼恐懼了。」

「傻瓜，現在又覺得如何？」

「我覺得很好，完全不害怕了。」

麗雪把身體緊偎著宗達，這一次他在她的上面吻著她。

屋外的歌唱再度清晰地傳來，那群人環著山畔繞著行走，一會兒在嶺上，一會兒在嶺下，宗達的屋子在中間。他感覺此刻奇妙地和外面的世界滙成一個整體，他是中心，而他和麗雪與外面的世界旋轉成一個球，產生著風和熱力。歌唱和說話的聲音又遠去了。

「明天我們到臺北去，」宗達說。

「你到那裡我都跟著你。」

「再睡一會兒，親愛的。」

「你要我睡我隨時可以睡去。」

「你最好天亮前叫醒我，」她又說。

「也許我會睡過了頭。」

「你最好警覺著。」

「假使妳醒來，先看看窗戶，再叫醒我。」

「最好我們都不要醒來。」

麗雪翻過身，很快睡著了。這時天漸漸亮了。

三

學期結束，宗達打算回中部和母親過舊曆年。麗雪的代課工作告了一段落；余福校長對李木村先生說：「麗雪有點分心不賣力。」在這個偏僻的學校，正式的教員是由縣府派任，常和校長分庭抗禮，只有出缺由校長在當地請來的代課老師才會聽他的話；但麗雪熟悉學校情形後，她深感地位低薪金少而興趣索然。宗達走了。舊曆年緊接著來。李木村先生今年的生意可能做得不錯，在年前就請木匠把家裡重新修整了一番，那幾位在外地讀書的男孩子也回來了，家裡顯得十分熱鬧。中元節那天，在海軍服役的李輝雄告假回來，幾個住在大竿林的青年準備開舞會，輝雄來向他的伯父母拜年，邀堂妹麗雪晚上當他的舞伴。舞會選擇在廖醫生家的樓上大廳舉行，幾個熱心的人已經忙了幾天，包括麗雪在內。自從過年以來，親戚之間來來往往，忙得不亦樂乎，麗雪暫時忘了心中還有宗達。那天午後，在大竿林廖醫生家的樓上，素琴和麗雪，還有幾位熱心的男青年正在佈置舞會場所。這個節目完，整個寒假就算過去了，那些在學校念書的，或在外地工作的；或服役告假回鄉的，在心理上特別珍惜這個時刻。

那天晚上，二十多位素琴相知的朋友擁擠在樓上，廖醫生和他的太太那輩的人都沒有參加；他對幾個關心的家長說：「讓年輕人有他們自己的時光，」因此沒有人來加以干涉，一切舞會的佈置全由他們自己去辦理。素琴準備了一大桶的梅仔茶，不許喝酒，幾盤高級糖果，還有瓜子和花生。

素琴放下第一張舞曲的唱片。

舞會便開始了。第一支舞大都是和自己的舞伴跳；有人先開頭，其他人就跟著跳了。麗雪當然是和她的堂哥輝雄，他們兩個人的個子最高大，看起來是鶴立雞群的模樣，相當引人注目。麗雪和輝雄固然是一對相稱相配的跳舞對手，不知道的人還以爲他們兩個人是一對情侶；當他們跳探戈舞時，大多數的人都停下來觀賞他們的舞步；輝雄在海軍常有機會在俱樂部跳舞，這一次回來正好讓其他人觀摩學習。他對一年多不見的堂妹，因爲她的標緻和嫻熟而特別感到高興，他自己高大英挺，更顯出神氣的態度。說起來他算是大竿林這一帶年輕男孩的頭子也不爲過。許多女孩子都竊竊地私語輝雄那套筆挺的服裝，麗雪總是長裙到地，好遮掩她有點彎曲的腿。

大部分的舞都是堂哥輝雄和堂妹麗雪一起合跳。

而這種玩樂的時間總是過得最快。

接近尾聲的時候，有幾個燈泡燒壞了場所顯得昏暗一些，當男女互相混熟了之後，這事也就不在乎了。他們的舞的確跳得十分甜蜜和可愛極了。

這時宗達出現在門口。一定是廖醫生認識他才准放他進來；宗達和麗雪的事，素琴必定對她的父母說過。宗達站在樓梯口時，沒有人注意到他，那裡的一個花盆把他擋住，但是他卻看到麗雪和一位他不認識的高大青年正靠得很緊在跳布魯斯舞。他穿過正在擁舞的人，走過去，輕輕拍

一下輝雄的肩膀，

「請讓一下，」宗達說。

宗達雖有禮貌，也不免讓對方嚇一跳。

麗雪突然看到宗達在面前，又驚又喜；她的堂哥莫名其妙地退讓了。當宗達握著麗雪的手，自然地摟抱著她隨音樂節拍跳下去時，牆邊的輝雄和幾個男孩子在交頭耳語，眼睛有點嫉憤地看著宗達。

「你什麼時候回來？」

「剛剛才到。」

「你消息倒靈通，」

「那人是誰？和妳跳舞的高個子，」

「堂哥，」

「堂哥？」

「不錯。是堂哥就是堂哥。」

下面的一個舞，還是宗達和麗雪跳。

「我打擾了妳，我又跳不好，我還是走開。」宗達覺得不安，想要走開。

「沒有關係，舞會馬上完了。」

輝雄和幾個男孩子已經離開下樓去了。

「我還是先走，妳的堂哥或許會不高興呢。」

「好，你先走，明天見。」麗雪說。

這個舞跳完，宗達就下樓走了。

當宗達走出醫生的家庭，經過公園紀念碑時，幾位舞會的男孩子把他圍住，麗雪的堂哥輝雄站在他的面前。

「喂，當老師的，你懂禮貌嗎？」

「唷，是你，對不起，我只是有事找麗雪談談。」

「我看你太驕傲了，」

「沒有，你誤會了。」

「你需要人教訓你。」

有幾個附聲地說「打」。

「等一下，」宗達說，「你們人多，這樣不公平，如果一定要興師問罪，這顯然是我和你個人的事，要打我和你兩個人打，君子作風，其他人不要參加。」

他們呼擁著走上紀念碑的草坪，宗達把外套脫掉放在地上，於是和輝雄面對面握拳比鬥了起來。

麗雪回到家剛睡下，就聽到客廳她的堂哥輝雄進來和她的父親說話的聲音。宗達和輝雄打架的事，在她幫素琴收拾東西時，已經有人轉回來告訴她。她心裡很慌恐，不知道要怎樣對父親解釋；她模模糊糊地聽了他們在客廳談了一夜，她也因疲勞而昏昏沉沉地睡著了。其中她認眞聽清楚的一句是：「他沒受什麼傷，」她的堂哥輝雄這樣說。

「他是個流氓，不像是做老師的，」

李木村先生說。寒假結束了，麗雪沒有再到學校來代課，校長改聘了別人。木村先生自知道輝雄和彭宗達打架後，嚴厲禁止麗雪再和宗達見面；全家人都在看管麗雪，宗達的行動也被列爲密切注意。麗雪默默無言，不知道如何爲自己和宗達辯護。

不久，她到鄰鄉四腳亭天主堂開辦的幼稚園上班去了。

雨季的時候，有一天黃昏，麗雪拖著疲乏的腳步踏進家門，她把衣傘收下放在門邊，抬頭看到父親和麗玲坐在客廳交談，他們看到麗雪走進來就靜默了；麗雪覺得奇怪，眼睛看著父親，又看看麗玲，她感覺到他們談論的事必定和她有關，或者就是和宗達有關。她心裡想著他，自從打架的事後，他們兩個人竟然沒有機會見面。麗雪感嘆著這個家庭有點險惡。她走進自己的房間，脫掉了外衣，到廚房去找她的母親，母親的面上也沒有笑容。她又回到客廳，不高興地說：

「爲什麼？」

「沒有什麼事啊！」麗玲說。

「那麼爲什麼這樣冷笑？」

她的母親從廚房出來，表示她的意見：

「說了讓她知道也好。」

「你們想隱瞞我什麼事？」

「麗雪，」李木村先生開口說，帶著他濃厚的憂悶的表情。「我們剛剛聽了妳姐姐由學校回來說，那位彭老師在開會時打傷了一位老教員。」

「怎麼會？宗達？」麗雪疑問著；她知道宗達從不關心那些無聊的鬼會。

「是眞的，麗雪。」麗玲說。

「那麼誰被他打誰活該。」

她帶著盛怒而傷感的神色衝進自己的房間。

「麗雪，」木村先生在客廳叫著，「我有話要對妳說。」

「你想說什麼我都知道了，不要說了。」

「我擔心妳和他在一起會……」

「會什麼？」她大聲叫著，在裡面哭泣了。

「那種人沒有前途，我聽過校長說……」

「我不要再聽了。」

「他要是厚臉皮來找妳……」

「你們什麼也不必擔心他，他也不會來要求你。你要我嫁誰，我就嫁誰；我知道將來我的生活會是什麼樣子……」

窗外的雨絲淋溼玻璃窗，從她坐的位置看出去，外面暗下來的暮色，突然飛近一隻顛簸的山蝶，它慌亂而猛烈地撞在玻璃面上，困難地搖曳著翅膀，看來它的雙翼是那麼沉重累贅，因此使它瘦小的身體和那細瘦的腳停不住，被雨水沖出窗外。麗雪看到這一幕，驚嚇了，停止哭泣，細思她剛才無意識中回答父親的話。她不能明瞭爲何她的心裡會這樣的難過，從她做小孩開始未曾有過。她曾期待宗達來找她，可是他沒有來；她有時故意在戲院的前面看看戲碼的廣告，可是他像失蹤了似的不見影子。在現在深感絕望的時刻，她有點憎恨他，她曾經表現過勇氣，現在她再也沒有那種前去找他的勇氣了。如他沒有出現，她也會變得無所謂了。

過幾天，她又覺得這樣的想法不對，她想到宗達想法來找她比她去看他更困難，因此，她又寬諒了他。晚飯後，她趁著家人沒有注意偷偷的溜出來，她有意先走到大竿林，目的地像是到素琴的家，她回頭看是否背後有人跟隨，她在一條石階巷子轉彎，折返到宗達的屋子。

她推開門，像第一次一樣又把門索推斷。宗達裡面的門釦壞了，所以他綁了一條釘書帶。她看見宗達臉色蒼黃地伏在桌面上寫東西，宗達看見她來，喜出望外，馬上站起來將她緊緊地摟在懷裡。

就在這一頃刻間，門外響起敲玻璃窗的聲音，門外有婦人的叫聲：

「麗雪，麗雪，麗雪，」

那聲音輕輕地喚著，怕聲音傳開去似的。麗雪聽到是她的母親的聲音，馬上掙脫宗達的擁抱，羞憤滿面地開門出去，宗達在裡面沒有出來，只聽到那婦人又說：「不見羞的女人，」他聽到她們急忙走上階梯的腳步，一切又歸於空寂。

七月初炎夏已經當頭，麗雪在四腳亭天主堂幼稚園的遊戲場和一群年幼的小孩在鞦韆旁邊，無意中她抬頭瞥見荒野的山坡有一個人正踏著不穩的腳步走下來，她站著注視他，他的模樣像快要被猛烈的陽光燒焚了，當他走近園門鐵柵的時候，才看清楚宗達那張嚴肅傲岸的臉孔，寬闊的前額閃光亮光，但他的臉是削瘦的，眼睛深陷著成爲二個窟窿，從那兩個暗影投出兩道銳利的光芒，站在門外注視她。

麗雪慌忙地領著小男女孩走進教堂。

約半個鐘頭後，當她再領小孩子們走出園門，走過鐵路，在道路那邊與他們互道再見時，宗達像神秘地消失了，她四處看不到他的影子。但麗雪意識著宗達沒有走開，她走上剛才看見他走下來的山坡，在那荒野裡，她終於看見他坐在一棵相思樹下。從他的位置可以俯視下面天主堂周圍的園地，卻不能由下往上看到他隱身在草叢的後面。

她走向他，問他什麼事來。

她現在覺得他更加地怪異了；她甚至有點對他恐懼。他始終坐著，沒有站起來，顯出無精打采的冷默樣子；她也沒有再走近他，離他有一小段的距離。

但麗雪受不住午陽的直接照射，漸漸移向宗達坐著有陰影的樹下。他溫和地伸手拉她坐在他的旁邊。她坐在有石子的地面感覺很不舒服。他轉身過來試探地吻她的面頰，然後手環抱她的肩膀，把她壓倒在下面。石頭抵著她的背部，使她感到不適難受。當宗達把臉俯下來時，她把頭移開，掙扎著坐起來。

最後宗達垂頭眼看地面的雜草說：

「我來說再見，麗雪。」

他的手找到一根枯黃的草，把它拔出來。

「我被調職了，但我想我不要再幹教員了，不久我也許要去當兵服役，現在我能寫一點東西出來了，當兵回來後我想……」

麗雪默默地聽著沒有說話。

她的眼光投視到山坡腳下那一大片石頭和灰土的曠野，乾旱的道路上一部小卡車像玩具般橫馳而過，揚起一陣灰黃的塵霧。中午的陽光使這一帶的不毛之地處處顯得崎嶇和刻出深黑的暗痕。

「我受到許多人的警告，要我不要接近妳，要我要規矩，否則要我的……，但我並不膽怯，妳應該知道，事實上我在努力讀一些書，我已經有點心得，我有寫作的欲意……」

當宗達還這樣低著頭說到自己的事的時候，麗雪站起來，走下山坡。

「麗雪，」

宗達的聲音擴散到曠野，稀薄地消失了。

麗雪突然覺得背部澈涼，恐慌地奔跑，害怕宗達由後面追來捉攫她，那麼她就永遠不能回家了。她現在極欲回家，覺得家裡才安穩。但她的腳步不穩，搖擺著身體，像一個虛弱而頭暈的迷失者。她沒有回頭看，經過一根電線桿，那木幹電桿的裂縫流出黑色的焦油，有如一顆鑲炭的、永遠擦不掉的濃密而黝黑的淚珠。她沒有注意左右，顚簸地跨過鐵道，瞬間一部火車頭拉著許多許多節的貨廂嘩啦嘩啦地把她的身影遮掩了。

麗雪回到家時，壁上的掛鐘敲了三點，客廳空盪無人，她想父親早晨外出一定還沒回來，他很少在早晨外出辦事中午就回來，除非在家整理後院的花圃，那麼他就整天不出去。最近木村先生承包了瑞鎮的一些修建工程，整天十分忙碌。她想母親必定在臥室裡午睡，她常要忙到一點鐘，把碗筷都收拾洗好才能休息。今天是星期六，麗玲和她的先生吃過中飯後到臺北去了。兩位在基隆讀中學的弟弟，雖是週末，也要到黃昏吃晚飯時才回來。她認爲母親在午睡，所以腳步輕輕地走過客廳的地板，她連嘆息都忍住了。當麗雪要走進自己的臥室時，背後突然有人問著：

「木村先生在家嗎？」

門口有人探頭，麗雪像小偷般嚇住了。

那個人看到她花容失色，非常抱歉地說：

「對不起，妳一定受驚了，」

麗雪更加羞赧，但馬上恢復鎮靜，畢竟她在自己的家裡。

「請進來，」麗雪說。

她走到門口來看清楚。那個中年男人說：

「我姓方，鎮公所來的，」

方建綸開始踏進門來，麗雪疑惑地端詳他，他的臉上戴著一副銀框眼鏡，顯得自若和鎮定，兩個眼睛望著麗雪，頗爲詭密地笑著。

「妳是李先生的女兒？」

「是的，但我剛回來，我不知道父親在不在家。」

「我知道。」

他臉上微微展著笑容，這使麗雪更覺窘困。他說他知道是剛才從瑞芳上車，他和她同在車裡，他注意到她，但麗雪並沒有注意到他。

麗雪在慌亂中有點緊張地說：

「請坐。」

「謝謝，」他在沙發坐下。

「我和妳父親有約，」他又說。

麗雪對這件事情不知要怎樣回答，於是她想到自己剛才進門時的想法錯了，她說：

「我想父親在午睡，我叫他，」

「沒有關係，我等一下。」

方建綸雖然和善地阻止麗雪，但麗雪還是走到房門口，聽到面有扣皮帶的聲音，她想父親大概聽到說話聲起床了，因此她沒有敲門又折返回來。她突然想到客人來應該做些什麼事，她想到應該泡茶敬客，因此她笑著對方先生說：

「我的父親已經起床，請坐一下。」

「不用客氣。」他說。

他的眼睛沒有離開麗雪。

麗雪這時走進廚房，她深深感到自己的拙笨和可笑，在方先生的注視下，她顯得慌張無措，他的穩重和鎮靜，幾乎使她羞惱哭出來。她看到通後院的廚房門敞開著，這時母親挑了一擔水進來。

「媽，爸爸的客人來了，」

「什麼時候？」她的母親張大著眼睛。

「剛剛到，」

「妳叫醒妳爸爸嗎？」

「他已經起來了。」

「我已經煮好一壺開水在爐架上，妳替我泡茶。」

「爲什麼妳在這個時候挑水？」

「你爸爸要午睡，我沒有事做。」

麗雪把茶盤端到客廳時，她的父親和方建綸先生已經面對面在交談他們的事。

「請用茶，」

麗雪端著一杯茶給方建綸先生。

「麗雪，」木村先生說，「方先生是我的好朋友。」

麗雪早就聽父親說過鎮公所的方先生做人很好，關於這次承包的修建工程非常幫忙，現在看到他，更覺得他和善可親。

麗雪和方建綸那對會微笑的眼睛交視了一下。然後她再端另一杯茶給她的父親。

「這位是我的二女兒麗雪。」

「我剛才還和她同部車，」

建綸笑著說。

「你們早就認識嗎？」

木村先生顯得驚喜。

「沒有。」麗雪突然活潑起來說：「但早晚有什麼關係呢？」

「是的，是的。」方先生微笑著點頭，贊同麗雪的意思。

客廳上已經沒有她的事，麗雪羞紅地走開。她在自己的臥室站著，思索著，覺得室內幽暗無光，而且有些悶熱。她走到窗邊，把窗簾拉開，讓光線進來，再把玻璃窗推開一邊，從後院吹入一陣玫瑰的花香。木村先生平時無事喜歡種植花木，麗雪聞花香深深的吸一口氣，感到意外的心喜快樂。她轉到鏡台前面望著自己，把自己詳細地端視一番，最後她顯得無聊，思索下一刻該去做什麼事。她對剛才在客廳大膽而坦率的回答，現在才覺得十分吃驚。鏡台側邊映著臨窗的花木，一隻輕快的山蝶上下飛舞，麗雪再度望著自己的臉孔遐思起來。

四

木村先生囑咐說：

「到了那裡，就要聽人家的話，不要像在家裡那樣頂嘴。」

「我知道應該怎麼做，你要我做乖女兒，我就做，你要我做人家的好妻子，我也照做。」

麗雪這樣回答父親。

她看到站在一旁的母親眼眶紅腫，兩淚垂流，體認到母親平時操勞家務的辛苦，她也酸鼻落淚，抱著母親。自從做小孩到現在，她第一次把母親摟在胸前，而母親現在反而比她瘦小很多。

「剛化妝好，不要哭壞了。」

麗玲這樣勸告麗雪；是她替麗雪化的妝，替她穿新娘衣服，只有她一個人說話聲音宏亮，歡天喜地的嚷叫不停。

「新郎已經來了，出去和他在一起。」

麗玲又說，在麗雪的身旁轉來轉去觀看，然後推著她出來。做伴娘的素琴打扮得很漂亮，像要和新娘競賽，她牽麗雪的手到客廳來。

客廳擠滿了人，幾乎無法轉身走動。

木村先生穿著深色西裝，就是最高興的喜事，他也顯得嚴肅，這時他緊閉著嘴唇，望著待嫁的麗雪一眼，他自己的眼睛突然潮溼了，露出他那份特有的憂鬱的表情。永遠無人知道木村先生他那內心的神秘。

方建綸先生走向前來接住麗雪的手，領她走出門外。無論在何時何處，他始終是那種溫文自若的態度。一群人跟隨在新娘新郎後面，也有幾個方先生的朋友已經先行走下石階路，好像預先到前面去張羅什麼事。他們就這樣成群呼擁著走下去，在十月美麗的天氣下，陽光煦和地照射著。麗雪想到應該看看雞籠山一眼，雖然新家只在瑞鎮，隨時都可以回來，但心中仍有惜別之意。瑞濱海灣的藍色海水像是遙遠的湖泊，在石階路望下，有如乘坐飛機從高空俯瞰，無意間突然腦中閃過宗達那張憂憤不平的臉孔。但是方建綸先生的左手穩穩地扶持著麗雪，走下兩旁站滿鄰居和親戚朋友的石階路。有人打開停靠在馬路旁的轎車的車門，讓麗雪和方建綸先生坐進裡面，跟隨的人都坐上其他的車子後，車隊便沿迴旋的公路開往瑞鎮而去。

婚禮並沒有一點一滴完全照古老的禮俗，現代有智識的人總是尋著省事的辦法做。他們在照像館拍了幾張紀念像，那天中午在瑞鎮公所的禮堂設了三十幾桌的酒席，新婚夫婦住在不新不舊的一幢多房間的宿舍裡，一切均告滿意順利。但麗雪在新房拆妝換衣服時，素琴趁沒有別人來，遞給她一封信，「是宗達寄來要我轉交給妳，」麗雪沒有拆開，就把它塞進手提包裡。

最後當麗雪和方建綸在深夜單獨面對面時，根本沒有陌生的困難和阻隔；在這幾個月的交往裡，他們常常相偕到基隆購買東西，或有時到臺北看電影，到高級的餐館吃飯。對他們來說，結婚的儀式成了既定的意義；但這一天，對他們來說，事實上並沒有什麼特殊的內涵。夜晚照著時辰灑佈遮演的黑幕，他們照樣心中平靜無事地在臥室就寢。天明時，他們已經成爲平常的夫婦；昨天在別人的眼中是不同的個體，但今天，遇到他們的人已消失了羨慕的心情。

在最初的那幾天，麗雪常想到那封信；當她單獨一個人時，她就從手提包裡把信拿出來，注視宗達的字跡。她望著它凝思很久，沒有勇氣將它打開，也沒有勇氣將它撕毀，最後她把它塞在自己的衣櫥抽屜的最低層，壓在一張墊紙的底面，上面放著她的內衣。她每天都會有一次或兩次想到它的存在；她明白信的存在造成她的心裡的暗影和痛苦的思慮；但她也明白她的個性需要選擇這種折磨。爲什麼？爲什麼？這就是人存在於內心的無理性？

關於方建綸，麗雪和他結婚後，從文件上才瞭解得更實在。他有五十歲了，平常在他和善的態度和保健很好的身體看來，似乎年輕很多。可是這一點，卻使麗雪獲得他的寬達而溫厚的對待；對任何事情，建綸都能表現出冷靜和謹愼的風度，從不發脾氣。他幾乎可以當她的父親了，必受她父輩的敬重，而不加干涉他的任何事務。比較起來，宗達則像是一隻隨時想狂奔的野馬，必定會爲任何事爭吵和發作。方建綸在年輕的一段日子，在香港混過一陣，做什麼事無人曉得，來臺灣後才進入公家機關做事，由於他待人處事相當穩練，深獲同事們的尊重。他平時喜歡看書，頗有學問，而生活保持一種安樂而不淫的原則，不像那年輕的宗達心緒不寧，氣躁輕浮，有著搖擺不定的性格。

麗雪第一次回九份娘家時，麗玲偷偷探問她，到底方建綸存有多少的金子。麗雪相當震驚和不快。她自覺像個什麼都不懂的傻姑娘，連有關自己和可能有重大關係的事都不知道，而其他的人卻在她的背後做熱烈的談論，彷彿她已經做了其他人心裡所願望的替身。

「妳怎麼知道？」

「媽媽告訴我的，」

「媽媽怎麼知道？」

「爸爸告訴她的，」

「爸爸怎麼知道？」

「有人這樣傳說著。」

「我根本就不知道他有金子。」

「他沒有告訴妳？」

「關於他的事，他什麼也沒有告訴我。」

這是實情。麗雪和建綸之間有年歲的差距，使她懷著敬畏的心情，不像她和宗達那樣無所不談和親暱。

回到瑞鎮的家裡，她把宗達的信掏出來。她現在終於明白爲什麼父親看不起宗達的原因，不止是爲了憎惡宗達的行爲不好，還嫌他是個窮小子。金子的傳聞也是父親加速促成她和建綸結婚的原因。可是這能怪父親嗎？木村先生爲麗雪的幸福著想，但這種幸福的觀點何其偏狹啊！而既然是父親，這種偏狹又是多麼能讓人原諒和同情，所有天下的父親無不是這樣的作爲。而建綸卻是這樣的完美無疵，那樣令人佩服；在木村先生的觀念裡，建綸的成就可以讓麗雪坐享其成。任何的父母誰不那樣想呢？如和宗達就必須要從頭幹起，歷經人生的各種爲生活所付出的艱苦。所以麗雪沒有恨父親，她甚至同情所有持著與父親相同觀念的人，因爲對於爲生活而營賺的經歷，他們懷著恐懼。當麗雪這樣思想時，深爲宗達的無辜而抱屈，對他的想念備增，永遠也不能忘懷了。她把信拆開，信中寫著：

「我永遠不能忘懷妳，我也知道妳永遠不能忘記我；但是我願祝福妳找到幸福。」

麗雪的面頰垂掉兩條淚痕，她多麼焦急，如果，現在能知道宗達在那裡，她願飛去見他一面。她回憶在那個猛烈的午陽當空的時候，她不知爲何會昏沉而顛簸的走下山坡，離開宗達而去。她的心有刀割的疼痛。聽到屋外建綸進門的足音，她擦淨臉上淚跡，把信紙摺好，放進信封裡，再塞回原處。

日子就這樣矛盾地過去，除了準備建綸的飯食外，她幾乎無所事事。漸漸她和他變得規律而沉默；建綸本來就是除正事外不尙說閒話的人，而麗雪隱藏的心事使她也不太願開口。有一天晚上，他們躺在床上，建綸突然破例告訴她某些他過往的生活之事；他說他在十九歲那年就在家鄉南昌結過婚。

「那麼你帶她到香港？」

「沒有，逃難是不能帶家攜眷的。」

「這不是很自私嗎？」

「這是沒有辦法的事。」

「那麼你在香港又有女人？」

「有，前後有兩個女人與我同居。」

「你也沒有帶她來臺灣？」

「我申請來臺灣沒有讓她知道。」

「爲什麼？」

「讓她知道我就走不了了。」

「據說你帶來許多金子，是嗎？」

「是的，我在香港賺了一些錢。」

「你有金子的事，外面的人都知道，」

「現在除了薪水外，什麼也沒有。」

「那些金子呢？」

「在認識妳之前，已經將它送給朋友。」

「爲什麼送人？」

「他們急需要錢，他們曾經和我在逃難時同過甘苦。」

「外面的人總認爲你存有大量金子。」

「現在完全空了，總不會挨餓，妳以爲如何？」

「那是你的事，我無權干涉你，但我最好能找一份工作做，以便能有所儲蓄。」

翌年夏天，麗雪如願地考上臺北師專，她懷著第一個孩子，生活十分清苦，又要唸書，日子倍增艱辛。二年後師專畢業，她在瑞鎮的小學謀到一份正式的教職。第二個孩子生下時，麗雪的母親自動過來爲她操理家務。直到第三個孩子誕生後，生活才漸漸好轉過來，在她的手頭才開始有點積蓄。這樣十年的光陰過去了，麗雪和建綸開始分床而睡，個人有個人的房間，也養成互不相干的生活習慣。麗雪因爲學校工作繁忙，已沒有其他分心的事務，她甚至幾近忘掉了心中還有宗達的印象。而建綸的工作十分輕鬆，年歲日增；他每年都外出度假幾個星期，自個出去遊山玩水，麗雪從未表達任何異議，而建綸也古怪得連邀她同行都沒有，除了平日喜慶的應酬外，兩個夫婦從不一起出門。有時建綸和同事或朋友在家打牌，麗雪也不加禁止。這種日子平靜得使麗雪覺得陰森可怖，而她盼望的日子卻不幸與她無緣。

年過一年，三個孩子逐漸長大，比較喜歡與建綸相近，進入學校讀書後，家中已不需要母親再留下幫忙，她回九份去了。麗雪娘家中的兄弟也成家立業，各有家庭，年老的木村先生不再做生意了。但木村先生想想，決定來瑞鎮和麗雪同住，因爲他最疼麗雪，她也最聽他的話；可是現在父女之間，常有欲語還休的情形發生，無事儘量少說內心的私事，以免掀起不愉快。麗雪日常辛勤工作，除了購物到基隆或臺北外，一切行爲無愧於建綸，她也從不惹父親生氣，竭盡她對他的孝思。木村先生看在眼裡，存在心中，對於麗雪沒何可指責挑剔之處。而木村先生和建綸一直像是懇誠相待，自結成親家，有事也互相商洽，他非常歡迎老丈來看家，宿舍的房間寬敞有餘，木村先生來後，就在前後院栽植花木，當做他老年人的工作。

「麗雪，麗雪，」

小孩跑出去開門，向裡面喚著：

「媽，是廖阿姨來了。」

麗雪從廚房快步走到客廳，走到大門時已經看到素琴進來了；她胖了，像廖醫生的太太一模一樣，自她嫁到臺北後，麗雪不見她已有數年了。

「什麼風把妳吹來？」

「我自己搭車回來。」

「回九份嗎？怎樣？」

「去看看我媽，老樣子。」

「妳爸爸好嗎？」

「生意不如前了，我媽想搬到臺北，但我爸不肯，他說那些還在九分生活的人還有需要他的地方。」

「進來吧，素琴，」

「我只是轉來看看妳，但我不想打擾妳。」

「老朋友，怎麼這樣見外呢？」

「方先生在家嗎？」

「還沒有回來。」

「妳父親不是住在這裡嗎？」

「他在後院，耳朵有點聾。」

「現在妳在幹什麼？煮飯嗎？」

「不錯，妳在這裡吃晚飯。」

「不行，我是一個人出來的，不能太晚回去。」

「七點鐘還有直達車，怕什麼？」

「我不怕。妳知道家裡大大小小都很討厭，一刻鐘不見到我就不行，我連一點點個人的自由都沒有了。」

「我也一樣，我從來沒有出遠門過。」

麗雪把素琴拉到廚房，倒了一杯開罐果汁給她。火爐上正在燉東西，電鍋裡煮著飯。她們坐在餐桌的對角，繼續著聊談。

「我覺得妳眞好，方先生從不管妳。」

「好是好，但……」

「但什麼？」

「我也不知道，說不出的感覺，沒有脾氣。」麗雪苦笑一下。

「這樣還不好嗎？妳就不來看看，我和他幾乎隨時都可能掀起大戰，有時爲了孩子管教的事，有時爲了他的事業的事，他有不順遂的事總是回家來發脾氣，在家裡到處挑剔，搞得雞犬不寧。」

素琴一向就是喜歡說長說短，自家的事或他人的事，統統不漏過，在她口中，幾乎可以把雞毛蒜皮的事形容成世界大事。

「這才像個家庭啊！」

麗雪心中有感地嘆息。

「什麼？」素琴故作訝異的表情。

「生活本身也許比較近乎如此。」

「我才羨慕你們這種清閒平靜的氣氛。」

「也許吧？」

也許，人與人之間常互相虛僞的羨慕。

但麗雪除外。

素琴發出幸福般的笑容：

「今年聖誕舞會在我家開，妳一定來。」

「舞會？」

麗雪說，像是久遠的事，她搖搖頭。

「妳一定要來，我特地來邀妳的，回味回味年輕的時候。」

她這樣說，倒叫人驚訝她們已經不年輕了。

「我有多久沒跳舞了？」

她想了一下。她眨動黑而亮的眼睛，含著即將滾落的淚珠。

「怎麼一回事？」素琴收斂自己的情緒。

麗雪自覺好笑。

「沒什麼，傻念頭罷了。」

「我知道，」素琴望麗雪一眼。

「我怎麼說呢？」

「妳不說我也猜到。」

「往事不可追。」麗雪認知地說。

素琴終於站起來。

「我要走了，改天我們全家再來打擾妳們。」

麗雪也沒有勉強留她的意思。

「那麼我就不留妳了。」

「我希望這樣，我一個人留在此吃晚飯也不見得吃得痛快。」

她想說什麼就說什麼。

最後素琴在廳門口說：

「耶誕節來不來？」

「我不去，謝謝。」

兩個人走到前院的花圃。

「這些花多好看，」素琴又說。

「是嗎？我卻從來沒有去特加注意。」

「好，再見。」素琴在門外說。

「再見。」麗雪把門關上。

她回到客廳，走向廚房，又像記起什麼事折返到自己的臥室，從衣櫥的抽屜翻出那封信；她對它久違了，許多年幾乎把它忘懷了。麗雪展開那張變黃的信紙，墨水已經褪色了，但依然可辨認宗達有力的筆跡，像刀割般深劃在紙面上。窗外，後院的花圃，木村先生埋首修剪枝葉，他那個細長頸上的頭，在夕陽最後的暉照下，像一個低垂的熟黃的果實般要掉落下來。麗雪從半敞的窗戶看到那一些一朵一朵盛開成紅的、黃的、橙色的玫瑰，不覺憎惡它們起來。前門處，掀起一陣吵鬧聲音，建綸回來了，小孩們向前去迎他們的父親。

五

春節期間，李木村先生帶三個孫兒女上九份去了，家裡只剩下建綸和麗雪。建綸的老朋友和同事過來打牌，麗雪為他們備茶水，起先也有點興趣坐在建綸旁邊看著牌局的進行，半夜的時候，她做了些點心給他們吃，等他們吃完，她收拾好碗盤後，一個人回到自己的臥室，疲倦地睡著了。第二天天剛亮，建綸走進麗雪的臥室，她剛醒來，還躺在床上，眼望著他站在門邊，對他微露著笑容。

「他們走了嗎？」

「剛剛走。」

麗雪坐起來，準備下床來。

「我去爲你做早飯，」麗雪說。

「沒事妳還是睡著吧。」

他們自分床以來，已經有很久沒有像這樣面對親切地交談。但建綸冷冷的目光使麗雪有點戒慮，堅持要起來，她害怕他走到她的身邊來。穿著睡衣的身體，隱約顯出她豐碩身體的曲線，她快速地披上晨衣，繫緊著腰部，站在鏡前。建綸走近她的身邊，雙手輕柔地握著她的肩膀，麗雪能從梳妝台的鏡子看到他的表情。在她印象中建綸善解人意的和祥的臉，在脫下眼鏡後，那雙平時會微笑的眼睛，經過一夜的耗損，似乎顯得有點發紅和暴凸。

「妳最近快樂嗎？」

當建綸說這句話時，眼光從麗雪的肩上直視鏡子觀察她的反應。

麗雪心跳著，有點詫異和戒備地轉過來。

建綸退後兩步，坐在床上；他有些撐不直腰部，雙手伸向後面支撐著身體，仰視著麗雪。

「你為何問我？」

「我關心妳。」

她有點相信他的話是真的。

「我也沒快樂，也沒不快樂。」麗雪說。

「我畢竟年老了，所以我們步調不一致……」

麗雪背靠著妝台，顯出審思的神態傾聽著他說。

「這幾個月我都在注意妳，在這之前我以為我們之間互不相干，各盡職守罷了，妳和我都沒有什麼差錯，不管心裡怎樣想……但是最近我自己卻煩思重重，今年夏天，我可能退休了。我有幾個計劃……」

「什麼計劃？」

「我們應該改變……」

「怎麼改變？」

「我想到香港去看幾位親友。」

「你沒有說在香港還有親人。」

「與妳沒有關係的，我都守密。」

「這是什麼意思？」

「妳也有妳的秘密。」

麗雪臉色蒼白，但厲聲地說：

「我有什麼錯處？」

「是秘密不是錯處。」建綸溫和冷靜地說。

「我沒有對不起你的地方。」

「我了解妳的心事，麗雪。」

「不會的，你不了解，你做得太好，反使我不能動彈。」

自從上次素琴來邀約麗雪參加聖誕舞會後，建綸注意到她心情冷默有如最初結婚那一段時候。

「我不快樂有我不快樂的因素，這是我的命，我現在不想和你爭吵。」麗雪說。

「當然不是爭吵，是為了了解。」

「你能怎樣的了解？」

「我們之間的心從開始就沒有貼合在一起……」

「我想你是疲倦了，去睡覺罷。」

「我的生命早就感到倦怠了，倒是最近又靈敏起來。」

「你想到什麼？」

「我們從來沒有分開過……」

「你想一走了之？」

「我想事先和妳說明……」

「不，在你走之前，我先走，我從來沒有離開過這個家，假如你允許我的話，我想單獨出去幾天。」

「妳有預謀？」

「預謀？我是傻得只知道順從做個好妻子好女兒。」

「假如妳是出去散心，我陪妳。」

「我不是去散心，我現在需要單獨想一想。」

建綸每年的假期，他總是單獨出去遊山玩水一、二個星期；關於這個，麗雪從來不過問他去做什麼。

「我明白妳爲什麼要走。」

「爲什麼？爲我自己，我從來不爲我做過什麼，」她說得很悲切很憤慨。

「妳不忘舊情。」建綸說。

麗雪的臉色變得更加慘白，牙齒在口腔裡不住地打顫。

「是，但你是否蓄意曲解我？」

「妳終於招認了。」建綸得意地露笑和點頭。

「可是我從來沒有自私的想法。」

「妳這樣說有何用？妳招認了。」

「我為你們大家犧牲我自己。」

麗雪焦急地喚著，掩臉哭泣。

建綸沒有理會她，站起來走開幾步。

「我有一個條件，妳聽著……」

他戴著眼鏡，麗雪被激怒地望著他時，重又看見他那兩個會笑的眼睛詭密地閃著光芒，有如從蛇的頭部看到的那種驚怖的色彩。她深深為自己的無知而伏在妝台上痛哭。當她稍微冷靜時，許多影像重映在腦中，那九份老家臥室窗外的彩蝶單獨的上下飛動，它從花間飛過，在十月的美麗的晴空下，經過雞籠山，飛臨青色的海洋，然後水霧自海面升起，將它掩沒。當它從霧中飛出時，遽雨開始淋溼它的身體，它的翅膀艱難地擺動著，它飛向明亮的窗子，撞在玻璃上，隨即雨水將它沖下來。這些幻影使麗雪駭怖得發抖。

「如果妳想要那些金子，妳就不要走；那些金子我一直藏著，有百兩。」

聽到建綸重提金子，麗雪大怒：

「從開始我根本就沒有貪婪什麼金子。」

「妳不要，妳的父親可想要。」

「胡說，你如此奸詐卑鄙。」

「那麼為何妳輕易答應嫁給我？」

麗雪傷心欲絕地自言自語：「我終於看到眞相了。」她重憶自己在七月的正午的猛烈陽光下，心智恍惚地走下荒野的山坡。

她搖著頭，痛苦地，彷彿要揮掉存在腦部裡的昏暈。

建綸在臥室門口站著，準備走開。

「妳最好考慮一下。」他說。

爲何人生會有這等不可思議的殘酷？

麗雪爲自己在這十多年來的孝思和忠實而辛酸地落淚和號哭；當她小時在石階路從頂層上跌下來受傷時，也從未如此哭泣；她的母親說的麗雪像個勇敢的男孩子。現在她才像個女人般爲自己飛逝的青春痛哭。

「金錢總有它的妙用。」

建綸說著走出去。

麗雪坐在一列急速往南的對號火車車廂裡，這部車將經過桃園一帶，那裡的綠樹紅土有無數新建的林立工廠；經過新竹一帶，山坡上可見到一座新蓋的輝煌廟宇；經過海線一帶，可以看見木麻黃樹林和滾捲排向沙岸的海浪，終站在臺中，一個日益繁華的省城。但麗雪的願望是否有終點？連她自己也感徬徨。這春節期間，旅客十分擁擠，她在臺北上車時，是用加倍的價錢買了一張黃牛車票。她從未有出過臺北地區到遠方的經驗，這是她新的冒險的旅程。她在四腳亭天主教堂當幼稚園教師的時候，曾參加過禮拜，聽過神父講過道理，雖然她沒有正式入教，但現在她想一切委諸神的安排，卑微的生命只有祈求神的憐憫和撫佑了。

她靠窗而坐，身旁的位置坐著一位衣飾很整齊的中年人；麗雪的臉朝向窗外，看著沿途的風景，這位男士沉默著，端坐著，但從他臉上的表情就可以知道他機敏地在注意旁邊的麗雪。當服務生在車門出現準備分派報紙的時候，這位男士在服務生未走到他的面前就已經起身踏出幾步要了一份時報。他回到座位把報紙分開，遞了一張到麗雪的面前，很有禮貌地說道：

「妳要看報嗎？小姐。」

麗雪感到有些意外，縮退了一下身體，頭部明顯地向後靠。

「謝謝你，我不看，」她回答說。

「沒關係。」他把遞報紙的手收回來。

她根本沒有心情和他再搭腔。當她早晨由瑞鎮抵達臺北，已經站在素琴家的門口，突然覺得投訴的厭煩而轉身走開。現在她根本也沒有說話的意欲，彷彿喪失了說話的能力。

一位動作快速而粗魯的男服務生開始爲旅客倒茶水，麗雪的眼睛注意著服務生拿茶杯，倒水，遞回來的動作。那杯茶把身旁的男士的褲腿的部位濺溼了幾滴，他像受到傷害般叫跳起來，指責服務生的不是。因爲是麗雪的那杯茶水，所以她覺得抱歉地說：

「對不起，把你燙到了嗎？」

那位男士褲袋裡掏出手帕擦著。

「沒什麼，服務太差了。」他說。

「妳到那裡下車？」

麗雪被提醒時心中慌亂了一下，她想到後說：

「臺中。」

「我也到臺中。」

「回家嗎？」

她不知道如何回答，懊悔剛才替服務生向他陪罪。

「找朋友，」她慌忙地說。

「一個人嗎？」

「是的。」

「貴姓？」

「李。」

「我姓嚴，但不是圓圈的圓，是嚴肅的嚴。」他從外套的胸袋裡掏出一張白色金字的名片遞給麗雪，「請指教，總公司在臺北，分公司在臺中、高雄都有。」

麗雪眼看著名片，但不知道要不要接受；接受後，好奇地看看名片上印的金字。

這時他大膽地轉過臉來對麗雪微笑。

「常來臺中嗎？」

「第一次，」她不知道如何撒謊。

「那麼妳一定沒有到過日月潭、霧社、盧山溫泉……」

麗雪在他說話的時候，已經把臉朝向窗外，迅速移退的電桿像一棒一棒地打擊著她的臉部，她沒有聽清楚身旁的男士在說些什麼。

她把臉轉回來時，那個人這樣說：

「我們有緣相遇，下車後我請妳吃午飯，在臺灣飯店。」

麗雪馬上拒絕說：

「謝謝你，我的朋友在車站接我。」

「沒關係，如果妳有什麼需要我爲妳效勞的地方，只要打個電話過來，我一定高興爲妳服務。」

麗雪爲了結束和他的談話，不得不說：

「謝謝你，你太好了。」

下車後，麗雪爲了擺脫那位男士，故意抬高頭四處張望，走進候車室時，有一位面貌老實土氣的瘦小男人，穿著老式深色的西服，在人群擁擠中，很驚喜地走到麗雪的面前。

「妳不是李麗雪嗎？」

在車上同坐的那位男士在走廊瞥望到這一幕，招呼一部計程車過來，坐車走了。

「你是誰？」

麗雪驚疑著，說不出到底認不認識這位年約五十歲的鄉下人。

「我叫王均，記不記得？九份國校，妳那時在代課，還有彭宗達。」他說。

麗雪記起來了。

「是王老師，」

「對，我現在在臺中，我來車站等我太太，她回娘家去，今天回來。」

麗雪放心地說：

「你好，王老師。」

「好久不見了，」王老師說。

她感動著，心潮一陣一陣的起伏著。

「妳知道嗎？宗達在附近的花壇鄉，我們都說他是個怪人，他現在在種花，這幾天正在舉行花卉展，我昨天特地去看了，很熱鬧，也很有意思。」

「謝謝你，我正有事，再見。」

麗雪這樣說，穿過人群匆匆走了，使這個王老師感到頗爲詫異。這時一位肥胖高大的婦人帶著幾個半成人的小孩來到他的面前。

「你在看什麼？你和她說話的女人是誰？」這個婦人怒氣沖沖地問。

「什麼？」王老師嚇了一跳，對著他的太太張口結舌地說。

在花壇鄉的一條街道，麗雪步出計程車，向對面的花圃走過去。她混在觀花的人潮中，但她並沒有注意架上的花是什麼。無論在那裡，她總是與花無緣。她終於看見宗達了，他穿著牛仔褲和一件淡黃色的套頭毛衣，正在爲幾個圍繞在他身邊的男女指著花朵說著；她斜側的看到他的藝術家模樣的誠摯而認眞的面孔，她有趨前認他的欲念，但又突然冷靜了下來。當她穿過花道經過一座花房的時候，一位正在裡面剪花和包紮花朵的漂亮婦人正在斥責身邊的小男孩。

「不要亂吵，煩死人，小偉，你聽話，等一下爸爸來帶你去，」

麗雪注視那位男孩，好似看見另一個人的縮體。她內心思慮著，咬緊著牙齒，在花房門口與那位剪花的小婦人交視了一眼，她走開了。

她坐在花圃對街的冰果室，打開手提包，從裡面拿出一個嶄新的信封，她把一張五十元鈔票送給一個十幾歲懂事的男孩，要他把信封交給對面花圃的主人。

那位男孩奔跑過馬路，走進花圃，把信封交給彭宗達。宗達打開信封，取出一張發黃的紙張，他僵住了，跑出來，向冰果室跑來。這時一部停在冰果室門前的計程車已經發動駛向路中央，宗達看到她的身影，呼叫著，但車子揚塵而去，不但沒停，反而加速向前衝去。

一架從臺中飛往花蓮的飛機上，麗雪從窗戶向下望，大地是整齊的阡陌縱橫的田畝和細小密集的樹林，村莊像玩具小屋，山嶺脈絡可尋。突然飛機上下搖晃著，播音器說出遇到空氣的亂流，請旅客不必驚惶；但在麗雪的感覺裡，機翼像蝶翅柔軟地撥動飛翔。安全著陸花蓮後，她投宿一家觀光飯店，她感到甚爲疲累，走廊上來來往往的腳步聲很多，但她還是沉睡著了。

第二天午前，她又走上一架飛往高雄的飛機，享受著昨日相同的飛翔的快感，她盼望著一種蛻變，甚至以爲自己已經是一隻飛遊的蝶，將來可以不斷地一次又一次的飛翔；飛在藍色的水的上空，飛越群山。但她從上看下始終找不到她能辨識的地點，有如她沒有具備辨識的能力。當飛機起飛不久，她自覺生命已經脫出了她的支配和掌握，歸回給創造她的神；她向空中小姐要了一杯冰水，吞下了藥丸，一會兒她瞇閉眼睛，昏迷地失掉了知覺。

散步去黑橋

午睡醒來，我對童年的靈魂的邁叟說：

「散步去，邁叟。」

「在這冬天？」他有些困惑。

我穿上風衣，從架上取下呢帽帶在頭上，臉上戴著眼鏡，彎著腰在門口穿上輕便的鞋子。我站在屋外的馬路上，向左右四周環望。邁叟察知我在猶疑，不知舉步何方。

「去那裡？」邁叟問我。

我沒有回答他。我信步往前走，走過新建的旗山橋，從新社區的道路經過。幾年前這裡還是綠禾青青的稻田。前面不遠的相思樹林密佈的小山，山後有一片經常為牧童放牛的草地，那裡是我春日最喜愛徜徉仰望天空雲彩的地方；我想到應該去看看那邊冬天裡的情形如何。鎮北的虎頭山像漆綠的金字塔峙立著，秋日我曾前往爬山，一群穿草綠衣服的士兵住在神殿的附近房舍。夏日我泡在海濱的淺洋裡消磨暑假，這不用說了。七年前我回鄉居住時，因為還未找到職業工作，比較喜歡在沙河的河道遨遊，那時污染的情形還不太嚴重，猶有幾處乾淨的水草之地；現在所有的垃圾都運到河床來，從沙河橋望下，那自然美麗的河道被多姿多彩地傾倒著污泥和工廠的廢料，從那裡行過，空氣中散佈著惡臭的氣味，魚都死了；如今是這種情形，我已多時再無法臨近沙河。

水廠的鐵門緊閉著，門柱有石板刻鏤漆成紅色的字。邁叟駐足觀望，他別具慧眼，眺望過往的風景，記憶著舊時的事物。我甚感莫名其妙這一帶樓房雜建的社區有何特殊的景物讓他瀏覽，吸引他的興趣。

「看看這水廠是原來木匠人家的舊址。」邁叟說。

他指的是姓歐的木匠，讓人記起那位長腳而瘦黃的兒子歐賓。據說父親和母親結婚時用的新床是那老歐和歐賓合做的，也是他們兩人合抬送到我家，我們兄弟姐妹都在那個古式的木床降生。從來沒有看到過比歐家的人更沉鬱和怪異，他們和我家是很好的朋友，關係可以追溯到祖父的時代。小邁叟曾在木匠人家屋前的玉米園到處奔跑，青黃的莖葉迎著北風搖曳著。

「歐賓有一隻老洞簫。」邁叟又說。

我學吹的第一隻洞簫是憂鬱的歐賓砍竹頭親手製作送給我的。

「還有什麼事，邁叟？」

「他們喜歡在屋內的籬笆內種花，各種顏色的玫瑰，高盆的蘭花，他們屋後有番石榴樹。歐賓的新娘子跑掉了，沒有回來。」

「邁叟，」我說。

「不是嗎？他們的番石榴果子的心是紅的。」邁叟特別記得吃過的果子。

「我知道，紅心的番石榴並不好吃，尤其是當皮肉軟黃的時候。」

後來他們搬走了，把土地賣給胖子廷輝建造一座燒磚瓦的窯子，煙囪高過附近的山丘；邁叟說站在我們家門前觀望，飄飛的雲彩好像棉花糖纏在那高聳的煙筒上端。雨後天青，彩虹總是從窯子的壁腳升起，弧跨過小山樹林的末梢。小邁叟曾跑過去想摟抱彩虹。

「你捉住了嗎？邁叟？」

他從家門開始奔跑，一面跑一面眼盯著彩虹。當他還距離十幾步遠的時候，猶清楚地看見彩虹像煙柱的模樣，紅色最爲清晰可辨，但再向前走幾步，便突然在臨近時看不到它的影子了。

「它一定害怕小孩，」邁叟說。

「沒有抱住彩虹總是可惜。」我說。

「不要說了。」邁叟失望極了。

當胖子廷輝破產後，這塊地轉手他人；燒磚的窯子拆毀了，煙囪拉倒了；十幾年後變成現在的樓宇。

有一條歧路上去小山丘，但順著平路將邁向遙遠的地域，邁叟不假思索的說：

「去黑橋，」

一座橫跨過溪流的，被柏油漆成黑色的，兩旁沒有欄杆的板橋映現在腦中。就這樣決定，我和邁叟一拍即合。但我還有疑慮：我是否能走到那裡；黑橋現在距離我有多遠我無法估計。邁叟說這是一條曲曲折折的田丘路，經過漫佈的稻田、池塘、山坡和農舍。如今這一條舊路徑是否還清晰可辨？一條新闢的通往圳頭里的大馬路在鎮北端延伸到長碑再到圳頭內。舊道是遠在三十多年前，當我未入學之前，爲了躲避空襲而遷入山區暫住，是我們全家和這條水的農村人家與市鎮間交通的必經之路。父親安頓我們家的小孩和母親住在黑橋對面姓呂的農莊，只佔用他們一間廂房。父親是鄉公所的職員，仍住在街上的屋子，在假日他才到農莊來。如今人事全非，父親已經逝世將近二十五年，大哥玉明也離開人間有十五年，母親遠在北部與二姐月娥住在臺北木柵，兩位妹妹遠嫁到美國，而我七年前浪跡回來時，鎮上的老屋曾空了好幾年。我驚訝於老屋的低矮和陳舊不堪的樣子，修整過的街道，水溝的暗坑設在門前，時常屯積街上的污物，一遇下雨便溢出道面，像水塘般在屋門前氾濫。我曾經多次向鎮公所建議設法改善，負責建設的人卻不加理會。據說當新都市計劃規劃時，那位建設課長用他的妻子的名義買去數處畸零地，且把旗山橋過來的道路向南移，使原來應該面街的住戶反而縮到巷衖裡，而圖利他自己。

「無論如何，我們總是依賴著父親。」邁叟說。

「有父親在，情形就會不一樣。」我說，「邁叟，父親曾否幫助過別人？」

「幫過那些農夫是一定有的，他曾管過山林。」邁叟說，「那時情形很糟，可能因爲他總是替人請願和說話，所以光復後受排擠失勢了。」

「還記得父親請朋友在家喝酒的情形嗎？」

小邁叟那時蹲在牆邊，觀看他們大人喝酒和說話。

「他們說你是個聰明孩子，是不是？邁叟。」

「好像都是這樣說的。」

但父親不在後，小邁叟曾在街上賣冰棒，他遇到那些和父親稱兄道弟喝酒的人士，他們對小邁叟望一眼掉頭走開了，小邁叟回家告訴母親說他看到他們。

母親說：「你最好不要上前去叫人家。」

小邁叟承認說他絕對沒有，他知道母親話中的意思。母親在父親死後辛苦地擔當養家的責任。

邁叟變得沉默，他必定厭煩重提這種往事。他顯出無助的樣子，在成長的階段裡他曾埋怨父親。

走過水廠，所有的景物便有了明顯的劃分和區別。水廠花圃的聖誕紅花在風中搖曳著，像當年歐家的玉米穗，這是市區邊陲最末的一間屋子。邁叟的醒敏在我心的深處發出顫動。農夫在一條菜公溝的邊地種植蔬菜，竹林和修耕的田畝展露於眼前。一座坟墓與道路十分接近，在那面向道路的小坡上；那黝黑的墓石勾動著邁叟。

邁叟說他從來未敢正視任何墓石。

「我想像一個人會靜躺於泥土之下就感到害怕。」邁叟解釋說。

關於人會死的事實，我無法說服邁叟卸除那番恐懼的心裡。我說有一天我也會永眠於泉下，邁叟卻堅持他不願，他說他永遠會存在。

「邁叟，你是依附著我；沒有我，就沒有你。」我說。

他頗爲憂傷地回答說：「如果有一天你不再讓我寄存，我就獨自遨遊寄於天地。」

我不知道怎樣去安慰邁叟；我明白他爲何自小不敢正視死亡；我深深同情他獨自存在的寂寞。所以我不想與他爭辯一切的事實，尤其當我長眠於地下讓他於未來孤獨飛遊的時候的事實。前面又有一片較廣大的山坡草地，那裡的一座坟墓式樣很優雅。

「但是，你聽我說，邁叟。」

「我知道你有一天總要丟棄我於不顧。」

「邁叟，那時會變成怎樣已不重要。」

春日我曾屢次行過那座大墓面前，邁叟已能原諒我自由自在的漫步郊野。

「她們是一對姐妹在一起，記得嗎？」

邁叟望我一眼。

「當然記得。」

「能那樣的在一起也是頗足安慰，是不是邁叟？」

邁叟怪異地慘然一笑。

那年夏日海浴中的一天，有一陣狂潮把湯吳素妹女士的兩位剛長成的女兒捲走吞沒了，當大家聞知了這件不幸的事，惋惜之聲在黃昏裡喧嚷傳遍了全鎮。……

「你已經詳述過這件事了。」邁叟打斷我。

「好吧，現在我們要眞正上路了，因爲時候不早，如能到達黑橋，再反回鎭上，恐怕要黑夜了。」

邁叟說這段路到湯家的大水塘爲止都很平坦。過去的牛車路現在鋪上柏油，我感覺（行路）很輕易，但邁叟覺得太堅硬，堅持泥土路柔軟，更適於步行。對於這一點我也不願和邁叟去爭論。總之，關於風物的改變雖是隨人事而更易，但我明瞭邁叟的說法自有他一番道理的眞價。我甚至不能對他直言我同情他的處境，這樣反而傷了他的心。

於是我和邁叟約定好，我最好傾聽他漫談記憶中的人事物，關於現在呈現的一切，我不和他作辯。

他反而說：「我也沒什麼好說的。」

我簡直無法了解他現在的心境；我更不知道要如何討論他。當我在四處流浪的時候，我很少邀約靈魂的童年與我作伴，直到回到誕生地的故鄉來，他才再度出現與我成夥。在平日我賣力工作時，我實在沒空理會他，讓他寓伏在心靈的最幽深黑暗的一角，猶如被棄的孤兒。所以像現在我有好心情攜他出來散步，他那積壓的委屈的抱怨便整個排向我來，如果我不遷就他，深恐他會憤而告離，黑橋便去不成，到那種地步，我自己就不知如何是好，只好半途而廢，折返回家。我心裡明白：沒有邁叟就沒有黑橋。

從遠山會聚而來的小流水，在這一段稱爲菜公溝，是臨近農家公用取用澆菜蔬的意思。小邁叟記得和大哥玉明在此釣土泥鰍和鰲魚。

前幾年，有一天黃昏約在吃飯的時刻，我經過街上麵包店的走廊，看到一位衣衫單薄的老年人，赤著腳在麵包店前顯得遲疑不決的樣子。我特別注意到他穿的舊布褲子一腳長一腳短的邋遢模樣，他滿臉思慮而嘴唇不斷地動唸著什麼；我認清他的臉的特徵想叫他，但他看我走近時轉身避我。我走過後再回頭看他，他依然在那家麵包店的走廊上，腳步踏進去了，卻又退出來，這樣來回數次，我怕因我的關注而妨害他，終於走開了。一路上我百思不解，因爲這個人是我童年時極端熟識和親善友好的人，他曾經在光復初年經濟不景氣年代，挑甘薯接濟我家，是個很體面的、有知識的、懂得醫術的農夫，爲何年老會變成這等落魄的模樣在黃昏的街頭流連，看起來與那種失神的病患沒有什麼兩樣。

我望著茱公溝那一岸邊的田地，突然想到這件事，於是我問邁叟說：

「你不會不記得土奎伯吧，邁叟？」

「誰會忘懷他？怎麼樣？」

「你還牢記他的模樣嗎？」

「我記得清清楚楚的，爲什麼你要這樣問我？」

「你頂喜歡他吧，邁叟？」

「你瞎說些什麼，誰能比他更仁慈？」

「這不是叫人誤解你了嗎？」

邁叟回答說如是這樣就要誤解，世上難有了解的事體。

「是你擺出要我誤解你的態度，邁叟。」

「我的態度有什麼不對啊！」

「你顯得任性和厭煩，邁叟，當我提到他時。」

邁叟不服氣地說：一個勤勉耕作，仁慈待人的人還有什麼可說的，難道要特別請拐腳阿萬在通霄街上打鑼宣傳一番嗎？

我想他的想法沒有不對。

「可是邁叟，你態度實在不對啊。」

他卑視我一眼，向前走，讓我瞧著他清癯瘦小的背影。

小邁叟高高站在長板凳上，手中握著毛筆，在桌面上鋪著的一張長條白紙書寫著：

虎死留皮

又換另一張寫著：

人死留名

寫完他把它們釘在石灰壁上，退後幾步，站在門邊又斜頭部看看，又左斜看看。當母親和姐姐到隔壁人家編做草蓆，其他人也外出工作，只留下小邁叟一個人看家時，他總是寫寫畫畫來發洩心中的種種奇想。有時他會注視牆上孫中山先生的遺像良久，直到感覺自己的臉部像孫中山先生那樣嚴肅爲止。這種舉動對一個剛入學不久的小邁叟而言，自有他默默然萌生鼓舞的啓示。

土奎伯無聲地走進來，看小邁叟在自導自演的情形。小邁叟在桌面上繪畫時，土奎伯坐在長板凳上顯出很讚賞的樣子。

「你替我繪一張地圖好嗎？」

「什麼地圖？」

「我們中國的地圖。」

小邁叟拿出一本地理教科書，翻出全國地圖給土奎伯看。

「就是這樣的，」土奎伯說。

「多大？」

土奎伯雙臂伸張比著。

「一大張嗎？」小邁叟問他。

「是一大張。」土奎伯說。

他從臺灣衫衣袋掏出五毛錢給小邁叟，要他買一張大白紙，用水彩繪一張中國地圖，要寫上各省省名，省會，名勝古蹟，山脈和河流，越詳細越好。

「你幾天能繪好？」

「一天。」小邁叟回答。

「不管幾天了。」土奎伯說。

「是一天就能繪好，我馬上去買紙。馬上畫，還有時間。」

「你畫得好，我挑一擔甘薯給你們。」

土奎伯這樣說。

第二天，小邁叟親自把畫好的地圖送到土奎伯農家去，土奎伯將它釘在牆壁上，他表示很滿意，答應明天早上一定把甘薯挑到家來。

記得許久許久，那張紙都變黃醜化了，依然還留在牆壁上。曾經到過土奎家去看到那張中國地圖的人，都會問土奎地圖是誰畫的，土奎說那是街上天賜的小男孩繪的。

邁叟記得土奎伯和父親說話的聲音總是柔細而謙虛，他和粗言粗語的其他農夫不同，當他稍稍激奮地談論到選舉和三七五減租的事體，談到農會繳糧和配肥等種種問題時，臉上泛著赤紅的顏色，彷彿批評他人是一件很羞愧的事。

「我冒犯你了嗎，邁叟？」

「我不喜歡說那些沒有好說的事。」

「你指給我看土奎伯的家是那一間土塊屋。」

休耕後種白蘿蔔的田畝上露出幾家農舍；視線越過菜公溝，明顯地看見分開有一段距離的兩戶農家的土塊屋。

「不是這間就是那間。」邁叟說。

土奎伯還有一位哥哥叫土敏。

「我時常也搞錯這家是那家。」邁叟又說。

前幾年建築土地猛漲，物價升高，農產品一直被壓低，把自耕的農夫搞慘了，我看到土奎伯神經地徘徊在麵包店門前就是那時候。

但最叫邁叟難以忘懷的才是那位土奎伯的弟弟啞巴，他叫土什麼沒有人知道，這種可憐的人總是得不到正名，只知道叫他啞巴。啞巴也會寫字看書，聽人說話，卻不能說出話來。他們土家四兄妹，還有一位小邁叟暱稱她爲阿婉姑的，是個羞答答的漂亮大姑娘。他們的田產分成三個部分，老大土敏佔了最大，他的妻子很早死了，又娶了一位比他年輕十幾歲的女人。母親和那位後母娘很要好，當父親過世後，她開始做買雞的小生意，他們農家養的雞鴨就賣給我母親。可是土敏伯比較不常來我家，而最常來我家的是那位和阿婉姑合夥的啞巴弟弟。他幾乎每到街上就來我家走走，就是沒有什麼事，也要進門來看看，習以爲常只停留一分鐘也好，好像我家能給他什麼安慰似的。

「邁叟，他的情形怎樣？」

「他看起來滿臉怒容。」

「他有什麼不高興的事？」

「誰知道，他看來很喜歡計較，也許對他的兄弟不滿。」

「土敏和土奎都是善良的農夫，爲何會對啞巴弟弟不好呢？」

「很難說，家內事，總是說不清。」邁叟說。

當然在分家之後，必定自顧自己的事了。

「他後來怎樣了，邁叟？」

「可憐，他死得很早。」邁叟說。

「是自殺或生病，邁叟？」

「全是，先生病後自殺。」邁叟說。

「怎麼搞的，沒有人救助他嗎？」

「生命的事，很難說。不要再說這些過往的難解決的問題了。」邁叟顯得不耐煩了。

湯家的大池塘就在眼前了，這口池塘有點怪，是成四方形的，邁叟說它無比的大。

當母親第一次牽小邁叟經過發現這口大池塘時，他感到很驚懼，它的形狀很恐怖；當它滿池時，水藍有波浪，像海洋，那天就是這種樣子。

「不見得，現在水快乾枯了，看起來只是中等的池塘而已。」我說。

「你根本不知道當時池塘情形。」

那時小邁叟是個不能想像女人們爲何敢在池邊洗衣服，他害怕得緊緊捉住母親的衣裙。小邁叟是個膽小鬼，他害怕的事可多了，譬如蛇和鬼，甚至怕人多嘈雜。

阿婉姑住在湯家整落房舍的邊側。現在湯家已經沒落了，紅黃釉彩的建築顯得斑駁和頽塌，看起來到處是沒有門葉的孔洞。阿婉姑始終沒有出嫁，小邁叟很喜愛她那種大家閨秀的姿貌。

「爲什爲她不選夫配婿呢，邁叟？」

「我怎麼曉得，」邁叟把臉轉開。

「她不是對你滿疼愛的嗎？」

「她總不能嫁給我呀，這不成爲她不結婚的理由。」

「到底是什麼原因呢？」

「問她去罷，嘵舌鬼。」

我猜想阿婉姑自識太高，因此誤了青春。她的弟弟啞巴死後，她收養一個名叫春子的女孩子。春子長大後給臺台北人，阿婉姑把那一點點田產賣掉，跟隨著到臺北住。之後的情形如何就不知道了。那年我回鄉來時，意外的阿婉姑來我，她變年老了，告訴我她的養女春子不孝順，她只好回通霄住在原來的房子。有一天我特地去探訪她，發現她和鄰居之間不和睦，因爲人家嫌她老姑婆一個，萬一有什麼三長兩短，不免要讓別人添麻煩。我剛回來不久，親自動手修理破房子，也還未找到職業工作，連續失業了半年多，也不知要怎樣爲她設法。她生病了，到鄰鎭一家天主教贊助的醫院去看病，她把苦情告訴醫生，醫生將她介紹到關渡的教養院去，不久聽說她在那裡死掉了。

「現在該怎麼走，邁叟？」

他望望往北的下坡路，又看看往東的上坡路；在歧路口不但我感到徬徨，連邁叟亦顯得猶疑不決。

邁叟坦白的招認，當時走這條路都是跟隨大人，從未曾單獨來往於鎭街和黑橋；他說他根本記不清分歧路的走法，那時赤足行走，他的頭總是朝下，小心竹刺刺傷腳底。

邁叟顯出難爲情的樣子，他看我舉足不前心中甚感懊惱；我從未見過邁叟像今天那樣繁思纏繞的不快樂神情。

而誰也不敢先開口說轉回頭。

站在歧路口風勢很緊，天空灰雲行走得甚快，這種灰雲再密集壓低一點就可能下雨來。

「怎麼辦，邁叟？」

我問他，他催我四處看看。附近有幾戶人家，土塊茅草的屋子空蕩蕩的，好像不曾住過人。邁叟說三十多年前就是這種模樣子，一點沒變。這些屋子住著那些只靠區區的雜糧田過日的農夫，他們的子女長大了，大都跑到城市去謀生，或到工廠去做工，留下年老的人家與鋤頭爲伍。

我發現幾個男女小童躲在短牆後面探頭望我，他們發出嗤嗤的笑聲。一定是我衣帽的穿著有點怪樣，我自覺沒有什麼不妥，但鄉下小孩總是少見多怪。有一位年長的女孩知道我已經發覺了他們，便嚴肅地站出來，並且告訴其他人繼續做他們的遊戲。我向他們走過去，他們顯得有點畏懼跑開了。

「喂，小朋友，請問黑橋往那一條路走？」

「黑橋？」那女孩疑惑著。

有一個笑了，全都跟著笑起來。

「是黑橋，」我說。

我的臉故意裝得親善一點。

「我們不知道。」

「黑橋啊！」我叫著。

「紅橋，」一個小孩子跟著說。

「白橋，」另一個也跟著。

於是一片哄笑的聲音，紛紛說出各種顏色的橋名。我像個大呆子一樣被他們嘲笑一陣。

我明白了；想想這群不滿十歲的小孩，那裡能知道三十多年前有一座黑橋。

我自己也以笑來解嘲。

「邁叟，現在根本沒有黑橋呀，」

「即使黑橋是遠在百年前，我們今天也要去看看。」邁叟擺出頑固的樣子。

「但是，黑橋現在根本不存在呀，邁叟。」

「這群小孩當然不知道，他們不知道不能證明黑橋不存在。我和你一樣四十來歲的人一定知道黑橋的存在。」他堅持說。

他說的也有道理。我倒佩服他：我腳軟他心硬的毫不通融的神態。

「現在那裡去找人，看不到呀，邁叟。」

「那麼選一條路走罷。」邁叟說。

我根本不知道如果走錯了路到底誰倒楣，十分八九邁叟黑心不在乎。

我不甘示弱。

「走就走，」我說。

爲了我自己著想，選擇朝東走並不是隨便故意和邁叟賭氣；圳頭里在這一帶山區應該是朝東的，朝北彷彿是通往番社和內湖。邁叟沒有表示異議，他跟著我，依然是那種沉默不樂的樣子。我故意走快拉遠和他的距離，他還是緊跟不捨。我不開口說話，他也沒有想說話的意思。

想想當年小邁叟跟隨大人走一定像現在他的模樣；在他那小小的心靈裡，這條路對他是危機重重；大人在前面走，但他可要注意地面上石頭角，瓦片，玻璃碎，或從草叢突然滑出來的四腳蛇。想想赤足的小邁叟的確很可憐。

山路多彎，前面意外的出現一座四方形的鋼筋水泥的二層高的樓宇，道徑居然通到樓宇前的一塊水泥鋪成的曬穀場。但這戶富有人家門戶緊閉，院子還有鐵條柵欄，沒看到半個成人，幾個小孩站著望我走過來。我疑惑今天在這山區的成人都藏到那裡去了？漫漫的田地，遠處有一位農夫在砍木麻黃的枝條，被做爲防風林的木麻黃被砍成像個悽慘的爛頭鬼般成排站著，那模樣很悲慘很駭怖，叫人心裡直感難受。那個農夫把砍下來的枝條橫擺在田埂上，大概是讓它們晾乾當做柴燒。他距離太遠了，無法走過去喚聲請問他；因爲前面的經驗，也不能再問眼前抱著多疑態度的小孩子們，只有硬著頭皮繼續往前走。經過了那張奇特的樓宇，緊鄰著有趣地看到一間歪斜的那種土塊壁和茅草屋頂的舊農舍，屋簷下堆積著柴火的木幹。再走不久，路徑越來越縮小，終於在一條田埂間的水溝中止了，前面是漫漫的田畝和一排排的木麻黃樹。我開始在那些休耕後一部分種植蘿蔔的田地的田埂上繞著走，我將走向何方，我心裡明白我已經陷入了迷路的困境。

「往回走，回到岔路口，」我表示了意見。

「如要回到岔路口，也可以回家了。」邁叟說。

「你知道現在怎樣也走不下去了，回家也好，馬上就是黃昏天黑了，邁叟。」

「那麼你回家，我獨自去。」邁叟說。

他這樣說令人再想到當我長眠地下時他獨自飄遊天地的想法但我還是這樣說：

「開玩笑，你怎麼去法？」

我有時簡直看不起他。

「我自有妙徑。」邁叟說。

我眞不懂他的妙徑是什麼。

「憑你的想像和頑強的心志嗎？邁叟？」

「憑我對久違的黑橋的記憶。」邁叟說。

「不如讓黑橋移到你面前來，鋪在你的腳前，讓你走過去，邁叟。」

「我盼望黑橋，黑橋盼望我。」邁叟說。

敢情那只不過是一座小木板橋。

邁叟有如使徒這樣告訴我：晚飯後他們帶著草蓆到橋上，把草蓆鋪在橋板上。他們睡在上面，有的坐著，男女在一起說話。我睡在他們的旁邊，視線朝著夜晚的天空；他們在談星辰，星的名字，以及星的故事。我注意在無數的星中找尋他們談到的星。他們會指出星的位置，而且一有發現便告訴大家。我細心地記住他們說出的話及指出的星。

邁叟神聖的表情使我只有低頭臣服。

「好罷，依你，邁叟。」

我無可奈何地順服邁叟。

他發命令說：

「朝那相思樹林的山頭走。」

去年聖誕節前，居住在美國肯塔基州的玉美照往例寄了一張賀卡給我，我回了一封信，年初她的覆信又到了，附了四張照片，我看到她那樂觀的笑容感動得熱淚滿盈，她比以前在臺灣時更美麗了。平常我和玉美沒有什麼書信的往來；因爲是兄妹，反而無論什麼事都覺得十分疏遠，但我卻在某種特殊的情緒下默祝她的健康和幸福。她寄來的照片中有一張是但尼坐在客廳沙發抱著小斯蒂芬妮斯；在信中，玉美稱但尼爲好丈夫或好男人。但尼是來臺灣服役時在臺中認識玉美的，他們有緣結婚後，但尼攜眷回美國，他體念玉美初次到美國想念臺灣，又申請延長服役一年再到臺灣來，幾年前，他們終於依依不捨地再回美國定居了。但尼十分上進，馬上進大學讀書深造，玉美也進那邊的中學再補實學歷；玉美說今年聖誕節但尼給她買了一部新車，另一張照片就是那部發著亮光的淺藍色轎車，而但尼自己開的是一部日本製造的小車子。另一張照片是二歲的小斯蒂芬妮斯和讀小學的嘉祺；小斯蒂芬妮斯的樣子像但尼，是個小靈精，而嘉祺比較像玉美，一副懂事知足的溫和樣子。我再回信時向玉美開了一張支票，我說我也許會去美國看望他們。我是在感情衝動下那樣寫的。

「這有可能嗎？邁叟。」

「你那樣向玉美撒謊也沒有什麼罪過。」邁叟說。

「但她接到信一定日夜盼望著我的降臨。」

「你一向感情用事，玉美可不會那麼多情，她的想像力也不會認爲你會臨空而降。」邁叟說。

「邁叟，你好不了多少，平常遇到一丁點的小事都要發抖，沒有比你更脆弱的東西了，動感情時就像一張薄餅。」

「你知道你沒有能力去，爲何要說『也許』。」

「也許有奇蹟，邁叟。」

「你的奇蹟會是什麼？」

「奇蹟就是奇蹟，是不能預先知道的，尤其一個人在最絕望的時候，總有奇蹟出現。」

「我不會相信你說的事。」邁叟說。

「你這小東西都不相信奇蹟，這個世界還有什麼希望。」我說

「好罷，你的奇蹟不外是中愛國獎券，然後辭掉那份微薄的工作，開始實現你的所謂理想。」

「嗽，邁叟。」

邁叟常對別人刻薄地批評，對我也照樣不加體諒，難怪他常自覺孤獨，感嘆沒有知音。

那年夏季，呂家農莊的龍眼樹爲颱風折斷了好幾株，正是龍眼成熟的時期，地面上都是掃落

的龍眼粒。母親冒著風雨到屋後，撿回來一籮溼淋淋的龍眼粒，小邁叟和大妹敏子喜悅地在屋裡將龍眼當飯吃個飽。小孩子不知憂愁，也不預知未來的艱辛日子，只懂得遊戲、奔跑和打罵。那時玉美太小，只有年紀與小邁叟相近的敏子才懂得嬉戲。每當黃昏，農莊的人家正是忙得高潮的時候，農夫在田裡做最後的收拾，牛隻欲想回家，婦女們走進廚房生起灶火，我和敏子在屋前屋後追跑得更厲害，一會兒奔進屋裡，一會兒又跑出來。

「阿子，阿子，不要那樣跑，妳聽到嗎？」這是母親從廚房喚出來的聲音。

敏子手中拿著竹枝，追到小邁叟時在他的背部打了一下，她轉身跑開，他追她時她衝進屋子裡，他們在屋內繞轉了幾圈，然後她向門口跑，她的腳跨過門檻後轉向走廊，他隨在她的身後聽到她的一聲慘痛的喚叫。

那天晚上小邁叟畏縮得像個小老鼠睡在床上，躲在最靠牆壁的位置，眼神呆癡地望著屋頂的橫樑，一盞煤油燈放在桌上。母親背著腳部燙傷的敏子連夜趕到鎮上去就醫，農莊有人拿著竹火陪她走那條山路。那一大鍋米粥還擺在門邊，大概已經涼了，從粥裡撈出來的敏子的舊木屐沾滿著粥水也擺在旁邊。

當戰爭結束後，我們又回到鎮上的屋子居住。最後一次在黑橋呂家農莊的生活活動，是父親發動全家到黑橋下的水潭捉魚。他做指揮先築了一條土堤，小邁叟和大哥玉明負責用水桶將水潑出堤外，當水潭的水只剩下深到膝蓋，而魚蝦開始焦急地在水面跳躍時，全家大小都下水來，手中拿著小網子，在一片混亂中混水摸魚。然後是一餐與呂家農莊的人的惜別晚飯。父親是鎮上體面的人，又常爲不識字的農夫們義務辦事，很自然受到他們的敬重。翌日早晨，有一部牛車裝載了一些簡單的家具，我們走過黑橋回鎭上，而那一次竟是相隔三十多年前的最後一次；走過黑橋，小邁叟的身影也消失了。

關於大妹敏子，我約有十年未見到她，也沒有她的音信，當她在城市混生活時，她曾表示出懷恨母親和疏遠姐妹兄弟的情感，因爲她送給愛哭寮的吳家做養女，在我們那段日日以甘薯針過活的時光。我曾承諾要把她贖回來。她在臺北和一位美國軍士結婚後到美國去了，她從不直接和我們連絡，只是告訴她的少數朋友，再由那些朋友轉告我們。我祈願年歲能使她的心靈平靜，像二妹玉美一樣在那遙遠的國土裡幸福地生活。不論她現在成爲那一國籍的人，她永遠是我永不忘懷的親人，即使我再沒有機會見到她，但我心中永遠爲她默默祝福。每想到我童年的玩伴大妹敏子，我就淚水奔流，心肚酸楚，因爲對於她，我心中永遠懷著至深的愧疚，在我永不停息的心靈中，永遠難以平靜。

邁叟瞪我一眼。

來到土丘相思樹林邊，一個多數瓦房密集的農家就在近旁，有一排桂竹做爲外面的屛圍，附近也有一口小池塘，和池邊闢墾的菜園。我站在桂竹林邊的道路左右觀察，這條舊有的牛車路是沿著下面的稻田從西北方展伸過來的，我回想如在岔路口朝北走，必定是沿順著這條路走來，那麼無疑這條路是通往黑橋了。

「我記得了，這是羅家農莊，」邁叟高興地抬頭望我。

「等到你記得，我已走了多少冤枉路啊，邁叟。」

「必定要這樣，」邁叟咧嘴說，現在他彷彿滿開心似的。

「必定要如此嗎？邁叟？」

「就是如此。」他說。

「是肯定的？邁叟？」

「對你來說是肯定的。」他說。

「假如我們從頭再來也是如此嗎？邁叟？」

「任何人都無法從頭再來。」邁叟說。

「那麼我們的補償在那裡？」

「悟道就是一切的補償。」邁叟說。

「廢話，邁叟，」

「走罷，天色不早了，到黑橋恐怕還有一段路呢。」

我正要開步走，邁叟把我拉住。

「別急，先準備一根棒子。」

「做什麼用，邁叟？」

「記得母親和我們每走到羅家附近，就要在路邊尋找一根竹棍握在手裡，羅家的狗凶惡得很，手中有棒子，狗就不敢靠近來。」

「三十多年前的老狗？」

我疑問地望著邁叟這膽小鬼。

「狗雖不能活三十年，但他們總有新狗。」

不論狗咬不咬人，我也覺狗的怒叫聲很不是滋味。我在桂竹林下隨便撿起一枝乾竹條應付。

邁叟說：「太小了狗都瞧不上眼。」

我終於笑了，想起來是滑稽透了，邁叟平時明察秋毫，實在也頗有道理，相信邁叟也可以相信整個世界了。

我另撿了一根粗的竹棍子。

「這根怎樣，夠份量嗎？邁叟？」

「勸告你，狗叫時你要裝得鎮靜，表示不害怕牠；牠總是繞到背後衝來咬人的小腿肚，要小心這一著。」

「這點你不用再嚕嗦了。」我說。

回通霄的那年，我常到沙河散步，有一次繞過木麻黃樹林走到海邊，經過舊海水浴場的屋子時，雖有人在附近，但一隻高大的警犬看我是生人，牠竟然悄悄地走到我的身後，把我的臀部咬傷了一塊，我責問旁邊的人，竟沒有人理睬我。那次經驗足夠我現在面臨羅家這一關。

「咬人的狗也許不叫，邁叟。」

「走著瞧罷。」邁叟說。

所謂經驗也許並不能夠都應付自如。

邁叟把著心，我放眼提防著事態的演變，預備狗仔什麼時候從那裡衝叫出來；路從羅家的院門經過，我的眼光掃視左右，邁叟謹愼地注意背後。

我手中的棒子故意朝路上的石頭猛打一聲，警告裡面的狗仔不必聽到陌生人的腳步聲就衝動地跳出來挨打。

終於走過去了，連半隻狗仔影也沒有。當我再把眼光朝前看時，倒被一隻蹲在茄冬樹下，兩角平伸的水牛頭嚇了一跳。牠一定早就靜靜地注意到我神情態度的怪異，所以牠張開著大黑眼看我。這隻水牛和茄冬樹圖，給我的印象是水墨畫中樹、岩石、瀑布下的僧人的形象和氣氛。

我抛掉了竹棍後，沒有我想像得那麼遠，走下坡道，在土丘的轉彎處見到了橋。我快速地跑上土丘去觀望，在灰暗的黃昏中，邁叟說：

「黑橋，那就是黑橋！」

我鎭靜且頗不以爲然地說：

「但那是一座白的水泥橋呀。」

此時邁叟十足小孩似的坐在土丘上，熱淚奔流慟泣而傷感地說：

「是眞的黑橋——」

天色在急速昏暗中，一條兩邊有綠草而中間白土的道路，在過橋的那一邊，微彎地通到一座竹林爲屏的紅瓦紅磚的農莊；那必定是呂家農莊的屋舍。

那座橋把河水經過形成的深的斷痕的兩邊接通了。

看到這景象，我不再和邁叟爭辯是灰橋是黑橋，是木橋是水泥橋；眞理在時間中存在，所以我讓邁叟盡情地去號哭慟泣罷。

雲雀升起

他升起，開始周旋
他吐出銀鍊的聲響
有如許多鍊環不中斷
喳喳，哨聲，連成一線，震撼，
歌聲充斥天堂
他灌輸給大地的愛
展翅高飛高飛，
我們的峽谷是他的金杯
他是氾濫的醇酒
每當他一離去，
他就把我們提升和他在一起
直到消逝在蒼穹的光圈裡，

然後，幻想開始歌唱。

——喬治——

他在村莊誕生時是個柔弱的嬰孩，父母逝世時他成爲孤兒，他在一位木刻師傅的工廠學習簡易的手工藝，他與同村的一個女子結婚。他天性沉默寡言，外表瘦弱，不善交際；他時常精神恍惚，腦子裡充滿無邊際的奇幻。所以年屆中年，他沒有特殊顯著的成就；他的妻子嫌他貧窮；村莊的人看不起他，稱他是無足輕重的人。

他慣常在午後走到村莊附近的一座山丘，躺臥在相思樹蔭下的草坡，仰望天空飄浮的雲朵。經年累月，他的仰望沒有任何的發現；高闊的藍天雲彩時有變異，但混沌的形狀對他不能產生確切的意義和啓示，只能維持他那朦朧的，不能成具體的，情緒低沉的原始的憧憬；他心存的幻念自小至今如此，他不明白爲什麼，也不能獲得解答。他問自己：他注視天空想看到什麼？他肯定地默認他有某些意念，但他說不出爲何處的顯明事物。

有一天，在那藍天白雲裡出現一個點，它起先只是一個小的針點，它在空際中轉圈，然後他清楚地看到展翼的翅膀在擺動，一隻鳥迅速地俯衝到他的眼前，停棲在他近旁的樹枝上。你是誰？那隻鳥發出啾啾的叫聲，雲雀嗎？這來自雲頂的鳥不倒翁似地首尾搖擺。他看牠自樹枝上飛起，拍翅高升到雲間，自由自在地天空盤旋；他目不轉睛地仰望牠展示熟練的技巧，咧開一邊嘴巴不停地笑著；當牠在每一次兜轉傾斜飛旋時，他的心就像寄寓於牠的身體，受到風流的梳洗而感到暢快。突然他不由自主地猛吸一口氣，彷彿什麼力量抽走他的心臟；雲雀突然筆直升高，牠的形體又縮小成原先出現時的一個小點，然後在他一眨眼之間消失在雲頂。

他的形象因爲這場神奇的鼓舞的消逝而僵化了，有如一個活生而老化的不再動顫的屍體依然躺臥在那裡。明亮的天空在不知不覺間灰暗下來，他沒有趕得上回家參加家庭的晚餐，在他有生以來第一次遭受到如此心情的激動之後，他幾乎沒有力量和意趣走回村莊。

當他軟弱無力地踏進家門時，他的妻子萬分厭惡和鄙視他那頹喪的模樣；他向她要求他的晚飯，她堅不答應他的請求，除非他對她忠實地說出今天他在那裡浪費光陰。他沒有說出來，因爲人類沒有那種語言能夠描述他遭逢的感受；他堅忍地保守著他的秘密，即使這是對任何人都不會有任何利害關係，以及說出來亦無傷大雅的私事，甚至可能會引起一場滑稽感的嘲笑而娛樂別人；他心裡認爲卻是屬於他生命唯一的私有事件，他有不說出來的權力；雖然面臨的饑餓是一件頗難忍受的事，但他能在這生命裡擁有如此完全屬於自己的東西的精神，已經足可蓋過這種脅迫。

他腦中的奇幻起夠託藉雲雀在空中遨遊的自由感覺，勝於他在日常生活中實際所獲得的任何快樂。雲雀與他默契地約定，在他登臨山丘時，表現出他所希望的神奇而靈巧的飛翔。日子久了，他有一次試著不願在黃昏時回家，他在山坡上睡著了。他在睡夢中眞的化身爲一隻相同的雲雀起飛了。翌日，太陽的光線刺醒他時，他站起來驚異地看不見村莊；他環顧四周，大地是一片綿延不盡的山林；生活的世界消失了，像退回到美麗而荒涼的原始自然。他過去生活的一切景象隱遁了，被一種無知無爲的虛無意識所替代；他的心情處在無痛感和喜悅的眞空狀態，開始滋生另一種生命的感覺，有別於他昔日的無奇處境。這種獨一存在而無所依憑的新生世界，使他大爲恐慌，他看不到任何能動的物體，空際沒有風，沒有聲音的傳達，他不知道身立何處，而應舉步何方。

他想到昨夜的夢，他眞的希望肉體死亡後靈魂能夠遊於雲空，此時雲雀在他頭上的枝椏監視著他。「不，」雲雀忠告著他：「你現在死了，豈知解脫的代價，生命的靈魂沒有簡便廉價的換取，沒有經過歷練的生命只能化成一隻愚魯而悲鳴的鳥；一隻沒有智慧的鳥便不能高飛雲霄，牠只能飛離地面數十尺，牠發不出韻律的歌聲，只能叫出吵擾的短句；假如一隻鳥是沒有智慧而像麻雀營營地面的穀物，做一鳥又有何意思呢？生命如不受苦痛的歷練，靈魂怎能超昇呢？」他指出他現在所見的世界是一片漫漫的景象，沒有新奇的人物，到處都是荒草、石頭、泥土和樹木而已。雲雀說：「人仔，因爲你所見有限。」他又爲他的營生問題抱怨。「人仔，你不往前走，你難以找到寄生的眞正歸處，你也不必希冀於我。」雲雀飛走了。

他沉思良久，只能檢討昔時的生活而無法預見未來的生命。他想：脫離鄉村種種規律的習俗是他所願望的；放卸呆板無趣的工作也是他所樂意的；解除某種思想的束縛也是他所喜好的；但未來他能迎接著什麼形式以滿足他的意志？在人生所追求的事業中什麼是最爲首要和珍貴的呢？雲雀的一場話不斷在他耳邊縈繞，但他未來的運氣如何呢？他一面落淚一面行走，病累而昏倒在一處沼澤的邊緣。

當他甦醒，發現一個女人在照護他。她有光滑潔白的皮膚，身上貼掛著閃耀奪目的銀片；一對細長的黑眼，帶著勾魂的魅眉。她以蛋類養他，使他的身體強壯。她滑進水裡游泳，赤裸光潔的軀身渾圓地沉浮於水波之中。在這窒熱的沼澤區域裡，她以冰涼的肌膚盤繞貼緊，以安慰他的睡眠。

然後他體會著她神秘性情裡的冷酷和慵懶，她慣於擺出女王之姿蜷成像一團草繩，驅策他去勞動和盜取，以奉獻對她報答。他常要爲尋索雞窩的所在而勞苦終日。有一天，他偷盜雞蛋返回的途中，遇到那隻回巢的偌大的母雞，牠察知他懷中藏有牠生下的蛋，和他展開一場爭奪的搏戰。雖然他終於能擺脫那隻母雞，但他與牠在爭鬥中卻遭到牠憤毒的啄傷。他踉蹌地回到她的身旁，腿部的傷口迅快的地疼痛腫脹；他病倒了，不能再行走；他感覺到自己逐漸地虛弱，產生一種臨近死亡的昏暈。而她照常游戲於水中，蜷曲休息於樹下，把他棄置不顧。可是她的身腹早有了結果，她懷孕的身體也使她的行動日漸緩慢和笨重；她甚感恐慌，重又對他加以關注，與他訂定了條件。他虔誠地面對她，發誓將來永遠和她廝守在一起，並負責供養一家的生計。她用她奇效的舌頭來舐吸他腿上的傷腫，但當他的傷患解消之後，他無情地拔腳逃走了。

他快速而不停地奔逃，終於走出蛇女控制的潮溼區域。有幾日，他盡情地在森林中閒遊，心中充滿無上的喜悅，慶幸他能夠恢復自由；他飽餐林中的各種各類的果實，閒逸地在草地和花朵中翻滾，漸漸養足他原有體力。不料在這樣快樂無憂的氣息中，他莫名其妙地掉進了一個隱藏在地裡的陷阱，另一位女人出現，將他救起。

首先他們和善地交談，交換知識和經驗。他審視她那並不漂亮的臉孔，覺得她自然的表情帶著誠實和懇求的意思；他終於試探性地接受她親切的邀請，抵臨她的山邊洞穴。她的居室堪稱完善，佈滿許多藝品飾物，儲存許多食物：原來她準備了許久的一樁事，就是要找一個男性和她成婚。當他從這些印象領悟到那個陷坑就是她蓄意架設的時候，他心生畏懼，想抽身告退，但是洞口的柵門已經放下而牢牢關閉。

為了挽留他，她極力討好他；她頗為聰明和技巧地讓他安逸地享受生活的溫飽，和某些極致的快樂。因為他有潛逃的意念，逸樂終必會使他身心軟弱。他長期囚禁在洞穴裡，四肢變得瘦弱無力，頭腦和意志也變得昏沉和薄弱。她對他十分體貼，常用道理來勸阻他向外的野心；她是善意和勤勞的女人，以她多才多藝的本能娛樂他。除了有限的洞室的空間，他看不到天空和大地。他想望睹見雲雀的飛翔，他陷入於最後的絕望的悲哀。

有一天，她例行地外出採集食物，他匍匐地掙扎到柵門的旁邊，發現有一處綁縛木條的籐條已經鬆開，露出一個過身的縫洞，這時，一隻麋鹿路經洞口，見他悽慘可憐的樣相，問他：

「你為何落得如此境地？」

他呻吟著：「一言難盡。」

他奮力爬出門洞，騎在麋鹿的背部，貼身抱住牠的頸子，從此離開了那個狡獪的女人。

當他脫離猿女佈崗的範圍，繼續在森林前進的時候，他和麋鹿成了手足一般親愛的兄弟。因禁難忍的經驗使他更加珍愛無拘無束的自由。他們路經一棵大樹下，樹蔭裡放著一個巨大的獸檻，裡面是一隻被擒的花豹，牠無法出來焦躁地在檻裡不停地轉身踱步，他心懷痛楚地站在旁邊觀看牠。他為了明白眞相詢問牠：

「獵人捕你是為了什麼？」

「只是我身上這張皮。」

花豹對他做出悲吟的模樣，乞求他的憐憫。他想像牠那巧健的身手應該在月光下奔馳於綿延的山石之間，為了這自然之道，他動了慈懷。「人仔，假如你救我，我會永遠服從你當你的奴隸。」不用牠這般的承諾，他也會同情解救牠。麋鹿前來阻止，花豹指辯說麋鹿是弱者嫉妒強者。他信服花豹有力的辯辭而不理會麋鹿的警告，把圍籠的門栓拉開，恢復花豹原有的自由。當獵人出現時，他們一起奔逃了，只聽到背後獵人的告言：

「你這不知善惡的人仔，總有一天你會後悔，因為那是一隻陰惡無情的花豹啊！」

逃離之後，他和花豹都哈哈大笑著。之後，他覺得花豹比麋鹿是個更為有生趣的同伴，他看出牠們之間的性情有極端不同的對比。麋鹿自從花豹加入他們的行列之後，變得又奇怪又不快樂，總是保持一段警戒的距離行走。花豹每天都盡心盡力履行牠不自由時對他承諾的約言；他們整天奔跑玩樂；他學習花豹的身手，身體變得巧壯健康；他們一山過一山，遊遍了千山萬水，樂趣無窮。但花豹時常這樣說：

「主人，麋鹿為什麼不再靠近你呢？」

「我不知道，也許牠害怕你。」

「我服從你，難道我不會對牠友善嗎？」

「對的，但牠的脾氣很固執，思想也很幼稚。」

「牠驕傲，認爲和粗俗的我在一起會降低牠高貴的身分。」

這樣一天一天地過去，麋鹿依然不改變牠的立場。而他漸漸地聽信花豹一篇一篇的道理開始不能原諒麋鹿；他同意花豹忠心耿耿的說法，認爲麋鹿實在偏執得不近情理。他屢次對麋鹿要求：「走過來罷，我親愛的兄弟，」牠總是憂鬱地搖搖頭。要不是牠曾拯救他，他幾乎要斥責牠一頓。他繼續對牠勸誘：

「花豹對待我不是都照著牠說出的約定嗎？」

「你還是記住那位獵人的警告罷！」

他以爲獵人因爲自私的利益著想而憤慨地發言是不足採信的；他更應該信賴花豹長時以來表現的良好紀錄。「再見，請珍重，」麋鹿憂鬱不歡地向他告別。花豹聞言跪在他的面前，灑淚地請求他公平的批判，牠申訴著牠的品格被麋鹿無端地誹謗。在此境況下，他再也無法忍受麋鹿的傲慢態度，不但指責牠的不是，還要牠在花豹的面前道歉。麋鹿轉身回來，痛苦地對他注視，一步一步地趨前走向花豹；牠的身軀發出顫抖，低垂著頭顱，口中發出低沉的哀吟。當牠走近花豹的面前，前肢癱軟地跪下，花豹躍身過來，一口咬住麋鹿的頸子（這頸子曾經承受過他的擁抱），將牠撕開折斷。他驚訝地目睹麋鹿犧牲的慘相，來不及阻止這場暴行；他向花豹抗議，花豹反而張牙舞爪，同時對他凶惡地吼叫。當他害怕而奔逃時，在背後叛徒把麋鹿當做一頓美餐喫食。

他又孤獨了。他非常悲痛那為他的無知而犧牲性命的麋鹿，除了死，他不能寬恕自己的愚蠢。他站在一棵籐條垂吊的老樹之下，這是他認為應該自我懲處的地方。可是滑稽得很，籐條掛在他的頸子，他卻從懸吊的樹上跌落到地面。他坐在地上聽到雲雀的叫聲，傾聽著牠細數著他的過錯；他反問著要他這樣活著到底是為了什麼？他受不住雲雀的責罵，指認雲雀才是引發一切罪過的禍首。

他要求雲雀指引他回到他誕生和生長的村落，他的流浪是毫無意義的浪費生命，他寧可回到妻子的身邊再度接受陳舊的生活環境的綁縛。他聽到雲雀說他的妻子已經改嫁時，他大哭不已。此時他懷著落失的溫馨心情，一層一層地對村莊做著回憶；他不再像當初居住在村莊時那樣懷恨妻子的不是；現在他最為痛恨和看不起的是他孑然的本身。

他淚水滂沱地流著有一個時辰，搥胸頓足，哀叫咒罵，然後平靜了。「你現在感覺如何？」雲雀問他；他卻詢問雲雀蛇女和猿女如今怎樣？蛇女在她擁有的沼澤活得很好，而且生下許多小蛇；猿女的洞穴現在裝飾得更像皇宮，比以前他居住在那裡時更華美千倍；他問雲雀她們依然獨住嗎？雲雀說不，她們隨時都在捕捉她們所要的男人。往事不堪回首，他又嘆息著他這樣活著到底是為了什麼？

雲雀問他喜歡寶石黃金嗎？他說喜歡，但他做不了強盜的角色；雲雀問他喜歡美麗的女人嗎？他說喜歡，但他不能再把美麗的女人娶來做妻子過卑辱的生活；雲雀問他喜歡做衆人的王嗎？他說喜歡，但他害怕有一天會遭人殺害；雲雀問他喜歡自己嗎？他說不，因為他太軟弱無知。雲雀說他已經有了人生的經驗和知識，卻還沒有智慧，要他繼續往前行。

他依然盲無目的在大地漫遊，反覆不已地自問那句毫無意義的話，不久他的自語由問話變成了回答：「我活著是爲了扮成一隻色彩繽紛的蝴蝶，」甚至在他休息的睡夢中亦不斷地口誦著他的結論。在白天，他已經習慣把它當爲一個確信無誤的目標，一面走一面複誦著。一匹面目突魯的野驢跟在他的背後，學他緩步沉思的模樣，也用含糊不清的喉音與他合唱。而這野驢的嘲諷被他發覺了，他設計圈套擒住牠，騎在牠的身背上把牠馴服了。

他騎跨在這活躍的工具上，突然身心也活潑了起來；他大發奇想，駕駛野驢朝著一座非常醜惡和奇險的山奔去，那裡到處都是寶石金塊，使他非常喜歡。他撿拾了一袋又一袋，使立在身旁的野驢愁眉不展；他站在高峰上眺望，世界只是荒山野草，沉重包袱使他無法離開。他放棄後轉往海洋奔去，和一位美人魚相會，遺憾地她只能暫時浮出水面，而他只能站在海灘觀望，因爲他不能適應海洋猶如她不能適應陸上。他大聲在森林中狂喚：

「我是王。」

衆獸向他圍攏過來，紛紛啐口水在地面上，轉身擺尾離開。他發瘋了。他歡天喜地地招呼一隻飛過的蝴蝶，蝴蝶說：「我不認識你，你這個骯髒襤褸的人仔。」

當他感到萬念俱灰和勞累已極的時候，他猛然發現一個眞實：他老了，他甚至老朽得不能再行走和在腦中思想。他慢慢從站立而坐下，然後躺臥下來，背部貼靠著露水潤溼的草地。他由感覺而認識到這是他昔日年輕躺臥仰望天空的鄉村的山丘，他試著轉動頭顱俯望山下，村莊顯然還在那裡存在。他想，他繞了大地一周又回到原來出發的地方。現在他希冀什麼？沒有，甚至連那使他的心靈盼望的雲雀，他也不再焦急地等候。他漸漸地感到昏沉，眼皮沉重——這一次他知道他不會再甦醒過來——他漸漸平靜地睡去，消失了意識，魂魄自那不能動顫的身體飛躍出來，像一隻雲雀高昇天際。

……

每當他一離去。

他就載我們提升和他在一起，

直到消逝在蒼穹的光圈裡，

然後，幻想開始歌唱。

途經妙法寺

冬天的太陽很少有像那天那樣光耀明亮，但風依然似柔猶烈，難以判定好或壞。他們坐上一部不按里程計價但必須預先講好價錢的計程車。車子在郊外奔馳著。公路的兩旁都是植有木麻黃樹做為屏障分隔的冬季休耕的田地，和石頭砌成的田埂上的木麻黃樹屢遭砍斫的結果而變得到處結成疤瘤，一排排顯得醜惡難看。關於那些使人傷感的木麻黃樹，她在嘆息，問他為何要這樣？他只說它們會在春天長出枝芽，因為它們容易長得茂盛而佔地，不得不如此。事實上他不十分清楚到底情形如何，因為他不是農夫，不熟悉這種事。當她又問起這一帶面積廣大的平坦地方為何充滿石頭時，他為她編了一個類似眞實的故事，說這個地方在百年前未開墾之時，是大水氾濫的河床，後來經過辛勤的人的開闢，將那些佈滿土地上的石頭集中築成分畫的埂道，並植以木麻黃樹以防風害。

「那麼現在河在那裡？」她問道。

他指著前方遠處突出土地表面的一座巨形方塊的翠綠的形象。

「妳要知道的河在山腳下流過。」

「那是什麼山？」她驚訝地問道。

「鐵砧山。」

「就是它?!」

她有點驚奇，不能了解它是怎麼形成的。

「它似乎是被削平的。」

「應該是被打平的。」

「眞的嗎？」

「是眞的。」

「你眞會欺騙我。」

「你知道我在欺騙你。」

「我知道。」她臉上現出微笑。

車子在新建的大橋行駛時，他們看到橋下充滿石頭和荒草的河床，卻看不到水流。現在她在心裡頭相信剛才那個洪水氾濫以及事後辛勤開墾的故事，看到土地外表的痕跡，她覺得十分感動。那座巨塊的山已經到移到他們視線的左前方，車子過橋後，他們已經在它的山腳下，山坡的樹林青綠茂盛，可以清楚看到受風吹襲而搖動的樹梢，和公路平行的鐵道上這時有一部客運火車和他們交錯而過，因爲臨近春節而擁擠的旅客站在敞開的車門，面向公路與他們相望著。

「我這趟旅行不會沒有意義的。」她說。

然後她說她要認眞地看看在過去忽視的這個她出生的地方。她說她離開臺灣已經有十二年了，自從她大學畢業，她說在美國有六七年的時間不和中國人交往，她表示沒有想到還會回來，並且遇見他。

車子左轉，從一個牌樓下經過，再通過一坐架高的短橋，橋下就是剛才火車經過的鐵道。現在車子在上坡，他們看到左方樹林隙間露出的金黃色的廟宇屋頂。有一面路牌指著妙法寺的方向，他們就在靠近廟宇的路旁下車。從那裡可以眺望大橋附近阡陌縱橫的田地，屋舍在平原處散點著，更遠處是下垂的天際和模糊的海洋相接。他們步行走近寺廟的庭園。

他問她這地方像不像她居住在火奴魯魯的地區，她說不像，雖然她的住屋也在山區的小村，可以眺望一些山林風景，但她說火奴魯魯那個島感覺起來是年輕的，而臺灣島是老邁的。她重又解釋一些她的感覺，但風勢的關係，他沒有聽得十分清楚。

「妳在城市工作爲何住在鄉下？」他追問她在火奴魯魯生活情形。

「那地方很好。」她說。

她說話時眼神望著對方，表情似乎在追憶不在的景物。

「那地方都是些什麼人？」

「什麼人都有，大都是有錢的。」

「爲何妳要選擇住在那裡？」

「那裡很幽靜，租金雖貴，但房子很大，我養八隻貓。」

「我不知道妳喜歡小動物。」

「我喜歡，牠們都是撿來的。」

「那屋子如何容得你們和八隻貓呢？」

「只有我和那八隻貓。」

他沒有再追問下去，因爲他們已經走到廟宇的廊下。寺廟的正面門戶都用鐵門緊閉著，他們覺得奇怪，似乎此時並不開放給人們參觀。他們走到側面的一間辦公室，裡面有兩位戴眼鏡的尼姑正在大桌上寫字，桌面擺放著一堆一堆整齊的紅紙和簿冊，有一排椅子整齊地排靠在牆邊，那面牆上有一面鐘，指針指著差一刻十二點。

兩位尼姑抬頭看他們時，其中一位尼姑對他們說：「請坐。」她們的表情冷淡，繼續埋首寫字。

「請問，」他說。

兩位尼姑聽到聲音又抬起頭來。

「這裡能吃到素菜嗎？」

那位年輕清瘦的尼姑露出疑惑的表情。

「我們現在沒有準備。」她說。

「我們想吃素菜。」

「你們是吃素嗎？」

「我們是。」

「你們從哪裡來？」

「我們來自北部城市。」

「臺北？」

「是臺北。」

那位年輕的尼姑轉向那位年紀較大的尼姑私語著，然後站起來表示歡迎說：

「好，你們請坐等候。」

「謝謝。」他說。

蒼白瘦弱穿著灰色布衣的年輕尼姑的模樣給他們至深的感觸，她走進內室去，一會兒出來開啓廟宇正面的鐵門讓他們參觀。

當她在內殿觀看巨大的如來佛像時，他坐在廟廊的石階望著庭園修剪成各種各類的禽獸的青綠樹木。樹木原來自然的形狀沒有了，變成一隻一隻形象呆癡的禽獸，這個問題在他腦中思辯著。他有點厭倦和不快樂地靜靜坐著，等著她從內殿出來。關於他內心的思辯，他沒有任何肯定的結論。她出來了，走過來坐在他的身旁，指著一隻像龍的長形動物的形象，但他看它並不美觀，甚至是醜陋凶惡的，應該是人所要遠離和排拒的形象，可是他什麼也沒有表明出他的意見。

她帶著笑容走過去看庭園裡排列的石頭，其中的一個石頭面上似乎用墨水寫了一些字。她走回到他的身邊時，依然是那種膚淺而遊戲的表情。他沒有問她看到什麼，他覺得那些字除了無聊外不能代表什麼意義，就像他或她一樣，內心充滿了無聊的生命感觸；他們在等著吃午飯，而刻意在行程中轉來此處吃素菜也不具有任何意義，只是裝模作樣排遣無聊的生活的一個形式。她挨近他坐著，他們各有一隻手互相握著，他的沉默冷淡的表情使她一直裝作那不在乎的外貌，而這種形貌使他不樂意轉頭去關懷她。

「你不快樂嗎？」

他堅決否認，嚴厲得使她吃驚。

「你是怎麼對我感想著？」

「我沒有太大的感想。」

「你不說嗎？」

「我沒有什麼可說的。」

「好，我們談別的。」

「談什麼？」

「隨便你。」

「我沒有什麼好說的。」

「你有，你一向愛發議論，你在班上最愛發怪論。」

「我記不得我說過什麼。」

「你是愛談字義的哲學家。」

「我也沒說過什麼。」

「你儘會否認。」

「我覺得厭倦。」他說。

「這算是接待我的方式嗎？」

「妳不應該來找我。」

「我知道，你氣我。」

「我必須在生活中忘懷某些事。」

「那些事？」

「一些人與事。」

「為什麼？」

「因為他們騷擾我，使我無法平靜。」

「我使你煩擾嗎？」

「也許，但……」

「好在我不會停留太久，最多只耽誤你半天，我回火奴魯魯後也不會再回臺灣來，我早就知道我們是不易相處的。」

「我很抱歉，」他說，用手撫摸她的臉，把擋在她眼前的髮絲掠開，他注意她的長髮，黑而柔順。

「你不喜歡我，我知道，我不在乎你是不是喜歡我。」她說。

「我不是有意刺傷妳。」

「我知道。」她點點頭。

「但我愛妳。」他說。

「你愛所有的女人，但你並不一定喜歡她們，我知道你這點分別，是不？」

「它們有不同意義。」

「我不甚了解；猜得到罷了。」

「愛是生命，喜歡不喜歡是生活。」

「我怎麼會不明白，你說得這樣清楚，但你所說的都是你的藉口。」

「妳要知道，有些人因爲喜歡而去追求和愛，就像他們不喜歡時就放棄一樣，因此愛和喜歡是同義的名詞，他們的生命生活是混合爲一的。而另有些人視喜歡不喜歡是一回事，將它當爲一種生活世界去看待，在這外在的生活世界做選擇；但卻認爲愛是一種思想，視爲全部的內在靈魂，他們會愛不喜歡的人，或割捨喜歡的事物。」

「有這樣的區別嗎？」

「妳要怎麼樣想是妳的事。」

「這兩者孰重孰輕？」

「它們都是人的品格的表現。」

「我認爲你說的是平凡的人與聖者的區別；現世的價値是傾向做個平凡的人，沒有人會同情聖者的作法。」

關於這個問題他沒有再說什麼；他低垂著眼瞼沉思著，彷彿這意外的問題觸引他的省思。他想產生聖哲的是來自腦的思想，而做一個凡俗的人卻只需去關注身體內泛出來的欲望。可是人類之中卻有一種貌似聖者的怪獸，當他們強有力而能控制局面時，他們強迫所有的人必須服從他們的意志，他們像狼一樣是結群的，他們隨時攻擊異類，而不是並存，並且搶奪所有爲他們看到的利益；這些怪獸是人類的禍首。當他們沒有權勢時，他們就僞裝是衆人的朋友，要爲低賤的衆人提出辦法解決困境的智者，他們提出一種均分利益的公平理想，說人人都應做相同的工作，技巧地曲解人類生活形式的殊相，煽動愚笨者的嫉妒心，利用無知者的力量建立他們的威權，最後達到統治愚笨無知者的目的。他在覽閱人類歷史時總有這種納悶的心情。他想眞正愛人類者必定是遠離人類的人。

「你又想些什麼？」她推著他的肩膀。

他搖搖頭，表示什麼也沒想。

「告訴我，你想什麼？」她從側面觀察他。

「說什麼都一樣，這世界不會改變多少。」

「你始終是這樣地自私。」

「對不起，我忘掉我和妳在一起，我們應該和諧快樂。」

他突然活躍地站起，拉著她走向廟宇的辦公室，那位年輕的尼姑沒在那裡，老年的尼姑還在寫字，他們走進內室，看到廚房和一間寬大潔淨的餐室，幾個尼姑還在忙碌，那裡已經擺好了飯菜，可是還沒有人請他們進去。他們在餐室和廚房外的走廊徘徊，窗下有一隻身上沾滿污泥的白毛小狗，她走過去坐在水泥地上和那隻狗親善起來，撿起附近的一個弄髒的塑膠手套，和小狗戲玩。他看到她這種樣態覺得不高興，厭惡有失體統的表現，可是她卻不在乎，好像這樣做是合乎她的天性。他站在她的面前，輕聲地命令她站起來；她站起來時，手中還拿著那隻手套；他要她丟下手套，又要她到走廊的水槽去洗手。她順從他，感覺他對她的表現出乎她意料之外，除了童年在家裡，她沒有遭到如此嚴厲的侮辱，她內心充滿了羞憤和不滿，不了解他憑什麼命令她。當她在水槽洗手，還在思索他的威嚴時，那位年輕的尼姑出現了，請他們進餐室用膳，並指著擺在中央的一張圓桌的菜餚是要給他們食用的。

他脫下風衣，並把她的皮包和旅行袋放在一張靠牆的籐椅裡，然後取碗添飯。桌上擺著素菜，給人美觀的感覺，其實是極爲平常的青菜和豆腐類的食品，吃時他們已忘掉剛才的不愉快。他們想著尼姑們什麼時候才開始用餐呢，現在已經過了十二點，偌大的餐室只有他們兩個人，其他的桌上擺著一份一份的菜盤，裡面的菜用一隻碗蓋著，卻沒有任何尼姑進來。他看到她吃得很愉快，他的胃口也好起來了。

「在火奴魯魯妳怎樣吃素菜？」

「只要我不吃肉就是。」她說。

「那裡能買到像這樣的豆皮和豆乾嗎？」

「沒有，但火奴魯魯有豆腐。」

「能做得像臺灣這樣好嗎？」

「是差一點。」

「我越看妳越像吃素的人。」他說。

「我不是尼姑，我只是吃素。」

「你何時開始吃素的？」

「三年前，我離婚後搬到山谷的時候。」

「爲何要吃素？」

「自然想吃的。」

「他有其他的女人嗎？」

「不是這個原因。」

「是爲什麼？」

「我受不了。」

「什麼事受不了？」

「他有許多朋友，包括他在大學的同事，他們在一起喝酒，他們談話時就沒有我們女人的存在。」

「那是怎樣的一種情形？」

「他們要我坐著只許聽他們說話，卻不讓我插嘴發表我的意見。」

「到底是怎麼一回事？」

「他們霸道得很，平時他們是很有禮貌，很溫和，但聚在一起喝酒，就顯出侮辱人的態度，我總是無聊地坐著，越來越受不了，於是我得了氣喘的病，但我離婚後氣喘自然好了。」

「他不愛妳？」

「他是愛我的，我和他單獨的時候，我和他爲這些事爭論，我表現得很氣憤，他就向我道歉，我不說話，他就一直向我陪不是，可是……」

「後來他有沒有其他的女人？」

「有，但他回來表示還是愛我，每年他都來看我，但我不願重複那些事。」

「妳有孩子就好了。」

「我們沒有，開始我就覺得他的行爲對我是一種威脅和壓迫，所以我不要有孩子。」

「後來妳有其他的男人？」

「我一直都是有愛人的，但都是短暫的；我不計劃未來，除非我找到一個能尊敬我和我的想法作法都能一致的人。」

他凝神聽她說話，想到剛才在廊下狗和手套的事情，他深覺難爲情。她停頓後，他想到另一個問題。

「妳在美國爲何不和中國人在一起？」

「不是我不和他們在一起。」

「那麼是爲了什麼？」

「事情是一樣的。在那裡的中國人自卑得很，他們一小群一小群聚在一起，起初我也是一樣，可是我覺得那樣沒道理。在美國強調中國的意識會加重自卑心，一個受現代教育的人應該極容易溝通，無論是何種人，只要能受教育，就可以化解地域性的偏見，因爲固守自我地域性的觀念，只會造成別人的誤解，加深溝寬和拉長距離。他們看不慣我的作法，以爲我不和他們靠在一起；他們要管我，要我和他們的想法和行動一致；他們認爲這樣才不會侮辱到自己是中國人，我不願持有這種偏見，他們就罵我爲叛徒，誹謗我的名譽。你知道，我如果向他們妥協的話，就像他們一樣的可憐；他們口頭中說身爲中國人是驕傲和榮耀的，但心底裡卻懷著不如人的悲哀；他們不能誠實坦白的做人，我只有和他們分道揚鑣；因爲一種集體的意識生活起來會使人不知到底在爲善或爲惡，無法健全自己，喪失自己本性的愛好。你想，我到美國去求學，卻要受中國人的壓迫，我只好離開他們，自己找前途；爭辯是沒有用的，他們的道理是掛在口上的，卻不把良知長在心上。」

「那麼妳爲何要回來？」

「我的雙親在這裡，母親年老了，她可憐。我沒有回來，我覺得我自己做人不公平。爸爸每年到美國公幹，總是不忘到舊金山看我妹妹，到德州看我哥哥，經由夏威夷，來火奴魯魯看我。」

「妳回來感想如何？」

「滿好的；只有這裡的中國人有資格談中國的問題。」

他們談話時不知不覺將滿桌的菜餚吃得精光，話停時竟相視而笑。

這時有一群尼姑熙攘地擁進隔壁的廚房，搬進許多紙箱和包袱，看似從外地回來的，她們之間的歡笑語聲傳來時，給他們另一種心中的感觸。他們離開餐桌，取了自己的衣物走到辦公室，那兩位尼姑還在那裡。他表示想捐點香火錢，那位年輕的尼姑拿出一本簿冊遞給他簽寫；他從皮夾拿出錢來時，她表示她也要有一份；他在那本冊子上只寫了她的姓名。當他們走出廟宇的庭園時，預先約好的計程車已經等候在外面道路旁邊，他們情不自禁的回頭注視陽光普照下的妙法寺一眼，然後離開了。

歸途

一

一頓豐美而營養的早餐容易使人返回到世界的現實，惟惜太光亮的陽光使涼庭失去了昨日黃昏的可愛，坐在那輕薄的籐椅裡，使人幾乎待不住了；那裡沒有富於情調的音樂，只有一種音質貧乏而幽柔的鄉調，讓人嘆息一個衰邁的土地。在這個所謂中國飯店的外觀上、根本沒有純樸的色調，家具和擺設混合著外國的形式，刺耀的陽光使一切都浮淺失色。早餐是咖啡牛乳、吐司麵包和火腿蛋。那位嘵舌的老闆又來和他們坐在一起聊談；他看來比昨日更憔悴，更瘦小，他的營養學一定比不上他的消耗；昨日黃昏，他藉著酒和紅豆湯加添了他的勇氣和信心，可是在這令人懊悔的早晨，他的形貌就更使人見而哀嘆了。柯顯示冷漠和無趣，實在無意於聽那老頭有關在日月潭建造龍舟的構想，這隻不眞實的動物早經人們把它用爛說爛，到處都是這隻虛構的動物的粗糙的仿像，已經失掉了它做爲珍貴的象徵的意義。我們這樣相信，要是有人把上帝的形象清晰地供諸於世，把祂印於書上，刻成木頭和大理石，展佈於人類眼見的空間，那麼不久祂不會再比一個平常人更令人神往了。柯想，那些堅稱自己爲龍族的人，這在語意上他們便是不眞實的一群；而眞實的人要假借來源於它，那是多麼不可思議了。吃過早餐，他們準備動身了。那位老先生述說了半天，柯只能點頭稱許這項了不起的計劃；總之，他不會有機會去享用這種僞飾的造物。然後他和那二位女士離開那裡。這是無比眞實的一天，昨日逝去的都歸於夢境。人與人之間的和諧應建立於共認的眞實，唯一會發生吵嚷和爭鬥的都是夢裡的幻境；人間所爭執的議題都是那些互不連貫的瑣末和枝節，所以人之相處總不會互愛，唯有智者愛人而常處孤獨。

在德化社的街道上，他們瀏覽著每一家紀念品商店。柯又遇見昨日帶他們來投宿的那位誠樸的司機兄弟，但柯婉拒再坐他的車去環湖遊覽，因爲芬冷淡而艾梅沒有再觀光的興趣。兩位女士寧可在這條街道上吊兒啷噹。芬的腳步緩慢散漫無力有如遊魂，對櫥窗和吊掛的風土物品視若無睹；她雖是個行屍走肉的虛幻婦人，但她並不憂鬱，她的臉上從來沒有半點激動的表情，只有一瞥黯淡的冷視。柯是個觀察者，隨時注意這周遭一切事物的移動和變化，他看著艾梅爲選擇禮品而左右奔走，她爲家中的男孩買一隻弓箭，爲女孩買一隻編織的花皮包，現在她又要爲男人買一件什麼，她無法決定什麼對范姜最有用處。

柯坐在商店裡的沙發等候著艾梅選定一件東西，她把一頂動物的皮毛帽戴在自己的頭上，站在鏡前觀賞。

「范姜需要一頂帽子，他常喜歡在頭上戴帽子。」她細看著自己說。

但她不知道白色好還是黑色好，她從架子上再拿下一頂灰皮毛的，再戴在頭上站在鏡前。年輕而打扮漂亮的女店員過來站在艾梅身邊，稱讚那頂灰色的毛皮帽最好，價錢也比其他同形式而色彩不同的昂貴。

「范姜也許要一個日曆表，」柯隨意地說。

「他需要帽子。」艾梅堅持著她的決定。

柯沉默不再說話。他對那位此刻被提出來的男人的印象突然深刻地佔滿他的腦子，柯只見過他幾次面，沒有做過深切的了解，他只信賴艾梅的一面之詞，而這次旅行據艾梅說是他贊同的，他不由得對那個神奇的男子陷入了沉思。

艾梅看起來是愉快的，天眞而熱情，正準備和那位女店員做一場熱烈的討價。

那女店員說：「三百四十塊錢。」

艾梅討價道：「三百塊才買。」

「妳如果再買其他東西，就算妳三百塊。」

艾梅再覽視牆上掛吊的東西，她看上了一件編織的無袖外套。

「這件多少錢？」

「三百二十元。」

女店員從牆上取下來，那是一件番布做的外套，艾梅輕易的把它穿在身上。

「很適合妳。」那位女店員讚美她。

「便宜點，我一起買。」

「二百塊好了。」

這時艾梅轉過頭來看看柯。

「這件外套對范姜更爲適合。」柯認爲是的說。

艾梅頭上戴著灰色毛皮帽，身上披著那件紅綠交織的番衣，使夢遊的芬也好奇地看她一眼。

「如果妳設意爲他打扮成這個樣子，他就有點像吉卜靈電影中的人物。」芬帶點諷意對艾梅說。

「他外出可以戴這頂帽子，在家可以穿這件外套，這兩件他不會同時穿戴。」艾梅說。

「這是該節制的時候了，女士們。」柯表示意見說。

他們走出那家紀念品商店，外面刺眼的陽光現在對他們是一種嚴厲的苛責。在那個廣大的道路停車坪上停放著許多大型遊覽車和小汽車，他們橫過那裡時，有人前來招攬搭乘計程的車子；因爲太昂貴他們拒絕了。他們坐在公路車的候車亭的木條板上，等候二十分至一個鐘頭一班的公路車。現在太陽正當熾熱，他們覺得煩厭和納悶，對於這趟失望的旅遊，至此爲止，似乎不願再花更多的錢來求補償，想到這樣一個大遊覽區，沒有方便迅捷的交通運輸，實在令人哀嘆。

柯到一家後面的小商店購買飲料，回來時他把養樂多分給艾梅和和芬各一瓶。他把她們喝過的小塑膠瓶擺在身邊的木板上。艾梅喝過之後，還覺得渴，這一次她想自己去買，柯要她多帶一瓶給他，芬搖頭拒絕了，她對這種過分甜膩的飲料表示不滿。艾梅轉回來時顯得欣喜和激動，她又變得生氣勃勃，她張大眼睛看柯，像第一次看到這個男人。

「什麼事，艾梅？」

「你來，看看是誰，」艾梅說，拉著柯往小店跑。

一位面容端莊的大姑娘站在玻璃櫥子後面，柯能看得清清楚楚她高大的身材，他來買飲料時並沒有發現她，但他想不起她是誰，剛才拿飲料給他的老年人站在別的位置。

「她就是沙龍裡的小蕙。」艾梅說。

柯想起沙龍來，但他仍然不認識她。這位大姑娘的臉上充滿著閱歷的痕跡，那時沙龍僱用幾個小女孩，現在他也記不起她們的模樣。

「我是阿蕙，柯先生。」她微笑了起來。

「是嗎？」他現出不能置信的表情。

「妳爲何會在這裡？」艾梅問她。

「我在這裡很久了。」阿蕙小姐說。

柯覺得不可思議，他覺得像在作夢。

「妳結婚了嗎？小蕙？」艾梅又問她。

「沒有。」她苦笑。

「現在你想起來了嗎？」艾梅問柯。

「我想起來了，我想起來了。」柯只得這樣說。

「在這裡看到妳，眞高興極了。」

「公路車來了，」柯說。

「再見，小蕙。」艾梅和柯離開時說。

「再見，艾小姐，再見，柯先生。」

柯牽著艾梅的手，奔向剛剛停靠的公路局車子，他們上車後，艾梅還低下身子從窗戶看那家小商店，然後做了一個搖手的動作，柯看到那位叫阿蕙的大姑娘站在商店門前的石階上揮手，這時他終於想起來那位沉默的在沙龍廚房幫忙的女孩子。

「到處都有她的朋友，」芬讓出一個座位給柯時說。

「我眞想不到。」柯搖頭太息地說。

「我覺得這沒有什麼好高興的。」

「妳覺得怎樣？這件事使妳煩嗎？」

芬把臉朝向窗外，顯得冷傲的氣派，柯關心地問她：

「我覺得往事都不堪回首。」

「妳會有這樣的表示，我想是……」

「我覺得任何事都不值得回憶。」

「我想比喻一件事，」柯對她說。「妳曾經努力的開墾一片土地，但收穫時，妳發現不是妳想要的果子。」

「有點像是。」她轉臉回來點頭說。

「所以滿懷失望。」

「我想我再也不願去另行開墾。」

「妳當初沒有想到那片土地是否適於種植妳想要的果實。」

「也許是。」

「我想妳無需去埋怨。」

「爲什麼？」

「妳應該只想著開墾耕作的事，收穫什麼是另一回事。」

「這是決不可能的。」她不滿地說。

「那麼那是一個好的經驗，妳再從事和開始時，妳會事事顧到，因爲妳已經變得懂事。」

「我是什麼願望也沒有了。」

「有一天妳會再看到妳會喜歡的土地。」

「我不敢確信。」她說，把臉轉開。

二

這趟旅遊的回程幾乎是悲慘的，除了柯的原則，艾梅和芬兩人的目的是值得懷疑的；除了自造的快樂，大自然並不施惠於人；自然的面目是一種呈現，要每個人的心去印證，所以既有美景，亦不能給人快樂，轉移人的本態。他們始終無法開誠佈公，各懷著自己的鬼胎，互相猜疑。

這裡面有許多無法述說的隔膜。對於這兩個女人，因爲她們無所收穫，現在只好露出慳吝之色。她們在出發時，甚至根本對旅程的狀況毫無認識，憑著一時的衝動邀請柯同行，最後當然也會受這情緒所害；因爲艾梅對芬把柯描述爲神奇的人物，以爲是自己的快樂之源，也能爲喪失幸福的芬挽救一點自信，但柯在芬看來，只是一個平凡而近乎赤貧的男人，她不否認他有點哲學味，但並不高明到可以將兩個女人同時擺平，她無論如何要採取不合作的態度。柯已經無法施展他的慇懃去爲兩位女士服務，他相信可以扭轉一切的氣氛，但他儘量去避免爲自己圖謀舒服和享受的嫌疑，他讓她們去出主意。他們踏上另一部擁擠的公路車，從日月潭公路站出來，邁著曲折多彎的山路回程去臺中；在這之前，他們一起匆匆地在一家小餐館吃了一碗麵，如不趕上那部車，還要再等一個半小時。他們在擁擠的車廂內，在窒悶的空氣中，在山地人的赤裸的腿部之間傳遞剝開的柳丁，在顛簸之中吃得很不舒服，途中又下了一場浩大的驟雨，車子停在一個停車場內，每個人都無可奈何。這種接受折磨的運氣完全是命定的，只因爲不願接受智者的引導，甚至懷疑是否有智者存在。

所有經歷的艱辛的瑣事，是普遍爲人所熟悉，在旅遊中的折磨和生活上的不公平是相同的，彷彿來自一種不具美感的經營和規劃，其中可以感嘆管理衆人之事的低能。一個自居古老民族的墮落和弊病是歷歷在目，在這個島上又染上躁急和輕率的作風，綿長的歷史中證明著沒有外力的衝擊，他們的血液不會再激盪起來，他們在沉淪的歲月裡持著一套不自批評的人生哲學，可是圓球上不止生存著這樣的族類，他們不改變和自新，最終只有被輕視和侮辱。將來的日子將會有改變，而人人都在那裡拭目以待，可是沒有人為這未來的危機說一句眞話，而讓少數自欺欺人的壞蛋在空際中吵嚷。

黃昏時刻始到臺中，找一家旅館休息是刻不容緩的事，三個人都狼狽極了；這趟行程的辛苦和煎熬對他們都夠覺醒，所以柯建議找一處較好的地方歇腳，她們再也不敢反對了。他們下車後，行過一列人潮擁擠的走廊，柯看到一家汽車行的牆壁上掛著許多複印品的照片，一幀達文西所繪的蒙娜麗莎照像放大地掛在門邊，他停步注視，斑駁之紋清晰可辨，蒙娜麗莎的容貌看來多麼奇異，柯覺得現在的世界再不會有這樣神秘的女人，假如他能遇到這樣的女人，他想他無論如何將以她為他的生命目的去追求。艾梅注意到柯著迷又黯然的神色，心中頓然升起了痛恨的妒意。芬隨著人潮已走在前頭，柯和艾梅加快腳步趕上去。橫過人行的斑馬線，在另一條街的走廊，他們轉進一家大觀光飯店。

他們租用了五樓的一間大房間後，坐在沙發上才喘了一口氣。柯第一件事便是到浴室用冷水擦拭身體。現在是午後五點鐘，旅館還沒有供應熱水實在令人不可思議，旅館的解釋是熱水器壞了，已經派人去叫工匠來修理，聽到這樣的事，他們內心都暗自思忖著自己總是遇到霉運。艾梅氣呼呼地坐在床舖上打電話，能夠回到臺中，她想為自己打算了。

「總機，請接市政府公共關係處……公共關係處嗎？……請處長聽電話……那麼您能告訴我處長公館的電話號碼嗎？……七八二三五六，謝謝。」

「總機，請再接七八二三五六……他不在家，你是張太太嗎……我是艾梅……是的，我昨天和朋友到臺中來，現在我急著要回臺北，我想請張先生給我拿一張火車票……是的，我知道，票很難買……那麼我晚上去拜訪妳們……公園路轉……（電話突然被總機截斷）總機，怎麼搞的，喂，總機，我們話還沒講完，妳怎麼這樣不禮貌把電話截斷，妳是什麼意思……」

柯從浴室出來，看到艾梅坐在床邊脹紅著臉，眼珠滾轉著似在發脾氣，而芬躺靠在沙發裡，冷靜地看著柯，又看看艾梅，她的表情似在思索；對這番景象，柯頗覺訝異。艾梅繼續對著電話筒爭吵。

「總機，妳把電話截斷，我話還未講完，再接剛才那個電話……市政府，對不起。」她放下電話筒，再拿起來。「總機，妳接錯了，我要的是第二次說的那個電話……妳沒有記起來……妳們怎麼搞的，怎樣這種態度待人……我話還未講完啊……妳們爲什麼有這種服務的態度……，我要一張今晚的火車票……觀光號？……我要對號的車票……黃牛票？太貴了。」

柯躺在另一張床鋪上，點燃香煙，深吸了一口；艾梅把電話筒掛上後，屋子裡突然靜寂了下來，但空氣似乎有著無比的緊張氣氛；芬從沙發上站起來，把手提袋和皮包掛在肩上。

「我要離開這裡。」她說。

艾梅說：「我不在乎現在大家分手。」

柯坐起來問道：「怎麼一回事？」

「妳怎麼是這樣的朋友？」芬指著艾梅說。

「我問過妳，妳說妳不回臺北去，但我必須晚上趕回去。」艾梅答辯說。

「我受不了，我要走。」芬說。

她緩步走向門口，柯搶先一步把她擋住，並且取下她的手提袋；柯就站在芬的面前，兩個人互相注視，她突然變得很溫馴，她沒有拒絕和強硬的顯示，順從柯把她拉回原來坐的沙發前面。

「坐下來，聽我說。」柯說。

賭氣的艾梅依然坐在床舖上，顯出一股毫不動情的傲慢，柯看芬坐下來，就開始低頭在地板上踱步沉思。

「艾梅，」柯抬起頭看她。

她警戒地望柯一眼，仍然是十足任性的樣子。

「我覺得妳剛才的作爲有點不合……」

「什麼？」艾梅叫起來。「我問過她，她說……」

「我不知道妳什麼時候問過她，」

「在公路車上。」

「在公路車上距現在有多少時間？」

「我不知道。但我是問過她的意見。」

「妳不覺得妳現在的行動還需要再詢求她的意見嗎？」

「我爲什麼要那麼麻煩？」

「僅僅爲了禮貌和規矩。」

艾梅把臉轉開，迴避柯的注視。

「妳們一起出來，應該一起回去。」他說。

「我們不是你眼中的小學生；我們是長大能自立的人，我們有自由的愛欲、願望和行動，我們不需要互相束縛。」艾梅說。

「但妳們所表現的正好是缺少這種自由的能力，妳們的行爲依然像小學生那樣幼稚，要人善加管束。」

「我恨你的原則。」艾梅說。

「我的原則是爲人際間的關係而定的。」

「爲你私自的利益著想。」

「不，也爲要在一起的每一個人。」

「你從來不替別人著想。」

「這是你衷心的話嗎？」

「我太明瞭你了，柯。」艾梅說。

「我們現在不談私怨，不爲兩個男女之間的事爭吵，只要有第三個人在場，就要捨棄兩個男女之間的事，釐訂一個三人存在的法則。我們現在要談的是關係三個人共同利益的事。」柯說；他說這些話時並不理直氣壯，想威嚇艾梅，他儘量約束自己的聲浪不至於高昂起來，他的聲調顯然有點悲鬱的味道。他說完，室內有幾分鐘的靜默，但空氣中並不像先時充滿了爭辯的意味：艾梅低下頭思索，而芬在剛才卻抬起頭注觀察柯說話的表情，她的心田裡感到有些溫慰。

「我和芬是有些不了解之處，」艾梅說。「從高中時代到現在有十幾年，芬生活在美國，我則一直在臺灣，這之間我們有了分別。」

「我一直知道妳，艾梅。」芬回辯說。

「不可能，我們都改變了，各人有各人的遭逢，感想並不一致，友誼這個意義似乎遙遠又遙遠了。」艾梅說。

「但我回來，見到妳，妳對我極友善。」芬說。

「我後悔向妳提到柯，更糟的是三人碰在一起。」艾梅把內心的感想坦率地說出來。

「無論如何，我們三個人已經在一起了。」柯說。

「我不會搶走妳的，艾梅。」芬說。

「現在我什麼也不在乎了。」艾梅說。

「各人的私心都是沒有意義的，」柯表示說，「我希望妳們把我視為家中的兄弟，我也要看妳們為家中的姐妹；我不是妳們的獵物，妳們也不是我的美餐；我希望我們眞誠的融洽在一起；我這樣的希望是，因為我們是從各人的生活中暫時脫離出來，現在我們在一起是不眞實的，因為我們又會馬上回到各人的原生活陣營中去，在日常生活中的人是無法坦誠相見，互相為了生存而爭奪，我非常願望我們能在這超現實的存在裡獲得眞正無私的相容。」

柯在說這些話時，彷彿是在四周無人的曠野對自己告誡的，他低首踱步，眼光沒有盼顧傾聽的兩個女人。當他的語聲停止，艾梅的哭泣聲清晰地傳到他的耳裡，使他驚覺哭泣聲是話語的延續。他停步，顯得有點懊惱。

「我覺得你不了解女人，柯。」芬說。

「我甚至連這人間的世界也一無所知。」柯注視著芬的臉說。

「你只那麼一點點不知道，柯，我是女人，我應該告訴你那一點是什麼。」

「妳想說的是那一點？」

「我想單獨和你談談。」

「現在我不想和妳單獨談。」

「那很可惜，你只那麼一小點不知道。」

「妳可以在這時說出來是什麼。」

「我必須單獨對你說，柯。」

「現在我不想和你單獨離開這裡。」

艾梅聽了柯重複地表明他的立場，把臉孔擦拭了一下，當她看柯又想表示說話的欲意時，她稍微調整坐在床鋪的姿勢，把背貼靠在床頭的牆壁，顯示一種聽話的態度。

「現在聽我說，女士們，」柯說。「我們在這回程中再投奔到這家旅館來，是下午的旅程把我們整慘了，我們都非常清楚需要一個休息的地方，洗淨我們狼狽的痕跡，恢復精神；尤其重要的是，我們需要在一個完全屬於我們的處所，討論我們下一步的行事。我的希望是：妳們在此好好休息一晚，明早仍然相偕回臺北去，而我自己即刻就想離開這裡回鄉下去。」

最後的一句話，使得艾梅和芬同時驚覺起來，她們的目光同時由相對的方向向中間的柯投來……

「我也想今晚回臺北，我答應孩子今晚回去。」艾梅說。

柯激動了起來，顯然他察覺艾梅的話是不實在的。他說：「這是不可能的，艾梅，如果妳打算今夜回到家，應該早先說明，我們應該在中午前從日月潭趕來臺中。」

「因爲芬告訴我，她不回臺北，所以我才做自己的打算。」艾梅回辯說。

「我知道這一點。但妳要考慮現在沒有火車票，我根本不喜歡妳爲了一張票，動關係把妳老爸爸的面子拿出來。」

「這有何關係。不然，我可以叫計程車。」

「好罷，我不再理會妳們的事了，現在我應該離開這裡，回鄉下去，妳們要怎麼辦，那是妳們的事。」

「吃過晚飯再走，柯。」艾梅央求他。

「我也這樣希望。」芬說。

「你這兩天陪我們是辛苦了，現在又是吃晚飯的時刻，你總不能餓著肚子走。」艾梅又說。

「好，我準備吃過最後晚餐後再被妳們聯手出賣。」柯看到情勢緩和下來，故意這樣說。

艾梅強忍著心中的笑意從床上下來，她把害臊的臉轉開，不要柯看到她放舒下來的表情。她走進浴室，柯叮嚀她不能用冷水沖洗，只能把毛巾揉乾擦身。艾梅深深地望柯一眼，把浴室的門快速地關上。

柯舉起手臂做出無可奈何的動作，走到床邊，讓身體挺直地摔在床鋪上，同時嘆了一口氣。

芬在三分鐘後，腳步柔緩地走到柯的床邊，她站著往下瞧著他；這是她第一次內心激動而態度冷靜地主動正視柯，她的臉上浮現一絲微笑，她輕柔而細微地說：「這都是男人闖的禍，是不是？」柯仰望著她，讓她坐在床沿，然後伸出一隻手臂摟著她的腰部。

三

他們在旅館的餐廳喝可樂，艾梅把菜單推給芬點浙江菜；芬沒有推辭，她是浙江省籍的人，這一次她沒有抱怨浙江菜貴。她點了炒蝦仁和黃魚二吃。艾梅問侍者有沒有蠔油牛肉，這是柯喜歡吃的菜，當她和柯偶在臺北見面一起吃飯時，總是點這一樣菜；侍者答說有青椒牛肉沒有蠔油牛肉，因爲那是廣東菜。柯要一瓶啤酒，艾梅和芬也沒有拒絕喝一點。那牛肉炒得又老又硬，令人失望極了，但魚高湯還做得不錯。芬的胃口很好，比另兩個人吃得更多；她不斷地吃那盤炒蝦仁，當她的磁匙伸過來時，柯用筷子把蝦仁撥進她的匙裡。這一連番的動作，艾梅有些妒意，雖然如此，芬連吃飯的表情也是冷淡的，她自顧地吃著。他們飯後轉到旅館部這邊的沙發來休息，艾梅再去詢問有關車票的事，旅館櫃臺的人答應去爲她購買，但言明需要一成的服務費。當芬乘電梯上樓去取她的東西時，艾梅和柯留在原處，艾梅要求柯晚上留下來再陪她們一晚，她說要是沒有柯在這裡，她不知道怎樣再和芬同處在一個房間裡。柯想，艾梅說這種話的確有點矯情；他表示非回去不可，他需要一個好睡眠來補償昨夜的失眠；他說要是今夜再像昨晚那爭吵的話，明天他就要完全崩潰了。

艾梅說：「你可以好好睡，我不打擾你，但希望你留下來。」

芬在電梯門口出現了，原先打算吃過晚飯後，她們兩個人送柯到車站。芬上樓去取她的皮包，下樓來後坐在柯的旁邊等候著。

柯說：「我非走不可了，希望妳們今晚好好休息，明天才有精神踏上歸程。」他說話時左右望著她們。

「你還是留下來罷，無論如何也只有這一晚。」艾梅又說。

柯轉望芬，看她的意見如何。

「我也希望你留下來。」她說。她表情冷淡，只要有艾梅在場，她對男人的態度總是如此。兩個女人都表示過相同的願望，柯還是坐在那裡思慮著如何做決定。他沒有任何行動。對他來說，他只要堅守他的原則，留下來陪她們或單獨離去都是一樣的，到最後都是一場虛無，毫無佳美的回憶，任何的抉擇都是無用。突然他內心感到頗爲酸楚，對於兩個女人的發自同樣意願的請求，他再也無法堅強地加以拒絕了。

但他還是這樣地問道：「這眞是妳們的意願？」

「留下來，柯。」艾梅發自她的本意，意味深長的說。

「最好留下。」芬依然保持她的冷靜的外表。

於是柯終於答應決定留下來。他想：我留下來，對她們兩個人來說，誰將感到最大的喜悅？表面上是艾梅充滿了欣慰。但他認爲芬也許內心更爲感激，如果不是她也表示她願望他留下來的話，他是決定告別回鄉下去了。

他們乘電梯回到房間，覺得一切還能保持原來的和諧而感到安慰。要是柯離去，的確今晚兩個女人不知要如何面對面。柯明白這點，只得承受這份責任，耐心地等待明日太陽的升起。

「那麼，妳們准許我單獨去街道蹓躂一下嗎？只要十分鐘。」他內心已經盤算好如何安度今夜的計劃，他藉著去呼吸新鮮空氣要單獨出去。

「可以。」艾梅看著柯的行動有點怪異而微笑著說，不論柯想去做什麼，現在舒坦的氣氛，已不再令人去做不善的猜疑，她也沒有想和柯出去散步的衝動，因爲留下芬在屋子裡，又要造成不平衡的局面。

「謝謝。」柯說，把艾梅的許可視爲恩典。

柯走出去後，艾梅和芬居然靠近地坐下來互道著柯的那份可愛之處。她們談論柯，從他的平實的外表深入到他的內涵；她們覺得柯正當壯年而老居在鄉下使他的那份才華無法貢獻給社會是一種可惜；艾梅畢竟較了解柯許多，她知道柯的心難是時代所造成的，使柯留在鄉下或可保持他某種品格的完美；而芬對柯的觀感全憑她的閱歷上的直覺，她以爲柯除了心地善良外，還加一點藝術家的怪異氣質，有時使人頗爲傾慕，有時也讓人覺得頗費猜疑而恐懼。然後她們談到現在該吃些什麼水果來幫助飯後的消化，芬說她想做一個觀念上的改變，改吃木瓜，而不再是那永不改變的橘子。於是艾梅表示要出去爲她買個大木瓜回來。

「我不要再麻煩妳爲我服務。」

「我一定要去爲妳買個木瓜回來，妳回美國後，我們不會再有機會見面了。」

「我記得我說過我們不會再見面的話，妳對我失望嗎？」

「此時我是誠心誠意要爲妳做點事。」

她說時眼睛又溼了，兩個人都伸出手臂互抱對方。

「妳已經對朋友盡了最大的力量，所以妳能朋友滿天下。」

艾梅聽了這樣的話就站起來，她實在有點受不了。

「我出去買，你可以洗澡。」她說。

芬並沒有阻止她，艾梅走出房間時，她已經從手提袋裡拿出衣服。柯走出電梯時，看到艾梅匆忙地由房間出來，他們在走廊相遇。

「妳到那裡去，艾梅？」

「去爲芬買木瓜。」

「爲她？爲什麼？」

「不爲什麼。」

柯覺得艾梅內心充滿著怨懟，但她的外表很愉快。

「要我陪妳出去嗎？」

「不用，你進去休息罷。」

「她喜歡木瓜？」柯又問道。

「她已經不要橘子了。」

柯目送著艾梅走進電梯後才走進房裡。他進入房裡就聽到浴室裡的水聲。屋子裡這時只有他一個人，他頓覺內心空虛和恐慌，他埋身在一張沙發裡，似乎在提防其他外物的侵襲。他閉住眼睛靜靜坐著，想把一切的思緒都排除自身之外，他儘量依靠控制的呼吸來平靜心胸。有暫短的片刻，他似乎能掌握住自己的澎湃的情緒使之寂靜，但浴室傳來的水聲又復侵擾著他，像是一陣一陣的浪潮把他軟弱無力的身體打擊和淹沒。他的自我控制完全失敗了，他感到非常不安寧，當他張開眼睛，發現艾梅站立在門邊觀察他，他沒有想到她會這麼快就轉回來，心裡感謝她現在已經在他的面前了，他終於恢復神志清醒過來，站起來，帶著嚴肅的態度看她。

「妳這麼快回來是我始料不及的，艾梅。」

她走近他，雙手捧著一個出奇大的木瓜。

「我並沒有故意要快回來，」艾梅解釋說。「柯，你誤會了，我出去也有一刻鐘了，旅館對面就有一家水果店，我打擾你了嗎？」

「沒有，我正希望妳快回來。」

艾梅把買來的木瓜放在茶几上時，芬穿著一襲長睡來從浴室走出來，她的容貌原是掛著滿足得意的笑容，但她走到放皮包的床邊時，已經變容了，仍然掛著那一副冷漠且旁若無人的面具。

由於這個發現，使柯驚異而痛惜。隨即他到門外去，呼叫一位值班的侍應生，告訴他添加一個枕頭和幾支牙刷。那侍者除了給他枕頭和牙刷外，另外交給他一把沒有尖頭的水果刀。

「這把刀子要幹什麼？」他問侍應生。

「小姐吩咐要的。」他說。

柯想起來了，對他說謝，他轉身回來，對屋裡的兩個女人高舉著那把怪模怪樣的刀子，他說：

「我從來不曾在旅舍借過任何樣子的刀，而這一把，他們也提防著把尖頭部份毀掉。」

她們笑著，似乎頗爲欣賞柯那與平時的莊重有所不同的態度。他把枕頭放在床上，再過來爲她們切木瓜。他把它切成兩半，再由一半分切成三片，然後各人分享一片。兩個女人在交談的時候，仍然各持對木瓜的己見，再說出一些不甚得體的話。艾梅說她討厭木瓜的味道，但是她依然津津有味地吃下木瓜。芬站著，裝出一種陶醉木瓜滋味的神態。吃過木瓜，便把刀子用紙擦拭乾淨，交回給外面櫃臺的侍應生。他們討論是否出去看晚場的電影，但一看時間，已經不容許了。

於是柯宣佈他要睡眠了，他躺在靠牆的那張單人床鋪上，把被單蓋在身上，芬仿效著柯的舉動，也霸佔著另一張床鋪，並且對還坐在沙發的艾梅說：

「做做好事，今晚還是讓我一個人睡。」

艾梅說：「我要睡在何處呢？」

「妳和柯一起睡，我不在乎。」芬說。

「這是什麼話？」柯說。

「你們兩個應當在一起。」

「假如我要和妳睡呢？」

「那是萬萬不可以的。」她說。

「所以妳還是和艾梅一起。」柯說。

艾梅把天花板下的吊燈關掉，房間裡只留下床頭燈亮著，她在芬的身旁躺下。剛才的一陣小爭論使此刻顯得異常的安靜，有如大家屏住了呼吸，凝神聆聽空氣中留下的迴響。柯輕輕地起身，走到茶几旁倒一杯開水，隱密地吞下一片外出購買回來的安眠藥，然後又回到他的床鋪裡。那兩位睡靠在一起的女人似乎為柯的這一詭密的舉動而引發了另一次交談的興趣，因為睡前的沉默是一樁令人十分苦惱的事，總是希望經由說話獲得會心的和諧。她們輕聲細語地談起來，在那一頭的柯不太注意她們說什麼，只等待著藥力的發作而睡去。他想到應該吩咐侍應生明天清早六點鐘叫醒他，於是他翻轉身提起電話筒，然後交代了這件重要的事。他放下電話筒時，朝對面床上躺著的兩個女人瞧一眼，藉著昏黃的光線看到艾梅也望過來的笑容，而芬直望天花板，一臉的冷傲。

「各位晚安。」柯說。

這時兩位女士同時回望他那有些古怪的行動，柯像個害羞的男孩拘謹地平躺著，緊閉著眼睛，他突然感到有點軟弱的倦意，頭腦裡覺得昏沉，意識漸趨薄弱和模糊，最後他聽到芬對他的一句評語，「他聰明，但爲聰明所誤。」以後兩個女人是否再發生什麼爭執或如何評論他，他就完全把她們置之意識之外了。

她們交談了一陣之後，曾叫過他，才知道柯已經完全睡著了。

四

翌晨電話鈴聲把柯驚醒。他翻身起來，看到艾梅早已瞪著兩隻大眼睛注視著他。

「現在什麼時間？」他問艾梅。

「我想是六點鐘。」

「我想知道確實的時間。」

艾梅起來走去翻找她的皮包，柯走到衣櫃前穿衣服。

「我的錶不見了，」艾梅說。「我想我把它遺留在德化社的中國飯店房間的枕頭邊。」

「是嗎？」柯站在望著艾梅的表情。

「當然是。」艾梅有懊悔的神情。

「妳高興那樣？」柯有點惡毒地說。

「怎麼會？」她生氣了。

「妳的潛意識要妳那樣做。」

他說了走進浴室去刷牙洗臉，艾梅跟著走到浴室門邊，她說：

「我送你到車站。」

「現在還十分早，我一個人去。」

「我和你一起去。」

「妳要怎樣就怎樣。」

「你不高興嗎？」

「我非常高興。」但柯的臉陰沉可怕。

柯要離開時，對芬的睡床注視一眼。芬清醒著，只是不動聲色地像一隻大蜥蜴爬伏在床舖上，單薄的白被單貼敷著她的肉身，那樣子的確十分動人。但時間似乎不多了，柯和艾梅靜靜地走出去。

城市街道在一片灰色的天空覆蓋之下，景象有如嫠婦的蒼白面孔，他們沉默地走過一排走廊，柯停下來買一瓶牛乳和一套燒餅油條。到了公路汽車站，一部開往鄉下的汽車停靠在站牌邊，他們並沒有再多說什麼話，他們是這樣地互相了解而不必由話語說出來。柯走上汽車，坐在靠窗的位置，艾梅站在柯的窗口下，他們無言地注視片刻，車子開動了。柯握手說：

「再見！保重。」

「你也保重，再見。」

他們又互相揮手，再也不能說什麼了，車子迅速地轉過彎。艾梅走到走廊上，她的眼光一直跟著車子轉了一個大彎駛向街道來。柯在車子裡，回望時只看到艾梅移動的身影，然後就看不到了。艾梅走著昨天下午從日月潭到達臺中後下車所走的那一條走廊，她來到那家汽車行，站著尋找那張蒙娜麗莎的大照片，但那張照片沒有了，她心中失望極了，彷彿蒙娜麗莎是一個眞人被人帶走了。但她一面走一面想著：蒙娜麗莎是遠古的女人，她不能在現世復活。她內心並未完全絕望，她自覺她的完好存在，於是又舒坦了起來。

附記：本篇與〈山像隻怪獸〉，〈月湖〉，〈寓言〉連成四部曲，是最後的樂章。（〈山像隻怪獸〉發表於聯合報副刊，〈月湖〉〈寓言〉發表於現代文學第四、五期）。

白日噩夢

一

我拉開簾幕，從臥室窗外望出，太陽剛上升自東方的山巒，投射出萬道金光，一部賣醬菜的手推車停靠在對面樓房下走廊邊的陰影裡，我看到我的妻子透妹穿著樸素的晨衣自這邊的廊下走出，成斜線走向那位圓臉的販子。她的濃黑的頭髮向後梳，齊至肩膀，背脊猶顯露出中年婦女難有的挺拔，這是她天生高健和從事政治活動所培養出來的模樣，然後她用著瓷盤端著一塊白色豆腐昂首闊步的走回來。我站在二樓俯視的角度，可以看到她寬平的前額和端正的五官所形成的歡快的笑容；就我所知，她踏出我們的屋子，便有這種爽朗神色面對任何人，即使她現在要從議壇退下來，這次改由我出馬競選本鎮的鎮長，我相信她永遠會留住這個讓人愉悅的動人表情。兩屆的縣議員生涯，帶給她的好處是她的生活充滿了朝氣。自我們的小男孩生出後就開始節育，在過去的八年時光中，我從事本鎮中學的教師工作，一切的行事都由她發號施令，我倒成爲她的賢內助，爲她起草講稿，分析事理，陪伴她旅行，教育孩子；但我和她是和諧恩愛的，她從不忘懷在我們共臥的睡床上是個溫柔的女性，也唯有在這窄小的臥室，我是她的主宰，情形將會有明顯的改變，但絕對不會影響我們之間的感情；無論情況如何，我和她總是協合同力對付外面的險惡環境。我也有政治的理想，然後我們有了協議，並由身居農會總幹事的岳父出面在區黨部提名協調會議中提名由我出來競選鎮長，秀妹滿心希望能夠在本次的公務人員選舉中，我們夫婦攜手出馬，她競選第三任的縣議員，她相信可以順利在婦女保障名額內獲得連任，我如當選鎮長，那麼對本鎮的建設向縣府爭取支持上便能做到事半功倍的效果。但岳父後來說，這次區黨部將全力輔選使我順利當選，條件是要秀妹放棄競選連任，把名額讓給另一位黨籍的女新秀。她表示說：「只要培基當選鎮長，我的任何犧牲都是值得。」她出生優渥而有權勢的家庭，自光復以來，張家的族系都出掌農會，成爲有名的所謂農會派系；而我的父祖輩只是個鎮郊土城裡的小自耕農，由於我的勤學，從大學畢業後任教於本鎮的中學，能夠受到張家的器重而與秀妹結成夫婦，是我一生最大的幸福。去年爲了配合我們的事業生活，用我們多年的積蓄在新社區購買了這幢樓房，且徵得我的父母的同意，由鄉下搬到鄉街內居住。沒有想到今年我竟獲得鎮長選舉的提名，對於我個人的前途和將來對鄉里的服務的抱負，我的腦中充滿了種種的理想。

我帶著滿足和自慚的雙重心情匆匆下樓，秀妹正要從客廳走進廚房，我們在樓梯口處相遇，她深深地看我一眼，露出她慣有的笑容。

「這是你最愛吃的豆腐，改由我來買。」

「我不知道妳那麼早起來。」

「我早起就是不錯過買你愛吃的豆腐，我聽到遠處的搖鈴聲，不敢吵醒你。」

「謝謝妳，」我心中高興，但發現我的聲音有點沙啞而低沉。

「今天是你一生中最大的日子，一個轉捩點，卻連一點警覺性都沒有。」秀妹說。

「昨夜……」我說不出苦痛或歡樂來。

她走進廚房，想是用開水清洗一遍豆腐的外表，然後澆上醬油端到餐桌上，過去的日子都是我親自做這件工作。我走進浴室，面對鏡子，看見一個幾近陌生的腫脹的面孔，在這張平時嚴峻的臉上，兩顆充滿紅血絲的眼睛凸出直瞪著我有幾秒鐘。我搖晃幾下頭顱，意圖想把滿腦的昏暈抖掉。昨夜，我仍然爲將來得手的勝利和種種理想計劃失眠了一夜，直到臨近黎明才沉睡了一陣。昨夜，在新桃芳餐館，我的助選團的朋友們毫不憐惜地猛灌冰冷的啤酒；爲了這次只能成功不能失敗的競選，我曾說服年老的務農的父親提供我百萬元，這些錢當然是田地抵押在農會，由秀妹的父親那裡提借出來花用的。昨夜，秀妹對我自競選以來的精神緊張，和神志的耗損，給予我自結婚以後最爲溫柔體貼的撫慰。昨夜有數不盡的事務紛擾著我的神經，我像我在課堂上對學生講授的地球自轉，整個宇宙也在地球的外圍不停地旋轉，彷彿世界是個喝醉酒的大渾團。

二

在早晨的電話中，企劃一切競選事宜的服務站主任老謝再一次對我保證一切將順利成事。矮胖的老謝是二年前由他鄉鎮調來本鎮主持黨區事務的老手，他的特長無疑是能夠做種種的策略，做斡旋和協調地方派系的工作；如不是仰靠他的幹練，和岳父的勢力，恐怕一切都將得不到順理成章的秩序。而且競選的種種主張都必須聽他的指揮，由不得我這單純的頭腦做主，我至今猶在心裡懷疑：世事的複雜和變化與我們簡單的條理的思考之間竟有天淵的距離，事實常超出我們的理想之外，但既然有他的保證，且臨到這最後的關頭，任何我個人的單純理由都派不上用場，而且似乎也都太遲了，就只得聽天由命了。我現在心中唯一的期待和願望，就是最後由今天的得票來證實我的當選的喜躍和勝利的感覺滋味。爲了這個，我可以不計我的所有的喪失，一切我受教育培養的正義操守，和我在教壇上對學子強調的正直的觀念，這些似乎在這人世權益的競爭上都化爲烏有了；那些敢情就是空洞的理論，幾乎是荒誕的說教，是受不住俗世爭權奪利的潮流的無情淹蓋，它們在這人的世界上根本就不可能好好的存在。秀妹就早知道這點，她的兩屆縣議員的經驗，就在我這初次出馬競選的期間，成爲我的行事態度的保母，指導我應付進退，我亦發現在邁向成功的道路上，我的氣質的演化是一件頗爲饒趣的事。就在上星期，主辦單位舉行了一次公教人員輔選工作會報，要全鎮黨籍的公教人員出席集會；縣長、縣黨部主委、教育局長，以及本鎮各單位的首長，和我們參加競選的候選人都坐在長桌的後面，面對幾百位公教界的知識份子，要求他們在此次艱苦的競選情勢中，拿出忠心於黨國的精神，出力支持到底；做爲黨提名出來競選本鎮的鎮長候選人的我，在發表演說時，我突然一時感到面紅耳赤，幾至語塞中途停頓的尷尬局面。但想到長官的付託和扶持，我又振作起意志，做毫無愧意的呼求他們支持我，聲言將爲全鎮的民衆做最大的服務。事後，秀妹和服務站主任蒞臨各村里列席里民大會、婦女會，開始在會中進行公開指責敵對的無黨無派的競選者的種種欺壓善良百姓，不務正業和無所事事的事端，並由各國校的校長指令老師們對學生進行調查家長的意向，強迫學生要求家長應該的選擇。對於這些作法，現在站在我非贏不可的立場上是理所當然，無可厚非的。

「今天你得守候在本部，或許有什麼特殊的情況，」秀妹說。

她剛由樓上的臥室打扮完一步一步地走下樓梯。

「會有什麼特殊的情況？」我坐在寫字桌的位置轉頭仰視她。

她聽到我這樣的發問，似乎使她詫異得佇腳在下樓的中途，用著她有點塗厚了色澤的眼眶而使眼睛顯得特別深黑銳利的驚異神色注視我；在這瞬間，我第一次感覺她高高在上的威嚴和冷峻，我幾乎不相信她就是我十多年來，在我們的款款耳語的床笫間百般順服我的嬌妻。她是太男性化了，使我不自覺地抖顫了一下。我自覺我的問話的無知和幼稚，她的表情又由陰暗轉化爲明亮，畢竟我和她是一體的。

「難道你嗅不出情潮？」

「什麼情潮？」我又傻了。

「當然不是那種兩性間的。」

她顯得好氣又好笑的樣子，走下樓，站在我的身旁，用她的右手按在我的左肩上，然後意味深長地對我說：

「你應該要有心理準備。」

「到底是怎麼一回事，秀妹？」

「你實在是個標準的書生，不知天下間的是非。」

我完全被她嘲弄的關懷所嚇住了；我不明白此時她爲何不能保持一貫歡喜的態度；她像是要對我發佈驚人的內幕消息。

「難道妳不是從頭就贊成我出來競選？」

「當然，而且我們兩人攜手一起會更有身價，可是……」

「爲何妳不早對父親堅持這一點？」

「他也知道，但現時他已無能爲力。我這幾天才知道，下一屆農會總幹事改選已不可能是他，一切的安排都是爲未來的形勢準備的，他並不知道他吃了這暗虧，可能會要他的女婿來代吃這個苦果。」

「妳說的是什麼意思？」我急躁地站起來。

「即使如此，你現在也要保持冷靜。」

她又把我按坐到座位上。

「所有公教界的知識份子都支持我，有他們我相信可以影響到其他人。」我說。

「表面上他們是服從上級的要求，可是眞正不可靠的也是知識份子，何況他們從來就沒能左右一般的勞動民衆。」

她愈說我愈覺得不是滋味。

「那麼要怎麼辦？」

「就是明知是一場敗仗也要繼續堅持下去，直到被打敗為止，我們所靠的是一些連我們也不明瞭的奇蹟。」

「為什麼妳先前不這樣告訴我，否則我也不會涉陷進去。」

「情勢是逐月演變出來的，我比你更具有這種敏感，能夠憑我的感覺嗅出來。」

「這就是妳所謂的情潮？」

我們幾乎是怒目相對，又相視而笑。

「你總會變得聰明世故，」她說。「我要出去為你守候一些崗位。」

她把手縮回去之前，我把它緊緊地握住。

「我不知要怎樣感激妳，」我說。

「來日方長，」她說。「有什麼情況，你看著辦好了，最重要的是保持鎮靜。」

當她走出門外時，她又告誡我們那九歲的男孩耀宗不要隨便亂跑，到街市上和同學爭論打架。她一離開，我突然有些寂寞孤獨的感覺；但我明白，無論這世界是怎樣的窩囊糟糕，只要有秀妹在，我便足可安慰。

三

我的內弟張萬騎著摩托車停靠在走廊，大腳踏進我設在客廳的競選總部，他是一個十分衝動的青年，與他的姐姐恰成對比，一直是這次我出馬競選最爲熱心的助選員。我一眼望去，他那長滿青春痘的不平均的臉孔像在流著殷紅的血水，我捉起掛在椅背的乾毛巾丟給他，要他把臉上的汗水擦乾。

「有什麼消息？」我問他。

他從衣袋裡搖出一張油印的紙張。

「你看這個，姐夫。」

我端視他遞給我的那張字跡笨拙的油印紙，裡面分條寫滿我的敵對競選者幾十年來爲警察分局登記有案的各項違警劣跡，大部份是本鎭的民衆已經熟知的賭博和唆使打架的事。我的內弟自己在倒茶喝。我判斷這張單子已經散發到本鎭區內的各處，正在發生某種反作用效果。我捉起電話打到警察分局，那邊的値日警察說局長乘車出去巡視不在，問不出到底怎麼一回事。我又打給服務站主任老謝，我聽到他的笑聲就感到滿身的寒顫。

「你不要緊張，這是秘密。」他說

「爲什麼？」

「就是拿出一點手段來而已。」

「可是……」

「讓大家知道他的底細不配當鎭長。」

「這樣做你沒有考慮會成了反效果？」

「保證不會，你放心，我有勝算。」

「這不是我意願的……」

「這個時候不能談你意願的事，等你當了鎮長，你可以隨心所欲，你要放明白，要是我不能輔選成功，我也要走路的，這個重大關係我不能不考慮。」

在電話裡我根本不能對他怎麼樣，我心裡充滿對這個搞政工的傢伙的痛惡。他顯然不懂得了解群衆的心理是怎麼一回事，只管賣弄他那一套挖臭和鬥臭的伎倆。我最後拼出這樣一句話對他說：

「謝謝您，你眞幹壞了好事。」

「怎麼樣，怎麼樣……」

我把電話掛斷，把那張醜惡骯髒的油印紙揉成一團，狠力丟進桌子下的字紙簍裡。我要我的內弟不要出去和人爭論這是誰幹的好事，聽任情勢的發展算了。

之後，隨著整個上午的時間的流逝，紛紛有助選的人回到本部，傳遞給我許許多多莫名其妙的寄發的明信片，其中有一張這樣寫著：

進發：

你不投我一票我會叫你好看的。

林家園鞠躬

我料到這又是怎麼一個作用，似乎雙方都在利用紙彈，可是我的敵對者林家園這流氓頭卻勝人一籌。

「怎麼辦？」

我的內弟張萬看著我若無其事，反替我焦急萬分。他把椅子拉過來靠近我，似乎要與我商討出一個補救的辦法來。

「這樣搞下去，我們本來是優勢反而成了劣勢。」我分析了事理之後結論說：「本來是一件神聖的事體，變成了最窩囊的髒事。」

「這是打仗，當然都不擇手段。」他幼稚得可笑地說。

我懶得去爲他解釋這根本不是什麼打仗，而是一種公平的競爭，以及對民衆知識水準的一種最佳的考驗，以說明一個國家是否值得實行民主政治。但這些道理現在有誰去加以關懷呢？憑著我的人品學術和職業地位都遠遠超過對手，黨部提名我也是正確有眼光的，但爲何在這個小鎮上會演變成如此地無秩序和混亂呢？

這時一位派去我的老家地土城里的助選員回來報告了一項驚嚇我的消息，他說，那些鄉居的農戶都在傳言著我不孝順父母，把年老的父母親丟在鄉下，與妻子舒適地住在鎮街上。我心中明白，表面的事實正如傳言，但內情並非這樣，兩老身體猶健，不習慣街上嘈雜的生活，喜歡與樹木農作物爲伍，自願留在清靜的老家住，我相信接近我的朋友都能爲我辯解；但事到如今，有如內弟張萬的說法，是在與敵對者決鬥，我早先沒有提防這一著，現在已經無可奈何應付。隨之在鎮街也紛紛傳言我教學不力，不關心學生的課業，不重視升學，拒絕給學生輔導功課。然後有助選員匆忙地回來說，某某村里票價由五十錢喚到一百塊錢，問我該怎麼辦？在旁邊的內弟張萬斬釘截鐵地說道：

「我們出一百五，統統打死。」

四

午後，在投票結束之前，我偕忠實地維護我的秀妹乘坐計程車到各里的投票所去，向那些整日不離開崗位的辛勞的服務人員答謝。從那些與我同等職位，在本鎮同樣服務於公教界的人員面孔表情上，我體察到我與他們之間的隔膜，從難能產生熟絡的友誼上，我深深地感到我是個不獲好感的候選人。戲已快落幕，懊悔急遽地侵擾到我的心底，我自知天性不喜歡言笑，待人處事務求合於禮法，給人一種傲岸不群的口實。當我下車步上本鎮最偏遠的一所小學分校的斜坡時，一位我原先不很注意的我的助選員，依然忠實地站在離投票所數十公尺遠的圍牆外，代表我謙恭地向最後趕來的老年人拉票，我感動而羞愧地把頭轉向西墜的太陽，那裡天邊佈滿暗褐的雲層，露出木麻黃樹尖的海洋平展成一線，離我踐踏的草地甚遠，但我敏銳的耳朵似乎能夠傾聽到潮汐的捲動聲響。我回轉時招呼那位憨直的青年過來，緊握著他的手說：

「阿波，辛苦你了。」

「阿基兄，不要這樣說。」

「你說這一里的情形大概如何？」

「不是我說大話，這一里都是阿基兄你的票，那些老輩的人都說，要一個有學問有人格的出來做鎮長，鎮政和建設才能和別鄉鎮比拚。」

「謝謝你，阿波。」

我心裡又湧出激烈的感動，但是我知道，設在這所學校的是十八鄉里中人口最少的一個投票所，合法的投票人數不足四百人，有大多數男女青年都遠到城市去工作謀生，只剩下散居在村落山邊的爲數寥寥的老年村夫農婦。

「阿基兄，我給你講，我是轉達他們的意思，你當了鎮長之後，這一帶山區要好好加以墾植造產，開闢一條產業道路通到那邊山腳，使交通方便，一旦有經濟價値，外面謀生的本地人就會肯回來經營。」

「你說得是，阿波，我太感激你了。」

回到家裡，內弟張萬已經在本部佈置好準備統計各處開票的情形。我坐定在那裡等候，秀妹忙著從廚房搬來了給大家解渴的可口可樂。一刻鐘後，就有第一位負責帶回消息的人騎摩托車急忙的趕回來報告，我的得票數僅略勝少許。不久大致情形已經揭曉，鎮內和附近人口較多的地區，我的得票比例與敵對者相差甚多，甚至連我的老家地土城里亦慘遭敗北。走廊上圍擁的人潮，看到我大勢已去，漸漸的離散，幾個助選員帶著頹喪的氣色，敗興地偷偷溜走，我心中早有準備，是我的愛妻秀妹要我提防的。這時，我的心境由極度的緊張直落，有著逐漸解脫的感覺，彷彿所有的世事均與我牽連不到關係。突然，當我瞥望到門口，我的小兒子耀宗帶著滿臉塗污的血傷哭奔進來時，我自己像是另一個自我，從座位上急躍起來，迎抱著那代表整個遭到慘痛的小身體，把他緊緊痛惜地摟在胸懷中，他的臉蒙在我跳動的左胸上嗚咽。我轉身時，看到內弟張萬已暴跳如雷拿起電話打給警局，秀妹急速地從他手中搶過電話掛斷，並斥責他說：「不要小題大作。」

當我準備坐計程車趕到鄰鎮的醫院爲我的孩子裹傷時，秀妹趕過來要和我同行。車子經過一個十字路時，我從窗口望見我的敵對者的本部的那條街擁塞著人潮，有一盞強而明亮的燈兒照著一塊掛在走廊窗門的白色紙板，那必定是公佈他們勝數的佈告欄，鞭炮之聲由那裡響起，我們的坐車遠離市街開到公路上時，還能聲聞。之後車子在平直的大道上急駛，除了馬達聲外，外面喧嘩已聽不到，由窗口不斷流瀉進來的涼風，像在衝洗我滿腦的昏噩。那位司機似乎在照後鏡偷偷地窺視我，然後由他的肩膀遞過來一根香煙，我傾身接住後對他說：

「謝謝，」我爲自己點燃，猛吸了一口。

「幹伊娘，伊有資格當鎮長？」他憤憤地說。

「不是這樣講，這是民選的。」我說。

「民選是民選，統統是垃撒鬼代志。」

「是的，但對我來講，是白日噩夢。」

秀妹伸過來握我的手，我把耀宗抱緊。

喜歡它但並不知道它是什麼

我在鄉居時常會遇到這種尷尬的場面：葬禮的行列浩浩蕩蕩在街面上緩步走過，一隊西樂隊穿著頗爲整齊的白色制服，戴著高聳而有飾帶和徽誌的帽子，樂聲吹奏著〈再見吧〉或〈珍重再見〉那種步調緩慢、心情沉重的曲子，使街道兩旁的人家多少也沉浸在悲離的氣氛中。事實上並沒有那麼單純和莊嚴。跟隨著西樂隊之後，是一隊衣著雜陳的非常吵鬧的鄉樂隊（子弟班）。其實當我未見到葬禮的行列之前，早已聽到樂聲交混在空際中；西樂較易聽出任何性質，但鄉樂則不易分辨喜或憂。終於這兩隊已趨近面前，大鑼鐃鈸和大小鼓錯織地敲打，鼓吹弦和洋琴和管樂的大小喇叭競奏交混。這像什麼？這就是我在家鄉所常見的一幕中西不諧和而共存的場面。這種不像樣的嘈雜隨著行列的遠去而消失，恢復寧靜。時刻大約都在早晨十點鐘左右，但約莫在正午十二時，突然地一陣激昂而鼓舞的〈雙鷹進行曲〉的樂聲再度引人注目，原來葬禮的行列由山頭轉回來了，西樂隊走著軍人昂首的步伐，好像打了一場勝仗回來一般，這樣扮演不爲什麼，是一頓三角肉的午餐正在街邊的帳篷內等候著，可是他們卻站在帳篷邊把曲子吹奏完才紛紛就席。鄉樂隊同樣也不甘示弱，鑼鼓在一陣維持二分鐘的緊湊喧天之後，才算功德圓滿。然後可以睹見他們歡歡樂樂地喝酒吃肉和說笑，把那死去的人遠遠拋在山頭那邊，其實人已死了，也不在乎他們這樣的胡鬧。

生活本身就是這麼充滿諷刺嗎？我這樣說一定會引起別人的詰詢，會問我：「那麼你以為如何才算妥當呢？」我不以為如何；我不是音樂家，也不是典禮官；我除了具有感官感覺和有時思想外，我什麼也不是。這樣說也不當，應該說成我是具有文明的人類子孫，我在上面描述的葬禮的情形，只不過是指出那場面的荒謬、野蠻和無情罷了。眞的，對於音樂的種種，我一點也不知要怎麼辦。

雖然我不能說出音樂的本質和功用是什麼，但是我喜愛音樂的。我的父親在日據時代是一名業餘樂隊的小鼓手，且善於在家吹笛；我的長兄是位職業的吹奏家，是各種管樂器樣樣精通的吹奏者，他先在歌劇團吹奏傳佩脫（小喇叭），薩克斯風在臺灣光復後流行時，他改吹這種悲鳴的樂器，最後他罹染肺病，氣力不夠，在酒家改吹克拉里內德（黑管）。當土生土長的吹奏者都襲用阿拉伯數字記下的簡譜時，長兄玉明全部將他所用的樂譜改寫成五線譜，我很佩服他勤勉的自學，許多家鄉的青年都奉他為師。後來他也作曲，和幾個同鄉人組成一個管樂隊，常受僱於葬禮時吹奏，因此他應需要寫了一首葬曲，當他不幸在三十二歲那年去世時，那些好朋友圍在墳墓四周，吹奏那首葬曲。我從小就這樣耳濡目染，所以我愛好音樂是十分自然的事。

但自進入臺北師範學校，對於音樂始有新的認識，擺脫了小孩時代對歌仔戲曲和流行歌謠的癖好，在課堂或左鄰音樂科的西洋音樂和藝術歌曲傾投了無比的熱忱，對那時期在校外的音樂演奏會成爲一個沉迷的聽衆。但是如有人問我，要我回答我聽了恩芬天奴的歌唱，和省交響樂團的定期演奏，且在那三年間做了班級合唱的指揮的感想如何，我必須坦白地說，我是沉浸在音樂的狂濤裡，可是我萬萬不能說出我已經知道了音樂是什麼。

之後我和作曲家徐君同事一段時間，那時他的作曲和戀愛相輔相成，我是他生活的夥伴，且是他作品的過目者，他研讀貝多芬研究，我也看貝多芬研究，他彈琴，我也學彈琴，當他去喝酒時，我便躺在床上聽唱片：二年的時光過去了，蕭邦的〈馬厝卡舞曲〉一直盤繞在我的心的深處，李斯特的〈匈牙利狂想曲〉時時鼓動著我消沉的情緒，但假如有人以爲我已經頗知音樂的形式和內容，我會沉默地掉頭走開，天知道，音樂現在造成我的寂寞和無聊。

那麼我的不滿足是爲什麼？我是否在雜亂無章的聆賞裡搞得昏頭昏腦呢？我爲何不做些有系統的鑑賞和研究？從貝多芬做爲中心點，劃一條分界線，一路指向貝多芬之後的音樂家，一路指向他之前的音樂，但首先要把貝多芬搞個一清二楚，他的最爲首要的九首交響曲，前後期的弦樂四重奏，鋼琴奏鳴曲，協奏曲，序曲和他的歌曲，還有他的傳記。不錯，這樣做的確有點成效，身體裡留駐了一點知識的份量；當許多人以他那一首交響曲最好而爭論時（有說命運，有說田園，有說第九的合唱），我卻能持另外一種論調說他的第七最能躬身自省和自憐。這一點最爲可貴，因爲凡有才能的人總會表現得過分自大，固然才能者都具有一種震撼人的精神，但效法偉人的精神是沒有邊際的，而能與我們脈脈相似者正是他注視自身和深思的時候。貝多芬的獨白最爲感人，在他的歌曲裡充滿憫人的胸懷。後來我同樣在〈富蘭克鋼琴五重奏曲〉，在〈布拉姆斯第五號交響曲〉中體會同一件事。循著這一條線，幾乎在布魯克納、葛利格、舒伯特身上重現生命的孤零感觸。但回返巴洛克時代的音樂，又如在另一境界的夢景中。但要有人說我已經進入了音樂的鑑賞的殿堂，置身於音樂的歷史，儼然是個巡禮者，那麼我會搖頭嘆息，因爲在那音樂浩瀚的世界裡，音樂本體的完整知識是什麼，我依然毫無所獲知。

即使我能夠流利無誤地背誦出幾十幾百音樂家的名字，也懂得他們作品的數量，並能找出他們之間相互影響的跡痕，或是誰與誰具有共通的精神等等知識，我還是相信自己是個徘徊門外，不得其門而入，只是拾到一些經過多重折射的零碎破片的乞兒。

我徬徨在這廣漠的世界裡，駐足聳耳傾聽人們在高談現代音樂，他們說現代人要有理性的思維，要有民族的情感，十二平均律和無調性音樂之後，必須回歸到民謠旋律；我用右耳聽史特拉汶斯基、荀貝格、德布西和巴托克，用左耳聽蕭斯塔科維淇、史梅塔納、德沃乍克。〈浪子歷程〉的杯盤破碎聲，〈午後的牧神〉的冥思和奇遇，鋼片琴的醒腦感覺，大提琴的低迴和快速的斷奏，莫爾島河的水聲，新世的追遠和風景，在這些十分令人嚮往的內容裡，雜混著〈西班牙舞曲〉和〈藍色狂想曲〉。在如此繽紛的聲色的跳動中，在如此繁富的物樣裡，就像置身於早晨鄉村的菜市場，的確有一份理智和情感在引導著行走，可是我不知道往後要再走向那裡？

然後我加入圍觀的人群中，加入他們學跳探戈、曼波、扭扭、倫巴、阿哥哥、搖滾和狄斯可。我學唱：

Yesterday,

It's now or never,
I love music,
The Wedding,
The house of rising sun,
The three bells,
Donna,
KAMBAYA,
The end of the world,
Night's are forever without you,
The best disco in town,
Looks like we made it,

的確我是成功了。我亦能在此同時回憶往日學校生活中學唱的〈鱒魚〉、〈夏天裡過海洋〉、〈瑪莎〉、〈老黑爵〉、〈肯塔基老鄉〉、〈老樂手〉、〈我住長江頭〉、〈教我如何不想她〉、〈滿江紅〉、〈當晚霞滿天〉。但你以爲我快樂嗎?生活愜意嗎?我會說不,我十分苦悶。有人點破我似地引導我去聽成熟的〈波爾瑪莉亞〉和〈Brubeck quartet〉,是的,這種音樂很適合於咖啡間進行交談,甚至最近以輕音樂的樂隊編組方式演奏古曲音樂也大行其道。但流行歌曲和輕音樂只能造成聚集和固定化的情緒,就像一大堆人泡在死水池裡,無法解脫。但就人生來說,孤獨和沉思的時候居多，我們需少部份的沉醉，但也需要大部份的滋養，然而，我外出時總聽到電氣行門口的擴音箱在放聲大唱：

夢鄉，你站在我的前方，

擋住我的去向……

於是，我只好逃回家，只好放下唱片聽〈弗拉門哥吉他〉，聽法國南部摩爾人的後裔用渴慾的喉聲唱出〈摩爾人的少女〉；有時溫習一下西貝流士的交響曲和交響詩，意識裡像置身於北歐的森林、沼澤，群山和水氣的迷濛中，我只能在這種神話的堅決意志裡產生力量，這樣或許比較使人有生存下去的意願，且瞥視渺小的自我在宇宙間的存在地位。音樂像生命一樣，我喜歡它但並不知道它是什麼！

七等生小說的心路歷程

張恆豪

一

正像他特殊的標誌──〈我愛黑眼珠〉一般，在戰後三十多年來的台灣文學界，七等生可說是最受人議論的小說家之一。

他的創作除了帶給讀者混亂迷惑的感覺外，也帶給批評者毀譽對峙的爭執。有些批評者指斥其小說充滿欺瞞性和荒謬性，違悖倫常，離經叛道，頹廢墮落，而有些年輕的批評者則推崇他是削瘦的先知，啞默的天使，洞察人性的美醜，燭照人生的本眞。細究起來，引起這些褒貶兩極的主因，自然是在於其創作形式之「隱晦」與主題之「怪異」的焦點上。

平心言之，和他同屬於戰後第二代的傑出同儕比較起來，他不像李喬透過歷史的凝視，以佛教的悲憫去觀照台灣苦難的大地和生靈；也不像陳映眞懷具著強烈的民族意識，去批判二次戰後死灰復燃的跨國經濟體制，對於開發中國家固有文化的侵蝕，以及對人性尊嚴的壓迫；也不像白先勇關心的是山河變色後退居台灣沒落腐化的上流社會，他們迷戀過往，乍似風華爭艷，實則靈氣殆盡；也不像王禎和同情的是由農業社會轉型到工商社會的低下階層，他們無法抗拒資本經濟的龐大壓力，不得不屈辱地苟延殘喘。這些同儕都具有鮮明的形式和清晰的主題，予人較為明確的印象（並不意味評論者的觀點就是一致。）。

而七等生是個喜好沉思的自我型藝術家，他慣常從一個現實的敘事，陡然溶入於一個神秘而非現實的自我世界，透過冥想的運作（或以象徵、或以寓言的形式），來探討繁複尖銳的現實問題，其現實問題不僅隱瞞而且零碎，七等生的著眼點自不在於現實表象而是揭露內心的感應。他苦悶的象徵，乃在於人心中自然性與社會性的衝突和抉擇，他藝術的奧祕，即對於小說節奏的追求及語言脈動的講究。

二

我以為其小說具有下列三大特點：

1. 其小說中的敘述語調與作者的思想觀點是一致的。
2. 他的作品串聯了其個人多種生活的經歷，自傳的色彩極其濃厚。
3. 其每篇小說好像各自獨立，實則它單獨存在時僅有充足與不充足、完整與非完整的差別。必須讀遍他所有的小說作品，才能了解其創作意向，較確切地知悉其小說中的演化軌跡。

以上三點的確定是必要的。在七等生的小說中，他的敘述口吻與作者的思維觀照十分貼近，亦即作者常鑽進作品中的主要人物與之認同，故其主角常著有「我的色彩」。此一形態與白先勇的〈永遠的尹雪艷〉或王禎和的〈三春記〉是不盡相同的，在這些小說中，作者與作品人物保持著適切的距離，他們藉著事件客觀的呈現，俯瞰其形形色色的世相，冷諷熱嘲，將一切的價值判斷隱化爲冷智的觀照。前者的特色在於「水乳交融」，後者則是「隔岸觀火」。在七等生八十多篇的作品，多數屬於前者，但有少數幾篇例外，如〈灰色鳥〉、〈AB夫婦〉等作。

因此，在七等生的小說中，其所塑造的角色大多是完美的人格形象，就世俗角度，他們都是卑微或叛逆的異端，但就七等生信念而言，他們是純眞、善良、受難的典型。他們沒有任何操守上的缺點，如僞善、敗德、徇私、勢利、腐化，唯有做爲一個受難人物性格上的弱點（或言特質），如自傲或自卑的相互表裡，感情與理智的纏擾，堅強與脆弱的矛盾，流放與發現的衝激，此一形態與黃春明的小說人物十分近似。

但他們二者的分野，乃在於黃春明的小說人物多數是「外射」的，如甘庚伯、憨欽仔、梅子、坤樹、江阿發、青番公等，都是作者藉諸客觀人物的心理投影（但也有少數例外，如〈莎喲娜啦、再見〉中的黃君）。而七等生的小說人物多數屬於「自照」的，如武雄、劉教員、杜黑、亞茲別、土給色、賴哲森、羅武格、李龍第、詹生、余索、蘇君、魯道夫等，都是作者每一生活階段中自我的化身，尤其〈削瘦的靈魂〉中的「劉武雄」，自傳性極強。他的所有作品，都是生活經歷的寫實，所以我們將各片段串聯起來，不難窺出其生活的斷面。譬如〈來到小鎭的亞茲別〉、〈放生鼠〉、〈削瘦的靈魂〉，都反映了他就讀於臺北師專時的求學經歷；〈父親之死〉、〈初見曙光〉、〈削瘦的靈魂〉、〈沙河悲歌〉、〈隱遁者〉，則表露了他對父親的看法。因此其小說事件常有重複出現的情況，雖然個別主題常思采繽紛、感悟迸發，但就整個主題結構而言，乃息息相關而可匯集成流。

職是之故，七等生的創作意識渾然是一個血肉相連的體魄，處處流動著自我思維的血液。就單獨作品來看，乍似各自成篇，事實上有些意象的經營、場景的安排或主題的呈露是不夠完整的。

就意象爲例，譬如被文評家爭論最多的〈我愛黑眼珠〉一作，其中的「黑眼珠」和「亞茲別」此二意象，在小說中乍然一現，即告消失，尤其「亞茲別」名字突然被李龍第脫口而出，似有倏忽閃現，交代不清的嫌疑，但事實上，「亞茲別」此一意象在〈隱遁的小角色〉、〈來到小鎭的亞茲別〉均有深刻的刻劃，它不僅代表七等生隱遁心態的一個原型，而且是七等生理想世界中所憧憬的生命情調的表徵。至於「黑眼珠」亦然，它是作者自始以來所苦心經營的意象，它代表七等生小說的理想女人中靈犀相通的象徵，這一意象屢現於〈早晨〉、〈黑眼珠與我〉、〈初見曙光〉、〈冬來花園〉、〈放生鼠〉、〈天使〉、〈我的戀人〉、〈在霧社〉、〈削瘦的靈魂〉諸作。再如〈十七章〉裡那個神秘而古怪的騎車人物，和〈流徙〉裡騎腳踏車的老董或有關係。再如〈獵槍〉的白娥、灰色鳥，與〈灰色鳥〉中的安息、灰色鳥也有相關寓義。尤其〈灰色鳥〉的貓，神祕而撲朔，要尋覓其象徵寓義，可參考〈某夜在鹿鎭〉、〈跳遠選手退休了〉、〈僵局〉等作。再如〈睡衣〉中所提到的天府之國，或許與〈蘇君夢鳳〉中蘇君所否定的天府之國有關聯吧？凡此等等，我們必須掌握作品的整體性才能較爲了解其個別的特殊涵義。

其次，以場景爲例，譬如〈九月孩子們的帽子〉一作，此文分三部份：1.不便的世界。2.其中的一個樂師死了。3.回到一九五九年的火車旅客。三部份的情節都不相屬。而2.其中的一個樂師死了，卻顯得單薄和簡陋，題目叫其中的一個樂師死了，我們不禁會問：爲何要叫一個樂師，它是否有特別寓義？而到底一個樂師死了與其中情節進展有何特殊關聯？顯然這些交代都不是夠完整。再如〈是非而是〉，忽而道出那位喇叭手的咳血情況也是一樣隱晦迷離。雖然他們都可單獨存立，但若能再參照〈沙河悲歌〉，則對作者的意念會有更深刻的認識。再如〈放生鼠〉第八節——長褲骯髒和無錢理髮事件，此係七等生求學期間不愉快的生活陰影，這場景後來又重現於〈削瘦的靈魂〉，若我們能前後對照，不難窺出其創作的心理背景。再如〈黃昏，再見〉中救人事件，後來又重現於〈回響〉。再如〈海灣〉中的游泳事件，係七等生幼年的生活經驗，爾後又重現於〈隱遁者〉。假如我們能將〈削瘦的靈魂〉、〈放生鼠〉、〈初見曙光〉、〈在霧社〉、〈天使〉串聯起來，當有助於了解七等生對「林美幸」此一角色的創作意念。

最後，就主題而言，譬如〈期待白馬而顯現唐倩〉，「唐倩」此一意象係自放移植的，見於陳映眞的〈唐倩的喜劇〉；而「白馬」意象，在本篇中描述得很簡略，有關白馬與沙河的進一步關係可以說付諸闕如，欲追溯其源，則可參見〈白馬〉一作，其中對白馬顯現的神蹟，神俊活潑，奔躍下山，如何把荒地變爲良田，以及所代表的寓義，均有精采描繪。「白馬」，是七等生心目中耕作者樂園的表徵，假如我們能了解此一原型，則對〈期待白馬而顯現唐倩〉的主題，將能深入體會。這種現象尤以民國五十八年的〈木塊〉、〈回響〉、〈希臘．希臘〉、五十九年的

〈來罷，爸爸給你說個故事〉、〈海灣〉、〈銀幣〉、〈流徙〉、〈離開〉、〈笑容〉、〈墓場〉和六十二年的〈無葉之樹〉的各短篇最爲明顯。

對於這種情況，七等生頗有自知之明，在《離城記》後記，他說：「我的每一個作品都僅是整個的我的一部份，它們單獨存在總是被認爲有些缺陷和遺落。寫作是塑造完整的我的工作過程，一切都將指向未來，我雖不能要求別人耐心等待，但我有義務藉解釋來釋清一些誤解。」而所以如此，七等生以爲「我再想用多的描述是無益的；靈感促成我需要那樣寫」❶，因爲「當我以緊密的精神追索我的意念之時，在小說中去計較文法是甚爲不合理的事」❷。由此又可窺悉七等生作品的特質：創作意念決定行雲流水的形式，而此自然的形式是其內容的所有寓義。

寓言的型態、象徵的涵義、人名的隱喻，以及文字句法、節奏韻律等，是七等生小說中饒有情趣的，這涉及到七等生的生活經驗、思想背景和其特殊用意。由於本文採取的是「心路歷程」這一角度，故對於其小說的形式和態勢僅止於說明，進一步申述，則待以後專文再詳細探討。

三

民國五十五年發表於《文學季刊》第二期上的中篇小說〈精神病患〉，是七等生有關其小說意念呈現得較爲完整的一篇。前已述及——其小說中的敘述語氣與作者的思維觀點是一致的——在本篇中，主角賴哲森的心靈活動，即七等生思維的一個投影：

第三天我（即指賴哲森）獨自到醫院，白醫師坦白的告訴了我，我的血液充滿梅毒的病菌，他還說阿蓮腹中的胎兒可能會遭到同前的厄運。我告辭出來後，這一刻，任何事都離開了我的思緒，什麼都像自行退後，一切的理想和愛慾都完全遁跡，我成爲一個空洞且悲哀的人，我是個充滿血毒的男人，我以前所發表的憤怒之詞全屬空言，我唯一想做的就是去死。我開始疑問我血液中的病毒從何而來的？我未曾與任何和我戀愛的女人交媾，包括丘時梅女教師，我曾衝動地步入但我被嚇退了出來，阿蓮是清白的，唯一可尋的就是遺傳；我曾聽許多描述我那位風流的祖父，在我童年時候。我去死時，阿蓮怎麼辦？我坦白地告訴阿蓮時，阿蓮如何能寬諒我？我何忍再令阿蓮遭受那手術臺的經歷？以後都不可能有孩子，阿蓮將如何地絕望？我要如何補救呢？

我沒有告訴阿蓮我心裡隱懷的可怕事實，阿蓮工作回來，通常已經疲乏不堪，她一向疏於追問我的事物，連我前日表示再去謀職一事她都緘默得好似忘掉一樣。晚上，當我想起我是如何地虧待阿蓮，以及感謝她給我如此光華且充滿愛情的許多日子，我由衷地愛惜著她，不堪再加任何痛苦給她。在這個時候，我能對她表示的就是慇懃地令她多嚐肉體的交合之樂，我現在生爲一個男人可供給她的也唯有這一件事能令她由衷的感動，我再也想不起做一個現世的男人能夠再以這一件事去欺侮女人。

這與其說是賴哲森的信念，不如說是七等生借重這一人物所顯現出來的秉性。此一秉性，孕育了七等生思想人格的基本型態：

「（前略）要是有一種樂園，這是大多人都想望的，也是先賢的構想，我們工作著不會覺得是痛苦或是一種致命的戕害，智慧是用來娛樂人生，天賦高的人爲天賦差的人服務，沒有強迫性的八小時工作，一切事物都顯得同樣價值，遙想自己的子孫生活在這種天地中，一代一代謹慎地活下去，現在即使自己多麼痛苦，即使多麼受到壓迫和凌辱，只要能實現這一份理想，心中就覺得寬慰。但是回到我自身的問題，坦白說阿蓮，我非常慚愧，我相信我決非這樣懶惰、苦惱和神經衰弱，我是個理想主義者，我不喜歡我這個樣子。（後略）」阿蓮突然問我，我有沒有國家民族的觀念，我說我還未具體表現過予以審查我自己是否有沒有，不過在我的意識思想中，隨著求知慾的發現，僅僅愛自己的國家民族這是一個現代人愛的起點，而不是愛的終點。阿蓮指責我的生活和作為都酷似一個虛無主義者，沒有任務沒有責任的感覺，我說我要是眞的是個人主義者，一個逃避任何為社會服務的責任的人，我要她回答我，我在這種狀態是否快樂不快樂？她說我是一個徹頭徹尾十分不快樂的人，於是我說我顯然是被迫就於這種不快樂的外表個人主義者的地位。

這種思想人格的基本型態，乃是外表乍似虛無的個人主義，實則是以國家愛民族愛為起點，而以人類愛為終極目標的理想主義者。所以被誤解，乃是來自於時代因素和腐化的犬儒思想所造成。

檢析七等生八十多篇創作❸，我以為其小說最大寓義，即在揭露人類生存的表象——「理想世界」與「現實世界」對抗、糾葛，而探討人類心靈癥結——自然性與社會性之衝突與操持❹。其涵蓋面包括對神、性、愛情、藝術、哲學、自由、民主、法治、尊嚴的嚮往，對宗教、神像、戰爭、政治、婚姻、友誼、法律、罪與罰、教育制度、繁衍後代、大衆傳播、生態污染、知識份子、特權文化、資本社會的反思，以及對貧窮、迷信、權勢、無知、徇私、偽善、敗德、無恥、腐化的批判，而以人性的童摯舉鄉愿、自然性舉社會性爲交點，從其作品的演化脈絡，可窺悉其龐雜而深厚的思想結構，恰似一蒼勁而老邁的巨幹，其上枝葉扶疏，其底盤根錯結，而獨擎著廣漠無語的宇宙。

四

貧窮，是七等生小說一再探索的痛苦根源。其小說開展，多是齧咬著這個根源向各角度伸延：飢餓疾病的侵襲、社會的勢利不義、人心的消極、讀書人的自私和奴婢性格。而歸根結柢，貧窮和他父親的遭遇有著密切關係。在〈隱遁者〉中，七等生藉著主角魯道夫的口吻說出：

我個人的遭遇，當我的父親被解職後，直到他逝世，造成家庭的貧困和兄弟姐妹的分散。反觀那時在日本帝國統治下與先父一同任職，在光復後依然保持職位的人，他們的豐衣足食的生活和意氣高揚的態度，對我和我的家庭而言是一種無比的刺痛。我必須追究我痛苦的根源，我的痛苦與我的父親的遭遇有著密切的關係。

同樣情節出現於〈沙河悲歌〉，七等生如此敘述：

當父親爲第一任鎮長湯子城以裁員理由革職公所的職務後，家庭陷入了空前的慘淡和貧困。父親整日沉默不語，他的胃病逐漸轉劇，大部份輾轉在床上，他現在想起來十分爲父親抱屈。那位神氣十足排除異己的鎮長不知什麼原因在鎮長任內死亡了，他的死對李文龍的家庭來說並不覺得喜悅。日本人結束了五十年的統治走了，在戰爭期間刮走了所有的臺灣的物質，光復後的臺灣陷入空前的經濟恐慌。那時家裡一天只能吃兩餐，大都是番薯，米糧很少，肉類和蔬菜常常斷缺，只好炒鹽巴下飯，或煮番薯度日。就在這樣的貧困的情況下，幼妹敏子賣給那對做焊接工的無子女的夫婦。

這是一幅活生生終戰前後台灣庶民的生活素描，貧窮造成七等生骨肉分散、家庭困頓以及個人不幸的童年。「他現在想起來十分爲父親抱屈」，但早年的七等生顯然不是如此，他卑視被解雇後的父親，搖尾乞憐，不能秉守孤傲情操，就在這樣情況下倒下去，是個可鄙的懦夫（見五十四年〈初見曙光〉），因此他父親死時，他沒有流下一滴淚，他覺得這個世界上唯一管轄他的人死了（見五十七年〈父親之死〉）。但在六十三年的〈削瘦的靈魂〉，這種敵恨的意識消失了，取代的是追憶和冥思，「我不是不喜歡父親，可是他似乎像一般人一樣仇恨這個時代；他的年歲在失掉鎭公所職員職位時，已經不可能再從事任何職業；我也覺得既是公務員就得一輩子是公務員，否則就去死。現在回憶起來，比那時他死時要傷心得多，因爲時間越長，我便能越看清楚；譬如有一件事是我現在不能否認的：我是他的兒子，和他是一模一樣的笨蛋。現在我倒想爲他灑幾滴淚，但那時一滴也沒有流出來，覺得他死了倒好些」，而到了六十五年的〈隱遁者〉，七等生透過時間和經驗的反照，轉而追認他父親可貴的情操，他藉著陳甲和湯阿米的口吻分別道出：「他似乎存在著一種這個社會裡不可能有的秩序感，一種精神理想，如果他能保持緘默，會令人有點敬畏，可是他看來又沒有領袖慾的那份狡獪，他的誠樸是消極的一種本質顯現。」「你的父親是個不能適應時代改換的人，他是個徹頭徹尾誠實的人，他在英年就逝去是一種可惜，而造成他的憂患的責任，社會是應該承當起來的。」

以上是七等生對於父親的情感由敵視而至認同的轉變過程。而對於貧窮的由來，七等生除了歸結時代因素——戰爭中異族的奪，還以為有下列因素：其一，人為的因素；其二，分配的因素；其三，社會的因素。

在具有自傳性的〈削瘦的靈魂〉，他敘述主角劉武雄的遭遇：

那時全校學生的晚餐已到尾聲，大部份人已經離開；那天是校運會，你得一千五百公尺的第四名；大家在餐廳裡都有些興奮，而且可以說已經都疲憊了，遺憾得很，晚餐的菜太差勁了；有人把雜在蔬菜裡的豬腹皮肉撿出來，丟在鄰桌去，然後傳來傳去；有時那是一塊母豬的乳頭，已經煮成紫黑色，變成很可怕的東西，於是敲碗的聲音響起，呼叫聲四起，表示對壞伙食的抗議；坦白說，伙食壞已是司空見慣的事，建議也沒有獲得具體的改善，大家因此常常敲碗鬧著玩，感到十分有趣而已；有些人早就看到，早晨採買回來，便有厚臉皮的混蛋過來割肉；廚夫在煮的時候，又為自己留下一部分好肉，所以學生們沒有好肉可吃；這種剝削是十分可羞的該死的行為。

這是人為的剝削，有人假公濟私，斤斤於私利的剝削，其實就是貪污舞弊，此另見於〈昨夜在鹿鎮〉、〈巨蟹〉、〈絲瓜布〉、〈隱遁者〉諸作。在〈削瘦的靈魂〉中他又說：

饅頭寶貴，可是還是有笨蛋把皮剝下來，丟棄在錫盤上；你一生之中連蘋果是什麼滋味都不知道，可是你看過有人吃蘋果還是削掉一層厚皮。我想：這個世界的東西，應該儘夠人類來享用；可是事實不然，饑餓和匱乏的很多；由此可以論斷：有些東西是被隨便浪費掉了。眞他媽的，關鍵在分配不平均，但是任何事不平均是常有的現象；我的意思不在一絲一毫求均等；可是總不能差太多，相差到有人浪費，有人卻饑餓。對於你，饅頭皮比饅頭肉好吃，相同的，蘋果皮比蘋果肉有營養；還可以依此推論許多事物。

這是物資分配不均，有人浪費，以致形成貧富差距，此另見於〈我愛黑眼珠〉、〈昨夜在鹿鎮〉、〈十七章〉、〈希臘．希臘〉、〈隱遁者〉。在〈削瘦的靈魂〉中又說：

可是你要不要拿他的錢呢？你呢？我沒有拿他的錢；他說：「你沒錢就不應該來讀書。」我離開那裡，心裡永遠記住他的話：沒錢不要讀書。我根本就不想受什麼鬼教育，要不是渾蛋父親責打我非上小學不可，然後他自己上天國去清靜，讓我留著到處受苦。我想：讀書是沒什麼了不起，尤其讀美其名爲正式的課程；沒讀書也會有用的，只是凡事不要欺騙人；要不是說公費，我便不會來「土宛」。

這是社會正義力量的淪落，功利自私主義的抬頭，此另見於〈來到小鎮的亞茲別〉、〈結婚〉、〈天使〉、〈誇耀〉、〈碉堡〉、〈父親之死〉、〈僵局〉、〈自喪者〉、〈蘇君夢鳳〉、〈隱遁者〉諸作。

貧窮使生活遭到威脅，使讀書的機會受到限制，使得愛情變質，甚至使清白的人格受到污衊（〈求學期間被誣告偷毛衣的事件，而沒有一個友人願趨前辯護，見〈來到小鎮的亞茲別〉、〈削瘦的靈魂〉）凡此種種，乃牽引出一個龐雜且與我對立的「現實世界」來。

五

在七等生的小說，「現實世界」的具體表徵，便是城與鎮。前者代表勢利、僞善和敗德，後者象徵愚昧、迷信和腐蝕。城是個新興的都市，他深深地迷醉於它，它像個渾身解數的豔女，一切講究的是金錢、權勢、頭銜、享樂，散發著迷人的妖魅，是造成縱慾、墮落和罪惡的溫床，他刺穿她的詭機但卻難以擺脫蠱惑；鎮是個敗落的故鄉，迷信、頑舊和髒亂所叢生的淵藪。「我們的城鎮是講求表面化精神的所在，可是我常覺得每一個人在內心裡似乎都藏著一把刀，這一把用法大致相同的刀是隱藏在寬大多紋條的衣裳裡面，也僞裝在笑臉多禮的面孔下，但遇到機會便集體地把刀拿出來砍倒某一個人，這種傾軋現象在時代有所轉變時便會發生，不論在那一個階層情形都一樣」❺。

他對〈訪問〉裡的市長存有戒心，他欲擺脫〈離城記〉裡那位權威具有支配慾的單教授，他挺身反抗〈隱遁者〉中那位現實社會中迂腐且勢利的代表人物——陳甲。他無法容忍人在這種環境下爲了爭食奪利而所暴露出來的「社會性」：自私、虛僞、腐敗、追求特權的優越感❻，以及「現實世界」中的假平等❼、弱肉強食❽、缺乏守望相助的悲憫❾、法定婚姻的流弊❿、廟持的借神牟利⓫、暴發戶的缺乏文化素養⓬、人類還有一次最末戰爭的威脅⓭、知識份子大放厥詞但缺乏行爲能力⓮，以及生態污染、噪音侵擾⓯，大衆傳播的鄉愿作風⓰、法律的制約⓱、教育的畸型發展⓲。

在痛楚交熬中，七等生發出如此的質疑：「試想：人類的生存是否不必要建立在理性的自制以上，而能一味的實施動物的弱肉強食的野蠻作風？存在的唯一法則是戰勝和打敗對方嗎？和平是自制自己和消滅自己的慾望呢，還是消滅別人的欲望？」⓳在這般的文化條件和現實環境下，他寧可永絕後代，不要生育子女。同時他不禁想到：人性的根結，社會的理想，什麼是生命的眞義？人類的美景在那裡？

他認爲人類與生俱來便帶有罪根，故「我們的科學文明發達，證明我們的罪惡深沉」。他提出了信仰、文化、藝術、哲學和完美的教育，以剷除人性的貪婪和自私，尋回人類失落的精神生命，找到迷失於物慾而潛藏於內心的信仰。他質疑文明的總體制⓴，是否彼此鉤心鬥角、黨同伐異，藉口排除異己，以逞個人的專利和獨裁？而那些「不知民主是何義，本身也未具備民主觀念的人，居然由鄉下的有錢的惡豪搖身變成民主議員，他們在議會中用著粗俗話議事，他們徇私和動武，他們包娼和賭博，這些人之中有的連一張公文都不會起草，他們大談他們代表人民應享特級待遇，如此議會和議員是阻礙社會進步的唯一障礙」㉑。因此他唾棄現實社會的畸態文化，期盼能在海闊天空中做一個獨立自足的人。

他欽敬母親在苦難中堅韌的情操（見〈放生鼠〉、〈父親之死〉、〈余索式怪誕〉、〈沙河悲歌〉、〈大榕樹〉）。他感懷兄長對他的啓發（見〈海灣〉、〈沙河悲歌〉、〈隱遁者〉）。師範時期，他沈迷於《茵夢湖》、《盧梭懺悔錄》、《老人與海》、《林肯外傳》、《諸神復活》，尤其醉心於惠特曼的《草葉集》，他認爲自己的生命是施篤姆、海明威、惠特曼的人格融合。

在挫痛中，他希望歸眞返璞、躬耕自食，回到昔日賴以生存而今被遺忘的大地，在森林、草原、山谷或河岸，找回自然本義的生命，如游魚自由穿梭，像青鳥展翅翱翔，沒有爭利而彼此背叛，唯有擴充善端，秉持良知，竭誠地互相扶持，以智慧探照人性，用愛心育樂人生。誠如七等生藉著賴哲森的語氣所自語：

人類總是重蹈歷史的悲劇，可見人類由於爭食永遠沒有力量促使自己相信歷史經驗和接受善良教育，每一個人都在抑鬱中喪失了自己的優良智能，喪失了理想，只爲了活而工作著，如此，在一個畸形的社會中，人們幾乎完全喪失了他的愛情，包括他應享有的優閒與藝術的愛好，和幻想。

於此，他肯定歷史的經驗、教育的功能、藝術的情操，尤其是對神的信仰，將是治療時代創傷而回歸自然生命的藥石，但一切必須以「自我改造」爲前提。

六

是故，透過理性的省悟，他脫離城鎮的糾縛，返回沙河自隱（參照其生活經歷：民國六十一年夏日他離開台北，回到故鄉通霄任教）。在此深思中，他翹盼再顯白馬，在漸次淪落的大地上，重建耕作者的田園，使純樸的人類努力種植，追求一種與世無爭、腳踏實地的生活情調，此爲其憧憬的生活方式（見〈白馬〉、〈期待白馬而顯現唐倩〉、〈在蘭雅〉）。

同時，他希望歸返原始的海灘和森林，自由奔放，覓回失落的精神生活：映著朝曦他清明之氣冉冉上升，瀑布的水音供他省思，海潮的洶湧，使他的靈魂與軀魄受到治煉，他手植菜蔬和果實來維生，夜半時分，「日子久了，他已不再懷著任何戒心，就像他心裡的欲求的幻影，漸漸地變得漠然和無害；那巨蟒蠕動的優美，像是遙遠不可企及的願望，現在讓他旁觀而省悟形象的滋生和幻滅」㉒。這種梭羅思想的自然原始的生活，使人的靈感與大地發生共鳴，讓宇宙的運行啓迪人的智慧（見〈初見曙光〉、〈精神病患〉、〈海灣〉、〈無葉之樹集〉、〈在山谷〉、〈蘇君夢鳳〉、〈隱遁者〉）。七等生此一理想國，並非癡人說夢、遙不可及的幻想，或是海市蜃樓、空中樓閣的夢魘，而是一個根植於眞實生活，可思可行、能存能活的人類的晨景。他希望能發揚農業社會純樸、踏實、刻苦耐勞的生活理念，以補救工業文明畸形的病態，而創造一個更合乎人性更適於民生的生活模式。

與其說，七等生是反文明的，不如說他希望科技的速度緩慢一點，使人的心智生活迎頭趕上。他也不懷古，七等生以爲人必須在現世中淬勵奮發，而更美麗和平的世界當屬於未來。最主要的，他認爲人必先發現自我、歷練自我，完成自我，此時才能體會自由的精神、民主的眞諦、愛的隱涵、尊嚴的本義、藝術的極致，也才能隨心所欲，不憂不懼，用愛來擁抱生命，使人性獲得更合理的開放，以無私的智慧和力量去實現人間的理想國。

七

就七等生的思想人格型態，參酌其生活經歷與小說演化，大致可將其創作過程分爲三期：

一、居城時期。二、離城時期。三、沙河時期。而以民國六十一年夏日的離開臺北爲分水嶺。（以下分期並非絕對，祇是爲討論方便而做此劃分）

一、居城時期：從民國五十一年至六十一年夏日，這一階段，七等生自臺北師範學校藝術科畢業，服務於臺北縣九份國校，民國五十一年其唯一的兄長劉玉明死於肺疾，同年調職於萬里國校，十月服兵役於陸軍士兵，這一年即七等生創作生涯的開端。服役退伍後，續在臺北縣萬里國校教書，有感國校人事混亂，枉費所學，遂於五十四年決然去職。當年九月結婚，與妻在自主中生活。緣於七等生的秉性與對現實社會的不滿，不忍見其腐蝕與沉淪，對其期盼愈深，批判亦愈嚴。此時反映在創作中的即爲「理想世界」與「現實世界」的對峙與衝突。

例如〈橋〉描述兩位爲愛情而賭命的走索者的心智啓現，〈午後的男孩〉反映鄉鎮的自私和世態的炎涼。〈會議〉處理的是國校惡補的問題。〈黑夜的屏息〉和〈早晨〉，刻劃出情愛在現世價値觀中的失落。〈賊星〉表現礦賊的生活和礦警的職責的糾結。〈黃昏，再見〉討論的是救人的信念。〈隱遁的小角色〉表現一個獨懷著明月、無法在現實濁塵中適應而自隱的憂傷。〈讚賞〉反映友情的信念。〈綢絲綠巾〉揭露純粹藝術受到現實威勢的纏擾。〈來到小鎭的亞茲別〉反映了無法同流合污的悲劇。從其往後作品的演展，可窺悉「現實世界」的威勢愈來愈強，「理想世界」的力量漸感孤絕。

其小說人物時而憤世疾俗，時而憂傷自憐，時而悲天憫人，時而沉鬱冥思。或是自我流放，或是被人摒逐。此時隱遁的心態漸萌，其作品所流露的情感，從熱湧、顫慄而變成壓抑、冷寂。

誠如〈初見曙光〉中所說——「土給色是飲了最苦的人生之酒，他被愛與欲望的痛苦刺激得變成一個呆癡僵硬的人，冷寂的外表包裹著對愛與生命激昂的熱情，因超越了那種程度以致無能表現，猶如裴特拉克所言：說得出熱度的火，必定是極柔弱的火。」

〈初見曙光〉是一線生機，象徵著七等生過渡時期的土給色，畢竟從情愛的情操中重獲得信心。〈阿水的黃金稻穗〉的殺妻行為，已被提升為人類對命運的一種反抗，而劉俗艷之由純樸墮入虛榮，其死亡的寓義，隱涵著為人類犧牲的救贖精神，這是「理想世界」伸張的轉捩點。但〈林洛甫〉中的女人是善變的，「理想世界」雖能在夜裡閃閃發光，然一見到白日，不得不隱藏或被犧牲。

自〈精神病患〉、〈放生鼠〉以後，現實的浪潮一波一波追擊，〈精神病患〉表現了賴哲森受挫於現實的心態，也反映愛、罪、罰三者的問題；〈放生鼠〉刻劃出羅武格生活的虛無感和潛在的情操，他提出了順乎心中虔求而主動去認識內心的神。〈我愛黑眼珠〉反映出災難中惻隱和私慾的扞格。〈慚愧〉和〈AB夫婦〉是二位一體——扣緊「省籍的意識」，前者反映了兄妹流離和為拯救童養媳的無力感，後者揭露了A利用法定的婚姻逐次逼迫妻子斷肢的殘酷性。〈結婚〉暴露了傳統婚姻的病態和群眾對於少女的迫害，這又是「現實世界」高潮的暴漲。

從〈跳遠選手退休了〉、〈僵局〉、〈巨蟹〉以後，他深深體覺到莫名的孤獨、疑慮、不安、恐懼（如〈墓場〉、〈禁足的海岸〉）。感到外界似乎有陰謀，正在做有計劃的迫害和狙擊，故防範心強，自衛心較敏感。

誠如〈訪問〉所言——「一座城市像是一座森林，他從這森林裡捕獸的陷阱中逃出來，驚慌無目的地行走著。他已經走得很遠，但空際中傳來銅像揭幕式的管樂聲及炮竹的鳴聲。他的心還在跳著，想到自早晨起到現在所發生的事。那本放在客廳書架上杜米的日記無疑是一本假編的故事。要不是自己脆弱的本性所秉賦的敏銳的知覺，他將會無知而感動地投進市長巧設的誘惑裡。」——基於此，七等生終將醞釀中的離城念頭爲具體的行動，而其命運自決端賴個人的認知過程（〈十七章〉、〈回響〉、〈訪問〉、〈眼〉）。此一時期反映在作品中的人生經驗，包括：童年生活、家庭舊事、求學經歷，和花園園丁、小學教師、廣告公司企劃、會議速寫、咖啡室僕役等生活事實㉓。

二、離城時期：民國六十一年夏日左右，這一階段的代表作有二：其一——〈期待白馬而顯現唐倩〉；其二——〈離城記〉。

〈期待白馬而顯現唐倩〉，雖藉著情愛題材，但表現的是一個文化選擇（或言生活模式）的問題，此涉及到七等生心目中「白馬文化」與唐倩代表的「外來文化」的對峙。——「我的心在高原」，在白日唐倩「是一個到處移來移去的陰影，在夜晚像是一顆星。但她不能對我構成意義。因爲我只期待白馬從接連宇宙的大山上奔馳下來，通過沙河來到我這裡，使這裡的土地富饒起來。我這樣確信著：當唐倩的時代過去後，白馬會降臨。」——他崇尚自然的田園生活，唐倩所象徵的物慾文明無法在他心中孳生力量，這完全取決於理性的思辨和內省的抉擇。

至於另一代表作〈離城記〉，「城」是「現實世界」的表徵，果陀式的人物高漢，乃心中眞我的表徵。此作揭露七等生透過自我發現的醒覺，了悟自我存在的意義。——「生存對我是一種企求抵達的意志而不在報償。」——憑此洞穿了「現實世界」潛藏的陰謀詭機。醞釀中的離城信念於此茁壯，突破了心裡猶豫的障礙，而脫離「現實世界」的誘惑和威脅，將外在難以實現的「理想世界」，化爲個人內在清明的「心靈世界」。在細雨迷濛中他離開海市蜃樓的城市，心胸坦蕩，毫無畏懼。

三、沙河時期：係指離城以後，如說居城時期是感情敏銳的階段，離城時期是理性警覺的階段，則沙河時期便是意志鍛鍊和智慧探照的階段。現在他明瞭往內尋找自身的價值，對往昔居城時的理念採取反思和自我批判的態度，如〈無葉之樹〉集、〈削瘦的靈魂〉、〈余索式怪誕〉、〈沙河悲歌〉、〈貓〉、〈大榕樹〉、〈隱遁者〉。這一階段，七等生自適於隱遁心態——「天空微明時他起身走到水潭邊，峽谷裡瀰漫著雲霧，在這特別寧靜的時刻，且在瀑布的衝擊的水聲中，隱遁者魯道夫從他的身邊裡感覺到一種緩慢的蠕動的微響，像是一個巨大的柔軟的軀體輾壓著大地。」——他發覺瀑布的笑語能供他反省，此時他體會出生活是無比眞實的，否定它是悲慘的（見〈余索式怪誕〉）：文學自有其本身的意義，惟依文學的不朽來延長自己的生命根本是不可能的（見〈在山谷〉）；「即使要我放棄擁有一個寫作的藝術家的名銜虛榮，我寧擇現實中的愛和溫飽的生活」（見〈致愛書簡〉），自然的眞理常由物我的領悟來證明，而物與我本身是兩相渺茫，不互相屬。他扼殺了過去，重新找回獨立自主的自己（見〈貓〉）。而往昔他覺得外界，似有存有陰謀，現在他以爲這道不安的陰影，無非是來自於自己（見〈來罷，爸爸給你說個故事〉），他記取母親的教訓：在黑暗的地方走路不要回頭看（見〈削瘦的靈魂〉、〈大榕樹〉），故其不憂不懼，能在勇敢和堅強中度過生命的苦難。

八

七等生不僅常以此時的思想觀點去反思往昔居城時期的意念，而且更在沉潛隱遁中鍾鍊意念，俾從「發現」中不斷追求自我的完成，自「體悟」中邁向於心智的成熟。例如早年他信仰天賦人權的自由平等（見〈巨蟹〉），而現在他以為這些東西都必須經由努力才能獲得（見〈削瘦的靈魂〉），又如〈在霧社〉他強調的坦誠相見，和睦共處，互相學習對方的優點，建立相同的理想，以衝破黑漆寒冷的侵襲，此觀點已不復早期〈AB夫婦〉中人物那般的疏離和冷酷。

此外，內心熱湧的回歸意識促使他返抱鄉土（見〈睡衣〉、〈年輕博士的劍法〉、〈蘇君夢鳳〉）。或許歷經人生的滄桑，同樣來自艱困的風塵，彼此都有淒然相照的經歷，他能了解那些生活在苦難中卑微而踏實的族群（如〈聖月芬〉、〈沙河悲歌〉、〈德次郎〉），不禁流露出涸轍之魚，應相濡以沫的感情。他們默默耕耘，不爭名奪利，為人類歷史承當苦難，好像冥冥之中認識自然而上通於神，具有救贖的情懷。誠如〈沙河悲歌〉裡所言——「他突然清楚地了解那位撿屍骨的老頭，他相信那小老頭子在年輕時也是和任何所謂正常的社會人類一樣，希冀所謂不被輕卑的職業。經過了風霜，他沉默了，他面對別人所不敢面對的事物，他是認識自然的人，他甚至認識天上的神。還有那位賣春的老啞巴女人，她曾經也有屬於自已的青春美夢。」

同時，他屢在眺望城鎮，對「現實世界」投以無限的關注和期盼。歷經時空的洗滌，如今他較能抱持超然的立場，隔著適度的距離，以客觀的角度或宏觀的理念，來內省自己和觀照現實。如今「現實世界」對其「心靈世界」已不再構成任何蠱惑，但他將時時以「心靈世界」對「現實世界」投以觀照，以期「現實世界」有所改善，而「理想世界」能再托諸實現。

七等生深信「時間」將是改變一切的力量。如同在〈沙河悲歌〉中他藉著李文龍的自省托出——「他想著：二郎代表著未來的時代，我代表著一個隨時會逝去的現在。他想：我與他之間的分別是明顯的時光，我隨時會死，他隨時會踏上他的坦途。」（另見於〈我的戀人〉、〈跳遠選手退休了〉、〈無葉之樹〉集、〈期待白馬而顯現唐倩〉、〈在山谷〉）。在頻頻眺望下，七等生對那個依舊是僞善而敗德的城鎮深懷憂戚，可是，他也瞻望到城內仍存有無數默默埋頭工作的人們，他們奮鬥的紀錄使他感到愧怍，再者親情的呼喚、愛情的迴響，皆招引著他有返歸的心願。然而，此時自然的改變，已使隱遁者沒有回城的途徑（見〈隱遁者〉）。

他將何去何從？自我生命與群性生命的關係或許是此時他所眷顧的鬱結之一吧？「十年間他用他的心力支撐著他的身體，現在這心力似乎轉換成一道自然的阻隔的水道，使自己放懈的心志受到有形的束縛。[24]」他將走出來參與現世的建設呢？或者繼續隱遁以修心養性？願當一尾自適於沼泊的游魚呢？還是一隻心遊萬仞、乘風破浪的鯤鵬？或許，當滾滾的沙河依然是曉霧迷離時，那百里外菜販挑擔趕集的跫音已踏醒了都市的夢魘了。

〈離城記〉裡的詹生不是曾想過嗎？——「這生存的時空是個提煉場所，任何人不能避免它的無情試煉，越想逃脫會越覺得它的嚴酷，唯一之途就是走向它且迎接它。」——這些迷惑無疑的將隨著沙河晨霧的擴散靜靜地破曉在我們的眼前。

九

有人說七等生是個叛道憤世的作家。他叛「人性虛僞之道」，憤「腐化墮落之世」，我寧願說他是深具惻隱之心、冷眼觀人性、熱腸愛塵世的創作者。那些誤解者，無非是自詡擁有一把傳統禮教的戒尺，實則那像是以朽木來測量浩瀚的江流，不過自顯其窮腐罷了。大致說來，我以爲居城時期，是其生命上的衝突與流放階段；離城時期，是其內省與抉擇階段；而沙河時期則是實現自我，一切朝向全面批判和逐漸步上肯定的階段。由此可窺悉其人格成長的歷程與指標：感性與理性的合理開放而以意志取得適切的調和，將是自我實現的樞紐。

離城之前，他以「自我經驗」爲出發，顯露出一種生命頡頏的信息，然也囿於「自我經驗」，故對外界不免流於以偏概全或浮光掠影的批評，離城以後，在理性的內省和追思中，他已能抱持著較超然的立場，修正了自己早年的某些看法，漸從「自我經驗」的準心提昇爲一種「大我觀照」，以企圖涵蓋人類的整體性和其內在的普遍性。在《離城記》後記裡，七等生寫道：「我喜歡這樣做，可說是整個時代所加給我一種特殊的風格；這是一個非常混亂複雜而難以析清的時代，臺灣人正值在許多意識的緩衝裡生存。近代的歷史可以做爲我的思想的客觀事實：古有民俗的樸實而迷信的血液，日本人的鞭策主義，中國歷史上對下的傳統和西洋的功利機械哲學」。這是其思想根源的註腳，綜觀其作品，浩浩蕩蕩，一脈相承，我以爲這是從本土性和歷史感所衝激成的一道極具個人化的巨流。

他目前最大的執念，便是個我與群我的交熬考驗，亦即如何自人性結構之心理層面跨越於社會文化層面，而最深的鬱結，乃是如何不斷地去澄清自己的理想，而冷觀等待現實的機緣，促使這些理想得到可能的實現。「等待，既是隱遁者的形式又是他的內容」。我以爲與其等待，不如積極去投入和參與，深信透過人類的努力，歷史的經驗，和生命的綿延，一個更完美、更熱昂、更公正的「理想世界」將有自沙河兩岸升立起來的契機。有人說：「歷史的經驗既是人的光榮也是人的絕望——他的絕望在於他的成就永遠不符他的希望，他的光榮乃由於他的失敗證明了他永不絕滅的意志㉕。」七等生的小說意義即建構於此，他那從人間貫穿到宇宙的眼神，將冷冷地俯視在這萬古不廢的巨流之上。

一九七七年三月

附註：

❶見遠行版《來到小鎮的亞茲別》序，民國六十五年一月初版。

❷見晨鐘版《離城記》後記，民國六十二年十一月初版。

❸見遠行版《放生鼠》後的創作年表。民國六十六年三月初版。

❹此一觀點，係從陳國城〈『自我世界』的追求〉一文中所揭示——七等生於他的某些小說作品

中，曾經處理了一個重大的主題，就是「自我世界」與「現實世界」相互衝突、對抗、消長及價值抉擇的過程——延伸而來。原文見民國六十四年五月的成大中文系刊《文心》第三期。

❺見〈隱遁者〉，原作見於中外文學四十七期，後收錄於遠行本的《隱遁者》，民國六十五年十月初版。

❻見〈精神病患〉，原作載於民國五十四年出版的《文季》二期。

❼見〈精神病患〉、〈我愛黑眼珠〉、〈睡衣〉、〈削瘦的靈魂〉諸作。

❽見〈精神病患〉、〈夜〉、〈絲瓜布〉諸作。

❾見〈精神病患〉、〈夜〉、〈聖月芬〉、〈沙河悲歌〉諸作。

❿見〈私奔〉、〈ＡＢ夫婦〉、〈沙河悲歌〉諸作。

⓫見〈放生鼠〉、〈爭執〉諸作。

⓬見〈初見曙光〉、〈削瘦的靈魂〉諸作。

⓭見〈精神病患〉、〈巨蟹〉、〈睡衣〉諸作。

⓮見〈放生鼠〉、〈削瘦的靈魂〉諸作。

⓯見〈禁足的海岸〉、〈眼〉、〈蘇君夢鳳〉、〈余索式怪誕〉諸作。

⓰見〈離城記〉等作。

⓱見〈精神病患〉、〈離城記〉一作。

⓲見〈精神病患〉、〈削瘦的靈魂〉、〈自喪者〉、〈放生鼠〉、〈昨夜在鹿鎮〉等作。

⑲見〈精神病患〉一作。
⑳見〈跳遠選手退休了〉，原作收錄於林白版和遠行版的《僵局》，各出版於民國五十八年一月和六十五年三月。
㉑同附註❻。
㉒同附註❺。
㉓見〈冬來花園〉前引，原作收錄於新風版《巨蟹集》，民國六十一年三月初版。和林白版《五年集》自序，民國六十一年初版。
㉔同附註❺。
㉕同傑弗利斯著現代人的價值，歐申談譯本引言。

——原載《小說新潮》第一期，一九七七年六月，本文有增訂。

張恆豪：一九五一年五月二十日生，臺北市人。成功大學中文系畢業，東吳大學中文碩士，著有《浣紗記評析》，編有《火獄的自焚——七等生小說論評》、《臺灣作家全集——日據時代》十冊。

七等生生活與創作年表

七等生 自撰
張恆豪 增補

一九三九年 出生於臺灣（日據時代）通霄。

原名：劉武雄。父名：劉天賜，母名：詹阿金。在十位子女中排列第五。

一九四五年 臺灣光復。

一九四六年 進通霄國民小學就讀。

父親失去在鎮公所的職位，家庭陷於貧困。

一九五二年 考入省立大甲中學。

父親逝世，家庭更加窮困。

一九五五年 中學畢業，考入臺北師範藝術科。首次接觸海明威作品《老人與海》和史篤姆的《茵夢湖》。

一九五八年 因學校伙食不好，在學生餐廳用筷子敲碗，爲了好玩跳上餐桌而遭致勒令退學。兩星期後，由洪文彬教授作保復學。隨後因教材教法不及格重修一年。

讀《諸神復活》（雷翁那圖、達文西傳記），惠特曼的《草葉集》，愛不釋手，在學校舉行個人畫展。

一九五九年　師範學校畢業。分派臺北縣瑞芳鎮九份國民小學當教師。

單車（腳踏車）環島旅行。

讀海明威作品：《戰地鐘聲》、《戰地春夢》、《旭日東昇》，以及D．H勞倫斯作品《查泰萊夫人的情人》。

一九六二年　改調萬里國民小學任教。

首次在聯合報副刊發表短篇小說，當時主編是林海音女士，在她的鼓勵下，半年間刊登〈失業．撲克．炸魷魚〉等十一篇短篇小說，以及散文〈黑眼珠與我〉、〈囂浮〉、〈狄克．平凡的女人．漁夫〉。

十月，在新竹入伍服兵役。十二月休假回通霄，長兄玉明因肺病去世。

一九六三年　在工兵輕裝備連服役，由岡山調嘉義。與東方白會晤於嘉義鐵路餐廳。

一九六四年　在頭份斗煥坪受平路機駕駛訓練。十月，在嘉義退伍，回萬里國民小學任教。

在《現代文學》雜誌發表短篇小說：〈隱遁的小角色〉、〈讚賞〉、〈綢絲綠巾〉。

一九六五年　與許玉燕小姐結婚。

十二月，辭去教職。

繼續在《現代文學》和《臺灣文藝》雜誌發表小說作品，計有〈獵槍〉等六篇。

一九六六年　在臺中東海花園楊逵家暫住數週。與尉天驄、陳映眞、施叔青相識於臺北鐵路餐廳，創辦《文學季刊》，發表〈灰色鳥〉等七篇小說。

獲第一屆「臺灣文學獎」。

一九六七年　長子懷拙出生。

發表〈我愛黑眼珠〉、〈精神病患〉等六篇小說。

獲第二屆「臺灣文學獎」。

一九六八年　認識龍思良和羅珞珈夫婦。

發表〈結婚〉等十五篇小說及詩作。

一九六九年　女兒小書出生；九月，離開臺北獨往霧社，在萬大發電廠分校任教。

發表〈木塊〉等三篇小說。

出版短篇小說集《僵局》（林白出版社，絕版。後由遠景出版事業公司出版）。

一九七〇年　攜眷回出生地通霄定居；九月，在國民小學復職任教。

發表〈巨蟹〉等七篇小說。

出版小說集《精神病患》（大林出版社，絕版。後由遠景出版事業公司出版）。

一九七一年　發表〈絲瓜布〉等七篇小說以及散文和詩。

一九七二年　發表小說〈期待白馬而顯現唐情〉。

出版小說集《巨蟹集》（新風出版社，絕版）。
自費出版詩集《五年集》（絕版）。

一九七三年　次子保羅出生。
發表小說〈聖．月芬〉、〈無葉之樹集〉等五篇。
出版小說《離城記》（晨鐘出版社，絕版）。

一九七四年　發表〈蘇君夢鳳〉等三篇小說。
撰寫長篇小說《削瘦的靈魂》，和詩〈有什麼能強過黑色〉等五首。

一九七五年　撰寫〈沙河悲歌〉、〈余索式怪誕〉等小說。
出版小說集《來到小鎮的亞茲別》（遠行出版社，絕版。後由遠景出版事業公司出版）。

一九七六年　撰寫《隱遁者》中篇小說。
出版〈大榕樹〉、〈德次郎〉、〈貓〉等小說。
出版《我愛黑眼珠》、《僵局》、《沙河悲歌》、《隱遁者》、《削瘦的靈魂》等五部小說集（遠景出版事業公司出版）。

一九七七年　接受《臺灣文藝》雜誌安排，與學者梁景峰對談——〈沙河的夢境和眞實〉。
撰寫長篇小說《城之迷》。
發表〈諾言〉等八篇小說。

出版七等生小說全集十冊（遠行出版社，絕版。後由遠景出版事業公司延續出版）。

一九七八年　撰寫《耶穌的藝術》。
發表〈散步去黑橋〉等九篇小說。
出版《散步去黑橋》小說集（遠景出版事業公司）。

一九七九年　發表〈銀波翅膀〉等三篇小說。
出版《耶穌的藝術》（洪範書店）。

一九八〇年　決定暫時停筆撰寫小說。
出版《銀波翅膀》小說集（遠景出版事業公司）。

一九八一年　研習攝影和暗房工作。
撰寫生活札記。

一九八二年　與美國華盛頓大學研究生安東尼·詹姆斯（Anthony James Demko）通信。
發表〈老婦人〉等五篇小說。

一九八三年　接到Anthony James Demko的碩士論文：〈七等生的內心世界——一個臺灣現代作家〉（The Internal world of Chi-teng Sheng, A Modern Taiwanese Writer）。
八月接受美國愛荷華大學國際作家工作坊之邀赴美，十二月底回國。
發表〈垃圾〉等小說。

一九八四年　出版《老婦人》小說集（洪範書店）。

一九八五年　澳洲學者凱文．巴略特（Kevin Bartlett）來訪，並接受他的論文：〈七等生早期短篇小說中的哲學、神學與文學理論〉（Literary Theory, Philosophy and Theology in Chi-teng Sheng's Early Short Stories）。

發表《重回沙河》生活札記（聯合文學），長篇小說《譚郎的書信》（中國時報），出版《譚郎的書信》（圓神出版社）。

小說〈結婚〉拍成電影。

獲中國時報文學推薦獎。

獲吳三連先生文藝獎。

一九八六年　出版《重回沙河》（遠景出版事業公司）。

重回沙河札記攝影展（臺北環亞畫廊）。

一九八七年　發表小說〈目孔赤〉。

一九八八年　發表《我愛黑眼珠續記》小說集（漢藝色研文化事業有限公司）。

一九八九年　自小學教師的工作退休，重握畫筆，設工作室於通霄。

接受法國巴黎大學研究生白麗詩Catherime BLAVET女士碩士論文〈QI DENG-SHENG七等生ECRIVAINCONTEMPORAIN TAIWAN AISPRESENTATION ET IRAOUCTIONS〉。

一九九〇年　六月，成功大學歷史語言研究所研究生廖淑芳的碩士論文〈七等生文體研究〉獲得通過，爲國內學院裡第一篇研究七等生的碩士論文。

一九九一年　出版《兩種文體——阿平之死》（圓神出版社）。

臺北東之畫廊之鄉居隨筆粉彩畫個展。

一九九二年　接受《新新聞》記者謝金蓉女士採訪，談其近來心境，即〈我不想讓人覺得我有做大事的使命感〉一文。

與美國漢學家墨子刻 Thomas A, metzger（HOOVER INSTITUTION, STANFORD）相會於通霄，此後，成爲莫逆之交，互相通信和造訪。

臺北欣賞家藝術中心邀請之「油畫與一張鉛筆素描」個展。

一九九三年　移居花蓮，設繪畫工作室。

法國出版〈沙河悲歌〉法文本，Catherime BLAVET翻譯。

一九九四年　移居臺北市，在阿波羅大廈畫廊區設畫鋪子。

義國威尼斯大學Elena Roggi女士的碩士論文及長篇小說〈跳出學園的圍牆〉（原名：削瘦的靈魂）義文翻譯。

一九九五年　結束畫鋪子，退居木柵溝子口。與傑出小說家阮慶岳相識。

一九九六年　發表中篇小說《思慕微微》（聯合文學）。

一九九七年　發表中篇小說〈一紙相思〉（拾穗）。

出版《思慕微微》合集（商務印書館）。

學習彈唱南管。

一九九九年　國家文化資料館（臺南市）展出七等生文稿及出版資料。

二〇〇〇年　國立成功大學研究生葉昊謹碩士論文《七等生書信體小說研究》。

《沙河悲歌》改編拍攝成電影（原名）（中影公司）。

二〇〇三年　七等生全集出版（遠景出版事業公司）。

編者按：一九三九年到一九八五年，爲作者自撰；一九八八年到一九九二年，爲編者增補。

一九九三年到二〇〇三年再由作者補述。

遠景出版事業公司圖書目錄(八)

7忠黨報港	林行止著	240元
8痼疾初發	林行止著	240元
9如何是好	林行止著	240元
10英倫采風(四)	林行止著	160元
11終成畫餅	林行止著	240元
12本末倒置	林行止著	240元
13通縮初現	林行止著	240元
14藥石亂投	林行止著	240元
15有法無天	林行止著	240元
16墮入錢網	林行止著	240元
17內部腐爛	林行止著	240元
18千年祝願	林行止著	240元
19極度亢奮	林行止著	240元
20王牌在握	林行止著	240元
21破網急墮	林行止著	240元
22主席發火	林行止著	240元
23閒在心上	林行止著	240元
24迫你花錢	林行止著	240元
25少睡多金	林行止著	240元
26中國製造	林行止著	240元
27風雷魍魎	林行止著	240元
28拈來趣味	林行止著	240元
29通縮凝重	林行止著	240元
30五年浩劫	林行止著	240元
31如是我云	林行止著	240元
32重藍輕白	林行止著	240元
33閒讀偶拾	林行止著	240元

W傳記文庫

1魯賓斯坦自傳（二冊）	楊月蓀譯	900元
2阿嘉莎・克莉絲蒂自傳	陳紹鵬譯	480元
3亨利・魯斯傳	程之行譯	180元
4夏卡爾自傳	黃翰荻譯	240元
5雷諾瓦傳	黃翰荻譯	320元
6拿破崙傳	高語和譯	300元
7甘地傳	許章眞譯	400元
8英格麗・褒曼傳	王禎和譯	240元
9鄧肯自傳	詹宏志譯	240元
10華盛頓傳	薛絢譯	240元
11希爾頓自傳	程之行譯	180元
12回首話滄桑—聶魯達回憶錄	林光譯	390元
13回歸本源—賈西亞・馬奎斯傳	卞雙成・胡眞才譯	390元
14韋伯傳（二冊）	李永熾譯	400元
15羅素自傳（三卷）	張國禎譯	840元
16羅琳傳—哈利波特背後的天才	黃燦然譯	250元
17蘇青傳	王一心著	240元
18高斯評傳	易憲容著	240元
19王度廬評傳	徐斯年著	280元
20尼耳斯・玻爾傳	戈革譯	900元

X林語堂作品集

1生活的藝術	林語堂著	160元
2吾國與吾民	林語堂著	160元
3遠景	林語堂著	140元
4賴柏英	林語堂著	120元
5紅牡丹	林語堂著	180元
6朱門	林語堂著	180元
7風聲鶴唳	林語堂著	180元
8武則天傳	林語堂著	120元
9唐人街	林語堂著	120元
10啼笑皆非	林語堂著	120元
11京華煙雲	林語堂著	360元
12蘇東坡傳	林語堂著	180元
13逃向自由城	林語堂著	160元
14林語堂精摘	林語堂著	160元
15八十自敘	林語堂著	100元

Y倪匡科幻小說集

1老貓	倪匡著	130元
2藍血人	倪匡著	180元
3透明光	倪匡著	170元
4蜂雲	倪匡著	180元
5蠱惑	倪匡著	130元
6屍變	倪匡著	170元
7沉船	倪匡著	170元
8地圖	倪匡著	170元
9不死藥	倪匡著	170元
10支離人	倪匡著	180元
11天外金球	倪匡著	130元
12仙境	倪匡著	160元
13妖火	倪匡著	170元
14訪客	倪匡著	100元
15盡頭	倪匡著	130元
16原子空間	倪匡著	130元
17紅月亮	倪匡著	130元
18換頭記	倪匡著	100元
19環	倪匡著	130元
20鬼子	倪匡著	130元
21大廈	倪匡著	130元
22眼睛	倪匡著	120元
23迷藏	倪匡著	120元
24天書	倪匡著	130元
25玩具	倪匡著	130元
26影子	倪匡著	100元
27無名髮	倪匡著	130元
28黑靈魂	倪匡著	130元
29尋夢	倪匡著	130元
30鑽石花	倪匡著	130元
31連鎖	倪匡著	180元
32後備	倪匡著	120元
33紙猴	倪匡著	180元
34第二種人	倪匡著	130元
35盜墓	倪匡著	130元
36搜靈	倪匡著	130元
37茫點	倪匡著	130元
38神仙	倪匡著	130元
39追龍	倪匡著	130元
40洞天	倪匡著	130元
41活俑	倪匡著	130元
42犀照	倪匡著	130元
43命運	倪匡著	120元
44異寶	倪匡著	120元

Z張五常作品集

0流光幻影—張五常印象攝影集	張五常著	390元
1賣桔者言	張五常著	
2五常談教育	張五常著	
3五常談學術	張五常著	
4五常談藝術	張五常著	
5狂生傲語	張五常著	
6挑燈集	張五常著	
7憑闌集	張五常著	
8隨意集	張五常著	
9捲簾集	張五常著	
10學術上的老人與海	張五常著	
11佃農理論	張五常著	
12往日時光	張五常著	
13中國的前途	張五常著	
14再論中國	張五常著	
15三岸情懷	張五常著	
16存亡之秋	張五常著	
17離群之馬	張五常著	
18科學說需求——經濟解釋(一)	張五常著	
19供應的行爲——經濟解釋(二)	張五常著	
20制度的選擇——經濟解釋(三)	張五常著	
21偉大的黃昏	張五常著	

遠景出版事業公司圖書目錄(七)

6樂樂集1	孔在齊著	240元
7樂樂集2	孔在齊著	240元
8鄧肯自傳	詹宏志譯	280元
9魯賓斯坦自傳（二冊）	楊月蓀譯	900元
10我的兒子馬友友	馬盧雅文口述	240元
11水滸人物	黃永玉著	600元
12我的貓	丁雄泉著	600元
13笑吧！別忘了感恩	黎智英詩、丁雄泉畫	600元
14樂樂集3	孔在齊著	240元
15樂樂集4	孔在齊著	240元
16莫扎特之魂	趙鑫珊、周玉明著	450元
17貝多芬之魂	趙鑫珊著	550元
18攝影藝術散論	莊靈著	280元

T 杜斯妥也夫斯基全集

1窮人	鍾文譯	160元
2死屋手記	耿濟之譯	200元
3被侮辱與被損害者	耿濟之譯	240元
4地下室手記	孟祥森譯	160元
5罪與罰	陳殿興譯	240元
6白痴	耿濟之譯	280元
7永恆的丈夫	孫慶餘譯	180元
8附魔者	孟祥森譯	480元
9少年	耿濟之譯	280元
10卡拉馬佐夫兄弟（二冊）	陳殿興譯	660元
11賭徒	孟祥森譯	180元
12淑女	鍾文譯	120元
13雙重人		
14作家日記		

U 諾貝爾文學獎文庫

1緣起、普魯東詩選	普魯東著	
米赫兒	米斯特拉爾著	
2羅馬史	蒙森著	
3超越人力之外	班生著	
大帆船	葉卻加萊著	
4你往何處去	顯克維支著	
5撒旦頌、基姆	卡度齊、吉卜齡著	
6人生的意義與價值	奧鏗著	
青鳥	海特靈克著	
7尼爾斯的奇遇	拉格洛芙著	
驕傲的姑娘	海才著	
8織工、沉鐘	霍普特曼著	
祭壇佳里	泰戈爾著	
9約翰克利斯朵夫（三冊）	羅曼羅蘭著	
10查理士國王的人馬	海登斯坦著	
奧林帕斯之春	史比德勒著	
11樂土	龐陀彼丹著	
明娜	傑洛拉普著	
12土地的成長	哈姆生著	
13天神們口渴了	法朗士著	
利害牽制	貝納勉特著	
14農夫們（二冊）	雷蒙特著	
15聖女貞德、母親	蕭伯納、德蕾達著	
16葉慈詩選	葉慈著	
創造的進化	柏格森著	
17克麗絲汀的一生（二冊）	溫茜特著	
18布登勃魯克家族（二冊）	湯瑪斯·曼著	
19白璧德	劉易士著	
卡爾菲特詩選	卡爾菲特著	
20密賽特世家（三冊）	高爾斯華綏著	
21鄉村、舊金山一紳士	布寧著	
六個尋找作者的角色	皮藍德婁著	
長夜漫漫路迢迢	奧尼爾著	
22尙·巴華的一生	杜嘉德著	
23大地、兒子們、分家	賽珍珠著	
24聖者的悲哀	西蘭帕著	
荒原	艾略特著	
25玻璃珠遊戲	赫塞著	
26僞幣製造者、窄門	紀德著	
27西瑪蘭短篇小說集	密絲特拉兒著	
柏拉特羅與我	希蒙聶茲著	
28聲音與憤怒、熊	福克納著	
29西洋哲學史（二冊）	羅素著	
30巴拉巴	拉格維斯特著	
苔蕾絲、毒蛇之結	莫里亞克著	
31第二次世界大戰回憶錄	邱吉爾著	
32老人與海、戰地春夢	海明威著	
33獨立之子	拉克斯內斯著	
34墮落、異鄉人、瘟疫	卡繆著	
35齊瓦哥醫生	巴斯特納克著	
36人生非夢、遠征	瓜西莫多、佩斯著	
37德里納河之橋	安德里奇著	
38不滿的冬天、人鼠之間	史坦貝克著	
39阿息涅的國王	謝斐利士著	
嘔吐、牆	沙特著	
40靜靜的頓河（四冊）	蕭洛霍夫著	
41訂婚記	阿格農著	
伊萊	沙克絲著	
42總統先生	阿斯杜里亞斯著	
等待果陀	貝克特著	
43雪國、古都、千羽鶴	川端康成著	
44第一層地獄（二冊）	索忍尼辛著	
45一般之歌	聶魯達著	
九點半的彈子戲	鮑爾著	
46人之樹	懷特著	
47詹生短篇小說選	詹生著	
馬丁遜詩選	馬丁遜著	
孟德雷詩選	孟德雷	
48阿奇正傳	索爾·貝婁著	
亞歷山卓詩選	亞歷山卓著	
49莊園	以撒·辛格著	
50伊利提斯詩選	伊利提斯著	
米洛舒詩選	米洛舒著	
被拯救的舌頭	卡內提著	
51一百年的孤寂	賈西亞·馬奎斯著	
52蒼蠅王、啓蒙之旅	威廉·高定著	
53塞佛特詩選	魯斯拉夫·塞佛特著	
54豪華大酒店	克勞德·西蒙著	
55解釋者	沃爾·索因卡著	
56布洛斯基詩選	約瑟夫·布洛斯基著	
57梅達格胡同	納吉布·馬富茲著	
58巴斯葛·杜亞特家族	卡米羅·荷西·塞拉著	
59孤獨的迷宮	奧塔維奧·帕斯著	
60貴客	娜汀·葛蒂瑪著	
61奧梅羅斯	德里克·瓦爾科特著	
62所羅門之歌	東尼·莫里森著	
63萬延元年的足球隊	大江健三郎著	
64希尼詩選	席慕·希尼著	
65辛波絲卡詩選	維絲拉娃·辛波絲卡著	
66不付賬	達里奧·福著	
67失明症漫記	若澤·薩拉馬戈著	
68狗年月	君特·格拉斯著	
69		
70		

《諾貝爾文學獎文庫》平裝80鉅冊，定價28,800元

V 林行止作品集

1英倫采風(一)	林行止著	160元
2原富精神	林行止著	240元
3閒讀閒筆	林行止著	240元
4英倫采風(二)	林行止著	160元
5英倫采風(三)	林行止著	160元
6破英立舊	林行止著	240元

遠景出版事業公司圖書目錄㈥

58巴斯葛・杜亞特家族	卡米羅・荷西・塞拉著	
59孤獨的迷宮	奧塔維奧・帕斯著	
60貴客	娜汀・葛蒂瑪著	
61奧梅羅斯	德里克・瓦爾科特著	
62所羅門之歌	東尼・莫里森著	
63萬延元年的足球隊	大江健三郎著	
64希尼詩選	席慕・希尼著	
65辛波絲卡詩選	維絲拉娃・辛波絲卡著	
66不付賬	達里奧・福著	
67失明症漫記	若澤・薩拉馬戈著	
68狗年月	君特・格拉斯著	
69		
70		

《諾貝爾文學獎全集》精裝80鉅冊，定價36,000元

O 上海風華

1上海老歌名典	陳鋼編著	1200元
2玫瑰玫瑰我愛你	陳鋼編著	390元
3三隻耳朵聽音樂	陳鋼著	240元
4我的媽媽周璇	周偉・常晶著	390元
5摩登上海	郭建英繪・陳子善編	280元
6雨輕輕地在城市上空落著	毛尖著	240元
7上海大風暴	蕭關鴻著	280元
8上海掌故（一）	薛理勇編著	280元
9上海掌故（二）	薛理勇編著	280元
10上海掌故（三）	薛理勇編著	280元
11海上剪影	鄭祖安著	280元
12滬瀆舊影	張偉著	280元
13歇浦伶影	張德亮著	280元
14淞南俗影	仲富蘭著	280元
15滬濱閒影	羅蘇文著	280元
16春申儷影	戴云云著	280元
17上海俗語圖說（上）	汪仲賢著	280元
18上海俗語圖說（下）	汪仲賢著	280元
19上海怪味街	童孟侯著	240元
20老上海	宗部策劃	2500元
21		
22		
23		
24		
25		
26		
27		
28		
29		
30		

P 柯賴二氏探案（賈德諾著）

1來勢洶洶	周辛南譯	180元
2招財進寶	周辛南譯	180元
3雙倍利市	周辛南譯	180元
4全神貫注	周辛南譯	180元
5財源滾滾	周辛南譯	180元
6失靈妙計	周辛南譯	180元
7面面俱到	周辛南譯	180元
8不是不報	周辛南譯	180元
9一髮千鈞	周辛南譯	180元
10因禍得福	周辛南譯	180元
11一目了然	周辛南譯	180元
12驚險萬狀	周辛南譯	180元
13一波三折	周辛南譯	180元
14馬失前蹄	周辛南譯	180元
15網開一面	周辛南譯	180元
16峰迴路轉	周辛南譯	180元
17詭計多端	周辛南譯	180元
18自求多福	周辛南譯	180元
19一誤再誤	周辛南譯	180元
20禍福無門	周辛南譯	180元

Q 阿嘉莎・克莉絲蒂探案（三毛主編）

1A.B.C謀殺案	宋碧雲譯	180元
2加勒比海島謀殺案	楊月蓀譯	180元
3東方快車謀殺案	楊月蓀譯	180元
4鏡子魔術	宋碧雲譯	180元
5魔手	張艾茜譯	180元
6第三個女郎	楊月蓀譯	180元
7諜海	陳紹鵬譯	180元
8此夜綿綿	黃文範譯	180元
9不祥的宴會	陳紹鵬譯	180元
10鐘	張伯權譯	180元
11謀殺啓事	張艾茜譯	180元
12死亡約會	李永熾譯	180元
13葬禮之後	張國禎譯	180元
14白馬酒店	張艾茜譯	180元
15褐衣男子	張國禎譯	180元
16萬靈節之死	張國禎譯	180元
17鴿群裡的貓	張國禎譯	180元
18高爾夫球場命案	宋碧雲譯	180元
19尼羅河謀殺案	林秋蘭譯	180元
20艷陽下的謀殺案	景翔譯	180元
21死灰復燃	張國禎譯	180元
22零時	張國禎譯	180元
23畸形屋	張國禎譯	180元
24四大魔頭	陳惠華譯	180元
25殺人不難	張艾茜譯	180元
26死亡終局	張國禎譯	180元
27破鏡謀殺案	鄭麗淑譯	180元
28啤酒謀殺案	張艾茜譯	180元
29七鐘面之謎	張國禎譯	180元
30年輕冒險家	邵均宜譯	180元
31底牌	宋碧雲譯	180元
32古屋疑雲	張國禎譯	180元
33復仇女神	邵均宜譯	180元
34拇指一豎	張艾茜譯	180元
35漲潮時節	張艾茜譯	180元
36空幻之屋	張國禎譯	180元
37黑麥奇案	宋碧雲譯	180元
38清潔婦命案	宋碧雲譯	180元
39柏翠門旅館之秘	張伯權譯	180元
40國際學舍謀殺案	張國禎譯	180元
41假戲成眞	張國禎譯	180元
42命運之門	李永熾譯	180元
43煙囪的秘密	陳紹鵬譯	180元
44命案目睹記	陳紹鵬譯	180元
45美索不達米亞謀殺案	陳紹鵬譯	180元
46天涯過客	孟華譯	180元
47無妄之災	張國禎譯	180元
48藍色列車	張國禎譯	180元
49沉默的證人	張國禎譯	180元
50羅傑・亞克洛伊命案	張國禎譯	180元

R 史威德作品集

1經濟門楣	史威德著	240元
2經濟家學	史威德著	240元
3投資族譜	史威德著	240元
4一脈相承	史威德著	240元
5投資漫談	史威德著	240元

S 遠景藝術叢書

1要藝術不要命	吳冠中著	240元
2梵谷傳	常濤譯	320元
3夏卡爾自傳	黃翰荻譯	240元
4雷諾瓦傳	黃翰荻譯	320元
5音樂大師與世界名曲	劉璞編著	450元

遠景出版事業公司圖書目錄(五)

7銀波翅膀	七等生著	240元
8重回沙河	七等生著	240元
9譚郎的書信	七等生著	240元
10一紙相思	七等生著	240元

L 金學研究叢書

0金庸傳	冷夏著	350元
1我看金庸小說	倪匡著	160元
2再看金庸小說	倪匡著	160元
3三看金庸小說	倪匡著	160元
4讀金庸偶得	舒國治著	160元
5四看金庸小說	倪匡著	160元
6通宵達旦讀金庸	薛興國著	160元
7漫談金庸筆下世界	楊興安著	160元
8諸子百家看金庸（第一輯）	三毛等著	160元
9談笑傲江湖	溫瑞安著	160元
10金庸的武俠世界	蘇墱基著	160元
11五看金庸小說	倪匡著	160元
12韋小寶神功	劉天賜著	160元
13情之探索與神鵰俠侶	陳沛然著	160元
14析雪山飛狐與鴛鴦刀	溫瑞安著	160元
15諸子百家看金庸（第二輯）	羅龍治等著	160元
16諸子百家看金庸（第三輯）	翁靈文等著	160元
17諸子百家看金庸（第四輯）	杜南發等著	160元
18天龍八部欣賞舉隅	溫瑞安著	160元
19話說金庸	潘國森著	160元
20續談金庸筆下世界	楊興安著	160元
21諸子百家看金庸（第五輯）	餘子等著	160元
22淺談金庸小說	丁華著	160元
23金庸小說評彈	董千里著	160元
24金庸傳說	楊莉歌著	240元
25破解金庸寓言	王海鴻 張曉燕 著	160元
26給金庸小說挑毛病（上）	閻大衛著	160元
27給金庸小說挑毛病（下）	閻大衛著	160元
28挑燈看劍話金庸	戈革著	240元
29解放金庸	餘子主編	240元
30金庸小說人物印譜	戈革著	800元

M 中國古典詩詞賞析

1青青子衿（詩經選）	林振輝選註	180元
2公無渡河（樂府詩選）	張春榮選註	180元
3世事波舟（古體詩選）	李正治選註	180元
4冰心玉壺（絕句選）	李瑞騰選註	180元
5飛鴻雪泥（律詩選）	簡錦松選註	180元
6重樓飛雪（宋詞選）	龔鵬程選註	180元
7杜鵑啼情（散曲選）	汪天成選註	180元
8相思千行（明清民歌選）	陳信元選註	180元
9秋雁邊聲（杜甫詩選）	張敬校訂	180元
10滄海曉夢（李商隱詩選）	朱梅生選註	180元
11寒月松風（五言絕句選）	鄭騫校訂	180元
12江帆千里（七言絕句選）	鄭騫校訂	180元

N 諾貝爾文學獎全集

1緣起、普魯東詩選	普魯東著
米赫兒	米斯特·拉爾著
2羅馬史	蒙森著
3超越人力之外	班生著
大帆船	葉卻加萊著
4你往何處去	顯克維支著
5撒旦頌、基姆	卡度齊、吉卜齡著
6人生的意義與價值	奧鏗著
青鳥	海特靈克著
7尼爾斯的奇遇	拉格洛芙著
驕傲的姑娘	海才著
8織工、沉鐘	霍普特曼著
祭壇佳里	泰戈爾著
9約翰克利斯朵夫（三冊）	羅曼羅蘭著
10查理士國王的人馬	海登斯坦著
奧林帕斯之春	史比德勒著
11樂土	龐陀彼丹著
明娜	傑洛拉普著
12土地的成長	哈姆生著
13天神們口渴了	法朗士著
利害牽制	貝納勉特著
14農夫們（二冊）	雷蒙特著
15聖女貞德、母親	蕭伯納、德薈達著
16葉慈詩選	葉慈著
創造的進化	柏格森著
17克麗絲汀的一生（二冊）	溫茜特著
18布登勃魯克家族（二冊）	湯瑪斯·曼著
19白璧德	劉易士著
卡爾菲特詩選	卡爾菲特著
20密賽特世家（三冊）	高爾斯華綏著
21鄉村、舊金山一紳士	布寧著
六個尋找作者的角色	皮藍德婁著
長夜漫漫路迢迢	奧尼爾著
22尙·巴華的一生	杜嘉德著
23大地、兒子們、分家	賽珍珠著
24聖者的悲哀	西蘭帕著
荒原	艾略特著
25玻璃珠遊戲	赫塞著
26僞幣製造者、窄門	紀德著
27西瑪蘭短篇小說集	密絲特拉兒著
柏拉特羅與我	希蒙聶茲著
28聲音與憤怒、熊	福克納著
29西洋哲學史（二冊）	羅素著
30巴拉巴	拉格維斯特著
苔蕾絲、毒蛇之結	莫里亞克著
31第二次世界大戰回憶錄	邱吉爾著
32老人與海、戰地春夢	海明威著
33獨立之子	拉克斯內斯著
34墮落、異鄉人、瘟疫	卡繆著
35齊瓦哥醫生	巴斯特納克著
36人生非夢、遠征	瓜西莫多、佩斯著
37德里納河之橋	安德里奇著
38不滿的冬天、人鼠之間	史坦貝克著
39阿息涅的國王	謝斐利士著
嘔吐、牆	沙特著
40靜靜的頓河（四冊）	蕭洛霍夫著
41訂婚記	阿格農著
伊萊	沙克絲著
42總統先生	阿斯杜里亞斯著
等待果陀	貝克特著
43雪國、古都、千羽鶴	川端康成著
44第一層地獄（二冊）	索忍尼辛著
45一般之歌	聶魯達著
九點半的彈子戲	鮑爾著
46人之樹	懷特著
47詹生短篇小說選	詹生著
馬丁遜詩選	馬丁遜著
孟德雷詩選	孟德雷
48阿奇正傳	索爾·貝婁著
亞歷山卓詩選	亞歷山卓著
49莊園	以撒·辛格著
50伊利提斯詩選	伊利提斯著
米洛舒詩選	米洛舒著
被拯救的舌頭	卡內提著
51一百年的孤寂	賈西亞·馬奎斯著
52蒼蠅王、啓蒙之旅	威廉·高定著
53塞佛特詩選	魯斯拉夫·塞佛特著
54豪華大酒店	克勞德·西蒙著
55解釋者	沃爾·索因卡著
56布洛斯基詩選	約瑟夫·布洛斯基著
57梅達格胡同	納吉布·馬富茲著

遠景出版事業公司圖書目錄(四)

21夢遊者的外甥女	方能訓譯	180元
22口吃的主教	魏廷朝譯	180元
23危險的富孀		
24跛腳的金絲雀		
25面具事件		
26竊貨者的鞋		
27作僞證的鸚鵡		
28上餌的釣鉤		
29受蠱的丈夫		
30空罐事件		
31溺死的鴨		
32冒失的小貓		
33掩埋的鐘		
34蚊惑	詹錫奎譯	180元
35傾斜的燭火		
36黑髮女郎	李淑華譯	180元
37黑金魚	張國禎譯	180元
38半睡半醒的妻子		
39第五個褐髮女人		
40脫衣舞孃的馬		
41懶惰的愛人		
42寂寞的女繼承人		
43猶疑的新郎		
44粗心的美女		
45變亮的手指		
46憤怒的哀悼者		
47嘲笑的大猩猩		
48猶豫的女主人		
49綠眼女人		
50消失的護士		
51逃亡的屍體	魏廷朝譯	180元
52日光浴者的日記		
53膽小的共犯		
54最後的法庭	詹錫奎譯	180元
55金百合事件		
56好運的輸家	呂惠雁譯	180元
57尖叫的女人		
58任性的人		
59日曆女郎	葉石濤譯	180元
60可怕的玩具		
61死亡圍巾		
62歌唱的裙子		
63半路埋伏的狼		
64複製的女兒		
65坐輪椅的女人	黃恆正譯	180元
66重婚的丈夫		
67頑抗的模特兒		
68淺色的礦脈		
69冰冷的手		
70織女的祕密		
71戀愛中的伯母		
72莽撞的離婚婦人		
73虛幻的幸運		
74不安的遺產繼承人		
75困擾的受託人		
76漂亮的乞丐		
77憂心的女侍		
78選美大會的女王	詹錫奎譯	180元
79粗心的愛神		
80了不起的騙子	張艾茜譯	180元
81被圍困的女人		
82擱置的謀殺案		

H 台灣文學叢書

1亞細亞的孤兒	吳濁流著	180元
2寒夜三部曲—寒夜	李喬著	320元
3寒夜三部曲—荒村	李喬著	320元
4寒夜三部曲—孤燈	李喬著	320元
5邊秋一雁聲	吳念眞著	180元
6台灣人三部曲	鍾肇政著	900元
7遠方	許達然著	160元
8濁流三部曲	鍾肇政著	900元
9魯冰花	鍾肇政著	160元
10含淚的微笑	許達然著	160元
11藍彩霞的春天	李喬著	180元
12波茨坦科長	吳濁流著	180元
13一桿秤仔	賴和等著	240元
14一群失業的人	楊守愚等著	240元
15豚	張深切等者	240元
16薄命	楊華等著	240元
17牛車	呂赫若等著	240元
18送報伕	楊逵等著	240元
19植有木瓜樹的小鎭	龍瑛宗等著	240元
20閹雞	張文環等著	240元
21亂都之戀	楊雲萍等著	240元
22廣闊的海	水蔭萍等著	240元
23森林的彼方	董祐峰等著	240元
24望鄉	張冬芳等著	240元
25市井傳奇	洪醒夫著	160元
26大地之母	李喬著	390元
27殺生	何光明著	200元
28紅塵	龍瑛宗著	240元
29泥土	吳晟著	180元
30沒有土地・那有文學	葉石濤著	240元
31文學回憶錄	葉石濤著	240元
32土	許達然著	160元

I 遠景大人物叢書

1生根・深耕	王永慶著	220元
2金庸傳	冷夏著	350元
3王永慶觀點	王永慶著	180元
4黎智英傳說	呂家明著	180元
5李嘉誠語錄	許澤惠編著	99元
6倪匡傳奇	沈西城著	180元
7辜鴻銘印象	宋炳輝編	240元
8辜鴻銘（第一卷）	鍾兆雲著	450元
9辜鴻銘（第二卷）	鍾兆雲著	450元
10辜鴻銘（第三卷）	鍾兆雲著	450元

J 歷史與思想叢書

1西洋哲學史（二冊）	羅素著	600元
2羅馬史	蒙森著	480元
3王船山哲學	曾昭旭著	380元
4奴役與自由	貝德葉夫著	280元
5群眾之反叛	奧德嘉著	180元
6生命的悲劇意識	烏納穆諾著	240元
7奧義書	林建國譯	180元
8吉拉斯談話錄	袁東等譯	180元
9中國反貪史（二冊）	王春瑜主編	900元
10現代俄國文學史	湯新楣譯	320元
11歷史的跫音	李永熾著	180元
12鄉土文學討論集	尉天驄編	550元
13末代皇帝	愛新覺羅・溥儀著	320元
14當代大陸作家風貌	潘耀明著	480元
15第二次世界大戰回憶錄	邱吉爾著	360元

K 七等生全集

1初見曙光	七等生著	240元
2我愛黑眼珠	七等生著	240元
3僵局	七等生著	240元
4離城記	七等生著	240元
5沙河悲歌	七等生著	240元
6城之迷	七等生著	240元

遠景出版事業公司圖書目錄(三)

27諸世紀（第二卷）	諾斯特拉達姆士著	180元
28諸世紀（第三卷）	諾斯特拉達姆士著	180元
29諸世紀（第四卷）	諾斯特拉達姆士著	180元
30諸世紀（第五卷）	諾斯特拉達姆士著	180元
31蹩空行一張騫傳	齊桓著	280元
32宰相劉羅鍋	胡學亮編著	280元
33都是夏娃惹的禍	陳紹鵬譯	180元
34都是亞當惹的禍	陳紹鵬譯	180元
35都是裸體惹的禍	陳紹鵬譯	180元
36文學的視野	胡菊人著	180元
37小說技巧	胡菊人著	180元
38紅樓水滸與小說藝術	胡菊人著	180元
39諾貝爾文學獎秘史	王鴻仁譯	240元
40張愛玲的畫	陳子善編著	240元
41把水留給我	盧嵐著	180元
42多少英倫新事(一)	魯鳴著	240元
43多少英倫新事(二)	魯鳴著	240元
44中國經濟史(一)	葉龍編著	240元
45中國經濟史(二)	葉龍編著	240元
46歷代人物經濟故事(一)	葉龍著	240元
47歷代人物經濟故事(二)	葉龍著	240元
48歷代人物經濟故事(三)	葉龍著	240元
49太平廣記豪俠小說	楊興安著	240元
50行止．行止	駱友梅等著	240元
51天怒	陳放著	280元
52淚與屈辱	九皐著	240元
53十年浩劫	九皐著	240元
54逝者如斯夫	丁中江著	390元
55林行止作品集目錄	沈登恩編	240元
56亂世文談	胡蘭成著	240元
57石破天驚逗秋雨	金文明著	280元
58香港情懷	文灼非著	320元
59事實與偏見	黎智英著	240元
60我退休失敗了	黎智英著	240元
61我的理想是隻糯米雞	黎智英著	240元
62水清有魚	練乙錚著	240元
63說Ho—Ho的權利	練乙錚著	240元
64斷訊官司	尤英夫著	240元
65饞遊四海(一)	張建雄著	160元
66饞遊四海(二)	張建雄著	160元
67另類家書	張建雄著	160元
68說不盡的張愛玲	陳子善著	240元
69張愛玲短篇小說論集	陳炳良著	180元
70箱子裡的男人	安部公房著	120元
71饞遊四海(三)	張建雄著	160元
72六四前後（上）	丁望著	240元
73六四前後（下）	丁望著	240元
74初夜權	丁望著	240元
75蘇東波	丁望編著	240元
76前九七紀事一：矮人看戲	戴天著	240元
77前九七紀事二：人鳥哲學	戴天著	240元
78前九七紀事三：群鬼跳牆	戴天著	240元
79前九七紀事四：囉哩哩囉	戴天著	240元
80中西文學的徊想	李歐梵著	240元
81方術紀異（上）	王亭之著	280元
82方術紀異（下）	王亭之著	280元
83風眼中的經濟學	雷鼎鳴著	240元
84用經濟學做眼睛	雷鼎鳴著	240元
85紀德日記	詹宏志譯	180元
86愛與文學	宋碧雲譯	240元
87酒逢知己	楊本禮著	240元
88皇極神數奇談	阿樂著	160元
89蜀山劍俠評傳	葉洪生著	240元
90佛心流泉	孟祥森譯著	180元
91朱鎔基跨世紀挑戰	任慧文著	320元
92戰難和亦不易	胡蘭成著	280元
93藤夢花落	京梅著	280元
94大宅門（上）	郭寶昌著	280元
95大宅門（下）	郭寶昌著	280元
96如夢如煙恭王府	京梅著	280元
97餘力集	戈革著	280元
98張愛玲與胡蘭成	王一心著	240元
99一滴淚	巫寧坤著	280元
100飲水詞箋校	納蘭性德撰	280元

F 王度廬作品集

1鶴驚崑崙（上）	王度廬著	180元
2鶴驚崑崙（中）	王度廬著	180元
3鶴驚崑崙（下）	王度廬著	180元
4寶劍金釵（上）	王度廬著	180元
5寶劍金釵（中）	王度廬著	180元
6寶劍金釵（下）	王度廬著	180元
7劍氣珠光（上）	王度廬著	180元
8劍氣珠光（下）	王度廬著	180元
9臥虎藏龍（上）	王度廬著	180元
10臥虎藏龍（中）	王度廬著	180元
11臥虎藏龍（下）	王度廬著	180元
12鐵騎銀瓶（一）	王度廬著	180元
13鐵騎銀瓶（二）	王度廬著	180元
14鐵騎銀瓶（三）	王度廬著	180元
15鐵騎銀瓶（四）	王度廬著	180元
16鐵騎銀瓶（五）	王度廬著	180元
17風雨雙龍劍	王度廬著	
18龍虎鐵連環	王度廬著	
19靈魂之鎖	王度廬著	
20古城新月（上）	王度廬著	
21古城新月（中）	王度廬著	
22古城新月（下）	王度廬著	
23粉墨嬋娟	王度廬著	
24春秋戟	王度廬著	
25洛陽豪客	王度廬著	
26綉帶銀鏢	王度廬著	
27雍正與年羹堯	王度廬著	
28寶刀飛	王度廬著	
29風塵四傑	王度廬著	
30燕市俠伶	王度廬著	
31紫電青霜	王度廬著	
32金剛王寶劍	王度廬著	
33紫鳳鏢	王度廬著	
34香山俠女	王度廬著	
35落絮飄香（上）	王度廬著	
36落絮飄香（下）	王度廬著	

G 梅森探案（賈德諾著）

1大膽的誘餌	張國禎譯	180元
2倩影	鄭麗淑譯	180元
3管理員的貓	張國禎譯	180元
4滾動的骰子	張慧倩譯	180元
5暴躁的女孩	張國禎譯	180元
6長腿模特兒	張艾茜譯	180元
7蟲蛀的貂皮大衣	張國禎譯	180元
8艷鬼	施寄青譯	180元
9沉默的股東	宋碧雲譯	180元
10拘謹的被告	施寄青譯	180元
11淘氣的娃娃	張艾茜譯	180元
12放浪的少女		
13不服貼的紅髮		
14獨眼證人	張國禎譯	180元
15謹慎的風塵女子	鄭麗淑譯	180元
16蛇蠍美人案	葉石濤譯	180元
17幸運腿		
18狂吠之犬		
19怪新娘		
20義眼殺人事件		

遠景出版事業公司圖書目錄㈡

15黛絲姑娘	哈代著	180元
16山之音	川端康成著	160元
17齊瓦哥醫生	巴斯特納克著	360元
18飄（二冊）	宓西爾著	360元
19約翰・克利斯朵夫（二冊）	羅曼・羅蘭著	750元
20傲慢與偏見	珍・奧斯汀著	160元
21包法利夫人	福婁拜著	240元
22簡愛	夏綠蒂・白朗特著	180元
23雪國	川端康成著	160元
24古都	川端康成著	160元
25千羽鶴	川端康成著	160元
26華爾騰——湖濱散記	梭羅著	160元
27神曲	但丁著	240元
28紅字	霍桑著	160元
29海狼	傑克倫敦著	180元
30人性枷鎖	毛姆著	390元
31茶花女	小仲馬著	160元
32父與子	屠格涅夫著	160元
33唐吉訶德傳	塞萬提斯著	180元
34理性與感性	珍・奧斯汀著	180元
35紅與黑	斯湯達爾著	280元
36咆哮山莊	愛彌兒・白朗特著	180元
37瘟疫	卡繆著	180元
38預知死亡紀事	賈西亞・馬奎斯著	180元
39基姆	吉卜齡著	240元
40二十年後（四冊）	大仲馬著	800元
41塊肉餘生錄（二冊）	狄更斯著	400元
42附魔者	杜斯妥也夫斯基著	480元
43窄門	紀德著	160元
44大地	賽珍珠著	160元
45兒子們	賽珍珠著	160元
46復活	托爾斯泰著	180元
47分家	賽珍珠著	160元
48玻璃珠遊戲	赫塞著	240元
49天方夜譚（二冊）	佚名等著	500元
50鹿苑長春	勞玲絲著	180元
51一見鍾情	愛倫・坡著	180元
52獵人日記	屠格涅夫著	180元
53憨第德	伏爾泰著	160元
54你往何處去	顯克維支著	390元
55農夫們（二冊）	雷蒙特著	500元
56獨立之子	拉克斯內斯著	420元
57異鄉人	卡繆著	160元
58一九八四	歐威爾著	160元
59第一層地獄（二冊）	索忍尼辛著	500元
60還魂記	愛倫・坡著	180元
61娜娜	左拉著	180元
62黑貓	愛倫・坡著	180元
63鐵面人（八冊）	大仲馬著	2000元
64羅生門	芥川龍之介著	240元
65細雪	谷崎潤一郎著	360元
66浮華世界	薩克萊著	360元
67靜靜的頓河（四冊）	蕭洛霍夫著	1000元
68偽幣製造著	紀德著	180元
69鐘樓怪人	雨果著	280元
70嘔吐	沙特著	180元
71希臘左巴	卡山札基著	180元
72浮士德	歌德著	280元
73死靈魂	果戈里著	240元
74湯姆・瓊斯（二冊）	菲爾汀著	400元
75聶魯達詩集	聶魯達著	120元
76基度山恩仇記（二冊）	大仲馬著	400元
77奧德賽	荷馬著	320元
78少年維特的煩惱	歌德著	120元
79白璧德	辛克萊・劉易士著	280元
80坎特伯雷故事集	喬叟著	200元
81兒子與情人	D.H・勞倫斯著	200元

82謝利	夏綠蒂・白朗特著	480元
83明娜	傑洛拉普著	240元
84十日談（二冊）	薄伽丘著	360元
85我是貓	夏目漱石著	240元
86罪與罰	杜斯妥也夫斯基著	280元
87小婦人	阿爾柯特著	160元
88尚・巴華的一生	杜嘉德著	280元
89明暗	夏目漱石著	280元
90悲慘世界（五冊）	雨果著	900元
91酒店	左拉著	240元
92憤怒的葡萄	史坦貝克著	360元
93凱旋門	雷馬克著	240元
94雙城記	狄更斯著	240元
95白癡	杜斯妥也夫斯基著	280元
96高老頭	巴爾扎克著	160元
97人世間	阿南達・杜爾著	360元
98萬國之子	阿南達・杜爾著	360元
99足跡	阿南達・杜爾著	360元
100玻璃屋	阿南達・杜爾著	360元
101伊甸園東	史坦貝克著	280元
102迷惘	卡內提著	280元
103冰壁	井上靖著	180元
104白鯨記	梅爾維爾著	280元
105國王的人馬	羅伯特・潘・華倫著	360元
106克麗絲汀的一生（二冊）	溫茜特著	560元
107草葉集	惠特曼著	240元
108人之樹	懷特著	480元
109莊園	以撒・辛格著	280元
110里斯本之夜	雷馬克著	180元
111被拯救的舌頭	卡內提著	240元
112戰地春夢	海明威著	240元
113阿奇正傳	索爾・貝婁著	480元
114土地的成長	哈姆生著	240元
115九點半的彈子戲	鮑爾著	240元
116熊	福克納著	100元
117一位年輕藝術家的畫像	喬埃斯著	180元
118聲音與憤怒	福克納著	180元
119戰地鐘聲	海明威著	180元
120洛麗塔	納布可夫著	180元

E 遠景叢書

1預言者之歌	劉志俠譯著	300元
2兩性物語	何光明著	160元
3桃花源	陳慶隆著	180元
4溪邊往事	陳慶隆著	180元
5水鬼傳奇	陳慶隆著	180元
6結婚的條件	陳慶隆著	180元
7閒遊記饞	張建雄著	160元
8錢眼見聞	張建雄著	160元
9商海興亡	張建雄著	160元
10饞話連篇	張建雄著	160元
11一元五角車票官司	尤英夫著	160元
12請問芳名㈠	周平譯	200元
13請問芳名㈡	陳生保譯	200元
14請問芳名㈢	譚晶華譯	200元
15請問芳名㈣	莫邦富譯	200元
16縱筆	張文達著	160元
17洋相	蕭芳芳著	160元
18饞遊偶拾	張建雄著	160元
19陸鏗看兩岸	陸鏗著	280元
20點與線	松本清張著	180元
21霧之旗	松本清張著	180元
22由莎士比亞談到碧姬芭杜	陳紹鵬等譯	180元
23濟慈和芳妮的心聲	陳紹鵬等譯	180元
24現代俄國短篇小說選	高爾基等著	180元
25天仇	鄭文輝著	240元
26諸世紀（第一卷）	諾斯特拉達姆士著	180元

遠景出版事業公司圖書目錄(一)

遠景出版事業公司

A遠景文學叢書

1今生今世	胡蘭成著	280元
2山河歲月	胡蘭成著	180元
3遠見	陳若曦著	180元
4懺情書	鹿橋著	160元
5地之子	臺靜農著	180元
6人子	鹿橋著	160元
7酒徒	劉以鬯著	180元
8一九九七	劉以鬯著	180元
9建塔者	臺靜農著	180元
10小亞細亞孤燈下	高信疆著	180元
11花落蓮成	姜貴著	180元
12尹縣長	陳若曦著	180元
13邊城散記	楊文璞著	160元
14再見·黃磚路	詹錫奎著	180元
15早安·朋友	張賢亮著	180元
16李順大造屋	高曉聲著	180元
17小販世家	陸文夫著	180元
18心有靈犀的男孩	祖慰著	180元
19藍旗	陳村著	240元
20男人的一半是女人	張賢亮著	240元
21男人的風格	張賢亮著	240元
22萬蟬集	孟東籬著	180元
23電影神話	羅維明著	180元
24不寄的信	倪匡著	160元
25心中的信	倪匡著	160元
26羅曼蒂克死啦	高信疆著	180元
27大拇指小說選	也斯編	180元
28生命之愛	傑克·倫敦著	180元
29成吉思汗	董千里著	280元
30馬可波羅	董千里著	180元
31董小宛	董千里著	180元
32柔福帝姬	董千里著	180元
33唐太宗與武則天	董千里著	180元
34楊貴妃傳	井上靖著	180元
35續愛眉小札	徐志摩著	180元
36郁達夫情書	郁達夫著	180元
37郁達夫卷	王潤華編	180元
38我看衛斯理科幻	沈西城著	160元

B高陽作品集

1緹縈	高陽著	260元
2王昭君	高陽著	180元
3大將曹彬	高陽著	160元
4花魁	高陽著	140元
5正德外記	高陽著	160元
6草莽英雄（二冊）	高陽著	360元
7劉三秀	高陽著	160元
8清官冊	高陽著	140元
9清朝的皇帝（三冊）	高陽著	600元
10恩怨江湖	高陽著	140元
11李鴻章	高陽著	180元
12狀元娘子	高陽著	240元
13假官眞做	高陽著	140元
14翁同龢傳	高陽著	280元
15徐老虎與白寡婦	高陽著	280元
16石破天驚	高陽著	210元
17小鳳仙	高陽著	280元
18八大胡同	高陽著	160元
19粉墨春秋（三冊）	高陽著	420元
20桐花鳳	高陽著	160元
21避情港	高陽著	120元
22紅塵	高陽著	140元
23再生香	高陽著	160元
24醉蓬萊	高陽著	160元
25玉壘浮雲	高陽著	150元
26高陽雜文	高陽著	150元
27大故事	高陽著	150元

C林行止政經短評

1身外物語	林行止著	240元
2六月飛傷	林行止著	240元
3怕死貪心	林行止著	240元
4樓台煙火	林行止著	240元
5利字當頭	林行止著	240元
6東歐變天	林行止著	240元
7求財若渴	林行止著	240元
8難定去從	林行止著	240元
9戰海蜉蝣	林行止著	240元
10理曲氣壯	林行止著	240元
11蘇聯何解	林行止著	240元
12民選好醜	林行止著	240元
13前程未卜	林行止著	240元
14賦歸風雨	林行止著	240元
15情迷失位	林行止著	240元
16沉寂待變	林行止著	240元
17到處風騷	林行止著	240元
18撩是鬥非	林行止著	240元
19排外誤港	林行止著	240元
20旺市蓄勢	林行止著	240元
21調控神州	林行止著	240元
22熱錢興風	林行止著	240元
23依樣葫蘆	林行止著	240元
24人多勢寡	林行止著	240元
25局部膨脹	林行止著	240元
26鬧酒政治	林行止著	240元
27治港牌章	林行止著	240元
28無定向風	林行止著	240元
29念在斯人	林行止著	240元
30根莖同生	林行止著	240元
31股海翻波	林行止著	240元
32劫後抖擻	林行止著	240元
33從此多事	林行止著	240元
34幹線翻新	林行止著	240元
35金殼蝸牛	林行止著	240元
36政改去馬	林行止著	240元
37衍生危機	林行止著	240元
38死撐到底	林行止著	240元
39核影幢幢	林行止著	240元
40玩法弄法	林行止著	240元
41永不回頭	林行止著	240元
42誰敢不從	林行止著	240元
43變數在前	林行止著	240元
44釣台血海	林行止著	240元
45粉墨登場	林行止著	240元

D世界文學全集

1魯拜集	奧瑪·開儼著	180元
2人間的條件（三冊）	五味川純平著	720元
3源氏物語（三冊）	紫式部著	720元
4蒼蠅王	威廉·高定著	180元
5查泰萊夫人的情人	D·H·勞倫斯著	180元
6安娜·卡列尼娜（二冊）	托爾斯泰著	400元
7戰爭與和平（四冊）	托爾斯泰著	800元
8卡拉馬佐夫兄弟（二冊）	杜斯妥也夫斯基著	660元
9三劍客（三冊）	大仲馬著	600元
10一百年的孤寂	賈西亞·馬奎斯著	180元
11美麗新世界	赫胥黎著	160元
12麥田捕手	沙林傑著	160元
13大亨小傳	費滋傑羅著	160元
14夜未央	費滋傑羅著	180元

城之迷

七等生全集 K⑥

作　者　七　等　生
主　編　張　恆　豪
發行人　沈　登　恩
出版者　遠景出版事業有限公司
郵撥：0765255—8
電話：（02）8226—9900
傳眞：（02）8226—9907
網址：http://www.vistagroup.com.tw
台北郵局7—501號信箱
香　港　遠景（香港）出版集團
發行所　九龍旺角西洋菜街62號2樓
總代理　藍圖出版事業有限公司
台北縣板橋市中正路13號
印　刷　加斌有限公司
台北市復興南路二段210巷30號
定　價　新台幣240元・港幣80元
初　版　2003年10月

行政院新聞局登記證局版台業字第0105號

ISBN 957-39-0634-1